FICHA CATALOGRÁFICA

(Preparada na Editora)

Soler, Amalia Domingo, 1835-1909
S67m   *Memórias do Padre Germano* / Anotações de Amalia
Domingo Soler. Autoria espiritual de Padre Germano. Tradução
de Wilson Frungilo Júnior e José Élio Dias. Araras, SP, IDE,
6ª edição, 2013.
320 p.: il.
ISBN 978-85-7341-235-2
1. Romance 2. Espiritismo I. Título.

CDD-863
-133.9

Índices para catálogo sistemático:

1. Romance: Século 20: Literatura espanhola 863
2. Espiritismo 133.9

Amalia Domingo Soler

MEMÓRIAS DO
PADRE
GERMANO

Título original em castelhano:
MEMORIAS DEL PADRE GERMÁN

© 1990, Instituto de Difusão Espírita

6ª edição – julho/2013
3ª reimpressão - outubro/2023

Tradução:
Wilson Frungilo Júnior
José Élio Dias

Conselho Editorial:
Doralice Scanavini Volk
Wilson Frungilo Júnior

Produção e Coordenação:
Jairo Lorenzeti

Revisão de texto:
Mariana Frungilo Paraluppi

Capa:
César França de Oliveira

Diagramação:
Maria Isabel Estéfano Rissi

Parceiro de distribuição:
Instituto Beneficente Boa Nova
Fone: (17) 3531-4444
www.boanova.net
boanova@boanova.net

INSTITUTO DE DIFUSÃO ESPÍRITA
Rua Emílio Ferreira, 177 - Centro
CEP 13600-092 - Araras/SP - Brasil
Fone (19) 3543-2400
CNPJ 44.220.101/0001-43
Inscrição Estadual 182.010.405.118

www.ideeditora.com.br
editorial@ideeditora.com.br

Todos os direitos reservados. Nenhuma parte desta publicação pode ser reproduzida, armazenada ou transmitida, total ou parcialmente, por quaisquer métodos ou processos, sem autorização do detentor do copyright.

Memórias do
Padre
Germano

Comunicações obtidas pelo médium
falante do Centro Espírita LA BUENA
NUEVA da ex-vila de Gracia, Barcelona

Copiadas e anotadas por
AMALIA DOMINGO SOLER

Padre Germano

SUMÁRIO

Prólogo, 9

Fragmentos das Memórias do Padre Germano, 11

O remorso, 13

As três confissões, 17

O embuçado, 23

Julgar pelas aparências, 32

"A Fonte da Saúde", 41

O melhor voto, 50

O patrimônio do homem, 57

As pegadas do criminoso, 71

A gargalhada, 83

O primeiro passo, 89

Para Deus, nunca é tarde, 95

A oração das crianças, 103

O amor na Terra, 111

O bem é a semente de Deus, 120

A mulher sempre é mãe, 130

O melhor templo, 137

Uma vítima a menos, 142

O verdadeiro sacerdócio, 152

Clotilde, 162

Recordações, 175

A água do corpo e a água da alma, 187

Na culpa está o castigo, 194

O último canto, 204

Um dia de Primavera, 214

Uma procissão, 226

Os presos, 240

Os votos religiosos, 255

O inverossímil, 267

À beira-mar, 273

Uma noite de sol, 280

Quarenta e cinco anos, 283

Os mantos de espuma, 289

Vinde a mim os que choram, 293

Um adeus, 301

Impressões e recordações (continuação das
"Memórias do Padre Germano"), 307

PRÓLOGO

EM 29 DE ABRIL DE 1880, COMECEI A publicar no periódico espírita La Luz del Porvenir, as MEMÓRIAS DO PADRE GERMANO, uma longa série de comunicações que, apesar de parecer novelesca pela forma, instruía, deleitando. O Espírito do Padre Germano se referia a alguns episódios de sua última existência, na qual se consagrou a consolar os humildes e os oprimidos, desmascarando, ao mesmo tempo, os hipócritas e os falsos religiosos da Igreja Romana, sendo que, estes últimos, proporcionaram-lhe, como era natural, desgostos sem conta, perseguições sem trégua, cruéis insultos e ameaças de morte, que, mais de uma vez, estiveram bem perto de se converterem em amaríssima realidade. Foi vítima de seus superiores hierárquicos e viveu desterrado em uma aldeia, ele que, indubitavelmente, por seu talento, por sua bondade, e por suas especiais condições, poderia ter guiado a barca de São Pedro a um porto seguro, sem fazê-la soçobrar. Mas, nem por viver em um longínquo rincão da Terra, viveu na obscuridade, pois, assim como as violetas ocultas entre as ervas exalam seu delicado perfume, a religiosidade de sua alma exalou também o delicado aroma de seu sentimento religioso e foi tanta a sua fragrância que uma grande parte da Terra aspirou essa embriagadora essência, e foram muitos os potentados que, aterrorizados pela recordação de seus grandes crimes, acorreram pressurosos e se prostraram, humildemente, ante o pobre sacerdote, rogando-lhe que lhes servisse de intermediário entre eles e Deus.

O Padre Germano recolheu muitas ovelhas desgarradas, guiando-as, solícito, pelo estreito caminho da verdadeira religião, que não é outro senão o de fazer o bem pelo próprio bem, amando ao bom, porque, por suas excepcionais virtudes, merece ser ternamente amado e também amando ao delinquente, porque é o enfermo da alma, em estado gravíssimo, que só com amor pode se curar.

A missão do Padre Germano, em sua última existência, foi a mais bela que um homem pode ter na Terra e, da mesma forma como o Espírito, ao deixar seu invólucro carnal, continua sentindo no espaço o mesmo que sentia na Terra, ele sentiu, ao ver-se livre de seus inimigos, a mesma necessidade de amar e de instruir os seus semelhantes, buscando todos os meios para levar a cabo seus nobilíssimos desejos.

Esperando ocasião propícia, chegou o momento de utilizar-se de um médium falante puramente mecânico, ao qual dedicava entranhado afeto desde muitos séculos, porém, esse achado não era o suficiente, necessitava que aquele médium tivesse um escrevente que sentisse, que compreendesse e que apreciasse o que o médium viesse a transmitir, encontrando tal escrevente em minha boa vontade, em meu veemente desejo de propagar o Espiritismo e, trabalhamos juntos, os três, na redação de suas MEMÓRIAS até 10 de janeiro de 1884.

Suas MEMÓRIAS não guardam perfeita ordem em relação aos acontecimentos de sua vida; tanto relata episódios de sua juventude (verdadeiramente dramáticos), como se lamenta do abandono em sua velhice, porém, em tudo o que diz há tanto sentimento, tanta religiosidade, tanto amor a Deus, tão profunda admiração às suas eternas leis, tão imensa adoração à Natureza que, lendo os fragmentos de suas MEMÓRIAS a alma mais atribulada se consola, o espírito mais céptico reflete, o homem mais criminoso se comove, e todos, à sua maneira, buscam Deus, convencidos de que Deus existe na imensidão dos céus.

Um dos fundadores de La Luz del Porvenir, o impressor Juan Torrente, teve a feliz ideia de reunir em um livro as MEMÓRIAS DO PADRE GERMANO, ao qual adicionei algumas publicações do mesmo Espírito, por encontrar em suas páginas imensos tesouros de amor e de esperança, esperança e amor que são os frutos sazonados da verdadeira religiosidade que o Padre Germano possui desde há muitos séculos, porque, para sentir como ele sente, amar como ele ama e conhecer tão a fundo as misérias da Humanidade, é necessário haver lutado com a impetuosidade das paixões, contra as tendências dos vícios, contra os irresistíveis prazeres das vaidades mundanas. Afinal, as grandes, as arraigadas virtudes e os múltiplos conhecimentos científicos não se improvisam, são a obra paciente dos séculos.

Sirvam estas linhas de humilde prólogo às MEMÓRIAS DO PADRE GERMANO; sejam elas as folhas que ocultam um ramo de violetas, cujo delicadíssimo perfume aspirarão, com prazer, os sedentos de justiça e os famintos de amor e de verdade.

Amalia Domingo Soler.

Gracia, 25 de fevereiro de 1900.

FRAGMENTOS
DAS
MEMÓRIAS DO PADRE GERMANO

NÃO FAZ MUITOS DIAS, VISITOU-NOS nosso amigo Felipe, homem mui amante do passado, apaixonado por velhas coisas, por livros e pergaminhos, por móveis antigos: é o que se pode chamar de um verdadeiro antiquário.

Quando o vimos entrar, chamou-nos a atenção seu ar satisfeito e seu passo triunfal. Saudou-nos sorrindo e nos mostrou um rolo de papéis sujos e amarelecidos, dizendo-nos em tom misterioso:

– Trago-vos um tesouro!

– Sim? Vejamos. Onde está?

– Aqui – disse Felipe, desdobrando o maço de papéis, que olhava com certa complacência.

– Aí...?

– Sim, sim, aqui! Estas são as memórias de meus antepassados. Não vos disse que havia herdado a escrivaninha e a biblioteca de um tio de minha mãe?

– Não me lembro.

– Sim, eu vos disse, porém, como me tendes por maníaco, não me fizestes caso, mas não me fixo nesses detalhes e quando posso ser útil aos meus amigos (ainda que estes sejam um pouco ingratos comigo) não perco um só instante. Até ontem, não havia tido tempo de examinar os livros de meu tio, que certamente devem ser obras muito notáveis, e, entre elas, encontrei este manuscrito, que vos pode servir muito; lede-o detidamente, e não tenhais pressa em devolver-me, porque à noite preferi ler a dormir e o li todo, sem deixar uma linha. Autorizo-vos a publicar o que quiserdes, se achardes que essas lições morais podem servir de útil ensinamento; não vos peço mais, senão que troqueis os nomes e as datas, pois que ainda existem na Terra alguns dos que tomaram parte nesses dramas íntimos.

– Graças mil, amigo Felipe! Sois muito bom, muito complacente, e ficai seguro de que nós, que andamos à caça de conselhos e leituras, agradecemos muito vosso oportuno oferecimento.

Então, apanhando o rolo de papéis, começamos a folheá-lo com verdadeiro interesse e tão embevecidos ficamos em nossa leitura que nem notamos quando Felipe se foi, porém, os bons amigos são como os criados antigos que nos querem bem mesmo conhecendo nossos defeitos, e, no dia seguinte, voltou tão satisfeito, como de costume, perguntando-nos em tom sentencioso:

– Que tal vos parece o manuscrito?

– Tomai e lede-o – e lhe entregamos o que se segue.

O REMORSO

COM QUE PRAZER, COM QUE SANTA satisfação, celebrei, pela primeira vez, o sacrifício da missa! Nasci para a vida religiosa, doce e contemplativa.

Quão gratificante era para mim ensinar a doutrina aos pequeninos! Quanto me deleitava escutar suas vozes infantis, desafinadas umas, gritantes outras, débeis aquelas, porém, agradáveis todas, porque eram puras, como suas almas inocentes!

Oh! As tardes! As tardes de minha aldeia vivem sempre em minha memória! Quanta ternura e quanta poesia tinham, para mim, aqueles momentos em que deixava meu querido breviário e, acompanhado de meu fiel Sultão, dirigia-me ao cemitério, a rogar, ante a cruz de pedra, pelas almas dos fiéis que dormiam em torno de mim!

As crianças me seguiam à distância e me esperavam à porta da casa dos mortos, então, quando terminava minha oração, saía da mansão da verdade, recordando as divinas palavras de Jesus e dizia: – Venham a mim os pequeninos! E o enxame de rapazinhos me rodeava carinhosamente e pedia-me que lhes contasse histórias. Sentava-me, então, à sombra de uma venerável oliveira. Sultão se deitava aos meus pés, e as crianças se entretinham, primeiro, em puxar as orelhas de meu velho companheiro, que sofria, resignado, aquelas provas de infantil carinho e de alegre travessura. Permitindo-lhes isso, comprazia-me estar rodeado daquelas inocentes criaturas, que me olhavam com ingênua admiração, dizendo umas às outras: – Joguemos "morto" com Sultão, que o padre não se zanga, e o pobre cão se deixava arrastar sobre a relva, merecendo, ao final, como prêmio de sua condescendência, que todos os meninos lhe dessem algo de sua merenda; depois, restabelecida a calma, todos se sentavam ao meu redor e escutavam, atentamente, o caso milagroso que eu lhes contava.

Sultão era o primeiro que dava o sinal de partida, levantava-se e desafiava os rapazinhos com saltos e corridas, e, depois voltávamos, todos juntos, aos nossos pacíficos lares. Assim, passei muitos dias, muitos meses de paz e amor, ignorando que houvessem criminosos no mundo. Mas, ai! A morte levou o padre Juan e, então, assumi a propriedade daquela paróquia, e novas atenções vieram perturbar o sono de minhas noites e o sossego de meus dias.

Sem dar-me conta do porquê, sempre havia recusado a confissão dos pecados de outrem. Encontrava uma carga muito pesada em guardar os segredos dos demais. Minha alma, franca e ingênua, oprimia-se com o peso de mil culpas e se assustava em aumentar a carga com os pecados do próximo. Mas a morte do padre Juan me obrigou a sentar no tribunal da penitência, ou melhor dizendo, da consciência humana e, então... Oh! Então, horrorizou-me a vida.

Quantas histórias tristes!...

Quantos desacertos!...

Quantos crimes!...

Quanta iniquidade!...

Uma noite, Oh!... aquela noite... jamais a esquecerei. Preparava-me para descansar, quando Sultão se levantou inquieto, mirou-me atentamente, apoiou suas patas dianteiras no braço de minha poltrona, parecendo me dizer com seu inteligente olhar: – Não te recostes, que chega alguém. Cinco minutos depois, ouvi o galope de um cavalo e, transcorridos alguns momentos, o velho Miguel veio me dizer que um senhor queria me falar.

Saí ao seu encontro, Sultão o farejou sem demonstrar o mais leve contentamento, recostando-se aos meus pés em atitude defensiva.

Parece-me ainda ver meu visitante. Era um homem de meia-idade, de semblante triste e de olhar sombrio; mirou-me e disse:

– Padre, estamos a sós?

– Sim, que desejais?

– Quero que me escuteis em confissão.

– E por que vindes me buscar quando tendes a Deus?

– Deus está muito longe de nós, e eu necessito ouvir uma voz mais próxima.

– E vossa consciência, nada vos diz?

– Precisamente porque escuto sua voz, venho vos buscar. Não me enganaram em dizer-me que éreis inimigo da confissão.

– É verdade; o horror da vida me oprime; não me apraz escutar mais que as confissões das crianças, porque seus pecados fazem sorrir os anjos.

– Padre, escutai-me, pois é obra de caridade dar conselho a quem o pede.

– Falai, e que Deus nos inspire.

– Prestai-me toda a vossa atenção. Faz alguns meses que, junto aos muros do cemitério da cidade D..., foi encontrado o cadáver de um homem com o crânio esmagado. Investigações foram feitas para encontrar o assassino, todas infrutíferas. Recentemente, apresentou-se um homem no Tribunal de Justiça declarando-se ser o matador. Eu sou o juiz dessa causa, a lei o condena à morte, porém eu não posso condená-lo.

– Por quê?

– Porque sei que é inocente.

– Como, se ele mesmo se declara culpado?

– Pois eu vos juro que não é ele o assassino.

– E como podeis jurar?

– Porque o assassino desse homem sou eu.

– Vós?

– Sim, padre, sou eu! É uma história muito longa e muito triste, só vos digo que tomei a vingança por minhas mãos e que deste meu segredo depende a honra de meus filhos; porém, minha consciência não me deixa lavrar a sentença de morte de um homem que sei não ser culpado.

– Padece, esse infeliz, de alguma alienação mental?

– Não, não; sua mente se encontra perfeitamente organizada. Apelei pelo recurso de dizer que estava louco, porém, a ciência médica me desmentiu.

– Então, não tenhais remorso em condená-lo, pois que os remorsos de outro crime lhe fizeram dar esse passo, afinal ninguém entrega a própria vida à Justiça sem ser, o que se chama, um assassino. Ide tranquilo, cumpri com a justiça humana, pois os remorsos desse infeliz encarregar-se-ão de que se cumpra a divina justiça. Prometo-vos falar com esse infeliz e, para vosso sossego, direi-vos o que ele me confiar e, quanto a vós, não torneis a esquecer o quinto mandamento da lei de Deus que diz: "Não matarás".

Meus pressentimentos não me enganaram, pois, alguns dias depois, falei com o réu, em seus últimos momentos e lhe disse: – "Fala, que Deus te escuta!" – então, em lágrimas, respondeu-me: "Padre, que triste é a vida do criminoso! Há dez anos, matei uma pobre jovem e sua sombra tem me perseguido sempre, ainda a vejo aqui entre nós! Casei-me para ver se, vivendo acompanhado, libertava-me daquele horror que me matava lentamente, porém, ao acariciar minha esposa, ela se interpunha e seu rosto lívido ocultava o semblante de minha companheira, e até mesmo, quando esta teve o primeiro filho, não era a minha mulher que tinha, ante meus olhos, a criança, era ela que a apresentava a mim. Viajei, lancei-me a todos os vícios, ou então me arrependia e passava dias e dias nas igrejas, porém, se estava nas casas de jogos, ela estava junto a mim; se ia ao templo, ela se colocava diante de todas as imagens, e sempre ela... Não sei por que não tive coragem de suicidar-me e, por não haverem encontrado o assassino desse pobre homem, agradeci a Deus, porque assim poderia morrer, acusando-me do delito de sua morte".

"– E por que não haveis declarado vosso crime anterior?"

"– Porque não há provas convincentes. Eu soube ocultar tão bem o assassinato, que não ficou o mais leve rastro, porém, o que os homens não viram, eu vi: Aqui está ela, parece que me olha com menos ódio. Não a vês, Padre? Não a vês? Ai! Que desejo tenho de morrer para deixar de vê-la."

No instante de subir ao patíbulo, disse-me o réu: "– No lugar do verdugo, está ela. Padre, peça a Deus que eu não a veja depois de morrer, se é que os mortos se veem na eternidade."

Para sossego do juiz homicida, disse-lhe tudo quanto me havia dito o outro Caim e, ao terminar meu relato, disse-me tristemente: "Ai, Padre! Que vale a justiça humana comparada com a Justiça Divina? A morte desse homem está vingada perante a sociedade e o réu quiçá descansa na eternidade, porém eu, Padre, como descansarei?"

Um ano depois, o juiz entrou em um manicômio para não sair mais dele, e eu... depositário de tantos segredos, testemunha moral de tantos crimes, confidente de tantas iniquidades, vivo oprimido sob o peso das culpas humanas!

Ó tranquilas tardes de minha aldeia! Onde estás? Já não ressoam minhas orações aos pés da cruz de pedra. Onde estão aquelas crianças que brincavam com Sultão? Este último está morto, os primeiros, crescidos... Já são homens... e talvez, alguns deles, criminosos...

Dizem que sou bom, muitos pecadores vêm me contar suas aflições, e vejo que o remorso é o único inferno do homem.

Senhor! Inspira-me! Guia-me pelo caminho do bem e, já que me entristeço pelas culpas alheias, que eu não perca a razão recordando as minhas! Por quê? Haverá homem neste mundo que não tenha remorsos?

As Três Confissões

MANUSCRITO QUERIDO, FIEL depositário de minha alma! Depois de Deus, tu és meu confessor, tu és o meu exato retrato. O mundo não me conhece, tu, sim. A ti me apresento tal qual sou, com minhas debilidades e meus remorsos. Para contigo, sou homem. Para a sociedade, sou o sacerdote.

Muitos me creem impecável. Deus meu, por que pedir-me-ão o impossível?

Por que exigem do ungido do Senhor a força do gigante se ele é um pigmeu como os demais homens na Terra?!

Ah, as leis! Como são absurdas as leis sociais! Antes, nada sabia e passei muitos anos contente com a minha sorte. Celebrar a missa, ensinar a doutrina às crianças, passear com meu velho companheiro, o fiel Sultão, entregar-me à leituras piedosas, era todo o meu encanto. Somente uma nuvem de tristeza envolvia minha mente quando tinha que cumprir um ato de meu sagrado ministério. Só uma coisa me oprimia e me enlouquecia: receber a confissão dos pecadores. Oh! Quando me sentava no confessionário, quando meu angustioso olhar se fixava no rosto dos penitentes e, estes, confiavam-me suas culpas e, às vezes, horríveis segredos, eu sofria mil mortes por segundo. Saía do confessionário fugindo de mim mesmo, corria como um louco e, no campo, prostrava-me por terra e pedia a Deus que me apagasse a memória. Às vezes, Deus escutava meus rogos: um sonho agradável se apoderava de meus sentidos, e meu fiel Sultão era o encarregado de acordar-me, puxando suavemente minha batina, e eu despertava, débil, como se houvesse tido uma grande febre; recordava, vagamente, mil acontecimentos estranhos e voltava ao meu lar, onde o velho Miguel me esperava inquieto.

Nunca quis o tumulto das grandes cidades, preferindo sempre minha aldeia, porém, como se fosse uma expiação minha, ainda que eu tenha recusado viver na grande cidade de N..., seus principais habitantes vinham em busca do cura da aldeia. Mulheres de berço nobre, e homens de alta posição social buscavam minha humilde igreja para que lhes desse a bênção nupcial. Eu via aqueles jovens casais, sorrindo de felicidade e, sem dar-me conta do porquê, sentia aguda dor na fronte e no coração. Quando todos se iam, e eu ficava sozinho no templo, este me parecia um sepulcro, e eu, um cadáver enterrado nele.

Guardava-me, não revelando a ninguém essas minhas impressões, porque o vulgo, e meus invejosos companheiros certamente diriam que o diabo me tentava, e eu bem sabia que Satanás não existia.

Educado no mais rigoroso ascetismo e sem haver conhecido minha mãe, que morreu ao dar-me à luz, filho do mistério, cresci numa comunidade religiosa, como flor sem orvalho, como ave sem asas, obrigado sempre a obedecer e sem direito algum para perguntar, quando me disseram:

"Serás ministro de Deus e fugirás da mulher, porque dela se vale Satã para perder o homem", e eu fugi com um terror supersticioso, porque queria ser grato aos olhos do Senhor.

Entreguei-me à leitura; li muito e compreendi, ainda que tarde, que o sacrifício do sacerdote católico era contrário às leis naturais, e tudo o que violenta as leis de Deus, absurdo é, porém, emudeci e invejei o valor dos reformadores, não me atrevendo a segui-los. Quis cumprir bem minha delicada missão e me sacrifiquei nos altares da instituição a que pertencia.

No dia em que completei trinta e cinco anos, as crianças de minha aldeia entraram aos pulos em meu horto e todos, perfilados, entregaramme ramos de flores, frutas, leite, mel e manteiga, e quando mais contente me encontrava, pois sempre quando estava entre esses meus filhos adotivos, suspirava, interiormente, pela família que eu não havia podido constituir, recebi uma carta da cidade de N... Nessa carta, a diretora de um colégio de meninas nobres me anunciava que, na manhã seguinte, viria com quinze de suas educandas para que recebessem meus conselhos espirituais e se acercassem da mesa do Senhor, participando do festim eucarístico. Sem saber por que, acelerou-se meu coração, algo morno resvalou por minhas faces e, ainda que procurasse me dominar, fiquei triste por todo o dia.

Na manhã seguinte, longa fila de carros rodeou o humilde templo de minha aldeia, e preciosas meninas, de doze a quatorze anos, como um bando de pombas, que interrompessem seu voo, adentraram no risonho ninho da igreja cristã, na qual singelos altares, adornados com perfumadas flores, pareciam confundir as rosas dos prados com as brancas açucenas do jardim da vida. Preciosas meninas! Sorrisos do mundo! Esperanças do homem! Por que entrastes em minha pobre aldeia?

Olhei-as, e só vi uma; era uma pálida menina com longos e negros cabelos encaracolados e que, ao andar, dobrava-se como os lírios. Quando se prosternou ante o confessionário, o aroma dos brancos jasmins que coroavam sua fronte chegou até meu cérebro, transtornando-me. A menina me olhou fixamente e disse-me, com voz triste:

– Padre, quando uma pessoa se confessa, é necessário que ela diga tudo o que pensa ao seu confessor?

– Se é mal, sim; se é bom, não.

– Querer é mal?

A esta pergunta, não soube, de pronto, o que responder, então, olhei para a menina e não sei o que li em seus olhos, porém, levando as mãos ao coração, no intuito de conter as batidas, repliquei, gravemente:

– Querer é bom, mas nem sempre; deve-se adorar a Deus, amar a nossos pais, querer bem o próximo, porém, há outras paixões no mundo, que tu ainda não compreendes, nas quais o querer é um delito.

– Eu amo a Deus, quero a meus pais, a meus irmãos, e... a um homem...

– És muito menina ainda para querer a um homem.

– Eu tenho lido que para o coração não há idade, e já faz um ano que o quero.

Em vez de perguntar, emudeci; não queria saber o nome daquele homem, porém, a menina prosseguiu:

– Faz um ano que minha irmã Adela se casou, querendo a bênção de um santo, ela a recebeu de vós.

– De mim?!...

– Sim, de vós; tendes fama de justo. Vim com minha irmã e, desde aquele dia...

– Que houve?

– Desde aquele dia, penso em vós e, para voltar a vos ver, para poder vos falar, tenho sido a que tem mostrado mais empenho em vir para perguntar-vos se é um pecado pensar em vós.

Que passou por mim, então? Não o sei, fechei os olhos, porém, foi inútil, pois aquela menina feiticeira, aquela jovem encantadora, cheia de ingenuidade e de paixão, revelava-me um mundo de felicidade, negado para mim. A voz daquela menina acariciava minha alma, porém tive bastante força para dominar meus sentimentos e disse à menina:

– Não podes amar a um sacerdote, minha filha, pois é um homem que não pertence ao mundo; roga fervorosamente para que Deus afaste de ti essa fatal alucinação e pede a Ele que te perdoe, como eu te perdoo.

E cego, oprimido por diversas e desencontradas emoções, saí do confessionário pedindo a Deus para não vê-la a fim de não sofrer. Porém, ai, era só ela quem eu via! A pálida menina dos caracóis negros ficou gravada em minha mente e, durante muito tempo, perturbou meu sonho e minhas orações, o perfume dos jasmins que coroavam sua fronte.

Oito anos depois, elegante cavalheiro chegou em minha aldeia, pedindo para ver-me, e me disse:

– Vinde, senhor, minha esposa está morrendo e não quer outro confessor, senão vós.

Segui-o e, sem saber por que, pensei na menina dos caracóis negros.

Chegamos a um palácio, e o jovem me levou para um régio aposento, no qual, em um leito envolto por longas e purpúreas cortinas, uma mulher se lamentava debilmente. Deixaram-me sozinho com a enferma, e, então, ela me disse:

– Olhai-me! Não me reconheceis?

Meu coração já a havia reconhecido, ainda que, a bem da verdade, não a houvesse esquecido, porém, tive forças para dizer:

– Quem há de reconhecer-vos é Deus em seu reino, pois que os homens da Terra são coisas sem importância.

– Eu não vos esqueci. Hoje, faz oito anos que disse que vos amava; dizem que vou morrer e quero vos dizer que, sobre todos os seres da Terra, eu vos amei.

Fitei-a por um momento, contemplei aqueles olhos que irradiavam a paixão, abençoei-a com meu pensamento, fiz com minha destra uma cruz, querendo interpor algo entre nós e saí daquele cômodo mortuário, fugindo de mim mesmo. Voltei à minha aldeia e devorei, em silêncio, aquele amor, que não tinha o direito de fruir.

Dois anos depois, a peste assolou a cidade vizinha, e numerosas famílias vieram até a aldeia em busca de seus saudáveis ares. Mas, ai, os hóspedes trouxeram consigo o contágio, e os sinos lançaram ao vento sua melancólica voz aos ingênuos camponeses: "a morte está entre vós", mas isso não impediu que continuassem a chegar novos migrantes e entre eles, numa noite, chegou o duque de V..., acompanhado de sua esposa e de numerosos criados. No dia seguinte, em poucas horas, ele morreu e, quando cheguei para prestar-lhe os últimos auxílios da religião, já era tarde. Uma mulher saiu ao meu encontro, chorando silenciosamente. Retrocedi, estupefato; era ela, a pálida jovem dos negros caracóis, que eu imaginava morta fazia dois anos.

Ela me compreendeu, dizendo com triste voz:

– Deus é muito bom para mim, creio que agora morrerei mesmo e seguirei meu esposo. Vós recebestes minha primeira confissão e, talvez, recebais a última. Só um segredo tenho tido em minha vida, só um pecado tenho cometido, se é que querer é um delito.

Os sinais da febre contagiosa já marcavam seu pálido semblante e, como um louco, recorri à ciência, pedindo pela vida daquela mulher que tanto me havia querido e que tanto eu havia amado, porém, a ciência, graças a Deus, não escutou meus imprudentes rogos e, dois dias depois, morreu a jovem duquesa, dizendo-me: "Quero que me enterrem no cemitério desta aldeia, quero estar ao vosso lado, morta, já que não o pude estar em vida."

Que mistérios guarda o coração humano!

Quando lancei terra em sua sepultura, quase me vi feliz; quão egoísta é o homem!

Quando a pálida menina, coroada de brancos jasmins, cheia de inocência e amor, brindou-me com a taça da vida, recusei o néctar da felicidade e invejei o homem que a levasse ao altar.

Quando a nobre dama, rodeada da abastada família, disse que morria me querendo, invejei aos seus, que poderiam receber seu último suspiro e prestar aos seus despojos todo o luxo das pompas mundanas.

Quando aquela mulher, sozinha, rodeada de estranhos, que fugiam temerosos de se contagiarem, pediu um recanto no cemitério de minha aldeia, e quando vi que ninguém podia tocar suas cinzas, porque de seu punho e letra deixou escrito que seu corpo não fosse exumado da humilde sepultura que desejava, Oh! Então, recebi suas últimas palavras com mágico arrebatamento. Sua primeira confissão foi para dizer que me amava e sua última confissão foi para repetir que minha memória havia sido o culto de sua vida.

Por nem um instante me separei de seus restos, os pobres habitantes de minha aldeia, dizimados pela febre, espantados pela mortandade, tendo morrido o coveiro, não queriam tocar nos mortos e, então, Miguel e eu depositamos, em uma fossa, o cadáver da pálida mulher. Sultão se estirou aos meus pés. Miguel se afastou, e eu entreguei meu coração à felicidade de amar.

Como amar a uma morta não profanava os sagrados mandamentos, chorei minha juventude perdida, lamentei minha debilidade em não haver quebrado meus votos, afiliando-me à Igreja luterana, ao invéz, de unir-me em matrimônio àquela pálida menina de negros caracóis, com quem poderia ter constituído uma família grata aos olhos do Senhor. Compreendi, em breves horas, o que não havia compreendido em vinte anos e suspirei por uma felicidade que raramente se encontra na Terra.

Eu, que havia conhecido tantos segredos! Eu, que vira tantas mulheres sem máscara, confiando-me suas infidelidades, seus desvios!... Eu, que vira tanta inconstância, apreciava, em toda a sua força, o imenso amor daquela mulher que me viu quatro vezes em sua vida e, desde que soube sentir, sentiu por mim!

Com que prazer lhe cobri de flores a sepultura!

Com que santo deleite, eu delas cuidava!

O coração do homem é sempre criança!

Nenhum dia, nenhum só dia, deixava de ir ao cemitério! Ali estava o encanto de minha vida!

Muitos invernos se passaram, a neve cobriu sua tumba e deixou em minha cabeça alvas cãs, porém, meu coração sempre foi jovem!

O calor do mais puro sentimento manteve, sempre, o fogo santo do mais imenso amor! Mãe, irmã, esposa e filhos, tudo resumi nela, pois que é justo resgatar com acréscimos as sagradas dívidas do amor!

Se algo progredi neste mundo, tudo devo a ela! À pálida menina dos negros caracóis!

Junto à sua tumba, compreendi o valor da reforma luterana e, ao regar os salgueiros que lhe emprestavam sombra, dissipei as nuvens que envolviam minha imaginação. Conheci quão pequena era a Igreja dos homens e quão grande o templo universal de Deus.

Amor! Sentimento poderoso! Força criadora! Tu és a alma da vida, porque vens de Deus!

Sacerdotes sem família são árvores secas! E Deus não quer a esterilidade do sacrifício! Deus não quer mais que o progresso e o amor universal!

O EMBUÇADO

SENHOR! SENHOR! QUÃO CULPADO DEVO ter sido em minha existência anterior! Estou bem seguro que vivi ontem e viverei amanhã, pois, de outro modo, não poderia entender a contínua contrariedade de minha vida. E Deus, que é justo e bom, não deseja que se desgarre a última de suas ovelhas, porém, o espírito se cansa, como se cansa o meu, de tanto sofrer.

Que tenho feito no mundo, senão padecer? Vim à Terra, e minha pobre mãe, ou morreu ao dar-me à luz, ou a fizeram morrer, ou a obrigaram a emudecer. Quem sabe?! O mais profundo mistério velou meu nascimento. Quem me deu o primeiro alimento? Ignoro-o e não me lembro de nenhuma mulher que tenha balouçado meu berço. Meus primeiros sorrisos a ninguém fizeram sorrir; via homens com hábitos negros em torno de meu leito quando despertava. Nenhuma carícia, nenhuma palavra de ternura ressoava em meus ouvidos e toda a condescendência que tinham comigo era me deixar sozinho num espaçoso horto, sendo os pais de meu fiel Sultão (formosos cães terranova), meus únicos companheiros.

Nas tardes de verão, à hora da sesta, meu maior prazer era dormir, repousando minha cabeça sobre o corpo da paciente Zoa, e aquele pobre animal permanecia imóvel por todo o tempo em que eu quisesse descansar.

Essas foram todas as alegrias de minha infância. Ninguém nunca me castigou, porém, tampouco ninguém me disse: Estou contente contigo. Somente a pobre Zoa lambia minhas mãos, e León me puxava as mangas do hábito e começava a correr, como que a me dizer: "Vem correr comigo"; e, então, correndo com eles... sentia o calor da vida.

Quando deixei minha reclusão, ninguém derramou uma lágrima; unicamente, disseram-me: "Cumpre com teu dever". E, como lembrança de minha infância e de minha juventude, entregaram-me Sultão, então, brincalhão cachorrinho, e comecei uma era menos triste que a anterior, porém, triste sempre.

Amante da justiça, meus companheiros me apontaram o dedo, conceituando-me como elemento perturbador e me confinaram em uma aldeia onde passei mais de metade da vida, porém, quando a calma ia se apoderando de minha mente, quando a mais doce melancolia me punha submisso em mística meditação, quando minha alma gozava algumas horas de agradável sonho moral, chamavam-me da cidade vizinha para abençoar um casamento, para recolher a última confissão de um moribundo, para assistir a agonia de um condenado, e, contrariado sempre, nunca pude ao conceber um plano levá-lo a efeito por mais simples que fosse. E, se tenho sido um ser inofensivo, se tenho amado às crianças, consolado os infelizes e cumprido fielmente com os votos que pronunciei, por que essa luta surda? Por que essa contrariedade contínua? Se meu espírito não tem o direito de individualizar-se mais nesta existência, por que Deus, amor imenso (Ele é todo amor) tem me feito viver nesta terrível solidão? Ah! Não, não, não, meu próprio tormento me diz que vivi ontem. Se não reconhecesse meu passado, negaria a meu Deus e eu não posso negar a vida. Porém, ah! Quanto tenho sofrido! Somente uma vez pude fazer minha vontade, somente uma vez liberei a energia de meu espírito e quão feliz fui então!

Oh, Senhor! Senhor! As forças de minha alma não podem se inutilizar no curto prazo de uma existência. Viverei amanhã, voltarei à Terra e serei um homem, dono de minha vontade! E eu Te proclamarei, Senhor, não entre homens entregues a vãos formalismos. Proclamarei Tua glória nas Academias, nos ateneus, nas universidades, em todos os templos do saber e em todos os laboratórios da ciência! Serei um de Teus sacerdotes! Serei um de Teus apóstolos! Porém, não farei mais votos, senão o de seguir a lei de Teu Evangelho!

Amarei, porque Tu nos ensinas a amar, constituirei uma família, porque Tu nos dizes: "crescei e multiplicai-vos." Vestirei os órfãos, como Tu vestes os lírios do vales. Hospedarei o peregrino como Tu hospedas, nas ramagens, as aves. Difundirei a luz de Tua verdade, como Tu difundes o calor e esparges a vida com Teus múltiplos sóis em Teus infinitos universos. Oh, sim, viverei, porque se não vivesse amanhã, negaria Tua justiça, Senhor!

Não posso ser um simples instrumento da vontade de outros. Por que, então, para que me dotastes de entendimento e de livre-arbítrio?

Se tudo cumpre teu trabalho na Criação, minha iniciativa deve cumprir a tua; e eu nunca tenho estado satisfeito com as leis da Terra! Quando, quando poderei viver?

Quantas vezes, Senhor, quantas vezes tenho acudido na confissão de condenados à morte e, se pudesse, levaria aqueles infelizes à minha aldeia e repartiria com eles meu escasso pão! Quantos monomaníacos! Quantos espíritos enfermos têm me confiado seus mais secretos pensamentos, e tenho visto, muitas vezes, mais ignorância que criminalidade! Desventurados!

Uma noite, repousava em meu leito, e Sultão, como de costume, estava estirado diante de minha cama. Eu, nem desperto, nem dormindo, pensava nela, em minha adorada morta, a pálida menina de negros caracóis. De repente, Sultão se levantou, grunhiu surdamente e apoiou suas patas dianteiras em meu travesseiro, parecendo dizer com seu inteligente olhar: "Escute". Prestei atenção e nada ouvi, puxei uma orelha de Sultão, dizendo-lhe: "Tu sonhas, companheiro", porém, ele continuou olhando e ouvi um rumor distante que foi se acercando; era o galopar de muitos cavalos, fazendo tremer as casas da aldeia. Uma forte pancada ressoou na reitoria. Miguel se levantou apressadamente, olhou quem era e veio me dizer todo sobressaltado:

– Senhor, vêm vos prender! Quer vos ver um capitão de gendarmes, que vem com muita gente.

– Pois que entre – respondi-lhe. Entrou então o capitão, homem de rude semblante, porém, muito franco, que me disse:

– Desculpe-me, padre, vir em hora tão intempestiva perturbar seu sono, porém, há vários dias escapou do cárcere um preso que deveria cumprir sua condenação em Toulon. Temo-lo procurado inutilmente e viemos ver se por acaso o encontramos nos despenhadeiros destas montanhas. Dizem que tem um cão a cujo fino olfato nada lhe escapa. Peço-lhe que me empreste para ver se ele fareja alguma pista, disseram-me que o estima e lhe prometo que nada acontecerá a esse bravo animal.

Mirei Sultão fixamente e disse ao capitão:

– Bem, esperemos o amanhecer e, enquanto isso, você pode repousar por duas horas em minha cama. Antes que nasça o Sol, eu o chamarei.

– Tenho ordens de não perder um só minuto e não o perderei.

Eu, que não desejava que encontrassem aquele infeliz, continuava a mirar Sultão fixamente, e este pareceu compreender meu pensamento, pois moveu a cabeça, em sinal de assentimento, e ele mesmo foi buscar a forte coleira de couro, rodeada de aguçadas pontas, que usava nas grandes caminhadas. Coloquei-a, e o capitão olhou enternecido, dizendo: "Que formoso animal!" Momentos depois, partiram, deixando-me a rogar ao Ser Supremo para que meu fiel Sultão não descobrisse rastro algum.

Na tarde do dia seguinte, o capitão voltou, mal-humorado, dizendo:

– Trago-vos duas más notícias: não encontrei o bandido e perdi vosso cão. Numa hora em que estávamos descansando, ele desapareceu, o que sinto profundamente, porque é animal que não tem preço. Como é inteligente! Já podíamos estar aqui há duas horas, porém, retrocedemos, procurando-o.

Fiz o capitão cear comigo e, logo em seguida, voltou para prestar contas do ocorrido, e eu, sem saber por que, não me inquietei pela ausência de Sultão, apenas deixei a porta do jardim entreaberta e subi ao meu quarto, onde pus-me a ler. Às nove horas, apareceu Sultão; tirei-lhe a coleira, fez-me mil carícias, apoiou sua cabeça em meus joelhos, e começou a grunhir, puxando meu hábito; corria até a porta, voltava, olhava-me, estendia-se no chão, fechava os olhos fazendo-se de morto, levantava-se e voltava a mirar-me como que a dizer: "Vinde comigo". Pensei no criminoso foragido e disse: – "Seja o que seja, levarei algumas provisões". Peguei um pão, uma cabaça com vinho, outra com água aromatizada, uma lanterna, que escondi debaixo de minha capa e, sem fazer o mais leve ruído, saí pela porta do jardim, a qual deixei encostada. Miguel dormia profundamente.

Quando me vi no campo, senti em todo o meu ser uma emoção especial, detendo-me, alguns momentos, para dar graças a Deus por aqueles instantes que me concedia de completa liberdade. Sentia-me mais ágil e meus olhos viam mais longe. Era uma belíssima noite de primavera, onde as múltiplas estrelas pareciam um exército de sóis a celebrar no céu a festa da luz, tão brilhantes eram os luminosos eflúvios que enviavam à Terra. Parecia que a Natureza se associava a mim para fazer uma boa ação. Tudo sorria, e minha alma sorria também! Porém, Sultão estava impaciente e perturbava minha meditação, puxando com força minha capa; seguiu, logo desaparecendo em fundos barrancos, bastante próximos ao cemitério. Sultão me guiava, puxando a extremidade de meu cajado, porque a luz da lanterna parecia diminuir naqueles antros obscuros. Penetramos em longa vala, onde, ao fundo, havia um monte de ramos secos

MEMÓRIAS DO PADRE GERMANO

e, detrás daquele parapeito coberto de folhagem, havia um homem que parecia estar morto, tão completa era a sua insensibilidade. Seu aspecto era espantoso, quase desnudo, rígido, gelado! A primeira coisa que fiz foi deixar a lanterna no solo junto com o pão, o vinho e a água e, num grande esforço, consegui tirá-lo dentre a folhagem, arrastando-o para o meio da vala. Quando o coloquei bem estendido, com a cabeça apoiada sobre um monte de ramos, Sultão começou a lamber o peito daquele infeliz, e, eu, empapando meu lenço com água aromatizada, apliquei-o à sua fronte, às suas faces, esfreguei-lhe o rosto e, apoiando minha destra sobre seu coração, senti, passados alguns momentos, débeis e fracas batidas. Enquanto isso, Sultão não poupava meios de lhe devolver a vida: lambia-lhe os ombros, farejava todo o seu corpo, esfregava sua cabeça na cabeça daquele infeliz, até que, por fim, o moribundo abriu os olhos, que voltou a cerrar, suspirando angustiosamente. Então, sentando-me no solo, coloquei a cabeça daquele desventurado suavemente sobre meus joelhos e pedi a Deus a ressurreição daquele pecador. Deus me escutou, o enfermo abriu os olhos e, ao sentir-se acariciado, olhou-me com profundo assombro, e a Sultão, que aquecia seus joelhos com seu respirar. Acerquei-lhe aos lábios a cabaça de vinho, dizendo-lhe: "Bebe". Ele não se fez de rogado, bebeu com avidez e de novo fechou os olhos, como que para coordenar suas ideias e, então, tentou se levantar, no que o ajudei, passando meu braço pela cintura e apoiando-lhe a cabeça em meu ombro; parti um pedaço de pão e lhe ofereci, dizendo: "Faze um esforço e come". O enfermo devorou o pão com febril desalento, bebeu de novo e disse:

– Quem sois?

– Um ser que te quer muito.

– Que me quer muito? Como? Se ninguém jamais me quis.

– Pois eu te quero e pedi a Deus que teus perseguidores não te encontrassem, pois creio que eras tu que deverias ir ao presídio de Toulon.

O enfermo experimentou violento tremor, olhou-me fixamente, dizendo, com voz roufenha e desconfiada:

– Não me enganeis ou vos custará caro, pois que sou um homem de ferro.

Quis se levantar, mas eu o detive, dizendo:

– Não temas, quero te salvar. Confia em mim e, algum dia, darás graças à Providência. Dize-me por que te encontras aqui.

– Porque estas montanhas me são muito conhecidas; quando escapei do cárcere, pensei em ocultar-me em uma de suas furnas e, logo, voltar a viver, mas não contava que a fome e não sei que outra enfermidade me rendessem, parecendo mesmo que me martelavam o cérebro e somente depois pude sair de onde me encontrava e cobrir-me com ramagens... Não me lembro de mais nada e, a não ser por vós, estaria morto.

– Sentes-te com forças para andar?

– Agora, sim! Não sei o que me aconteceu, pois sempre fui de ferro.

E, levantou-se agilmente.

– Pois bem, apoia-te em mim e saiamos daqui. Como te chamas?

– Juan.

– Pois olha, Juan, faze de conta que esta noite nasceste de novo para ser grato aos olhos do Senhor.

E, guiados por Sultão, saímos da caverna, que fazia muitas curvas, então, transpusemos os barrancos e, ao ver-me em terreno plano, estreitei o braço de meu companheiro e lhe disse:

– Olha, Juan, olha esse espaço e bendize a grandeza de Deus.

– Mas... Aonde vamos? – perguntou-me com receio.

– À minha casa. Ocultar-te-ei em meu oratório, onde ninguém nunca entra, ali descansarás e, logo, conversaremos.

Juan se deixou conduzir e chegamos ao jardim da Reitoria minutos antes de amanhecer, então, conduzi meu companheiro ao meu oratório, improvisei-lhe uma cama, fi-lo deitar-se e ali passei três dias cuidando dele. Esmeradamente, ele me olhava e não se dava conta do que lhe sucedia. Na terceira noite, quando os habitantes da aldeia se entregavam ao sono, Juan e eu, acompanhados de meu inseparável Sultão, fomos a uma ermida, abandonada há anos com a morte de seu ermitão, ante o altar destruído, sentamo-nos, Juan e eu, em uma pedra, com Sultão a nossos pés. Juan era um tipo repulsivo, de semblante feroz e, aturdido como estava, olhava-me de soslaio, ao mesmo tempo, parecendo contente com o meu proceder, pois haviam momentos em que seus olhos se fixavam em mim com tímida gratidão. Tratei de dominá-lo com minha vontade e lhe disse:

– Escuta, Juan, acredito ter sido feliz em salvar-te, pois, certamente, morrerias de fome ou, entregue por mim à justiça, sofrerias em Toulon mil mortes por dia. Dize-me, agora, como tem sido sua vida desde o princípio, e, principalmente, a verdade.

– Pouco tenho a contar de minha vida; minha mãe foi uma prostituta e meu pai, um ladrão; na companhia que meu pai dirigia havia um italiano muito prestativo que me ensinou, desde pequeno, a ler e escrever; dizia-me que eu seria muito bom na falsificação de toda classe de firmas e documentos e, efetivamente, tenho sido um bom calígrafo e um falsário repetidas vezes.

Há dez anos, amei uma mulher e a mesma confissão que vos faço, fiz a ela, porém, pertencente a uma honrada família, rechaçou-me com indignação, supliquei-lhe, prometi levá-la à América, que me tornaria honesto, porém, tudo foi em vão. Dizia que me odiava, que me entregaria aos tribunais se continuasse a importuná-la e, então, jurei que a mataria primeiro. Assim, algum tempo depois, cumpri minha promessa e veementes suspeitas recaíram sobre mim e, foi então que, por aquele delito e outros tantos, condenaram-me a trabalhos forçados por toda a vida.

– E não te lembraste nenhuma vez de Deus?

– Sim! Quando amei Margarita até roguei a Deus que abrandasse o coração de pedra daquela mulher, porém, quando minha louca paixão não resultou mais que um assassinato, quando vi outros homens, filhos de boa família, casados, rodeados de seus filhos, respeitados por todos, e eu desprezado e perseguido pela justiça... quando vi que minha mãe morreu na prisão, e meu pai morreu na tentativa de fuga de um presídio, passei a odiar o mundo e a Deus que me fizera nascer naquela esfera social.

– E agora, que pensas fazer?

– Não sei.

– Queres permanecer por algum tempo nessa ermida? Trarei diariamente alimento, roupa, livros, cama, todo o necessário e farei correr a notícia de que um nobre, arrependido de sua vida licenciosa, quer se entregar por um algum tempo à penitência. Sob o manto da religião, poderás viver tranquilo, ninguém perturbará teu repouso e para não ser reconhecido quando saíres a passear por essas cordilheiras, vestirás um hábito com o capuz de crivo, cobrindo-te o rosto e, do qual, só verão teus olhos pelas pequenas aberturas que abrirei em tua máscara. Então, à noite, quando tudo repousa calmamente, poderás sair livre e, então, elevar preces a Deus, no cume da montanha, levantando teu espírito nas asas da tua fé.

Se abandonares este porto de salvação, não encontrarás mais que uma vida degradada e uma morte violenta, mas se escutares meus conselhos, regenerarás tua alma e engrandecerás teu espírito, porque serás fortalecido pelo arrependimento e, então, quando fores um homem, quando somente permanecer de teu passado a mágoa e a vergonha de haver delinquido, eu te proporcionarei outros meios de vida, para que sejas útil à Sociedade, porque aqui somente podes permanecer enquanto necessitares ser útil a ti mesmo, porém, quando amares a Deus, será necessário que ames aos homens, trabalhando com eles. Agora, deixo-te aqui; amanhã, voltarei e me dirás a tua resolução.

Juan não me contestou, quis se deitar aos meus pés, e eu o recebi em meus braços, estreitando contra meu coração aquele infeliz, permanecendo abraçados longo tempo, quando abençoadas lágrimas brotaram pela primeira vez daqueles olhos secos ameaçadores, e eu lhe disse: "Juan! Batizo-te esta noite com tuas lágrimas, perdes o nome de criminoso e, em tua nova vida, serás chamado de Embuçado."

O êxito mais satisfatório coroou meus desejos e, com dois meses em seu retiro, Juan parecia outro homem. Apoderou-se dele certo misticismo, que eu fomentei o quanto pude, porque para certos espíritos o formalismo é necessário e onde falta a inspiração, a rotina faz prodígios; onde não há fé espontânea, a superstição a cria. A questão é acostumar a alma a uma vida temente a Deus; quem não pode amar o Eterno é indispensável que o tema e que reconheça seu poder, sorrindo ou gemendo, a ideia de reconhecer a Deus tem que ser despertada na Humanidade e, conforme o adiantamento do espírito, assim devem ser empregados os meios.

Para Juan, a solidão, a doçura, o repouso e o respeito, operaram maravilhosamente sobre seu espírito enfermo e indignado pelo desprezo social: o desprezo de uma mulher fê-lo assassino; o respeito ao seu infortúnio e à sua obcecação o conduziu a render culto a Deus e a tremer, humilhado, ante sua grandeza.

Às tardes, depois de minha visita ao cemitério, ia vê-lo e... quanto gozava minha alma em contemplar sua aprazível solidão! Em meu pensamento, via os pobres presidiários, ofegantes, vencidos pela fadiga, maldizendo suas existências sem se lembrarem de Deus e os comparava com aquele criminoso arrependido que, a cada instante, bendizia a misericórdia do Onipotente.

Quando reconheci que aquele espírito podia de novo pôr-se em contato com o mundo, entreguei-lhe minhas escassas economias para que pudesse pagar sua passagem em um navio que rumava para o Novo Mundo, conduzindo trinta missionários. Recomendei-o eficazmente ao

MEMÓRIAS DO PADRE GERMANO

chefe da santa expedição e disse a Juan quando lhe dei o abraço de despedida: "Filho meu, trabalha, constitui uma família e cumpre com a lei de Deus!"

Nunca esquecerei o olhar que Juan me dirigiu, ele recompensou todas as amarguras de minha vida.

Quatro anos depois, recebi uma carta sua na qual, depois de contar-me mil episódios interessantes, dizia-me:

"Padre! Padre meu! Já não vivo sozinho, uma mulher uniu sua sorte à minha. Agora, tenho minha casa, tenho minha esposa e, logo, terei um filho que levará vosso nome. Quanto vos devo, Padre Germano! Se me houvésseis entregado à justiça, morreria maldizendo tudo quanto existe, porém, havendo me dado tempo para arrepender-me, tenho reconhecido a onipotência de Deus e tenho pedido misericórdia para os infelizes autores de meus dias. Bendito sois vós, que não me tirastes a herança que a seus filhos dá o Administrador! Vale tanto ao homem dispor do tempo! Porém, de um tempo aprazível, não de horas malditas, nas quais o condenado se curva e trabalha, açoitado pelo látego feroz do capataz.

Vive em minha memória a ermida do Embuçado, e não tenho querido perder o nome que me destes. Quando chegar meu filho, ensiná-lo-ei a bendizer vosso nome e, depois de Deus, este vosso humilde servo, minha esposa e meu filho, a vós adoraremos. – O Embuçado."

Esta carta será enterrada comigo, como recordação preciosa da única vez em que, em minha vida, agi com inteira liberdade.

Bendito sejas, Senhor!... Bendito sejas, que me concedeste, por alguns instantes, poder ser teu vigário neste mundo, porque somente amando e amparando ao desvalido, perdoando o delinquente, instruindo o ignorante é que o sacerdote cumpre sua grata missão na Terra!...

Quão feliz sou, Senhor! Quão feliz sou! Tu me permitiste dar visão ao cego, dar agilidade a um entrevado, dar voz a um mudo e tenho Te visto; tenho me dirigido a Ti e tenho Te dito: "Perdoa-me, Senhor!", e Tu me tens perdoado; porque Tu amas muito às crianças e aos arrependidos.

Quão feliz sou! Nos bosques do Novo Mundo, minha mente contempla uma humilde família e, ao chegar a tarde, todos se prostram de joelhos e elevam uma prece pelo pobre cura da aldeia. Graças, Senhor! Ainda que distantes de mim, pude formar uma família.

JULGAR PELAS APARÊNCIAS

SENHOR! SENHOR! QUANDO CHEGARÁ O dia em que poderei deixar este vale de amarguras? Tenho medo de permanecer na Terra, a ilusão das experiências sociais me oculta os abismos do crime e temo cair.

Quando um ser desconhecido se posta diante de mim e conta sua história, sinto frio na alma e exclamo com angústia: "Mais outro segredo! Outra nova responsabilidade sobre as muitíssimas que me atormentam! Sou eu, acaso, perfeito? Tenho mais luz que os outros, para que eu me obrigue a servir de guia a tantos cegos de entendimento? Por que essa distinção? Se eu sinto como eles, se tenho paixões mais ou menos reprimidas, se tenho me visto a fugir do contato do mundo para que meu coração pare de bater, por que este empenho em querer que a frágil argila seja forte como as rochas de granito?

Povos ignorantes, que viveis entregues à vontade de alguns míseros pecadores! Não sei quem é mais digno de compaixão: se vós, que vos enganais, crendo-vos grandes, ou nós, que nos vemos pequenos!

Senhor! Senhor! Por que terei nascido na casta sacerdotal? Por que me tens obrigado a guiar pobres ovelhas, se não posso guiar a mim mesmo?... Senhor! Tu deves ter outras moradas, porque, na Terra, a alma pensadora se asfixia em ver tanta miséria, tanta hipocrisia! Quero ir pelo bom caminho e em todas as sendas encontro precipícios, para neles cair.

Oh, o sacerdote! O sacerdote deve ser sábio, prudente, observador, reto em seu critério, misericordioso em sua justiça, severo e clemente, juiz e ator, às vezes. E o que somos na realidade? Homens falíveis, débeis e pequenos. Meus companheiros me abandonam, porque não me quero proclamar impecável como eles. Dizem que defraudo os interesses da Igreja. E acaso a Igreja necessita dos bens da Terra? Necessitará a Igreja de Deus das míseras doações dos filhos do pecado? No templo do Eterno não fazem falta as oferendas dos corruptíveis metais com o incenso das boas obras das grandes almas, perfumam-se os âmbitos imensos da Basílica da Criação.

Senhor, inspira-me! Se vou pelo mau caminho, apieda-Te de mim, porque meu único desejo é, na Terra, adorar-Te, amando e protegendo meus semelhantes e seguir-Te amando em outros mundos onde as almas estejam, por suas virtudes, mais perto de Ti.

Estou aturdido, a reprovação geral se levanta contra mim e somente dois seres me bendizem nesta ocasião. Perdoa-me, Senhor, se tenho sido culpável! Porém... de que duvidar? Se Tu estás comigo! Se Tu és a própria verdade! Como toleras o erro? Tu não queres templos de pedra, porque Tu tens Teu templo na consciência do homem! Por mim, não Te erigiria uma soberba abadia onde umas tantas mulheres rezassem por costume e, algumas delas, Te houvessem acusado de injusto porque, em Teu nome, haviam-nas sacrificado no melhor de sua juventude.

Conventos! Conventos! Antessalas dos sepulcros! Em vossos claustros se vive sem viver... e Deus criou a Terra para todos os seus filhos! Recordo minha infância; vejo em minha mente os monges silenciosos, cadáveres galvanizados! Múmias insepultas! E sinto frio na alma, muito frio!... Nos conventos, cumprindo-se com o que prescreve a ordem monástica, vive-se contrariando a lei natural; mas se se quebram os votos, por que enganar ao mundo e faltar ao juramento contraído? Nunca prometa, o homem, mais do que aquilo que racionalmente possa cumprir.

Minha cabeça arde e as ideias, em violenta ebulição, parecem querer romper o estreito molde de meu cérebro. Necessito me ver, necessito ver traçado, no papel, meu pensamento e, tu, manuscrito querido, serás meu confidente. Eu te direi por que sofro, contarei-te como, no retiro de minha aldeia, perseguem-me as lutas da vida.

Há vinte anos, vieram-me buscar para confessar a um nobre jovem, o opulento barão de G., que estava prestes a morrer. Quando entrei no aposento do moribundo, uma dama, ricamente vestida, estava ajoelhada aos pés do leito. O enfermo, ao ver-me, disse com voz imperiosa:

– Saia, senhora.

E quando ficamos sozinhos, descarregou sua consciência, dizendo-me finalmente:

– Não posso jurar, porém, estou quase certo de que morro envenenado e creio que minha mulher é autora do crime. Deixo uma filha, que não sei se é minha filha, porém, o feito, feito está e não quero escândalos depois de minha morte, porque, de qualquer maneira, Deus me vingará, nem quero deserdar a uma criatura que não sei se algum laço prende a mim e que, de um modo ou de outro, é inocente. Deus tenha misericórdia da vítima e dos assassinos!

E aquele infeliz expirou em meus braços, morrendo a duvidar, sem atrever-se a condenar.

Sua jovem viúva demonstrou extremado amor e gastou grandes somas em luxuosos e repetidos funerais.

Algum tempo depois, contraiu novas núpcias, sem que, por isso, deixasse de celebrar, todos os anos, exéquias em memória de seu primeiro esposo.

Vinha, com frequência, ouvir a missa que eu celebrava, quando os pássaros dizem: "Glorificado seja o Senhor!" e ficava sozinha, rezando com fervorosa devoção; particularmente, no verão, não faltava nenhum só dia à missa matutina, pois vivia perto de minha aldeia, em uma magnífica quinta. Sua filha maior recebeu de minhas mãos, pela primeira vez, o pão da vida; e sempre que via aquela menina, recordava-me da confissão de seu pai.

A inocente Raquel me dava pena, porque, em suas infantis confissões, queixava-se de que sua mãe não lhe demonstrava nenhum carinho, e ela, ofendida, tampouco o podia querer.

Eu, que sempre tinha sido contrário a receber a confissão de alguém... da mãe de Raquel, baronesa de G... desejava escutar a história; meu coração pressentia algo terrível naquela mulher.

Para o mundo, era um modelo de virtudes e, pouco a pouco, fez-se tão devota, que passava horas e horas na igreja de minha aldeia. Raquel foi crescendo, vivendo completamente sozinha. A infeliz se lamentava que sua mãe não a queria e que havia momentos em que, ao discutir, dizia odiá-la, e seus irmãos, seguindo seu exemplo, também a tratavam mal; somente o marido de sua mãe, era o único que se mostrava carinhoso com ela; porém, era um homem de caráter débil, dominado em absoluto por sua esposa, e Raquel era, em resumo, a vítima de todos eles; mas como para todos os seres há um dia de sol, Raquel veio certa vez dizer-me que amava e era amada; um jovem escultor lhe havia pedido que se unisse a ele com o laço do matrimônio, mas temia ela que sua mãe se inteirasse disto, pois, segundo tinha entendido, destinavam-na a ser esposa de Deus. E ela preferia a morte a entrar para o claustro.

Pedia-me amparo para não ser sacrificada, dizendo que cederia sua fortuna à mãe, contanto que a deixassem unir-se ao eleito do seu coração.

É obrigação do mais forte ser protetor do mais fraco, e eu prometi a Raquel salvá-la da cilada que, segundo ela, estavam lhe preparando. Não eram infundadas suas suspeitas, logo, propagou-se que a exemplar baronesa de G... ia restaurar antiquíssima abadia, e uma das noviças da nova comunidade seria a primogênita da devotadíssima fundadora.

Ao saber da notícia, escrevi à baronesa, pedindo-lhe uma entrevista na Reitoria, ao que ela acudiu prontamente para ver o que desejava.

Quiçá pela primeira vez mirei fixamente uma mulher, porém, apenas para ler em seus olhos o que se passava em seu coração; não acreditava que sua extremada devoção fosse resultado de grande fervor religioso e, infelizmente, não me equivoquei.

Quando chegou à igreja, fi-la subir ao meu gabinete, convidei-a a sentar-se e, sentando-me frente a frente, disse-lhe:

– Sempre tenho fugido de receber confissões de alguém, porém, por força das circunstâncias, sou obrigado, hoje, a pedir-vos, em nome da religião que professais e, em nome do Crucificado, que façais comigo uma confissão.

– Não me vejo preparada para semelhante ato – contestou a baronesa com certa perturbação –, posto que não fiz um exame de consciência.

– Não é necessário, senhora, essas são puras fórmulas. Para um pecador dizer o que sente, não necessita mais que boa vontade. Cada qual tem suficiente memória para recordar-se de todos os desacertos que tenha cometido em sua vida.

A baronesa empalideceu, soltou um suspiro e não me contestou, então, prossegui, dizendo:

– Sei que ireis restaurar a arruinada abadia de Santa Isabel.

– É certo – confirmou ela. – Quero que a juventude tenha um novo albergue para fugir das tentações do mundo.

– E dizem que vossa filha Raquel será uma das noviças da nova comunidade.

– Sim, porque em nenhuma parte estará melhor que ali.

– E tendes consultado sua vontade?

– Os filhos bem educados têm a obrigação de querer o que querem seus pais.

– Sempre que não se contrariem suas inclinações particulares, e que seu organismo e seu temperamento possam adaptar-se ao novo gênero de vida que lhe querem impor; e pelo que Raquel é, menina débil e enfermiça, se encerrada em um convento, certamente, entregará sua alma ao Criador.

– Vós pensais assim? Não me parece que seja tão delicada, e crede que lhe faz falta a sujeição de um convento.

– Pois eu creio que Raquel é uma sensitiva e, por isto, quis falar convosco, porque tenho a sagrada obrigação de velar por ela. Se vós sois a mãe de seu corpo, eu sou o guia de sua alma; coloquei em seus lábios o Pão da vida espiritual; tenho lhe falado de Deus, sou o confidente de seus angelicais segredos e sei que a alma dessa menina não serve para clausura.

– Pois eu, pode-se dizer – replicou a baronesa com inflexão contrariada –, desde que nasceu, fiz voto de que ela não seria para o mundo e o voto que se faz é necessário cumprir.

– Porém, esse voto não é válido, senhora; prometeu a Deus um ser que não vos pertencia, porque não sabia, amanhã, os pensamentos de vossa filha, e Deus não quer o sacrifício de seus filhos; Deus quer unicamente sua felicidade.

– E que maior felicidade que servir-Lo e amá-Lo?

– E não se pode servir e amar a Deus em todas as paragens da Terra, sem escravizar uma pobre jovem que necessita, como as flores, do sol e do ar para viver?

– Vós não pareceis um sacerdote – retrucou ela, com certa irritação.

– Por que não pareço um sacerdote? Por que não exploro vossa devoção, opondo-me a que levanteis a abadia e principalmente a que Raquel tome parte da comunidade? Porque sei, muito bem, que a alma dessa menina não nasceu para a aridez do claustro; é doce, carinhosa, expansiva, um ser que Deus destinou para ser um modelo entre as mães de família.

– Pois eu a consagrei a Deus e somente a Deus servirá.

Naquele momento, não sei o que se passou comigo: senti-me crescer, revestido de certo poder espiritual e crendo-me, naquele instante, um enviado de Deus; não sei que anjo me inspirou, porém, uma estranha força, uma desconhecida potência transfigurou meu ser e deixei de ser, naquele momento, o paciente e sofrido pastor que sorria sempre ao ver as travessuras de suas ovelhas; senti pulsar minhas têmporas com inusitada violência; parecia que mão de fogo se apoiava em minha fronte; em meus ouvidos zumbiam mil palavras incoerentes. Estendi minha destra e me levantei, possuído de um terror e um espanto inexplicáveis; pareceu-me ver sombras de noviças que fugiam em debandada; acerquei-me à baronesa, apoiei minhas mãos em seus ombros, e, com uma voz oca, que parecia o eco de um sepulcro, disse-lhe:

– Escutai a um ministro de Deus, e... ai de vós se vos atreveis a mentir!

Ela me mirou, e não sei o que leu em meu olhos, mas teve que baixar os seus, dizendo com voz transtornada:

– Que quereis? Causais-me medo!...
E a infeliz pecadora começou a tremer.

– Nada temais – disse-lhe. – Não quero mais que vosso bem, ou melhor dizendo, não sei quem o quer, porque alguém murmura em meu ouvido, o que vou dizer-vos. Vossa devoção, vosso misticismo, vosso fervor religioso, têm uma base. Sabeis qual seja?

– Qual? – disse ela, com voz oprimida.

– O remorso!

– Que dizeis? – balbuciou, tremendo.

– Repito-vos – repliquei em tom de voz profundamente intencional. – A causa de vosso fanatismo religioso é o remorso. Há vinte anos, recebi a última confissão de vosso esposo e, escutai-me, senhora, e não percais nenhum acento de minhas palavras; o moribundo confiou o nome de um assassino. Entendeis? Ele sabia tudo!... tudo! Até o menor detalhe!

Ela mirou-me, leu em meus olhos seu nome e perdeu os sentidos; porém, minha destra tocou sua fronte e minha voz profética (naqueles instantes) lhe disse com vigorosa entonação: "Despertai!" e aquela infeliz abriu os olhos com espanto e quis prostrar-se aos meus pés; porém, eu a detive, dizendo:

– Escutai. Sei vossa história e tenho seguido, passo a passo, a espinhosa senda de vossa vida. Casastes mais tarde com o cúmplice de vosso crime. Raquel, como fruto de vossa primeira falta, tem vos recordado constantemente uma parte de vossos desacertos. Vossos outros filhos, nascidos em legítimo matrimônio, não vos causam remorso; porém, essa pobre menina, que leva um sobrenome (que não é seu), sem dúvida vos atormenta; talvez vós estejais vendo a sombra do morto, que vos persegue onde quer que vades, e pensais aplacar sua ira, mandando celebrar missas em sua memória, agora, quereis levantar um convento com o dote usurpado de Raquel e encerrar, longe de vós, essa inocente menina, para não ver constantemente o fruto de vossa primeira falta. Credes que com esses atos de falsa devoção, Deus vos perdoará? Não, podereis enganar os homens da Terra, e poderão os iludidos ter-vos por santa, porém, para Deus, não servem as comédias religiosas. Não cometais um novo sacrilégio; não sacrifiqueis Raquel, ela ama e é amada, deixai-a ser a esposa de um homem, pois Deus já tem, por esposa, a Criação.

Ela quis falar, porém a detive, dizendo:

– Não vos justifiqueis; tudo é inútil; leio vossa vida passada, no livro de vossos olhos. Nada mais que vos ver para sentir por vós, uma profunda compaixão; tendes tudo para ser ditosa e, sem dúvida, uma velhice prematura enfeia vosso corpo; sempre que vos tenho visto, ajoelhada no templo, fico compadecido porque, por um momento de extravio, levais uma vida de martírio. Cada dia quereis ser mais devota, sem dúvida, porque cada dia vos reconhecei mais culpada. Fazei o que Deus vos ordena; acedei ao casamento de Raquel e, sua abundante fortuna, empregai-a para levantar um hospital, socorrendo a centenas de famílias pobres; ela a doará prazerosamente e assim fareis duas boas obras: empregareis em obras benéficas o que não vos pertence e não sacrificareis um ser inocente, que tem como único delito recordar-vos vossa primeira queda.

Ela me mirou e não soube como contestar; levantou-se, voltando a cair em seu assento, querendo afogar seus soluços; porém, eu lhe disse:

– Chorai, pobre mulher, chorai, que com lágrimas rezam os que, como vós, olvidaram o quinto mandamento!

Então, aquela mulher deu vazão ao seu pranto e eu a deixei chorar, livremente, dizendo-lhe ao fim:

– Jurai-me que fareis o que vos tenho pedido.

– Jurai-me vós que rogareis por mim – redarguiu ela, com abatimento.

– Vossas boas obras serão a melhor oração, senhora, porém, falai, não temais; calastes durante vinte anos e vosso silêncio é vosso verdugo. Não é verdade que sofreis? Não é verdade que vossas orações não conseguem levar a calma ao vosso coração?

– Não, padre, não; tudo quanto dissestes, sucede-me. Ele vive comigo. Raquel me assassina; ela, quando nasceu, inspirou-me o que não quero recordar; quando ele a acariciava e logo a afastava de si, não sei o que eu então sentia; e quando ele a mirava com íntima ternura, então... sofria mais; e quão certo é que a mulher decaída só se levanta para cair de novo! e caí... no abismo do crime... Depois, quando a bênção do sacerdote

MEMÓRIAS DO PADRE GERMANO   39

me uniu a meu novo esposo, acreditei que descansaria; porém, tenho
esperado em vão; e, para ser-vos franca, em nada creio, porque a religião
não me consola; porém, tenho medo e me perco no caos da dúvida.

– E passais por ser a mulher mais devota desta comarca. O que
é julgar pelas aparências! Repito-vos, não consumeis vossa iníqua obra,
sacrificando um ser inocente.

– Entendei, padre, que Raquel é filha do pecado.

– Se a isto vamos, todos os vossos filhos o são, senhora. Pensais
que vosso matrimônio é válido ante Deus? Se estes receberam, por pura
forma, a bênção de um homem, as uniões sacrílegas nunca são abençoadas por Deus.

– Os livros sagrados dizem que as faltas dos pais cairão sobre os
filhos até a quarta e quinta geração.

– E a razão natural também compreende que o ser é inocente da
herança do pecado. Deixai a vossos pobres filhos, que cada um escreva
sua história, e não aumenteis vossa culpa, sacrificando Raquel.

Ela prometeu-me que cumpriria meu desejo e o cumpriu, com a
condição de que Raquel cedesse sua fortuna em benefício dos pobres,
no caso de não querer professar. Raquel, aconselhada por mim, acedeu
contentíssima e, sorrindo de felicidade, apresentou-me ao amado de sua
alma, dizendo-me docemente:

– Abençoai-nos, Senhor!

Abençoei-os, com toda a minha fé e com todo o meu amor, estreitando contra meu coração o jovem par que, por um milagre, pude salvar
de uma infelicidade certa.

A baronesa repartiu o dote de sua filha, levantando um pequeno
hospital e auxiliando cem famílias; este rasgo a santificou aos olhos do
mundo. Todos dizem que é uma santa; passa mais tempo na igreja que em
sua casa, e, como as palavras voam, dizem que eu a fiz desistir do plano de
levantar a abadia e que eu apadrinhei a união de Raquel com o amado de
seu coração; e que, portanto, subtraí à igreja uma casa de salvação; se ontem, alguns de meus companheiros me odiavam, hoje... se me pudessem
fazer desaparecer, far-me-iam empreender uma viagem à eternidade; as
recriminações chovem sobre mim e dizem-me que sou um mau sacerdote, que penso mais nas coisas da Terra do que nos interesses do Céu. Que
sou um pastor descuidado, que deixo que se desgarrem minhas ovelhas;
e eu, Senhor, há momentos em que duvido de mim mesmo, porém, logo
reflito e digo: O que haveria sido melhor: levantar o convento e fazer

entrar nele pobre menina que tem vivido morrendo e, no momento, no bendito instante de ser feliz, arrebatar-lhe violentamente sua felicidade e condená-la a um claustro onde haveria acabado de morrer, maldizendo uma religião que lhe havia condenado ao martírio e lhe havia dito: morre, porque esta é minha vontade? Que será melhor, repito, destruir as crenças de uma alma jovem e confiante ou cooperar com o seu destino, unindo-a ao homem que a adorava, criando uma família feliz?

Há muitas casas de reclusão! Muitas, inumeráveis são as vítimas das tiranias religiosas! Feliz sou eu que posso arrebatar uma mártir do lugar do sacrifício!

Não me importa que me apontem com o dedo e que digam que meus conselhos afastam os servos do Senhor da boa senda. Se em Deus tudo é verdade, não lhe devemos oferecer mentirosas adorações.

Consagre-se à penitência a alma dilacerada que verdadeiramente necessita do isolamento para pensar em Deus, porém, a mulher jovem, a que ama e é amada, forme o sagrado altar da família e ensine a seus ternos filhos a bendizer a Deus.

– Senhor! Senhor! Dizem que subtraí uma casa à Tua igreja, porém, creio que aumentei Tuas propriedades, porque Tua graça adentrou as choças dos infelizes que têm recebido uma grandiosa esmola em Teu nome, e os enfermos, os fatigados caminhantes, os pobres meninos que se encontram rendidos de fadiga, ao chegarem a esta aldeia, encontram piedosa hospitalidade no benéfico asilo dos desamparados. Não é esta Tua verdadeira casa, Senhor? Tua casa é onde o faminto e sedento acalmam sua fome e sua sede.

Onde o desnudo encontra abrigo.

Onde o atribulado acha consolo.

Onde o espírito errante recebe útil conselho, esta é a verdadeira casa do Senhor, onde se faça o bem pelo próprio bem. Não faz falta levantar casas para rezar rotineiramente, pois para rezar com a alma todos os lugares são bons desde que o homem eleve seu pensamento a Deus.

Perdoa-me, Senhor! Tu lês em minha mente, todos me acusam! No tribunal da Terra, sou julgado como um mau sacerdote, mas Tu és a própria verdade, e quero que os homens Te adorem em espírito e em verdade.

"A FONTE DA SAÚDE"

SEMPRE O PASSADO FOI MELHOR! Por regra geral, o ontem perdido faz sorrir misteriosamente nosso coração, ainda quando a miséria nos haja oprimido e torturado, há uma secreta alegria em recordar as horas confundidas nas sombras do que lá se foi.

Por que será isto, Senhor? É fácil adivinhar: porque quanto menos anos contamos, menos responsabilidades temos, por isso, o tempo passado nos parece melhor, porque, a cada hora que transcorre, ou cometemos uma falta, ou presenciamos um crime, ou lamentamos um abuso ou deploramos uma punível mentira, estando certo aquele que disse: "longa vida, longa conta". Ai, Senhor! Minha jornada tem sido longuíssima e tenho visto tanto!... Tenho sondado tão a fundo o coração humano!... Tenho mirado tão atentamente o voo das inteligências, que se houvesse dado cem voltas ao redor do mundo não poderia ter visto tanta variedade de ideias e tanta desordem em todos os sentidos como tenho observado nos muitos anos que tenho passado no rincão de minha querida aldeia!

Que afã têm os homens em parecer bons! Logo, não pecam por ignorância! Logo, descobrem que é mau ser mau! E assim como Adão se ocultou do Senhor depois de haver pecado, envergonhado de sua nudez, do mesmo modo os demais homens cobrem a nudez de seus vícios com o manto de hipócritas virtudes, e nada se amolda melhor a essa prestidigitação das almas que as tradições religiosas.

A Religião não admite mais que a verdade, porém, as religiões, oh!, as religiões são o manto que cobre as misérias humanas e eu tenho aceitado o cumprimento de meu sacerdócio com a firme vontade de ser um mártir, se for preciso, porém, não um pecador. Quer dizer: pecar, todos pecamos, porém há desacertos premeditados e há faltas que obedecem à nossa debilidade moral e física, e é obrigação do homem pecar o menos possível, já que a perfeição em absoluto somente a possui Deus.

Grande força se necessita no mundo para ser tolerante com os hipócritas, porque a pessoa se converte no alvo de todos os ódios. E é o caso que reconhecem minha retidão, pois sabem que eu não condeno, porque recordo o que fez Jesus com a mulher pecadora e sabem que transijo com o pecador, porém nunca com a iniquidade. Estreitarei em meus braços ao que, ingenuamente, diga-me: "Padre, sou um miserável! Sou um malfeitor!..." Porém, rechaçarei, abominarei e arrojarei de minha presença aquele que me venha ponderando seu amor a Deus e o desprendimento das coisas terrenas, quando o vir enlaçado às vaidades humanas, como a ostra à concha.

Por que, pois, perseguem-me, para que eu seja colocado no propósito de tirar-lhes a máscara e dizer-lhes cara a cara o que mais ofende ao homem, que é lhe enumerar os defeitos? Senhor! Senhor! Tem misericórdia de mim e lembra que sou débil, que tenho sentimento, que tenho amado, que tenho lutado comigo mesmo pela vida toda. Por que, pois, hão de exigir-me virtudes que não possuo? Por que tenho que me ver mesclado em histórias alheias quando me atormenta o peso da minha?

Ó, Senhor! Cada dia que passa, mais me convenço de que vivi ontem e deverei viver amanhã para realizar o sonho de minha mente. Reconheço que minhas forças estão gastas e necessito repousar em uma nova existência, na qual viva esquecido de todos, menos da companheira de minha alma, porque não compreendo a vida sem o amor de duas pessoas.

Ah, Senhor! Quanto desejo acabar minha jornada... Tão cheia de contrariedades, tendo que lutar abertamente, criando-me poderosas inimizades!... Sim! Quero viver em um rincão da Terra, quero ter minha casa rodeada de palmeiras, quero amar uma mulher de rosto pálido e negros caracóis e quero estreitar, junto ao meu coração, formosas crianças, que me chamem de pai, assim como, bendizer a Deus quando os pássaros O saudarem! Quero me extasiar na meditação quando a esposa do Sol acariciar a Terra! E enfim, recobrar forças, adquirir vida! Quero que meu espírito sorria! Quero que, durante algum tempo, não cheguem até mim o lamento dos homens! – quero ignorar as histórias da Humanidade! Não me chames de egoísta, Senhor, porque levo muitos anos de luta! A carreira sacerdotal é das mais penosas quando se quer cumprir com o dever.

Exige-se tanto do sacerdote!...

Sem dúvida, por expiação aceitei o sacerdócio, porque ao ver tan-

MEMÓRIAS DO PADRE GERMANO   43

tas infâmias, tantos crimes ocultos, todo o meu ser se estremece e me
encontro pequeno, muito pequeno, para reprimir tantos abusos e, quando
quero cortar algum, meus superiores me ameaçam, dizem-me que o fim
justifica os meios e eu, então,... quanto sofro, Senhor! Porque não admito
bons fins sem justos meios e digo àquelas eminências: "Senhores, ou se
crê em Deus ou não se crê! Se reconhecemos uma inteligência Suprema,
se consideramos que um olhar infinito está fixo constantemente na Criação, devemos compreender que, para esses olhos eternos, não há meio de
ocultar o que sentimos. Assim, pois, a falsa devoção de nada serve. Que
importa que a aceitem os homens se não tem valor para Deus? São as
religiões convenções especiais para criar-se privilégios no mundo? Não!
As religiões devem servir para acercar o homem de Deus, porque as religiões são um freio que contém o galope das paixões e, se não consegue nos
melhorar intimamente, tão ateu é o que diz que não crê em nada, como
o que levanta uma capela para encobrir um crime."

Senhor! Senhor! Eu te confesso, visto que, faltam-me as forças
para lutar contra os homens e,... ou me tira este amor à verdade, para
que possa tolerar a hipocrisia, ou me reveste de mais energia para que,
nos momentos supremos da luta, meu pobre corpo conserve a força necessária e não seja vencido, tendo tanta integridade como meu espírito.
Agora mesmo, encontro-me vencido; tenho levado alguns tantos dias cruéis, porque quando estou em contato com o mundo, sou profundamente
desventurado. Oh, a Humanidade a tudo envenena!

Quem haveria de dizer que uma tranquila fonte (que os aldeões
chamam de saúde) haveria de me proporcionar sérios desgostos, amargas
contrariedades e, ao mesmo tempo, fazer uma boa obra: salvo uma rosa
rodeada de pontiagudos espinhos!

Manuscrito querido! Quando eu, amanhã, deixar a Terra, sabe
Deus onde irás parar, porém, qualquer que seja teu dono, desejo que
aprenda nestas confissões de minha alma, reflita nos extravios que nos
conduzem as paixões desordenadas e veja que a hipocrisia e o fingimento
têm sido quase sempre o móvel das fundações religiosas.

Ao pé de uma montanha, entre dois penhascos, um caudal de água
cristalina acalmava a sede das crianças de minha aldeia; e naquelas felizes tardes, quando passeava rodeado de pequeninos, quando ainda não
conhecia as misérias do mundo, gostava de sentar-me junto ao rústico
manancial e ali contemplar minha infantil família que corria alegre e
terminava sua frugal merenda, bebendo alegremente aquele néctar da
Natureza, tão necessário para viver e, ao ver aqueles corados rostinhos,

aqueles olhos brilhantes, aquelas bocas sorridentes, que recolhiam a água com alvoraçado afã, eu lhes dizia:

– Bebei, bebei, meus filhos, que esta é a água da saúde.

Desde então, todos os habitantes da aldeia denominaram o humilde manancial de "Fonte da Saúde".

Água salutífera o era, em verdade, para inocentes pequeninos que me seguiam radiantes para que lhes deixasse brincar com Sultão e lhes contassem histórias de fantasmas. Para as almas puras, todas as águas são boas! Ademais, quando vim à aldeia, notei muito descuido no asseio das crianças e, lentamente, fui impondo-lhes a limpeza como um dever de bom cristão e, para que melhor me obedecessem, dizia-lhes:

– Se todos os dias lavais os olhos duas vezes com a água da saúde, nunca adoecerão.

E aqueles inocentes (que me queriam muito) cumpriam, religiosamente, as ordens do senhor cura, crendo que a água tinha uma virtude milagrosa, e a virtude consistia na limpeza que eles e suas mães foram adquirindo paulatinamente. Esta foi a origem da "Fonte da Saúde", pois que, todas as coisas quase sempre têm princípios simples e como não se fazia nenhuma especulação, deixava-os crer que aquela água tinha a virtude de conservar a visão, contanto que meus fiéis tivessem o bom costume do higiênico asseio.

Um dia, veio a mim um de meus superiores aconselhando-me que seria conveniente ver se podia levantar uma capela junto à "Fonte da Saúde", porque, assim, quando as mulheres fossem a ela, poderiam rezar, pois era necessário que o pecador encontrasse, onde quer que fosse, pequenos templos para orar e arrepender de suas culpas, ao mesmo tempo em que, podendo aquela água ser propriedade da capela, vendendo-a a um preço módico, seria segura renda para a nova ermida.

Mirei meu superior com atenção e lhe disse friamente:

– Compreendo muito bem vossa sã intenção, porém, dispensai-me, pois não estou de acordo com ela. Templos não fazem falta e já existem em demasia. E, quanto a cobrar pela água, não se pode fazê-lo, porque essa água não tem virtude alguma, quimicamente, já a classifiquei e não tem nenhuma substância que a recomende especialmente.

– Pois chamam-na "Fonte da Saúde".

– Eu lhe dei esse nome para incentivar o costume do asseio e da higiene que queria estabelecer entre meus paroquianos. A limpeza é saúde e eu desejava que esses pobres seres, desprovidos até do mais necessário, tivessem uma riqueza positiva na saúde inalterável, pois sabido é que a limpeza robustece o corpo e, ao mesmo tempo que revigora, embeleza-o. Levantai onde quiserdes a capela que desejais (que eu creio desnecessária), porém deixai livre o manancial da saúde, pois não quero especulação à sombra da religião.

– Sois um mau sacerdote – disse meu interlocutor. – Não sabeis despertar a fé religiosa.

– Do modo que vós quereis, nunca a despertarei. Se Deus é a verdade, somente a verdade se Lhe deve oferecer.

– Pois tereis que permitir, porque uma opulenta família virá aqui dentro em pouco, atraída pela fama que tem a "Fonte da Saúde". A primogênita dessa nobre casa está enferma, e sua mãe (devotíssima senhora) espera que a filha aqui se cure e fez uma promessa: se ela recobrar a saúde, levantará uma capela junto à bendita fonte e eu vos repito: não venhais a interferir que se levante uma nova casa de oração.

Ia contestá-lo, mas me pareceu que alguém me disse ao ouvido:

– Cala e espera.

Nada contestei. Meu superior acreditou que me havia convencido com suas razões e despediu-se de mim mais afetuosamente que de costume.

Em poucos dias, chegou à aldeia a família que me haviam anunciado, quer dizer, parte dela, pois não vinham mais que a mãe e a maior de suas filhas com vários criados que, depois de deixar instalados seus senhores, voltaram à cidade, ficando apenas um velho escudeiro e a ama da jovem enferma. Fui, imediatamente, oferecer-lhes meus respeitos, pois recebi terminante ordem para que assim o fizesse, mas mesmo que não a tivesse recebido, teria ido, pois pressentia que aquela família continha um mistério e apesar de fugir das pessoas, quando pressinto que um crime vai ser cometido, venço meu caráter e faço tudo quanto me é possível para evitá-lo, porque creio que esta é a minha única obrigação: evitar o mal e praticar o bem.

Efetivamente, quando as vi, compreendi que não me havia enganado, pois a mãe era mulher de boa índole, que temia verdadeiramente a Deus, porém, envaidecida com sua nobre linhagem, mataria cem vezes antes de admitir um plebeu em sua família, e sua filha era tão orgulhosa quanto ela, supersticiosa e dominada em absoluto pelo fanatismo religioso e pelo orgulho de seu nobilíssimo berço. Era fácil adivinhar que estava enferma por sua extrema palidez, sendo que a expressão de seu semblante denotava tão profundo fastio, que se percebia que tudo a molestava, começando por ela mesma.

Pela primeira vez em minha vida, fui diplomático e as deixei falar, percebendo-as dispostas a levantar uma capela junto à "Fonte da Saúde", assim que a jovem Clarisa se curasse com a dita água, e estavam seguras de que se curaria. Eu as mirava e pedia força de vontade para emudecer, pois compreendi que Clarisa estava enferma, porém, que sua enfermidade tinha remédio. Tratei de estudar o caráter daquela mulher e vi que tinha um coração de mármore, uma inteligência viciada por orgulho excessivo e tinha uma ideia de Deus tão absurda e tão inadmissível, que não se podia escutar com calma suas desdenhosas argumentações.

Todos os dias ia à "Fonte da Saúde" beber água, porém, sua palidez aumentava, sua impaciência crescia e seu caráter se irritava. Tratei de fazer-me dono daquela alma rebelde por meio da doçura, porém, compreendi que, daquele espírito, somente pelo terror religioso conseguir-se-ia alguma obediência, assim, é que, para ela, fui o sacerdote severo, mencionando-lhe continuadamente o inferno (no qual nunca pude crer). Por outro lado, sua mãe possuía melhores condições e era de caráter mais doce, tornando-se mais íntima comigo até ao ponto de que, passado algum tempo, disse-me em confissão.

– Ai, padre! Tenho um peso em minha consciência, que me atormenta, e tenho resistido em revelá-lo a meu esposo, revelei-o ao meu confessor e, ainda que ele tenha aprovado o meu plano, desde que vos ouço falar, padre, não sei o que me acontece, confundo-me, atordoo-me e me perco entre mil ideias distintas, e há circunstâncias tão agravantes que é necessário uma poderosa vontade para sair delas.

– Há tempos, percebo que sofreis.

– Ai, padre! E muito! Minha filha Clarisa, infelizmente, vai ser mãe do modo mais fatal que podeis imaginar, bastai-vos saber que o que leva em seu ventre materno é fruto de um amor incestuoso. Ela e seu irmão (um filho clandestino de meu esposo), um infeliz bastardo, foram vítimas de satânica tentação. A honra da família, antes de tudo. Descobri essa horrível loucura, porém, já não dava mais tempo de remediar o mal e, então, apelamos a meios violentos para ver se era possível livrar-se daquele ser, em má hora concebido, porém, tudo foi em vão e ao chegar aqui, apelamos a novos remédios, porém, inutilmente, e é preciso, padre, que me ajudeis neste transe fatal.

MEMÓRIAS DO PADRE GERMANO

– E em que posso ser-vos útil, senhora? Falai, que estou disposto a vos servir.

– Graças, Padre, não esperava menos de vós e crede que recompensarei vossos serviços. Quando o filho do delito, quando o fruto do incesto vier ao mundo será necessário afogar o pranto e, para desagravo do Eterno, levantaremos, no lugar que lhes sirva de ignorada sepultura, uma ermida que tomará o nome do manancial próximo e se chamará Capela da Saúde. Minha filha, livre da carga do pecado, voltará sã, e crerão ter ela sido curada com a água da fonte bendita. O santuário adquirirá renome, e com a fundação desta obra se engrandecerá a Igreja de Deus, pois que, se os meios não são tão louváveis como eu quisera, o fim não pode ser melhor: conservar sem mancha a honra de uma nobre família, e levantar um templo que, com o tempo, será grandioso, onde acorrerão os fiéis a implorar a misericórdia de Deus.

– Dessa necessitais vós, senhora: da misericórdia do Eterno, para que vos perdoe um infanticídio.

– Um infanticídio, Padre?...

– Não tem outro nome o assassinato de uma criança. Quereis levantar um templo sobre uma tumba! Quereis que o sangue de um ser inocente sirva de argamassa para unir as pedras de uma nova Igreja, levantada para encobrir um crime! E credes, pobre pecadora, que essa casa de oração será grata ao Divino Jeová? Não blasfemeis mais, senhora, porque, ai dos blasfemadores!... Credes que os incestuosos serão menos culpáveis se, depois de cometerem um assassinato, põem as pedras primeiras de uma Catedral? Ah, senhora! Deus não quer templos de pedra, porque os homens já os têm, e muitos, em suas consciências.

– Pois então, como afastaremos sua justa cólera?...

– E credes que Deus se encoleriza como um débil mortal? Credes que as pobres histórias da Terra podem chegar até seu excelso trono?

Quando a negra lama pode manchar o arco-íris?...

Quando o réptil que se arrasta pelo lodo pode mexer-se nas ondulações do éter?

– E que farei, então, para fazer algo meritório? Porque eu vos confesso, Padre: tenho medo.

– Que fareis? Escutai-me e, ai de vós se não me obedecerdes! O que tendes obrigação de fazer é buscar secretamente quem se encarregue desse pobre ser que está para vir ao mundo e que, quando chegar, algo terá que fazer aqui, se quiserdes, encarregar-me-ei de tudo, e a quantia que iríeis gastar para levantar uma capela, empregai-a para criar um patrimônio para esse pobre órfão, que grande infelicidade terá de haver nascido sem receber um beijo de sua mãe, e já que o orgulho da família e a fatalidade lhe arrebatam o pão da alma, não lhe negueis o pão do corpo, que vosso sangue corre por suas veias.

– Ai, padre! O que me propondes é muito comprometedor, e homem morto não fala.

– Quem não fala? Que dizeis? Se um morto fala mais que uma geração inteira! Sabeis o que é ser perseguido pela sombra de uma vítima? Eu o sei, não por experiência própria (graças a Deus), porém, muitos criminosos têm-me contado suas penas, e sei que o remorso é o tronco de tormento onde se tritura o homem: e eu, em nome de Deus, por amor ao próximo, proíbo-vos, terminantemente, que leveis a cabo vosso cínico plano, deixai-me fazer ao meu modo; procurarei uma família, em um povoado próximo, que tome para si o filho da loucura, e vós, cumpri com a lei de Deus se não quiserdes que o sacerdote se converta em implacável Juiz.

Não sei que metamorfose se opera em mim quando evito um desacerto, porém, sinto-me crescer, e então, não sou o tímido pastor das almas que foge do perigo; sou o juiz severo que interrogaria, naqueles momentos, os potentados primeiros da Terra e não me deslumbraria o resplendor das coroas, pois, creio-me tão forte e vejo-me investido de um poder tão especial, que se não cumprissem meu mando, não respeitaria interesses sociais e diria a verdade à face do mundo inteiro; e antes de consentir uma deslealdade, creio que arriscaria minha vida; e naqueles instantes, exerço uma subjugação tão poderosa sobre os que me rodeiam que me obedecem, se não voluntariamente, por força, que para salvar um inocente, converto-me em permanente acusador e não descanso um segundo até tomar todas as precauções necessárias para evitar a consumação do crime. Durante um mês não vivi, até encontrar uma família que se encarregasse do órfão e lhe assegurei grande soma com a qual tivesse bom futuro. E até o momento em que Clarisa, agonizante, deu à luz uma criança, tenho sido sua sombra, ensinando-lhe, constantemente, o amor ao próximo. A pobre jovem escutava-me com profundo assombro e parecia humanizar seus sentimentos, porém, não fiquei tranquilo até ver a criança nos braços de sua ama, dormindo docemente. Pobre ser, condenado a morrer antes de haver nascido! Eu vos salvei de uma morte certa. Qual será sua missão na Terra? Somente Deus o sabe!

Quando Clarisa voltou à Corte, estreitou-me as mãos efusivamente, dizendo-me:

– Graças, Padre, cheguei ao vosso lado desesperada e, graças a vós, volto tranquila. Velai por ele, Padre; e quando puder rezar, ensinai-o a rezar por sua mãe.

Ao ouvir essas palavras, ao ver que havia conseguido romper o gelo daquele coração, senti uma satisfação tão imensa, pois aquele momento de puríssima alegria me recompensou de minhas grandes amarguras; e só com o fato de recordá-lo, adquiro forças para resistir ao combate que me espera, porque meus superiores chamar-me-ão e me pedirão contas por não haver deixado levantar a Capela da Saúde e não haver utilizado o manancial do qual tomava o nome.

Muito sofrerei, gravíssimas recriminações cairão sobre mim, porém, minha consciência está tranquila. Senhor, salvei um ser inocente de morte certa e lhe assegurei o futuro; não tomei parte na religiosa fraude de converter água natural em água milagrosa, evitei que se cometesse um engano e que duas infelizes se transformassem em infanticidas. Não é isto melhor? Não é isto mais justo que haver deixado levantar um templo sobre a tumba de um inocente? Quem sabe o que essa criança poderá ser!...

Senhor! Creio que cumpri estritamente com meu dever e estou tranquilo, porém, ao mesmo tempo, as recriminações injustas me fatigam e vão viciando o ar de minha vida, até ao ponto de não encontrar um lugar onde respirar livremente.

Muitos me chamam de herege e falso ministro de Deus. Senhor! Dá-me força de vontade para emudecer, porque não posso revelar os segredos de confissão, mas eu Te amo e creio que Te devemos adorar com o culto de nossas boas obras e não é boa obra cometer fraudes em Teu Nome. Se em Ti tudo é verdade, não devemos adorar-Te com hipocrisia.

O MELHOR VOTO

PARA QUE VEM O HOMEM À TERRA, Senhor? Vendo as leis que regem a Natureza, compreende-se que a raça humana, senhora de tudo o que foi criado, veio para dominar tudo o que existe.

Veio para tomar posse de seus vastos domínios.

Veio para colonizar os dilatados continentes.

Veio para povoar os mares de flutuantes casas, os navios veleiros.

Veio para estudar na grande biblioteca da Criação e veio, enfim, para trabalhar, incessantemente, porque a lei do trabalho é a lei da vida. Agora, se a ocupação contínua é a síntese da existência, empregam a lei imposta pelas comunidades religiosas? Não, porque o trabalho tem de ser produtivo, tem de proporcionar benefícios, tem que servir para o engrandecimento do homem, moral e intelectualmente considerado e o trabalho a que mais se dedicam os religiosos é completamente improdutivo, porque a oração sujeita a horas fixas é uma tarefa penosa, é a rotina em ação, é uma súplica que se assemelha a um pássaro sem asas, que ao invés de elevar-se no ar, cai ao solo.

As preces elevadas ao som do chamamento de um sino não transpassam as grades do coro e são como manancial perdido entre penhascos, resvala entre as pedras, sem deixar o menor sinal de sua passagem.

Que é a oração? É o gemido da alma e é o sorriso do espírito! É a queixa do aflito e o suspiro daquele que espera! É o idioma universal para dirigir-se a Deus! E o homem, ser impressionável por excelência, sujeito a variadíssimas sensações, fixa em alguma hora seu pensamento em Deus? Impossível, completamente impossível; o homem que reza, quando assim lhe ordenam, é um cadáver galvanizado, porém, não é uma alma que sente. O êxtase do espírito não se produz quando se quer, pois livre como as águias, não possui clausura, não há voto que detenha seu voo, por isso, creio que as comunidades religiosas fazem um trabalho estéril: são lavradores que aram uma montanha de granito e, nos sulcos que eles fazem, não poderá se esconder nem mesmo uma formiga.

Nas épocas de terror, quando o mundo era um acampamento, quando o direito de conquista era o que fixava os limites dos povos, melhor seria, então, que as almas tímidas se refugiassem em afastado asilo, porém, quando os códigos civilizados dão aos homens direitos e deveres, os conventos são um contrassenso, são uma paralisação da vida, são um lugar de estagnação para os espíritos e são, por último, um inferno para as pobres mulheres. Antes eu não acreditava assim, porém, tendo ouvido a confissão de muitas freiras, quando aquelas infelizes têm me aberto seus corações, quantos rios de lágrimas! Quantos tormentos! Quantas horas de inexplicável agonia tenho visto passar diante de mim!

Muitas mulheres, fanatizadas, pronunciaram o voto quando ainda não sabiam o que era viver, porém, logo, quando despertas de seu sonho, quando horríveis imposições as obrigaram a conhecer os acidentes da vida, quando, às vezes, tiveram que triturar pequenos seres, que poderiam ter amado com todo o seu coração, e, sem fé, sem esperança, sem nenhuma crença, sucumbiram à mais odiosa das servidões. Ah! Quantas histórias guardam os claustros! E se, em alguns conventos, vivem verdadeiramente entregues à oração, repito-o: aquela oração é nula. A verdadeira oração é aquela que o homem pronuncia quando sofre muito ou quando lhe sorri a felicidade. A oração não é a palavra – é o sentimento. Um olhar da alma, fixo no céu, vale mais que mil rosários, rezados rotineiramente.

Talvez porque eu não tenha tido uma família, tenha sido e seja tão amante dos laços que estreitam os homens. Quando vejo mulheres se desprenderem de todas as suas afeições, sem ouvir os soluços de seus pais, desdenhando as carícias de seus irmãos, fugindo do único e verdadeiro prazer da vida para encerrar-se em uma cela, dentro do mais frio egoísmo, onde tudo lhe é negado, onde as leis naturais se truncam, onde o homem abdica dos direitos de sua legítima soberania, porque perde sua vontade, Ah! Quanto tenho sofrido quando vejo a consumação de tais sacrifícios! Porém, resta-me o consolo de ter salvo algumas vidas. Isso tem me valido ser o alvo de grandes ódios, porém, o bem deve ser feito e a verdade deve ser difundida sem considerar nem medir os abismos em que podem cair. Faça-se o bem e, cedo ou tarde, recolheremos frutos sãos.

Os cegos não levam um guia? Pois se os sacerdotes são os ungidos do Senhor devem conduzir pelo bom caminho os inumeráveis cegos que tropeçam nas paixões e caem nos vícios. Oh, sim, sim! Esta é a missão dos que chamamos de ministros de Deus. Inspira-me, Senhor, para que eu possa cumprir o divino mandato de Tua sagrada lei!

E Deus me ouve, sim. Deus atende, porque apesar de estar aqui escondido, muitos me buscam para pedir conselhos nas tribulações de sua vida; e muitas famílias chegam ao porto de repouso, obedecendo às minhas indicações. Inspira-me sempre, Senhor!

Há poucos meses, devolvi a calma a um pobre ancião, que havia chegado ao último grau de desesperação, apesar de ter um caráter aprazível. Pai de numerosa família ficou viúvo, há algum tempo, e não só perdeu a fiel companheira de sua vida, como a maior parte de sua fortuna e quase toda a luz de seus olhos. Sete filhos lhe pediam pão, e sua filha maior, jovem de grande inteligência em música e pintura, utilizava seus conhecimentos com brilhante êxito, ajudando com o produto de seus bons quadros no sustento de sua família.

Magdalena era o consolo e a alegria de seu pai, que se extasiava ouvindo-a cantar.

Às vezes, gostava de ir à cidade vizinha para ver meu pobre amigo, livre pensador, admirava seu claro raciocínio, sua evangélica paciência, sua legislação cristã, e invejava sua infelicidade, porque o via amado e rodeado de seus filhos que obstinadamente o acariciavam.

Um dia, vi-o entrar em minha casa apoiado em um de seus filhos; corri ao seu encontro e este se atirou em meus braços, chorando como uma criança.

– Que tens? – perguntei-lhe, assustado.

– Roubam-me a filha de minha alma!...

– Que me dizes? Não te entendo, explica-te.

– Não te disse que me roubam Magdalena?

– Quem?...

– Quem? Esses que são chamados ministros de Deus.

– Que dizes? Tu, sem dúvida, estás enfermo.

– Não deliro, não. Não recordas a voz de minha filha que quando canta parece ter baixado à Terra um serafim do paraíso? Pois bem, essa voz, eles querem para si e a estão levando.

– Mas como a estão levando?

– Como? Fazendo-a entrar para um convento, porque dizem que, ao meu lado, não aprenderá nada de bom, porque sou dos reformistas, e uma família muito poderosa tem tomado providências quanto ao assunto e, minha filha, aturdida e alucinada com os conselhos de um missionário, diz querer pensar na salvação de sua alma, porque todos a estão enlouquecendo; e nossa casa, que antes era o céu, agora é o inferno. Tu me conheces, Germano, tu sabes que minha filha é minha vida e que sonhava em vê-la casada com um homem digno dela; não que eu a queira por egoísmo, que a mim não importa; se necessário fosse, passaria o dia à porta de uma Igreja, pedindo esmola, desde que, à noite, pudesse ouvir sua voz angelical, porém, perdê-la para sempre, saber que vive e que não vive para mim... ai, Germano! Eu enlouqueço.

E aquele infeliz pai chorava o horrível pranto do desespero.

– Acalma-te – disse-lhe –, acalma-te que ainda não está tudo perdido. Conversarei com Magdalena, que me respeita muito.

– És a única esperança que me resta: tu! Se tu não conseguires fazê-la desistir de seu plano, já sei o que farei.

– E que farás?

– Que farei? Perguntas o que farei? Morrerei!

Sem perda de tempo, fui com meu pobre amigo, pedindo a Deus que me inspirasse para salvar duas vítimas de uma só vez: o pai e a filha, porque esta é demasiado inteligente para poder viver feliz dentro de um convento.

Quando chegamos à casa de meu amigo, dois de meus superiores estavam em companhia de Magdalena que lecionava solfejo a duas de suas irmãs e ao mesmo tempo ensaiava cantochão. Magdalena, ao ver-me, empalideceu, porque, sem dúvida, compreendeu a razão de minha presença. Meus companheiros me olharam e se dispuseram a ir embora, não sem antes um deles dizer-me:

– Cuidado com o que fazeis, que vos vigiam de perto.

– Podeis me perseguir quanto quiserdes – contestei-o, porém, entendei que a perseguição não me arreda, porque sei que Deus está comigo e aquele que navega com Deus chega ao porto.

Naqueles momentos, senti-me possuído dessa portentosa força que se apodera de mim nos lances extremos. Parece que há em mim duas naturezas. No fundo de minha aldeia, sou pobre homem, de caráter simples, que se contenta em ver os dias transcorrerem monótonos e compassados, fazendo hoje o que fiz ontem: sorrindo com as crianças, perguntando aos lavradores por suas colheitas, fazendo com que as mulheres conservem limpos os seus filhos, fitando o céu quando o pintor do infinito prova suas cores na palheta do horizonte; e ninguém, ao ver-me com meu surrado hábito e com meu semblante triste e resignado, poderá crer que me transformo, como que por encanto, e que meus olhos apagados adquirem um brilho extraordinário, pois ainda que nunca tenha mirado a mim mesmo, compreendo perfeitamente, porque ninguém pode resistir ao meu ardente olhar e, assim, sucedeu-se com Magdalena que, ao se ver a sós comigo, cobriu o rosto com as mãos e caiu em uma cadeira, soluçando. Sentei-me junto a ela, segurei-lhe uma de suas mãos, e lhe disse:

– Olha-me.

– Não posso.

– Por quê?

– Não o sei. Dás-me medo.

– Medo! Medo tens tu de ti mesma, não de mim.

– Creio que tens razão.

– Já creio que a tenho. Olha-me bem, Magdalena. Crês, tu, que cumpro com meu dever como ministro de Deus?

– Sim, eu creio, porém, acusam-te, como a meu pai, de seguir secretamente a reforma de Lutero e dizem que me perco, que devo salvar-me, entrando em um convento, que é preciso salvar a alma, e vejo o meu pai que sofre, com seu pranto queimando meu coração, porém, entre Deus e meu pai, creio que Deus está em primeiro plano.

– Tudo bem. Crês tu, porém, que irás até Deus assassinando teu pai? Porque no dia em que este perder toda a esperança, no dia em que tu pronunciares teus votos, então teu pai se matará, me ouves bem, Magdalena? Teu pai se suicidará, e que maneira é essa de ir a Deus, regando o caminho com o sangue de um ser inocente, a quem deves a vida?

– Mas não lhe sobram minhas irmãs? Que me deixe seguir pelo bom caminho.

– Mas não segues pelo bom caminho, Magdalena, se a clausura é contrária à lei natural! A mulher não veio à Terra para encerrar-se em um convento! Se para isso tivesse vindo, Deus não teria criado o paraíso que descrevem as santas escrituras, antes, teria levantado uma fortaleza e nela teria encerrado a mulher, porém, muito ao contrário, os primeiros casais das diversas raças humanas vieram à Terra e se apossaram dos bosques e dos outeiros, dos vales e das montanhas, das margens dos rios e das praias e dos mares, e os acordes da vida ressoaram em todos os confins do mundo, e, então, o homem e a mulher se uniram para criar novas gerações que glorificassem o Senhor. O bom caminho, Magdalena, não é abandonar o autor de teus dias, nos últimos anos de sua vida, quando já perdeu sua esposa, sua fortuna e a formosa luz de seus olhos. Sabes qual é o bom caminho? Que lhe sirvas de báculo em sua velhice, que alegres sua triste noite com teu amor filial e que aceites o amor de um homem de bem, casando-te e, assim, proporcionando a teu pai um novo arrimo. Esta é a tua obrigação, Magdalena, consagrar-te à tua família e este é o melhor voto que podes pronunciar.

Onde está a tua inteligência? Onde está a tua compreensão? Como podes crer numa religião que ordena o esquecimento dos primeiros afetos da vida? Dizem que teu pai é reformista e que a seu lado perderás tua alma, e isto... quem melhor que tu para sabê-lo?

Que conselhos te dá teu pai? Que sejas boa, honrada e laboriosa, que respeites a memória de tua mãe, que queiras a teus irmãos e que, se chegares a amar, que ames um homem digno de ti e que possa fazer-te esposa, que ames os pobres, que sejas muito indulgente com os pecadores, que, ao cair a noite, faças um exame de consciência e te confesses com Deus. Isto te diz teu pai; e isto pode servir para tua perdição, Magdalena? Contesta-me em sã razão.

– Em tudo tens razão, meu padre; sim, eu os temo, porque quando vêm me enlouquecem, e a duquesa de C., que é minha protetora, que é a mais empenhada em minha profissão, diz-me que não abandonará meu pai, e, ainda mais, que fará minhas irmãs felizes se eu consentir em entrar no convento, porque acredita que junto a ti, a meu pai e com meu caráter um pouco independente, perderei-me no mundo, e que não haverá salvação para mim.

– Nada se perde, Magdalena, quando não se quer perder, além do mais, nem teu pai, nem eu, aconselhamos-te mal, e se queres salvar a vida de teu genitor é preciso que desistas de entrar para o convento. Reflete bem e leva em conta que, no dia seguinte ao que pronunciares teus votos, já estarás arrependida, e a sombra de teu pai te seguirá por toda parte, e, então, quando te prostrares para orar, tropeçarás em seu corpo, e quando quiseres te entregar ao sono, seu espírito te pedirá contas de seu suicídio; e, acredita-me, Magdalena, não desates os laços que Deus constituiu. Para que te perderes no mundo, quando tua posição é tão digna de respeito e de consideração? Que voto mais santo podes pronunciar que prometer a Deus que servirás de mãe a teu enfermo pai e a teus pequeninos irmãos? Que ocupação mais nobre podes ter do que a de sustentar os passos do ancião que te ensinou a rezar e a bendizer a Deus? Sê razoável, filha minha, cumpre a verdadeira lei de Deus e faze com que teu pai, em sua triste noite, sorria, agradecido, ao sentir-se acariciado pelos raios de luz de teu amor.

– Já é tarde, Padre Germano, porque já lhes dei a minha palavra.

– E pelo cumprimento de tua palavra, sacrificarás teu pai! Vamos, Magdalena, eu quero a vida de teu pai, e tu não a podes negar.

Naquele momento, entrou meu pobre amigo, vinha sozinho e seu passo era inseguro como o de uma criança que começa a andar. Magdalena correu ao seu encontro, e os dois se uniram em estreito abraço; suas lágrimas se confundiram, por alguns instantes, e eu os mirava, extasiado, dizendo para mim mesmo:

"Eis aqui a verdadeira religião! O amor da família! A proteção mútua! Devolução dos ternos cuidados! O pai ensina o filho a andar, e o filho logo sustém os vacilantes passos de seu pai e lhe presenteia com ternos pequeninos que alegram os últimos dias de sua velhice! Oh, a família! Idílio eterno do mundo! Tabernáculo dos séculos onde se guarda a história consagrada pelo divino alento de Deus! A religião que não te respeita e que não te considera sobre todas as instituições da Terra, verá que sua verdade, seu poder, serão mais frágeis que o castelo de espuma que levantam as ondas do mar."

Magdalena rompeu o silêncio, dizendo:

– Perdoa-me, meu pai, compreendo minha loucura, e ao Padre Germano devo a razão; não me separarei de ti e faço, ante Deus, solene voto de ser teu guia e teu amparo, crendo que Deus nos protegerá.

– Sim, minha filha – repliquei. – Jeová velará por ti. Acredita-me, Magdalena: ao consagrar-te ao cuidado da família, pronunciaste O MELHOR VOTO.

O melhor voto, sim, porque a paz e a alegria voltaram a reinar na casa de meu amigo. As crianças recobraram sua jovem mãe, o cego ancião, sua sábia companheira, e todos sorriem, e todos vivem e nada será mais risonho e mais formoso quando vierem, todos juntos, visitar-me em um dia festivo. Minha velha casa se alegrará. Ao cair da tarde, Magdalena e seus irmãos cantam no jardim a oração do Angelus, e os pássaros, alvoroçados, repetem: "Glória!" Seu pai a escuta, comovido, e me diz em voz baixa:

– Ai, Germano! Quanto te devo!... que teria sido de mim sem ela!...

Graças, Senhor! Perseguem-me e me acusam de desviar tuas ovelhas, porém, enquanto eu aumentar o rebanho dos bons cristãos, creio, Senhor, que cumpro com o meu dever.

O PATRIMÔNIO DO HOMEM

SENHOR! CADA DIA QUE PASSA, CADA hora que transcorre, cada minuto que foge para perder-se na eternidade, convenço-me mais de Tua grandeza e de Tua misericórdia, Senhor! Bendito, bendito sejas!

Quanto amas o homem, e quão mal temos compreendido Teu imenso amor!

O tempo, essa demonstração eterna de Tua sabedoria, essa prova imensa de Teu poder, essa decifração contínua dos grandes problemas, como tem sido visto por todas as idades? Como? Com certo temor supersticioso, e o tempo tem sido simbolizado por um esquálido velho, devorando seus filhos, destruindo tudo, murchando a beleza e a juventude do homem, extinguindo seus afetos, caducando suas leis, derrubando seus impérios e para o homem, o tempo e o nada têm sido sinônimos e, sem dúvida, a Natureza tem demonstrado sempre que o tempo é a renovação suprema da vida, estudando-se a existência do homem, vê-se que o tempo é a redenção da Humanidade e é, em uma palavra, o único patrimônio do homem. Se um só indivíduo chegasse a possuir todos os tesouros de um planeta, não seria poderoso se não tivesse o tempo à sua disposição. Eu, que tenho estudado tão profundamente nesses livros inéditos, nesses volumes palpitantes chamados homens, tenho tido ocasião de apreciar o valor das horas e, por isso, considero o tempo como a apoteose de Deus.

Quantos seres condenáveis têm se redimido no transcurso dos anos! Quantas almas rebeldes têm entrado nos caminhos do Senhor! Por isso, creio que o homem vive sempre, porque, se não vivesse, que curto seria o prazo de uma existência para o que cai e quer se levantar!

Os sinos tocam afinados! Nuvens plúmbeas cobrem o horizonte, os pássaros, assustados, abrigam-se na copa das árvores e o vento mexe seu berço de folhagem, os cães uivam lastimosamente, enquanto a tempestade se aproxima e as recordações surgem em minha mente... O tempo tem passado... e sem dúvida, vive, em minha memória, aquela tarde.

Por que estranho mistério, manuscrito querido, não tenho traçado em tuas amarelecidas folhas as impressões de um acontecimento que formou época em minha vida? Por que alguma vez, ao tomar a pena e ao pensar naquele desventurado, tremeu minha mão e não pude formar uma só letra? Por que tenho tido medo, como se tivesse sido um criminoso? Por que, em minhas orações, ao pronunciar seu nome, a voz se afoga em minha garganta e tenho emudecido, temendo que as paredes do templo repetissem minha palavra?... Pela primeira vez em minha vida, tenho sido débil e quero vencer minha debilidade, quero acrescentar uma página no livro de minhas confissões e de minhas recordações e quero que os homens conheçam a infeliz história de um espírito rebelde, cujo verdadeiro nome, nem a ti, manuscrito querido, devo confiar, porém, quero deixar consignado o fato para demonstrar que o tempo não é o deus Saturno devorando ansiosamente seus filhos e, sim, o alento de Deus, fecundando os universos do Infinito.

Chove, a água golpeia os verdes vidros de minha janela, e as gotas parecem me dizer: "Lembras-te?"

Lembro-me, sim. Era uma tarde de primavera e a estação das flores (como mulher caprichosa) envolvia-se no manto do inverno. Chovia torrencialmente, as nuvens, carregadas de eletricidade, deixavam cair sobre a Terra, raios de fogo; o furacão arrancava, desde a raiz, as centenárias árvores, que voavam pelo espaço com a rapidez do pensamento, as casas da aldeia tremiam como se tivessem febre, seus tetos, ao caírem, lançavam um gemido, e o vento, como insaciável monstro, devorava-as em sua veloz carreira. A Igreja estava cheia de fiéis, que rezavam, aflitos, pedindo a Deus misericórdia, e eu, entregue, em meu oratório, a triste meditação, pedia ao Eterno que, se algum ser daquela aldeia devesse morrer, naqueles momentos terríveis, que fosse eu o escolhido, árvore seca que a ninguém dava sombra, e deixasse os outros anciãos, que eram árvores frondosas em cuja benéfica sombra se abrigavam duas gerações. Pensava nos marinheiros, que lutavam com as embravecidas ondas; contava e recontava, não podendo somar, os gemidos de agonia que, naqueles instantes, deviam exalar centenas de famílias arruinadas pela violência da tempestade e chorava, considerando outros tantos infortúnios, tantas esperanças perdidas... tantas horas de árduo trabalho... Pobres, pobres lavradores! De repente, entrou Miguel, meu velho companheiro, que trazia Sultão por uma orelha, dizendo-me sobressaltado:

– Ai, Senhor! Sultão parece enlouquecido, não sei o que tem esse animal. Ao entrar na Igreja, começou a puxar as mulheres pelos vestidos, a arranhar os capotes dos homens, correndo de um lado para outro, latindo, desaforadamente, atirou-se em cima de mim, por pouco não me derrubando ao chão e a duras penas pude trazê-lo aqui.

Olhei para Sultão, que vinha gotejando água e lodo, segurei-lhe a cabeça, examinei seus grandes olhos e vi que os tinha cheios de lágrimas. O pobre animal, como se tivesse compreendido a fala de Miguel, estava quieto, olhando-me lastimosamente. Eu, que queria Sultão como um amigo íntimo de minha vida, acariciei-o, dizendo:

– Por que assustas as pessoas? Por que aborreces Miguel, que reparte o seu alimento? Vamos, pede-lhe perdão.

Miguel começou a rir e deu várias pancadinhas na cabeça de Sultão que, ao ver-se acariciado, tomou novos brios e começou a grunhir, lançando fortes latidos e, depois, saltando sobre nós dois, puxava-nos o hábito e escavava o solo, impacientemente, corria à porta, punha-se de pé, apoiando-se contra a janela; golpeava os vidros como se quisesse rompê-los; voltava de novo até mim, apanhava-me pela manga, fazendo-me andar; ao ver esse inusitado empenho, disse a Miguel:

– Sultão deve ter visto algum infeliz e quer nos dizer que devemos salvá-lo.

Ao ouvir isto, Sultão começou a latir, a saltar de novo, e Miguel me olhou, assombrado, quando viu que coloquei minha capa, abaixando o capuz, disse-me:

– Senhor, estás louco! Aonde vais, chovendo dessa maneira?!

– Vou aonde o dever me chama, pois que não podemos ser menos generosos que os cães.

Miguel, contestando, foi buscar seu velho capote, oferecendo-me seu braço para que eu me apoiasse. Saímos e seguimos Sultão, que logo desapareceu entre as escabrosidades de um barranco; com mil apuros, o seguimos e subimos em uma montanha, entretanto, na metade da subida, Sultão se deteve, mirando um novo barranco e ladrando desaforadamente. Detivemo-nos, e Miguel me disse, depois de escutar por alguns momentos:

– Creio que, no fundo, há alguém gemendo.

Mas o vento que silvava entre aquelas fendas não nos deixava ouvir nada, porém, Sultão para convencer-nos, como que nos indicando o terreno, deu vários rodopios e começou a descer; seguimo-lo, guiados e sustentados por algum anjo do Senhor, pois, de outro modo, não se concebia que pudéssemos vencer tantas dificuldades. Chegando a um patamar formado por pedras, encontramos um homem que gemia angustiosamente. Miguel e eu o levantamos e, ao sentir-se sustentado por nós, como se estivera nos esperando, disse com voz embargada:

– Graças a Deus!

E perdeu os sentidos. Depois de penosíssima marcha, chegamos à igreja, onde, colocando-o em um banco da sacristia, prestamos-lhe os auxílios necessários, que o fizeram abrir os olhos, perscrutando por todos os lados.

Olhou os camponeses que o rodeavam, rapidamente voltando a si, dizendo:

– Ide-vos todos daqui! Não sei se estou morto ou se estou vivo, porém, quero estar só. Não me ouvistes? Ide.

Fiz esvaziar o aposento, ficando a sós com o viajor, e Sultão, como se compreendesse que seu trabalho já estava concluído, estirou-se para repousar. Sentei-me ao lado do enfermo, dizendo:

– Pela firmeza com que falais, percebe-se que não estais ferido, graças a Deus.

– Não há ninguém na Terra que possa ferir meu corpo; porém, em compensação, tenho a alma ferida; agora, dizei-me: estou morto ou estou vivo? Noto grande confusão em minhas ideias.

– Estais vivo, graças a Deus.

– Não deis muitas graças, padre, que, sem dúvida alguma, seria melhor que me tivessem morto; sabeis para que eu quero a vida?

– Para que a quereis?

– Para vingar-me, para lavar com sangue a mancha de uma ofensa.

– Bom modo de lavá-la, cometendo, sem dúvida, um assassinato!

– Que quereis, padre? O primeiro é o primeiro, e as manchas de honra só com sangue se lavam. Contar-vos-ei minha história, que para isso aqui estou. Não creiais que foi a casualidade que me levou àquele barranco. Quis cortar o caminho, caí e crede, que ali sofri todos os tormentos do inferno, tentava subir e escorregava, e quanto mais tentava, mais terreno perdia; as forças me faltavam; minha cabeça não queria se

MEMÓRIAS DO PADRE GERMANO

levantar de sua almofada de rochas e pensei que ia morrer sem confissão, quando, somente para confessar-me, vim ter aqui. Faz muito tempo que vos conheço e não queria partir do mundo sem confessar-me convosco. A carga de minhas culpas é muito pesada, e somente um homem como vós pode me ajudar a levá-la. Dois únicos objetivos tenho em minha vida: confessar-me hoje e vingar-me amanhã.

– Pois bem, nem vos confessarei hoje, nem vos vingareis amanhã. Estais enfermo, vossos olhos têm o brilho da febre, vosso olhar extraviado me diz que delirais. Agora, deixarei-vos em meu leito; descansareis, repousareis e, quando houverdes recobrado a saúde, seguireis vossa viagem e vos advirto que não quero receber vossa confissão, horrorizam-me os segredos dos homens e, quando entro nesta igreja, sinto medo, porque os ecos me repetem as queixas da mulher adúltera, os lamentos da mãe infanticida, as imprecações dos assassinos e não posso guardar em minha mente mais recordações de horror, porque temo me tornar louco.

O enfermo passeou seu olhar em derredor, dizendo amargamente:

– Tendes razão. Quantos segredos não guardarão as paredes desta igreja! É bem triste a história da Humanidade!

– Segui-me – disse-lhe. Estais enfermo e necessitais descansar, crede-me.

– Pois bem, seguir-vos-ei, porém, amanhã, escutar-me-eis, por bem ou por mal.

Conduzi-o ao meu quarto, fi-lo alimentar-se, ajudei-o a despir-se e o recostei em meu leito. Rapidamente dormiu um sono agitado e, então, contemplei-o detidamente. Era um homem de uns cinquenta anos, de arrogante figura e, até dormindo, seu semblante revelava orgulhosa altivez. Retirei-me em meu oratório, entreguei-me aos pensamentos e, como o réu que está encapuzado, temia que amanhecesse, chegando a hora de meu suplício e me perguntava: "Quem será esse homem, Senhor? Que novos crimes saberei amanhã? Que novos inimigos me surgirão? Porque não transigirei nunca com a hipocrisia, nem entregarei nenhum criminoso à Justiça, porque sei que destruo um corpo entregando um espírito à perturbação e prefiro trabalhar em sua regeneração com todas as forças de minha alma. Quero a correção para o criminoso, porém, não quero os tormentos horríveis, os trabalhos forçados; quero fazê-los pensar e sentir; isto não encontro nas leis da Terra, e, por isso, resisto a entregar-lhe novas vítimas, porém, isto, ocasiona-me grandes responsabilidades, porque até agora, todos os seres culpáveis, que arrebatei aos tribunais deste mundo, regeneraram-se, porém, e se, com minha tolerância, algum cometesse novos crimes? "Ah, Senhor! As forças me faltam, tem misericórdia de minha debilidade. Se ouço uma confissão, se vejo uma existência cheia de horrores, identifico-me com aquele pobre ser, sofro com seus remorsos, padeço com a agonia de suas vítimas, perturbam meu sono, sombras aterradoras, e não sei o que se passa comigo.

As horas se passaram, a alvorada cobriu o velado horizonte com seu manto de púrpura, os pássaros chamaram o Pai do dia e este lhe respondeu, enviando-lhes seus raios luminosos; o enfermo acordou em seu leito, dizendo-me satisfeito:

– Dormi muito bem, Padre! Sinto-me bem e, o que quase nunca me acontece, sonhei com minha mãe. E o que são os sonhos! Vi-a como ela era...

Saltou do leito e prosseguiu, dizendo:

– Preparemo-nos para sair, pois não quero que vossas paredes guardem o eco de minha voz. Vamos ao campo, que, como dizia minha mãe, é o lugar onde o homem está mais perto de Deus.

Olhava meu interlocutor como o réu mira o verdugo; o olhar daquele homem possuía uma ferocidade extraordinária, porém, não era um ser repulsivo, mas, ao contrário, era interessante a expressão de seu rosto e seu porte era distinto, dando a perceber que pertencia à mais alta sociedade.

Fiz com que ele tomasse algum alimento, que ingeriu maquinalmente e me disse, em tom seco:

– Padre, saiamos daqui, perseguem-me de muito perto. Nunca fui um traidor e não quero premiar vossa generosa hospitalidade com o transtorno de uma prisão; não sabeis ainda quem tendes em vossa casa.

– Eu vos deixaria sair livre, recomendando-vos unicamente que fizésseis com os demais homens o que ontem, nesta aldeia,vos fizemos.

Sem contestar, saiu do aposento, acariciou, no caminho, Sultão, que caminhou ao seu lado muito satisfeito, e saímos ao campo sem pronunciar uma palavra. Fora da aldeia, mirou-me e disse:

– Conheço estes sítios melhor que vós e vos levarei a um lugar onde ninguém poderá nos interromper.

Assim foi: sentamo-nos em uma depressão, e Sultão, como sentinela avançada, sentou-se a longa distância de nós. Pedi inspiração a Deus e, como sempre, senti, em todo o meu ser, um forte estremecimento; senti sobre meu crânio uma mão de fogo; minhas ideias adquiriram lucidez e o velho cura da aldeia se sentiu forte e rejuvenescido; olhei para meu companheiro que estava absorto em profunda meditação e lhe disse:

– Cumpra-se o sacrifício! Começai porém, sobretudo, dizei-me toda a verdade.

– Os homens de minha raça não mentem nunca. Olhai-me bem. Não imaginais quem sou? Meu nome deve ter chegado muitas vezes a vossos ouvidos. Sou o grão-duque Constantino de Hus.

Efetivamente, era-me bastante conhecido por sua fatal reputação e, por um instante, senti medo, senti horror, senti inconcebível espanto, porém, foi uma coisa instantânea, porque se apoderou de minha alma um veemente desejo de conhecer a história daquele homem que, para mim, era um náufrago perdido no embravecido oceano das paixões; e do fundo do mar do vícios, propus-me livrá-lo de todo o transe, então, senti-me forte, animado e disposto a converter o mundo inteiro; acerquei-me mais dele, tomei uma de suas mãos e olhei-o fixamente, dizendo:

– Falai! Conheço-vos e me compadeço de vós há muito tempo.

– Compadeceis de mim? – replicou com assombro.

– Sim, compadecia-me de vós, e não haveria de me compadecer se éreis mais pobre que o último mendigo da criação?

– Pobre, eu! – redarguiu com ironia. – Sem dúvida, ignorais que em meus domínios o Sol nunca se põe.

– Não tem que ocultar o Sol em lugar onde nunca brilhou, porém, começai vossa explanação.

O duque me olhou e recomeçou, dizendo:

– Não conheci meu pai, morreu em ação antes de eu nascer e, quando seus funerais eram celebrados, minha mãe me deu à luz e, segundo contam, colocaram-me sobre o túmulo de meu pai e meus súditos me aclamaram como o único chefe de minha ilustre família; não sobrara nenhum varão, a não ser eu; todos haviam perecido na guerra. Minha mãe era uma santa mulher, agora o sei e me lembro que muitas vezes me dizia: "Quisera, ao morrer, levar-te comigo e que teu nome desaparecesse nas sombras do sepulcro."

– Decerto, vossa pobre mãe via claramente vosso fatal porvir – prossegui.

– Quando morreu, alegrei-me com a sua morte, porque era o único ser que contrariava meus desejos e, aos quatorze anos, livrei-me de toda tutela, com direito sobre vida e terra de meus vassalos. Não conheci obstáculos. Minha soberana vontade sempre se cumpriu e... ai do ousado que não a cumprisse! Para ter um herdeiro de meu nome, uni-me a uma jovem de estirpe real para perpetuar minha raça; por isto, utilizo-me sempre das mulheres, porém, não quero a nenhuma, somente minhas filhas tenho olhado com respeito, porque, enfim, levam meu nome. Minha primeira esposa deu à luz uma menina e me indignei de tal maneira que, rapidamente, desapareceu da Terra, porque compreendeu meu médico que era o que queria. Casei-me pela segunda vez e sucedeu o mesmo, casei-me pela terceira vez e se repetiu a mesma história, e esse filho nunca veio.

– E como queríeis que viesse, infeliz? Para a árvore da iniquidade não há rebentos na Natureza!

– Já podeis dizê-lo, padre, afinal, a trinta e seis jovens, filhas de meus vassalos, obriguei que cedessem a meus desejos, entretanto, em sua maior parte, foram estéreis, outras morreram de mágoa e algumas conservaram uma lembrança de mim, que se extinguiu ao nascer, porque nenhuma das filhas que tive, de bastarda origem, sobreviveu ao seu nascimento e tenho invejado o último de meus plebeus, ao vê-lo brincar com seus filhos; todos tinham um herdeiro de seu nome; somente o meu estava fadado a extinguir-se.

– Porque é necessário que se extinga, porque sois filho de execrável família, porque onde vós e os vossos chegaram não deixaram mais que um rastro de sangue e lágrimas, por isso, é preciso apagar vosso nome do livro da história, para que não se envergonhem os povos. Porém, prossegui, que ainda não deveis ter concluído.

– Sobra-me algo para contar-vos, pois que, restaram-me três filhas dos matrimônios, as quais, se não as tenho amado muito, tenho-as respeitado, para que, com suas debilidades ou leviandades (porque todas as mulheres são iguais) não manchassem meu nome, duas delas fiz entrar num convento, e a maior ficou ao meu lado, para fazer-me cometer novo crime. Um homem mais poderoso que eu, por sua posição social, a seduziu e, depois disso, como era casado, abandonou-a, sabendo que eu me vingaria, assim, que tivesse conhecimento do ocorrido e, então, afastou-me sob a acusação de chefiar uma revolta, despojando-me da maior parte de meus bens. Eu já previa minha desonra, reuni meus partidários e desafiei o ladrão que havia ousado chegar até minha filha, dizendo-lhe que viesse à minha residência habitual, para provar-me que eu era um traidor; enviei-lhe minha luva, a qual ele aceitou, vindo ao meu território, porque a tais chamamentos não há homem que se negue, porém, veio com poderosas forças, muito superiores em número às hostes que defendiam meus domínios; compreendendo, então, que logo seria dono de meu castelo, enviei-lhe um arauto com uma mensagem, na qual dizia que eu mesmo atirar-lhe-ia as chaves da fortaleza à porta de sua tenda e não tardei em cumprir minha palavra. Ele armou sua tenda à beira do rio, e eu subi à torre mais alta de meu castelo, acompanhado de minha filha, próxima a dar à luz o fruto de sua desonra; com braço forte, levantei-a no ar, lançando-a no espaço. Seu corpo perdeu-se entre as ondas do rio, enquanto gritei três vezes: "Aí tendes as chaves da fortaleza de Hus!" Sem perda de tempo, seguido pelo mais bravo de meus capitães, fugi por um caminho subterrâneo, enquanto meus soldados defendiam, palmo a palmo, a morada de seu senhor. E sabeis por que fugi? Porque queria que aquele homem sentisse a mesma dor que eu sentia, queria que minha vingança se cumprisse olho por olho, dente por dente, queria que uma de suas filhas fosse desonrada como foi a minha e consegui meu intento; fiz com que soubesse disso e o desafiei para um combate a sós nas cercanias desta aldeia, porém, ele temeu meu braço e não veio, enviando emissários seus em minha perseguição, que eu soube burlar com destreza. Ele, que não quer morrer como um nobre, morrerá como morrem os covardes e os traidores: ferido pelas costas. Vou em sua busca, matá-lo-ei e depois voltarei aqui, para terminar de uma vez com uma vida que me oprime; então, Padre, sereis o único a rogar por mim, não negando terra sagrada ao cadáver do suicida. Fala-se muito de vós e, por isso, direi por que necessito, ao morrer, de alguém que me prepare para esta viagem, que não sei onde termina, pois dizem que há um inferno e, se houver, seguro estou que a ele irei e se hei de ser maldito na Terra, quero receber minha excomunhão de um homem verdadeiramente grande, como dizem as pessoas que sois.

Eu estava extasiado; olhava para aquele homem e via passar, diante de mim, pálidas sombras em forma de mulheres jovens e belas: umas estendiam sua destra, ameaçando a cabeça do homem, outras choravam, enviando-lhe um ósculo de paz, e eu, maravilhado, atônito, subjugado, compreendi que estava rodeado de seres espirituais. Uma sombra enlutada se acercou do duque, chorava desconsoladamente, reclinando sua fronte na cabeça do pecador. "Esta é a alma de sua pobre mãe, pensei comigo, somente uma mãe pode perdoar a iniquidade de um homem." A sombra respondeu ao meu pensamento, porque redobrou suas carícias, estreitando suas mãos de maneira suplicante. Eu então senti o que nunca havia sentido: pensei em minha mãe, a quem nunca havia visto, e meu coração soluçou dentro de meu peito, quase invejando a sorte daquele infeliz, porque ainda era amado por sua mãe.

O duque me olhava e, estranhando, sem dúvida, meu silêncio, disse-me com impaciência:

– E então, padre, o que dizeis?

A ouvir-lhe, voltei à vida real, somente vendo, agora, sua mãe, que se apoiava no ombro de Hus.

– Lembrai-vos alguma vez de vossa mãe?

– Sim, muitas vezes; por que me perguntais?

– Agora há pouco, enquanto me olháveis, pensáveis nela?

– Sim, faz alguns dias que sua lembrança não se afasta, mas como penso em deixar este mundo, não é estranho que me recorde daquela que me trouxe a ele. Pobre mulher! Quase tinha razão, visto que, se não podia deixar um herdeiro de meu ilustre nome, teria sido melhor ter-me ido com ela. Enfim, o que está feito, feito está; agora, somente espero de vós duas coisas.

– Quais são?

– Vossa excomunhão, porque vossa bênção é impossível, e a promessa formal de que me enterrareis em terra santa, colocando uma cruz em minha sepultura.

– A última, concedo desde agora, mas de passagem, advirto-vos que para mim toda terra é sagrada, porque toda ela recebe o reflexo divino do olhar de Deus. Agora, quanto à vossa primeira petição, não posso aceder a ela, porque não há, na Terra, um homem que tenha suficiente poder para abençoar a outro em nome de Deus, nem para lhe lançar o anátema, cumprindo uma ordem do Eterno.

– Pois então, para que servem os sacerdotes?

– Servem, se são bons, para consolar e para instruir a Humanidade, para iniciar o homem no eterno progresso da vida e para conduzi-lo pelo caminho mais curto à terra prometida. Dia chegará que não serão necessários os sacerdotes, porque cada homem cumprirá com seu dever, e este é o verdadeiro sacerdócio, porém, enquanto não chega este grande dia, certo número de homens, dedicados ao estudo e as práticas piedosas, serão um freio para os povos e, às vezes, um motivo de escândalo, porque em nossa mal organizada Sociedade se tocam, quase sempre, os extremos.

- E se não quereis nem me absolver, nem me excomungar, que me direis? Que vos parece minha vida?

- Que quereis que me pareça, infeliz? Um tecido de iniquidades! Uma série de crimes horríveis! Porém, nem todos são vossos filhos, pois muitos deles obedeceram aos vícios desta época e, dentro de alguns séculos, não haverá criminosos como vós. Os nobres não terão fatal poderio, os servos serão resgatados pelo Progresso, as mulheres reconhecerão seus deveres e reclamarão seus direitos, e não serão, como são hoje, um pobre joguete da libertinagem do homem. Viestes à Terra em muito mau tempo, infeliz, e vosso espírito, disposto a cometer toda classe de desacertos e todos os abusos inconcebíveis, tem satisfeito seus iníquos desejos porque, todos os que vos rodearam, cooperaram com a vossa perdição.

- E que há depois disso, Padre?

- Que há de haver? O progresso eterno, porque a razão natural no-lo dita. Vós e eu nascemos na mesma época, se bem que de classes distintas, porém, não é a classe sacerdotal a menos privilegiada e bem sabeis que muitos são os sacerdotes que cometem abusos. Por que nascestes vós, inclinado ao mal, e eu, ao bem? Por que vós morrereis amaldiçoado por todos, sem que ninguém derrame uma lágrima em vossa sepultura, e eu serei enterrado por um povo inteiro que chorará minha memória? Por que vós vos entregastes ao torvelinho das paixões, e eu tenho sabido conter as minhas? Por que este privilégio para mim, se vós e eu viemos ao mundo nas mesmas condições? Se os dois nascemos da mulher, por que, para vós, todos os incentivos do prazer e do poderio (que não são outra coisa que elementos de perdição) e para mim, toda a prudência, toda a reflexão e todos os meios para seguir pelo verdadeiro caminho? Por que, se não temos outra vida, vós haveis de ser tão desventurado e eu tão venturoso? Cabe em Deus semelhante injustiça? Não, não pode caber, e nossa vida deve continuar, porque se não continuasse, eu sairia negando Deus, e Deus é inegável, porque a Criação demonstra a sua existência.

Dizei-me – o que há depois disto? Há a vida eterna, e o progresso indefinido do Espírito. Vós não podeis deixar de ser execração universal, enquanto eu, vosso irmão, filho do mesmo pai, porque os dois somos filhos de Deus, sucumbirei rodeado pelas crianças de minha aldeia e muitos homens honrados chorarão minha memória.

Vós tendes que engrandecer vosso espírito, porque o mal não é eterno na Criação.

Deus cria e não destrói, por conseguinte, o espírito tem que se harmonizar com o Criador, porque, como ser pensante, como entidade inteligente, é o complemento da divina obra.

Vós vivereis, pagareis uma a uma todas as dívidas que houverdes contraído e chegará um dia em que sereis dono de vós mesmo; hoje, sois um escravo de vossas paixões; amanhã... serão elas vossas escravas e as dominareis com cautela, como eu tenho dominado as minhas.

– Dizeis que viverei? Que viverei?... Conservarei a memória de minha existência desta vida que tanto me atormenta?... Escutarei sempre essas vozes distantes que me dizem continuamente... "Maldito!... maldito sejas!?..."

– Não, não as escutareis; Deus é misericordioso com os arrependidos, e, se quiserdes, desde hoje mesmo, podeis começar uma nova vida. Renunciai a esse nome que tantos crimes vos fez cometer e que tem vos dado tão odiosa celebridade e deixai que se extinga o nome de vossa raça; renascei de novo e, se ontem fostes o açoite da Humanidade, talvez amanhã, alguns pobres agradecidos semeiem flores em vossa tumba.

– Quereis que eu entre em um claustro?

– Não, quero que trabalheis e que sejais útil aos infelizes: porque o trabalho é a oração da Natureza.

– Falando convosco, esqueci-me de que tenho algo a fazer.

– Nada tendes que fazer; eu não tenho poder nem para vos perdoar, nem para vos escarnecer, porém, o tenho para impedir-vos de cometer um duplo crime. Pensai no amanhã; a alma de vossa mãe aqui vos conduziu para vossa regeneração; demos princípio a ela. Restam-vos alguns bens?

– Sim, sim, algo me resta.

– Pois bem, hoje mesmo ireis embora daqui e, do melhor modo possível, convertereis vossa fortuna em dinheiro e fareis correr a notícia (que com dinheiro tudo se consegue) de que fostes morto nas mãos de alguns foragidos que sumiram com vosso cadáver. As guerras e as turbulências atuais favorecem nosso plano; desfigurareis vosso rosto com uma tinta acobreada que vos darei, voltareis aqui, onde há campos férteis, que somente esperam bons trabalhadores para produzir cento por um e ocupareis, nos trabalhos agrícolas, muitos camponeses pobres que só desejam trabalhar. Vós também trabalhareis a terra, que bom é que a regues com vosso suor, pois que tantas vezes a regou com lágrimas e sangue de vossas vítimas. Confio em vossa palavra que voltareis e, se não voltardes, não serei eu o prejudicado, mas vós. Se matardes esse homem e vos suicidardes depois, vosso espírito sofrerá horrorosamente e sentireis todas as agonias que fizestes sentir as pobres jovens, que sucumbiram de vergonha e dor. Se voltardes, preparareis vossa alma para uma morte muito mais tranquila, sois livre na escolha.

O duque se levantou e me disse:

– Voltarei, porque, se hei de viver sempre, já estou farto de sofrer.

E disfarçando-se com sua capa, partiu apressado, e a sombra de sua mãe desapareceu com ele.

Ficando sozinho, chorei com esse pranto da alma que, como chuva bendita, fertiliza nosso sentimento. Vi, ao longe, novas perseguições para mim, porque era um réu da alta nobreza que eu arrebatara à justiça do Estado. Porém, que me importava, se evitara dois crimes e fizera raciocinar em sua cura um pobre louco de nascimento?

Passaram-se muitos dias, alguns meses, quando, numa tarde, um aldeão trouxe correspondência. Era uma carta do duque na qual me anunciava sua próxima chegada e me advertia de que, seguindo meu conselho, havia deixado de pertencer à raça branca.

Um mês depois, chegou o homem de Hus, pedindo-me hospitalidade, acompanhado de seu servo mais fiel que, como seu amo, parecia um etíope.

O duque não parecia o mesmo, seus cabelos tonsurados, suas mãos enegrecidas, seu ar vulgar, sua aparência humilde, estava morto, efetivamente, o último rebento da casa de Hus.

Quando me viu, arrojou-se em meus braços, dizendo-me ao ouvido:

– Confesso-vos que mais de uma vez titubeei em vir, porém, afinal, vencestes, foi a única vontade que já dominou a minha.

– Demos graças a Deus, mestre Juan, se aprovardes, levareis este nome.

– Aprovado, agora todos os nomes me são iguais; dizei-me o que devo fazer.

– Já indiquei-vos meu plano, segui-o se vos apraz, porque não vos trouxe ao meu lado para que vivêsseis oprimido e, sim, para salvar-vos de um duplo crime, para trabalhar a terra e talvez encontrardes os sulcos no céu.

Quatro anos depois, numa formosa tarde de primavera, alguns camponeses vieram me dizer, desolados, que mestre Juan estava morrendo. Acompanhei-os até a Abadia de Santa Isabel, transformada em granja modelo. O trabalho havia embelezado aquele vetusto e arruinado edifício, onde multidão de famílias havia encontrado meios de subsistência.

Uma completa revolução reinava na Granja. Os homens falavam com mistério; as mulheres, algumas choravam, reprimindo seus filhos para que não fizessem ruído e perturbassem o repouso do mestre Juan. Quando entrei no quarto do enfermo, este acordou e, tomando-me uma das mãos, disse-me solenemente:

– Padre, vossa profecia vai ser cumprida: vou morrer, porém, serei chorado, pois vejo o transtorno dessa boa gente e alguns lamentos chegam até mim... Que bom é ser amado! Em minha mesa, encontrareis meu testamento. Meus colonos são meus herdeiros. Por que não vos conheci no momento de nascer, Padre Germano? Que bom é ser bom, Padre meu!

E, reclinando sua cabeça em meus braços, expirou.

Cumpriu-se minha profecia! Nos ombros dos camponeses, foi levado o último duque de Hus à sua humilde sepultura, e agradecidos seres a cobriram de flores. Umas tantas famílias bendizem sua memória, e um espírito extraviado terá começado a conhecer seus erros.

Escondi um réu, arrebatei à justiça humana um criminoso, porque não quis despojá-lo de seu legítimo patrimônio, dessa riqueza inapreciável que se chama TEMPO!

Perdoa-me, Senhor! Acusam-me de transgredir as leis da Terra, porém, creio firmemente que não violo as Tuas...

AS PEGADAS DO CRIMINOSO

ESTOU TRISTE, SENHOR, MUITO TRISTE! Sinto-me tão só!... Sultão, meu fiel Sultão, o companheiro de grande parte de minha vida, apesar de haver alcançado uma longevidade extraordinária, enfim, foi-se, deixando-me sozinho! Fui o primeiro que o acariciou ao nascer e fui aquele que, ao morrer, sustentei sua inteligente cabeça sobre meus joelhos. Nobre animal. Triste é dizê-lo, porém é muito certo: encontrei em um cão o que não pude encontrar em um homem. Quanta lealdade, quanto cuidado, quanta solicitude!

Ele dormia de dia, rara vez o vi dormir de noite; havia de estar enfermo. Quanto me comprazia, quando em alguma manhã em que continuávamos dormindo, Miguel e eu, em ver com que suavidade Sultão nos despertava puxando as mantas que, respectivamente, cobriam-nos! Se em alguma tarde, passeando pelo bosque, sentava-me para meditar, rendendo-me, enfim, ao sono, antes de anoitecer de todo, ele me despertava, sempre adivinhando meus desejos!

Nunca havia entrado no cemitério, pelo contrário, estacava à porta e ladrava impacientemente quando via o coveiro, porém, desde que ela morreu, a pálida jovem dos caracóis negros, entrou comigo quando a levei para sepultar; e quando não víamos Sultão em parte alguma, Miguel dizia sorrindo: "Está lá". Aquele "lá" era a tumba dela; e, efetivamente, ia buscá-lo e o encontrava sentado junto à cova detrás da cruz. Ao ver-me, corria até mim e nos dirigíamos novamente à sepultura que encerrava todos os amores e a felicidade de minha vida. Ah, Sultão, Sultão! Que inteligência tão maravilhosa possuías! Quanto interesse tomavas por mim! Ao perder-te, perdi meu melhor amigo.

Antes, quando voltava ao meu retiro, quando no fundo de meu oratório rezava com meu pranto, quando lamentava as perseguições que sofria, via ele, que me escutava imóvel, nunca se cansava de estar junto de mim, sempre seu olhar buscava o meu e, no último sono, ele mesmo reclinou sua cabeça sobre meus joelhos, buscando o calor de meu corpo até o derradeiro instante em que se apagou nele essa misteriosa chama que arde em todos os seres da criação.

Agora, sim, que estou sozinho, o pobre Miguel é uma máquina que funciona se eu a faço funcionar, porém, em Sultão havia iniciativa, ação incessante, e se algumas boas obras pude fazer durante minha existência, ele foi o primeiro que me impulsionou a elas, porque me dizia com suas carícias e com seus olhares cheios de intenção: "Corre, que é preciso salvar um homem", e eu corria apressado, alentado pelo desejo de praticar um benefício.

Agora, ninguém me chama quando desperto, ninguém se alegra e tenho frio na alma, um frio intenso. Quando entro em minha pobre casa, tudo permanece mudo e o velho Miguel, ocupado na horta, acode se eu chamo, se não... nem ouve meus passos, continuando em sua ocupação favorita, sento-me à minha janela, olho o céu mirando a imensidão e as recordações afloram em minha mente; e se bem que veja, longinquamente, alguns seres que me dirigem um olhar de gratidão, perto de mim contemplo implacáveis inimigos que me perseguem e me acusam de apóstata, de traidor da Igreja e do Estado; e se não fora, porque é cometer um crime, eu lhes diria: "Matai-me, saciai vossa cólera neste pobre velho, ao qual já faltam as forças para lutar com a Humanidade." Porém, isso não poder ser; a vida é um depósito sagrado e não podemos dispor de bens que não nos pertencem; eles seriam criminosos, e eu, homicida; o homem não veio à Terra para matar, pois que o quinto mandamento da lei de Deus diz: "Não matarás". Por isso, eu, seguindo seu mandamento, tenho feito tudo quanto tenho podido para evitar os grandes homicídios sociais e, por isso, acusam-me e até me chamam de avaro! Isto é o que mais deploro, Senhor! Que me acusem de avareza, crendo ter sido eu o herdeiro do último duque Constantino de Hus.

O tempo, esse mago misterioso, esse grande aritmético que soma todas as contas, esse matemático dos séculos que decifra e resolve todos os problemas, esse agente do passado, tem dito aos homens que o duque de Hus não morreu nas mãos de encobertos assassinos, senão que, muito ao contrário, morreu tranquilamente em seu leito e seu corpo descansa em humilde sepultura, sombreada por salgueiros e embalsamado pelas flores que, em sua cova, semearam agradecidos seres! Isto se sabe; também que os colonos do mestre Juan foram herdeiros de seu senhor, porém, não se concebe que seu salvador nada herdasse e concluem que a maior parte de seus bens foi-me entregue antes de Hus morrer.

Pobre Humanidade! Não crê no sacrifício e, sim, no benefício imediato e, então, não pode se conformar que eu me expusesse a uma prisão certa e a uma morte segura, ao fazer entrar, na senda da virtude, um infeliz criminoso.

A razão terrena, todavia, que atrasadíssima está! Oprimida pelo envilecimento, submersa no egoísmo, acorrentada pela mais completa ignorância, tudo vê pequeno e mesquinho; para ela, não há mais que o comércio, o negócio, a usura; emprestar um e cobrar cem! O homem ignora que a alma vive após o sepulcro; crê que na Terra tudo começa e acaba e, por isso, se ufana comprando gozos efêmeros para uma só existência.

Eu vejo mais longe, por isso, o ouro não me seduz; não sou virtuoso, não; o que sou é racional, essencialmente racionalista, mas não busco a santidade, busco o progresso porque, em último resultado, que é a santidade na Terra segundo a consideram as religiões? É a intolerância de um homem, é a aniquilação de um corpo, é truncar todas as leis naturais. Eis aí a santidade dos homens! Será grata essa santidade ante os olhos de Deus? Agradar-Lhe-á ver seus filhos lutando como feras famintas?

Não, se Deus é amor, se Deus é justiça, como há de querer que Lhe adorem com cruentos sacrifícios? A Deus, verdade essencial, devemos adorar com atos de verdade, porém, não querem compreender isto e, como a generalidade dos seres que se chamam racionais, não veem mais que a terra em que pisam, não querem se convencer de que haja outros homens que examinem e descubram a vida universal, vida que eu pressinto, vida que vejo, que toco, que sinto germinar em mim, qual generosa seiva que reanima meu abatido corpo e alenta meu desfalecido espírito. Sim, quando as circunstâncias prementes me arrojam na impetuosa corrente do mundo, quando a perseguição dos homens aproxima de meus lábios o cálice da amargura, quando experimento até os restos do amargo fel da vida, contemplo a Natureza, vejo a renovação em tudo e a morte em mim mesmo, então... reflito e digo: "Eu também, átomo integrante da Criação, estou sujeito à lei da reprodução eterna. Viverei, porque tudo vive! Progredirei, porque tudo progride! Senhor, creio em ti, Te adoro em Tua imensa obra, e sigo, quanto me é possível, Tua maravilhosa lei para poder, algum dia, entrar em Teu reino! Porém, ah! Quantas angústias..., quantas agonias me custam esta existência tão breve para o prazer... e tão interminável para a dor! Nunca termino de sofrer, pois sempre uma boa obra me deixa uma herança de lágrimas. Fiz com que o duque de Hus morresse tranquilo em seu leito, porém, eu... não sei ainda como morrerei. Dá-me forças, Senhor, estou em poder de um homem que conhece toda essa história e, infelizmente, sabe que sou a voz de sua consciência...

Em suas mãos, tem ele, agora, minha vida; exerço-lhe uma especial fascinação; quisera ele matar-me sem que fosse o autor da minha morte. Que fará comigo? Só Deus o sabe! Rodolfo é temível.

Faz tempo, muito tempo, que um nobre velho pôs secretamente fim a seus dias e fui eu seu confessor. O veneno que tomou não foi ativo como desejava e mandou me chamar para que o ajudasse a morrer e, naquele último transe, nessa hora suprema, nesses sagrados instantes, nos quais os homens mais degradados não se atrevem a mentir, disse-me o ancião: "Padre, atentei contra minha vida para evitar um crime e preferi ser eu um criminoso para que meu filho não o fosse. No olhar de meu filho Rodolfo, vi minha sentença de morte e, para evitar um parricídio, preferi deixar a Terra. Meu filho me odeia, porque sou o único que lhe pode dizer, frente a frente: "És um miserável!". Padre, a vós o recomendo! Velai por ele! Sede seu segundo pai, já que o primeiro tem que fugir do seu lado para evitar um horrendo crime! Deus leve em conta a fatal causa de minha morte!". O ancião expirou, enquanto olhos de fogo se cravaram em mim. Rodolfo, escondido por detrás das pesadas cortinas que envolviam o leito, fez-se conhecer, havia ouvido a confissão de um moribundo e, rugindo como um leão ferido, arrojou-se contra mim. Segurei-lhe o braço, dizendo-lhe: "Infeliz! Some daqui e não profanes o cadáver de teu pobre pai" e, apesar de ser ele vigoroso, e eu, débil, sujeitei entre minhas mãos as suas, de ferro, obrigando-o a sair do aposento mortuário, dizendo-lhe: "Fere, se o quiseres" e deixei-o livre, então, mirando-me, levantou sua destra, devolvi-lhe o olhar, fazendo-o cair como se ferido por um raio e proferindo horrível maldição; pouco tempo depois, o conde de A... me chamou para sua última confissão e me disse: "Padre, só tenho uma filha, e esta foi desonrada por Rodolfo, quis lavar com sangue a mancha de minha honra, vendo que ele se negava a dar o seu nome a Berta; desafiei-o a um duelo e ele contestou que não se batia com anciãos; era apenas um pretexto, pois não se batia comigo com medo que eu o matasse, sendo que o braço do ofendido recebe a força de Deus. Meu plano era matá-lo e fazer com que minha filha Berta entrasse para um convento, porém, Rodolfo, mais astuto que eu, feriu-me pelas costas e, mesmo mascarado, reconheci-o. Ninguém sabe sobre esse assassinato, porque eu ocultei de todos o nome de meu matador; pobre Berta, o ignora; meu nome ficará desonrado se minha filha não se casar com seu sedutor. Confio em vós, padre, e morrerei tranquilo se me jurardes que obrigará Rodolfo a dar seu nome à minha filha.

Prometi, àquele mártir de sua honra, cumprir seu nobre desejo, indo em seguida ver Rodolfo, disse-lhe que em minhas mãos estava sua vida, porque conhecia seus horríveis segredos e, subjugado por minha vontade, acedeu à minha ordem, e então, antes de dar sepultura ao cadáver do conde de A..., abençoei a união de Berta e Rodolfo e, coisa estranha, se me tivessem exigido juramento, teria jurado que a alma do Conde de A... havia servido de testemunha da sagrada cerimônia, tão claramente o vi ao lado de sua filha. Quem sabe!

Berta, enlutada, partiu para o campo e deu à luz um menino de fisionomia contrafeita e de uma fealdade espantosa, o qual batizei secretamente, pois, para poupar sua mãe, convinha ocultar o nascimento daquela criança, que nasceu com má estrela, pois, causava horror à sua mãe o simples ato de mirá-lo, e Rodolfo repetia que não podia dar seu nome a semelhante monstro.

Encarreguei-me do menino, que ficou em poder de uma ama, em propriedade perto da aldeia; seus pais viajaram e durante oito meses nada soube deles; o menino, entretanto, corcunda e esquálido, vivia graças aos cuidados que se lhe proporcionavam, entretanto, era um ser repulsivo, de caráter violento, porém, comigo sorria e eu, sem compreender por que, quando o beijava, oprimia-se-me o coração.

Uma manhã, sua ama chegou chorando, dizendo-me que haviam levado o menino.

– Quem? – perguntei, tremendo.

– O pai dele, senhor! Veio há três dias, deixou-me muito dinheiro e, por mais que eu suplicasse, levou-o, dizendo: "Sua mãe quer vê-lo".

A pobre mulher partiu, e eu, sem perda de tempo, pus-me a caminho da casa senhorial de Rodolfo; os criados disseram-me que seus senhores estiveram ali até quinze minutos atrás, porém nada me falaram sobre o menino. Emudeci e, quando fiquei sozinho, sem saber por que, chorei, chorei com esse pranto cujas gotas de fogo mudam seu curso e, ao invés de escorrer pela face, caem perpendiculares sobre o coração.

Aquele menino sempre me inspirou profundíssima compaixão, porque sua mãe não o queria, por ser ele a prova de sua debilidade; nem seu pai, porque o herdeiro de seu nome era um ser marcado pela cólera de Deus, pois que a ignorância da existência de Deus atribui moléstias e vinganças que não têm razão de ser, porém, de absurdos se compõem o mundo. Não dormi naquela noite, pois alguém dizia aos meus ouvidos que o pobre menino havia sido assassinado. Essas suspeitas viveram comigo e, a Sultão estava reservado encontrar o cadáver daquele inocente. Uma tarde, passeando com ele no lugar mais agreste da montanha, ao pé de um centenário cedro, observei que Sultão escavava com furor, e eu o ajudei, logo encontrando, envolto em uma manta, o cadáver do filho de Rodolfo em perfeito estado de conservação. O morto delatava seu assassino, porque só seu pai e sua mãe eram inimigos daquele pobre ser; e não tive dúvida nenhuma de que ele, e talvez em conivência com Berta, havia levado à morte aquele infeliz.

Enterrei novamente o cadáver, reguei com meu pranto a terra de sua sepultura e voltei à minha casa, para sofrer aguda enfermidade; porque a infâmia dos homens é o veneno mais ativo para as almas sensíveis.

Não disse nada a ninguém sobre meu triste achado, porque nos crimes dos grandes, sempre os pequenos são as vítimas; unicamente, escrevi a Rodolfo, obtendo o silêncio por resposta e, mais tarde, espantosa perseguição de sua parte. Passaram-se os anos, Rodolfo, na Corte, adquiriu renome, grande influência e, em todos os feitos de minha vida, tomou ele parte direta ou indireta e sempre que temos nos encontrado, seu olhar se fixa em mim, com ódio feroz, porque não pode me perdoar por saber de seus crimes. Ele, para mim, é um miserável e isto o exaspera, porque se empenha em parecer impecável, pois que ninguém é mais avaro de virtudes do que aquele que não tem nenhuma.

Entre mim e Rodolfo há um mistério: ele me odeia e ao mirar-me, percebo em seu olhar que sente não me haver estrangulado ante o cadáver de seu pai e, ao mesmo tempo, quando o fixo, cerra os olhos como que ofuscado, fugindo de mim com desespero. Eu, de minha parte, o amo, mas por quê?, ignoro. Será que algum laço nos uniu em outras existências? Quem sabe! Só posso entender que, apesar de reconhecer nele um grande criminoso, quero-o, sim, quero-o com toda a minha alma e, no fundo de meu coração, há um mundo de ternura para ele e para o pobre menino que dorme sob o cedro da montanha.

Muitas, muitas vezes a pequena vítima desperta minhas lembranças e, em sua ignorada tumba, elevo uma oração à sua memória.

Ao descobrir-se ultimamente o segredo e o mistério de como passou os últimos anos de sua vida Constantino de Hus, Rofolfo é o que mais interesse denota sobre o assunto, por ter encontrado maneira propícia para prejudicar-me e a quer aproveitar. Eu me encontro nos braços de Deus e deixo os homens agirem, pois Deus me protege, indubitavelmente, vela por mim, não duvido.

Há alguns meses, Rodolfo me procurou com uma ordem expressa de levar-me consigo a fim de comparecer ante meus superiores e ser julgado pelo tribunal da Igreja e pelo tribunal do Estado. Por que não me obrigou a ir com ele? Por que, depois de escutar-me e de cumprir a penitência que lhe impus, deixou-me livre e nada mais vim a saber dele? Por que isto? Porque sobre todo o ódio dos homens, está a imutável justiça de Deus. Oh, sim! Deus é justo.

Estava uma noite sozinho em meu quarto, quando entrou Rodolfo, dizendo-me com pungente ironia:

– Sabeis o que se faz com os que acobertam criminosos?

– Que se faz com eles? – perguntei-lhe, friamente.

– São presos com uma corrente muito forte.

– Então, faz muito tempo que eu devia estar preso.

– Enfim, confessais vosso delito!

– Não estou confessando, se és meu cúmplice!...

– Eu!... Que dizeis?

– A verdade, já que foste tu o primeiro assassino de quem eu tive misericórdia.

– Olhai bem como falais.

– Estamos a sós, Rodolfo, por isto, falo assim. Lembras-te? E colhi suas mãos entre as minhas, fitando-o fixamente. Lembras-te? Faz vinte e cinco anos que teu pai morreu e tu... escutaste sua confissão e... o confessor te causou embaraço, porém... viveu, para sofrimento teu; depois... passaram cinco anos e morreu o conde de A... Tu e eu sabemos quem o assassinou... Uniste-te à filha do assassinado e, pouco tempo depois, nasceu um herdeiro de teu nome; oito meses viveu no mundo e, ao cumprir-se tão breve prazo, um ser sem coração, um pai sem entranhas, um monstro de iniquidade, arrebatou-o de seu berço, porque aquele deformado ser embaraçava a uma mãe sem alma. Aquela pobre criança, por sua espantosa fealdade, parecia-te um castigo de Deus e, para fugir do ridículo, que melhor caminho que fazê-la desaparecer? Que te parece, Rodolfo? Não é verdade que o pai daquela inocente criatura é verdadeiramente um miserável? Matar um ser indefeso... pelo único delito de ser um infeliz!...

– Calai, calai, volto pelo inferno! Não sei por que ainda viveis! Sois a maldita sombra de minha vida! Ao vosso lado, não compreendo o que se passa comigo; para vós, não sei negar. Dizeis-me os horríveis segredos de minha fatal existência e vos escuto sem entregar-vos ao mutismo eterno. Não me fiteis, deixai-me livre dessa espécie de fascinação que exerceis sobre mim e não estreiteis minhas mãos que, ao vosso contato, parece que chumbo derretido circula por minhas veias.

Soltei-lhe as mãos e sentei em minha poltrona, ele continuou em pé, olhando-me com redobrado furor, dizendo-me enfim:

– Bem que ela me dizia...!

– Quem é ela?

– Quem há de ser! Berta, minha esposa, que ao saber que eu vinha vos ver, acompanhou-me, dizendo: "Aquele homem é um bruxo, um feiticeiro que, com suas más artes, subjuga-te e não conseguiremos nosso intento".

– Deixar-te-ei fazer o que queiras, perguntai-me e dir-te-ei quanto desejas saber.

– E o que quereis que vos pergunte, se tudo já o sei? Estou muito inteirado sobre a história de Hus. Não é verdade?

– Certo.

– E por que apadrinhais os malvados?

– Pela mesma razão pela qual te apadrinhei, porque sempre acredito conseguir mais com a persuasão do que com o rude castigo e, afortunadamente, sempre tenho conseguido bons resultados; somente tu, criminoso impenitente, prossegues, descendo ao fundo do abismo, porque sempre terei esperança de que te deterás no resvaladiço declive de teus vícios. E já percebes que te deténs, odeias-me, sou para ti o tormento de tua vida, se quiseres não te faltarão assassinos, para, em menos de um segundo, triturar meu débil corpo, no entanto, apesar de pensares nisso muitas vezes, deténs-te e não o fazes. Sabes que ninguém mais que eu conhece teus três grandes crimes, pois que te escrevi, assim que encontrei teu filho, acusando-te de iníquo infanticida.

Nada me contestaste, porque nada me podias contestar, tu, que a mim não sabes mentir. Tua esposa também lamenta minha vida, porque compreende perfeitamente que eu sei a parte que tomou em teu último crime. Sois ricos, poderosos, vosso relacionamento pode me prejudicar, pode me fundir em um calabouço onde não veja nunca mais a maravilhosa luz do sol. Por que não o fazeis? Por que não me acusais de acobertador dos grandes pecadores? Sabes por que não o fazes?

– Por quê? Dizei-mo.

– Porque te domino moralmente, porque a piedade é a arma mais poderosa da Terra, por isto, sentes-te pequeno ante mim. Tu, o nobre, o favorito do rei, que dispõe, a teu capricho, dos poderes do Estado, como é que abdicas de teus direitos ante um pobre velho que tem a monomania de amar seus semelhantes? Anda, vê, conta e diz ao mesmo rei que Constantino de Hus morreu em meus braços e envia forças para prender-me, já que não tens coragem para fazê-lo. Que te importa um crime a mais ou a menos? Aquele que foi duas vezes parricida e uma vez infanticida, bem pode denunciar um benfeitor da Humanidade que tem pedido a Deus, em todas as suas orações, pelo progresso de teu espírito.

– Calai-vos, Padre, calai-vos!

– Infeliz! Minha voz é a única que na Terra te diz a verdade. Não estás cansado de crimes? Pensas que não te vejo? Crês que não conheço todas as intrigas nas quais tomas parte, desventurado? Até quando viverás assim? Não compreendes que não há culpa sem castigo? Mataste teu filho, porque era um ser de uma espantosa fealdade e querias um filho mais belo, porém tua mulher tem sido estéril, porque se tem que extinguir a vida onde o crime deixa suas pegadas. Pensa no amanhã, Rodolfo, pensa no amanhã.

Rodolfo me mirou fixamente, levantei-me, arrastei uma poltrona e lho fiz sentar-se, então, sentei-me junto dele, colhi suas mãos, que estavam geladas, e olhei-o com a maior doçura; ele, pouco a pouco, sentiu-se dominado, suavizou algo a dura expressão de seu semblante e me disse:

– Não sei, não sei o que me passa, quando estou junto de vós, de longe, odeio-vos, bem o sabeis e é ódio que somente seria satisfeito com a vossa morte. Meu passado me pesa algumas vezes e, sobretudo, o que mais me fere é que outro homem conheça meus segredos. Tenho meios seguros para prejudicar-vos, porque desafiais os tribunais, e quando vou firmar a ordem de vossa prisão, a pena se me desprende da mão, sinto agudíssima dor no coração e me levanto, fugindo de mim mesmo.

– E eu alegro-me que assim te suceda, filho meu, não por mim, mas por ti, porque teu espírito começa a sentir algo. Eu, se perder a vida, que perco? Uma existência solitária, cheia de misérias e de contrariedades. No mundo, tenho frio, muito, muito frio e, dentro de um sepulcro, no seio da terra-mãe, estaria mais abrigado; porém, se me fizeres morrer, terás um novo remorso. Ofendi-te, eu? Não, tenho sido para ti o que tenho sido para os demais: um ministro de Deus que crê ser um intérprete de sua misericórdia, perdoando e amando o delinquente; eis aqui todo o meu crime. Alguém te conduz até aqui, porque já é hora de começares a tua regeneração; teus cabelos se cobrem de matizes de prata; chegaste ao cume do poder na Terra, porém... há algo mais além, Rodolfo, e eu não quero morrer sem te deixar no bom caminho.

– E o que hei de fazer para começar? Deixar-vos livre?

– Essa questão me é de todo indiferente, pois onde quer que me encontre procurarei caminhar até Deus; o que te peço é outra coisa.

– Qual? Dizei-me.

– Quero que amanhã, quando o Sol der bom dia à Terra, vás em companhia de tua esposa rezar à tumba de teu filho, e me creia: mais vale que a visites em vida do que a visites depois de morto, permanecendo junto dela por séculos e séculos. Dá o primeiro passo que, para Deus, nunca é tarde.

Rodolfo tremia, mirava-me e eu, conhecendo o grande poder que tinha sobre ele, pedi a Deus vontade bastante para dominá-lo e o consegui. Roguei toda a noite, pedindo que não faltasse ao encontro e ele não faltou.

No dia seguinte, bem de manhã, fui rezar sob a árvore que dava sombra às cinzas do menino e logo vi Rodolfo e Berta subindo pelo sopé da montanha; então, prostrei-me de joelhos e exclamei: "Senhor! Tu que me vês! Tu que lês no fundo de meu coração! Tu, que sabes o que desejo, inspira-me nesses instantes supremos, para que estes dois seres sintam o dardo do remorso em suas atribuladas mentes e te peçam misericórdia com o mais sincero arrependimento!..."

Rodolfo e Berta chegaram e se prostraram sem dizer-me uma só palavra. Os dois estavam pálidos, agitados, convulsos e olhavam para todos os lados com receio. Ela ficou prostrada e rezou e, então, recostou-se no tronco da árvore, ficando semioculto entre seus ramos. Acerquei-me de Berta e lhe disse: "Olha-me, não tenhas medo. Não sou nem feiticeiro, nem mago, nem bruxo; não sou mais que um ministro de Deus que tem chorado por teu crime".

Berta, ao ouvir estas palavras, comoveu-se até derramar algumas lágrimas e eu lhe disse: "Não detenhas teu pranto; chora, infeliz!; chora na tumba de teu pobre filho; que suas cinzas, fecundadas por teu pranto, produzirão flores! Chora, que o pranto é o Jordão bendito, donde se purifica das manchas do pecado a fratricida Humanidade. Chora, mulher ingrata, chora, tu que desprezaste a fecundidade que te concedeu o Senhor! Considera tua longa esterilidade. Arrojaste de teu seio o ser inocente que te pedia amor, secando-se em ti as fontes da vida. Olha; contempla o caminho por onde subiste; todo o monte está coberto por um verde tapete; somente no caminho que percorreste, a relva se tornou amarelada, porque as pegadas do criminoso somente deixam o rastro da morte".

Rodolfo e Berta olharam o caminho que eu lhes indicava, e tal poder tinha minha voz sobre eles, tão forte era minha vontade de impressionar aqueles espíritos rebeldes, tão decidida estava minha alma a fazê-los sentir, tão fervorosa era a oração que eu dirigia a Deus, tão profunda era a fé que eu sentia, tão imenso meu desejo, tão puros meus sentimentos, tão grande minha inspiração, tão poderoso me encontrei e tão rodeado me vi de figuras luminosas, tão claro ressoou em meus ouvidos: "Fala, que Deus te escuta", que lhes disse com profética entonação: "Mirai, mirai! Vede vosso caminho? Levais a morte junto a vós, porque tudo aniquila a pegada do criminoso!" E eu também via aquela relva murcha, de cor amarelecida e não cessava de dizer: "Mirai, mirai! Terra estéril encontrareis sempre! Planícies endurecidas percorrereis sem descanso! Pedireis água e pão, e secar-se-ão as fontes e os trigais serão arrancadas pelo vendaval; porque a Criação não tem frutos para os filhos ingratos. Voltai agora ao vosso cárcere dourado, embriagados com vossos festins, engalanai-vos com vossos trajes de púrpura, enganai a vós mesmos, porém, recordai-vos sempre que as pegadas do criminoso deixam rastros de morte".

Berta chorou, e Rodolfo me fitou com um olhar inexplicável. Todas as paixões estavam retratadas nele, pegou-me as mãos e me disse com voz trêmula:

– Vou-me porque aqui... ficarei louco, porém... voltarei.

E desceu rapidamente. Berta se apoiou em meu braço e descemos devagar. De vez em quando, olhava para trás e eu dizia comigo mesmo: "Deus meu! Para seus olhos, a relva está murcha"; e estava, porque meu anseio era tão grande que, creio que, somente com meu hálito de fogo poderia ter murchado o mundo inteiro.

A infeliz pecadora tremia de espanto e me dizia:

– Padre! A relva se seca!...

– Sim, está seca como tem estado teu coração, porém, Deus, se tu quiseres, te dará uma eterna primavera. Ama os pobres, recolhe os órfãos e os anciãos desvalidos; pratica a verdadeira, a sublime caridade! Ama, porque tu não tens amado! Sente, porque tu não tens sentindo!

Arrepende-te, pobre pecadora! Para o Pai de todos, nunca é tarde, confia e espera N'Ele e em teu caminho, hoje murcho, verás brotar as flores mais formosas.

Antes de chegar à aldeia, nos separamos, e Rodolfo me repetiu; "Voltarei". Alguns meses se transcorreram e ainda não voltou, mas longe de minha presença, seu ódio deverá ter renascido, porém, estou seguro de que, quando elevo meu espírito, quando penso na regeneração daqueles dois seres, quando digo: "Senhor! Que vejam em seus sonhos o caminho da montanha com a relva murcha", que escutem minha voz, dizendo-lhes: "As pegadas do criminoso somente deixam rastros de morte; arrependei-vos!" Isto peço a Deus com a profunda fé que se aninha em minha alma, e Deus deve escutar minha fervorosa súplica.

Que será deles? Que será de mim? A ti me entrego, Senhor; cumpra-se a Tua suprema verdade, porque Tu és o Sábio dos Sábios, o grande dos grandes. Tu és Deus, e a infinita sabedoria somente Tu a possuis!

A GARGALHADA

QUANTO TEMPO O ESPEREI, SENHOR!... Enfim, voltou... E para que veio? Para deixar cravada uma nova flecha em meu coração. Pobre Rodolfo! Quanto me assusta seu porvir!

Tenho a íntima convicção de que o homem vive sempre. Há momentos em que, sem que eu tenha explicação, parece que me transporto a uma outra época e me vejo jovem, cheio de altivez e de vigor; uma mulher e um menino me seguem como se fossem meus; nunca consigo ver a face do menino, porém, alguém me diz: "Esse é Rodolfo" e corro atrás dele para estreitá-lo em meus braços, porém, o menino foge, burlando meu amoroso desejo; volto a mim e pergunto-me: "Por que quero tanto a Rodolfo se nele não tenho conhecido nada mais que crimes? Por que sempre sigo ansioso as pegadas de sua vida, quando sei positivamente que minha morte seria o único prazer que ele poderia sentir na Terra?" E apesar disto, quero-o e daria, pelo rápido progresso desse espírito, cem séculos de amor, cem séculos de felicidade junto à menina dos caracóis negros!

Isso deve ter uma causa; ontem, sem dúvida, devemos ter vivido e, vivendo, teremos que viver amanhã; e amanhã, Rodolfo será muito infeliz.

Inspira-me, Senhor! Dá entonação profética às minhas palavras, imprime em meus olhos uma atração tão poderosa como minha vontade. Quero que Rodolfo venha a viver perto de mim; quero que seja bom, porque o amo com toda a minha alma.

Dez meses se passaram... e todas as noites o esperava, rogando a Deus que tivesse misericórdia dele e de mim. Ele veio ontem, ontem senti os passos de seu cavalo de muito longe e corri com a ligeireza de um menino para encontrá-lo, e, ao vê-lo, todo o meu ser se estremeceu. Saltou de seu alazão e me disse:

– Padre, fizestes bem em sair de vosso quarto; dentro das casas, sufoco-me e necessito de muito ar para respirar.

- Aonde queres ir?

- Aonde ninguém nos ouça, porque temos que conversar.

- Que faremos com o cavalo?

- Foi bem ensinado e me esperará aqui.

- Então, iremos para trás do cemitério.

- Não, não; não quero nada com os mortos.

- Pois então, vamos à "Fonte da Saúde".

- Vamos – replicou Rodolfo.

E empreendemos nosso caminho.

Tudo estava calmo, os habitantes da aldeia dormiam tranquilamente, a Lua velava seus sonos, a brisa emudecia, nada interrompia o profundo silêncio da noite; a Natureza estava preparada para escutar a confissão de um homem. Chegamos à fonte e nos sentamos sobre as rochas. Olhei para Rodolfo e me horrorizei com seu olhar; via-se que olhava sem ver, sua boca estava contraída por um amargo sorriso; sua fronte, pregueada por rugas profundas; sua respiração, fatigada, apesar de termos andado pausadamente.

- Que tens? – perguntei-lhe.

- Que tenho? O inferno dentro de mim mesmo.

- Por que tardaste tanto em vir?

- Porque tenho lutado. Quando cheguei à Corte, estava decidido a acabar convosco. Fui ao palácio e, ao ficar diante do rei, não sei o que senti, não vos posso explicar, porém, quando me perguntou: "Que sabes sobre a história de Hus?", respondi-lhe: "Tudo é mentira, senhor, a tumba do duque não existe e não se sabe onde se encontra seu cadáver"; e, ao dizer isso, parecia que cauterizavam minha garganta com ferros candentes; porém, o disse, e por esta vez estais salvo.

- Não esperava menos de ti.

- Ah! Não creiais que vos digo por carinho, nem por temor de cometer novo crime, apenas noto uma transformação estranha em mim. Durante toda a minha vida, desejei vossa morte e, agora, horroriza-me a ideia de que possais morrer. Creio que, se vierdes a desaparecer deste mundo, tudo irá me faltar para viver. Não é que vos estime, não, porém, necessito de vós.

Ao ouvir essas palavras, creio que o céu se abriu para mim, porque via que aquela alma rebelde necessitava e queria meu conselho, e isto já é algo; já é dar um passo no caminho do progresso.

– E que pensas fazer? – perguntei-lhe com afã. – Estás decidido a voltar a viver em teu castelo?

– Ainda não; tenho sede de vida, sede de mando, sede de glória..., porém... desde que subi a montanha, não sei que demônios se passam em mim, pois vejo a relva seca em toda a parte, em todas as paragens, sempre a mesma visão; à Berta sucede o mesmo e ela passa o dia rezando na capela; quando nos vemos, diz-me com espanto: "Aquele homem é um bruxo e deves matá-lo, porque nos enfeitiçou." Tens razão", digo-lhe eu; porém, no mesmo momento, retrocedo, horrorizado; tomo-a pelo braço e lhe digo com voz ameaçadora: "Ai de ti se ele desaparecer da Terra! Ai de ti se alguém arrancar um só fio de seus cabelos!" E penso em vós, de uma maneira como nunca havia pensado e, quando tenho novos desenganos, digo a mim mesmo: "Irás lhe contar o que te passa." E não venho amiúde, porque múltiplas atenções me ocupam a vida. Vim hoje, deixando tudo, para ver se ao vosso lado deixa de ressoar em meus ouvidos uma maldita gargalhada que há um mês escuto e que não me deixa viver. Despachando com o rei, nos momentos em que estou só em meu quarto, no meio de um festim, em todos os lugares onde me encontro, ouço a gargalhada da pobre louca.

– Da pobre louca? Quem é essa mulher? Quem é essa desventurada que por ti, sem dúvida, perdeu a razão?

– Quem é? Uma mulher belíssima, Padre; uma mulher que amei, que desejei, com a qual sonhei por muito tempo e que, ao final, odiei com todo o meu coração.

E Rodolfo ficou pensativo, dizendo, por fim: "Até aqui sua risada me persegue, maldita risada! E graças, agora eu a escuto mais distante; apenas se ouve. Ouvis, Padre?"

– Não, eu não ouço nada, porém, fala, conta-me essa nova história, mesmo que, ao escutá-la, chore meu coração.

– Em poucas palavras, direi tudo. Meu estribeiro-mor tinha uma filha que agora teria vinte anos; de pequena, quando me via, fugia espantada, chorando excessivamente. Era muito bonita. No dia em que completou quinze anos, encontrei-a à tarde, em meus jardins, e percebi que, ao ver-me, tratou de afastar-se; então, ordenei-lhe que parasse, dizendo-lhe: "Por que foges?" E ela respondeu, tremendo: "Porque me dais medo". Não soube o que dizer-lhe e Elísea, aproveitando meu silêncio, foi-se. Um ano depois, seu pai me pediu permissão para que ela se casasse; concedi-lhe e quis honrar sua boda com a minha presença. Naquele dia, não inspirei medo a Elísea, porque ela somente olhava para o seu jovem esposo.

Desde aquele dia a quis e desejei que ela me quisesse, porém, quantos esforços fiz, todos foram em vão. Sempre que lhe falava, ela me dizia: "Ontem, inspiráveis medo e hoje me causais horror, porém um horror invencível", e me olhava de um modo que me deixava gelado.

Assim, continuamos até que meu amor se transformou em ódio feroz e lhe disse: "Tenho esperado muito tempo, porém, devolver-te-ei, dia por dia, as humilhações que me tens feito sofrer." E mandei seu marido transportar algumas correspondências e, no caminho,... caiu do cavalo... para não se levantar mais; acorri ao lugar do acontecido e fiz com que a conduzissem também, então, fui ao seu encontro e lhe disse: "Vem ver tua obra, desprezaste-me durante cinco anos e tenho o direito de vingar-me de teu repúdio. Vai encontrar teu marido." Ela correu ansiosamente e, ao ver o cadáver de seu companheiro, abraçou-se a ele e me olhou, lançando uma horrível gargalhada, e com uma força incompreensível para mim, agarrou o cadáver pela cabeça e, com a rapidez de um raio, arrastou-o até um despenhadeiro próximo, lançando-se no abismo, sem deixar de rir, com aquele riso que fazia estremecer as montanhas e os dois corpos foram rodando até desaparecerem no fundo, sem que Elísea morresse, porque não cessava de rir com aquele riso dilacerador, que seria necessário ouvir, para compreender todo o horror que encerrava. E desde então, aquele riso maldito ressoa em meus ouvidos; e não posso viver; à noite, vejo a trilha da montanha com a relva seca; caminhando por ela, contemplo os cadáveres de Elísea e seu marido, e ela parece que não está morta, porque, de vez em quando se detém para lançar sua horrível gargalhada. E não posso viver assim, não posso, porque parece que eu também vou enlouquecer. Dizei-me, Padre: que farei?

E Rodolfo permaneceu entregue a profunda meditação. Eu também fiquei olhando para o céu, porque me horrorizava olhar para a terra e durante longo tempo, permanecemos em silêncio. Enfim, levantei-me; ele permaneceu sentado, e eu, apoiando minha mão em seu ombro, disse-lhe com voz solene:

– Rodolfo! Filho meu! Chegou o momento decisivo, é necessário que te decidas a vir para junto de mim, é preciso que escutes minha voz, dia e noite, porque se não o fizeres, não sei o que será de ti. És um monstro de iniquidade. Tens feito derramar rios de lágrimas, e essas lágrimas são a água que beberás amanhã, na amarga taça da dor.

Teu porvir é horrível. Tua expiação parece que não terá fim, porém, por princípio, querem as coisas. Já basta de crimes. Volta a ti, Rodolfo! Prepara-te para tua viagem, fica ao meu lado, e aqui deixará de soar em teu ouvido a gargalhada da pobre louca.

– Tendes razão, aqui não a ouço tão próxima – disse Rodolfo, com voz mansa – ao vosso lado, meu coração bate com menos violência. Estranho mistério! Eu, que vos odiei por toda a minha vida, ainda hei de vir a morrer junto a vós.

– Não, eu é que morrerei junto a ti.

– Que dizeis, Padre? Que dizeis? Eu não quero ficar no mundo sem vós; se possível fosse, que matando toda a Humanidade, pudésseis vós viver, creio que teria força bastante para destruir tudo o que existe, se com isso conservasse a vossa existência. Não quero ficar sozinho, não quero.

– Não temas, Rodolfo, não temas. Eu velarei eternamente por ti.

– Depois de morto, que podereis fazer?

– Talvez muito mais que agora, porque meu espírito terá mais lucidez no espaço do que tem na Terra; lerei melhor o fundo da tua alma e colocar-me-ei em relação mais direta com teu anjo da guarda. Eu sei, enfim, que hei de viver, pois, vivendo, todas as minhas atenções serão para ti. Porém, agora, estejas pronto, repito-te, não temos tempo a perder. Tens que estar pronto, realmente pronto; minha vida terrena se acaba e necessito aproveitar meus últimos dias para ti. A muitos criminosos tenho conduzido para o bom caminho e Deus dar-me-á a graça de tão bem poder te conduzir.

Rodolfo se levantou, dizendo-me:

– Juro-vos que, dentro de quinze dias, ter-me-eis aqui e mesmo que me ofereçam um trono, não me separarei de vós.

– Assim seja.

E lentamente regressamos à aldeia. O fiel cavalo aguardava no mesmo lugar em que o deixamos. Rodolfo saltou sobre ele, dizendo-me em tom grave: "O dito está dito; dentro de quinze dias voltarei; e agora que vou vos deixar, parece-me que ressoa muito mais próxima aquela maldita gargalhada." Esporeando o cavalo, lançou-se em galope, fugindo como fantástica visão. Nada ficou dele, a não ser a nova lembrança em minha mente e a pálida sombra de Elísea que parecia vagar ao meu redor. Subi para o meu oratório e me entreguei a pensar naquele infeliz.

Que espírito, Senhor, que espírito! Quantos séculos terá que sofrer! Quantas existências penosas o farão padecer indizíveis tormentos! Não pode ser de outra maneira.

Eu poderei convencer sua alma à piedade. Poderei dulcificar seu sentimento. Eu poderei fazê-lo chorar lágrimas do coração. Eu o farei rezar aquela oração ardente que ressoa de mundo em mundo, e que os Espíritos de luz repetem felizes, porém, isso não é o bastante; é necessário saldar as contas; é indispensável pagar as dívidas.

O arrependimento predispõe o espírito a pedir forças nas rudes provas da vida, prepara o ânimo para sofrer resignado todas as dores, humilha nosso orgulho, e nos faz reconhecer culpados e pedir misericórdia a Deus. Tudo isto faz o arrependimento, porém, não basta, para conseguir a reabilitação de nossa alma, que sintamos um indescritível momento de dor; e que não tenha igual peso na balança divina uma vida de crimes e uma hora de verdadeira contrição. De outra forma, seria muito cômodo pecar, e Deus deve ser mais justo que tudo isto. O culpado não pode sorrir até que haja sofrido, um por um, os tormentos que tenha feito padecer. O criminoso não tem direito de ser feliz, e como na Criação tudo é lógico, assusta-me o porvir dos verdadeiros criminosos.

Há muitos infelizes que a justiça humana castiga que, no fundo, são mais ignorantes que culpados, e perante Deus, não são tão responsáveis, porque o pecado principal consiste em conhecer o mal que se faz, e Rodolfo, infelizmente, o conhece e sabe muito bem que abusa de seu poder, e ai dos que abusam! Senhor, tem misericórdia dele e de mim! Percebo que o sol de minha vida chega ao seu ocaso. Sei que minhas forças físicas se acabam. Sinto que minhas ideias se turvam e, quando estou entre os mortos, custa-me sair do cemitério, pois a terra já reclama meu abatido corpo. Minha cabeça se inclina; meus vacilantes passos atentam que chego ao fim de minha penosa jornada, e não quero morrer sem haver-me assegurado que Rodolfo chorará seus crimes e consagrará o resto de seus dias a praticar obras de misericórdia. Sei que é muito culpado, Senhor, porém, para ti, nunca é tarde. Imploro-Te por ele, por esse filho de minha alma, pois uma secreta voz me assegura que alguma vez esse deserdado da Terra carregou meu nome.

Dá-me inspiração, Senhor! Ilumina-me em meus derradeiros dias com a eloquência dos profetas, com a abnegação dos mártires, com a suprema fé dos redentores, pois que todos os dons celestiais fazem-me falta para salvar uma alma do abismo!

É o que Te peço, Senhor; este é meu único desejo: que Rodolfo fique ao meu lado; que escute, de quando em quando, a gargalhada da pobre louca, para que se horrorize, para que comece a sentir, para que aprenda a chorar. Quero ganhar horas, momentos, segundos; quero lhe dar luz, porque está cego!

Em Ti confio, Senhor; comecei a viver amando-Te e quero morrer praticando o bem em Teu nome. Não me abandones, Senhor! Deixa-me terminar minha existência, cumprindo o dever que me impus ao consagrar-me a Ti.

O PRIMEIRO PASSO

TUDO CHEGA EM TEU ETERNO DIA, SENHOR!
Tudo tem seu prazo marcado para cumprir-se!

Todas as Tuas horas trazem seus acontecimentos distintos, porém, o homem impaciente não se conforma com a lenta marcha dos acontecimentos que, para a existência de minutos, parece-nos que devem ser prazos de segundos.

Disse-me Rodolfo: "Dentro de quinze dias, voltarei"; os quinze dias se passaram. Rodolfo não vinha, e meu coração apressava suas batidas parecendo querer, com isto, empurrar as horas no relógio da eternidade.

Afinal, numa tarde, ao sair do cemitério, vi Rodolfo sentado junto à "Fonte da Saúde", olhando fixamente uma jovem que enchia um cântaro com água. Ao vê-lo, senti frio e calor ao mesmo tempo, porque um só olhar me bastou para compreender que uma nova era de dor começava para mim. Acerquei-me de Rodolfo e lhe toquei o ombro; voltou-se e, ao ver-me, corou, levantando-se e dizendo-me: "Já estou aqui".

– Já era tempo que viesses, pois estás tardando em demasia em começar o trabalho mais importante de tua vida.

Seguimos andando e nos sentamos em um lugar mais afastado, e durante o caminho, observei que, de vez em quando, Rodolfo olhava para trás, para ver se via a menina da fonte.

– E que propósitos trazes – perguntei-lhe – ao instalar-te nesta aldeia?

– Não sei – respondeu –, vós me atemorizastes com as vossas profecias, encontro-me mal em todo lugar e, ao vosso lado, me sinto menos mal.

– Continuas ouvindo aquela gargalhada?

– Sim, a intervalos... Há pouco, ao chegar à fonte, escutei-a tão próxima como no dia em que a pobre louca rolou pelos abismos, fugindo de mim.

– E não sabes por que, naquele momento, a ouvia mais claramente?

– Não, não o adivinho.

– Pois o eco ressoou em teus ouvidos, porque davas início a um novo desacerto, pensando em acrescentar um atropelo a mais em tua longa lista.

– Delirais, Padre; delirais, sem dúvida – contestou Rodolfo, tratando de sorrir, porém, seu sorriso era forçado.

– Não deliro, Rodolfo, não deliro: há mais de quarenta anos que estudo mais nos olhos dos homens do que nos livros e tenho lido nos teus o torpe desejo da concupiscência. És o espírito dominado pelas vertigens das paixões; não tens amado, unicamente tens desejado; e como o desejo é insaciável, sempre tens olhado a mulher com o sensual apetite da carne. Em tua mente não há uma lembrança, não há um sentimento a que render culto, por isso, em cada ânsia, nasce um desejo. Ai do homem que somente quer à mulher, à Vênus impessoal; e feliz daquele que somente com a ternura de uma mulher é ditoso!

O amor a uma mulher pode ser a nossa redenção.

O constante desejo da posse da mulher confunde o homem com o bruto.

Olha, sem fazer-me santo, porque santos não há neste mundo, tenho conseguido que meu espírito adquira grande força moral que me tem servido para refrear os vícios dos homens, começando pelos meus.

– Desenganai-vos, Padre; de vós para mim, não existe ponto de comparação. Vós vos alegrais na abnegação e no sacrifício; e eu, se tenho vindo aqui, não é por virtude nem arrependimento, senão unicamente por egoísmo, porque me sinto mal em todo lugar, porque os dias me oprimem e as noites me aterram; porque parece que o inferno tem se desencadeado contra mim; e quando escuto a vossa voz, meu ser se tranquiliza, meu corpo deixa de sofrer essa dolorosa sensação que me faz padecer desconhecida dor, porém, isto é tudo; não me peçais mais. Eu não posso amar o bem como vós o amais e, ao vosso lado, se deixar de pecar, será por medo, porém nunca por virtude.

– Concordo com o que dizes e não creias que nesta existência te pedirei mais, convencido de que só isto podes me conceder. Àquele que tem vivido como tu, àquele que não tem respeitado nem a Deus, nem aos homens, não lhe exijas mais que a tortura do romorso. O medo!... Este sentimento indefinível que não tem explicação na linguagem humana!

Esse terror sem nome! Esse espanto indescritível, que detém o culpado no momento de cometer novo crime! Porém, este medo já é um avanço, porque tens vivido muitíssimos anos sem senti-lo. As sombras de tuas vítimas passavam diante de ti sem causar-te a menor opressão; seus gemidos ressoavam no espaço, porém, o eco não os repetia em teu coração, e hoje, essas sombras te aterrorizam, hoje, escutas a gargalhada da pobre louca e, no momento, de fixar teus olhos na jovem que estava na fonte, tu mesmo confessas que sentias mais de perto aquela horrível risada de dor.

– É verdade o que dizeis; senti-a, sim. Ao chegar à aldeia, o que primeiro vi foi essa mulher. Que senti ao mirá-la? Não o sei, porém, chumbo derretido circulou por minhas veias. Perguntei-lhe por vós e me disse que estavas no cemitério e que logo repousarias na "Fonte da Saúde": pedi-lhe que me servisse de guia e, durante o caminho, admirei-lhe a beleza, dizendo-a mim mesmo: "Já tenho com o que passar o tempo"; porém, quando ia lhe dizer algo, pensei em vós e vi a montanha com a relva seca, vi Elísea com o seu marido subindo pela maldita trilha, enquanto voz longínqua repetia: "Infeliz! Mais uma vítima!". Ao chegardes, uma labareda queimou minha fronte: compreendo que faço mal, porém a tentação me vence; e se vós não me detiverdes, estarei trocando de lugar, porém, não de hábitos.

– Penosa tarefa me impões, mas confio no Senhor e sei que terei inspiração bastante para inclinar-te ao bem; já demos o primeiro passo: sentes o remorso, confessas-te culpado e te entregas ao meu controle. Dias de angústias me esperam, porém obterei a vitória, e tua primeira boa ação será proteger a jovem que te serviu de guia. É uma humilde violeta dos prados e um lírio destes vales lhe ofereceu o perfume de seu amor; os dois são pobres, e tu não podes enriquecê-los ao preço de teus caprichos menores; podes assegurar a sua felicidade; e quando amanhã o jovem par apresentar-se, agradecido com o fruto de seu amor, ama a terna criança para que tenhas, quando deixares a Terra, quem cerre teus olhos. Tu não és amado e não és querido por ninguém; tua esposa te odeia e te despreza; teus partidários e teus cortesãos te adulam, porque te temem; os pobres te abominam, porque nunca te ocupaste de enxugar suas lágrimas; e o único ser que tem te querido no mundo, tem sido eu, porém, deixarei a Terra antes que tu e quero que em teu leito de morte não te encontres sozinho, pois quero que seres amigos te rodeiem, e que crianças inocentes te bendigam.

– Obrigado, Padre, porém, creio que pedis o impossível.

– Não, Rodolfo, Deus dá cento por um, portanto, ama e serás amado, espiritualiza teus sentimentos, começa a semear a semente do bem e recolherás, algum dia, as douradas espigas do amor.

Minha profecia se cumpriu! Três anos se passaram, e os acontecimentos têm demonstrado que o relógio nunca marca a última hora da eternidade. Hoje, Rodolfo é outro homem, ainda que, para dizer a verdade, muito me tem custado, porque os seres brutalmente sensuais não conhecem afeição nenhuma, não encontram gozo a não ser na saciedade de seus desejos, e Rodolfo é um pobre louco, que reconhece sua loucura, que às vezes se envergonha de seu passado, que se apavora continuamente diante de seu porvir, o que é insuficiente por si só para a sua regeneração; e o que tem sido pior é que, para meu tormento, a jovem camponesa, a inocente Luisa, inspirou-lhe cega paixão, e este chegou a amá-la... Única mulher que ele amou no mundo. Com quanto prazer lhe teria dado seu nome! Com quanta inveja olhava a jovem passar com o seu prometido! E quantas razões e quantas reflexões tenho tido que empregar para convencê-lo e fazê-lo desistir de seus funestos planos! E quantas angústias, quantos temores, e quantas agonias tenho sofrido, temendo sempre a realização de um novo crime, porque nada é mais difícil que dar luz aos cegos de entendimento! É um trabalho superior ao homem; é lutar contra todas as contrariedades e querer espiritualizar uma alma fundida no mais grosseiro caos do sensualismo.

Não tenho dúvidas, Rodolfo terá sido meu filho em outras existências e não uma só vez, porque o amor que sinto por ele, a energia que emana de minha vontade, o trabalho titânico que desenvolve minha inteligência, o esforço de todas as minhas faculdades intelectuais fazendo meu pensamento fluir sem descansar um segundo, nem no sono, nem na vigília, tudo isto é o resultado de um amor imenso, de um amor acumulado no transcurso de inumeráveis existências, porque o espírito do homem terreno ama muito pouco e, em uma vida, a alma não sente o que por Rodolfo sente a minha.

Quero-o tanto! Reconheço seus inumeráveis defeitos, lamento seus fatais extravios, porém, todo o meu anseio, todo o meu anelo, toda a minha ambição é despertar seus sentimentos, fazê-lo amar, porque até as feras são boas, subjugadas pelo amor.

Quero-o tanto, que tenho a completa convicção de que, depois de morto, serei sua sombra, serei seu guia, serei seu anjo da guarda, porém, não concebo mais anjos, e sim, espíritos amorosos velando por seres amados que deixaram na Terra e em outros mundos do espaço; e eu velarei por ele, segui-lo-ei sempre e ainda que os mundos de luz me abram suas portas, eu não entrarei, não, eu não entrarei em tão formosas paragens se Rodolfo não vier comigo, ainda que lá me espere a pálida menina com a sua coroa de jasmins e os seus caracóis negros.

Ela é meu amor, é minha vida, é minha felicidade! Porém, ele... é meu dever!

Ela é minha redenção! Porém, tenho que ser o redentor de Rodolfo.

E o serei, sim; faz três anos que estou perto dele e ele é outro homem; o casamento de Luisa é a prova mais convincente.

Ele a desejava, chegou a amá-la, a crer-se feliz somente em vê-la passar diante de seu castelo. Ele chegou a ter todas as puerilidades do adolescente. Despertei nele a juventude da alma, porque o amor é a juventude da Criação. Todos os seres, quando amam, adquirem a candura das crianças. Nada tão puro, nada tão confiado, nada tão nobre e tão singelo, como as inspirações do amor; é a igualdade, é a fraternidade; é o progresso; é a união das raças inimigas, é a lei do Universo, porque é a atração; e Rodolfo tem sentido o império dessa lei; e o galanteador irresistível, o senhor acostumado a fáceis e vergonhosas vitórias, tem estremecido diante dos olhares simples de uma mulher do povo e, de sedutor, converteu-se em protetor dos fracos.

Ainda me parece ver a última tarde em que fomos visitar a pequena casa de Luisa, onde, no dia seguinte, a jovem habitaria com seu marido.

Quando Rodolfo entrou naquela humilde morada, sentou-se e me disse:

– Quantos séculos de glória e honrarias daria para viver um ano neste pobre rincão!

– E viverás; e serás digno de gozar na Terra algumas horas de paz e de amor; voltarás arrependido e encontrarás, quem sabe, essa mesma Luisa e, a seu lado, passarás os dias ganhando o pão para ela e para os teus filhos. Todos os desejos se cumprem, todas as esperanças se realizam; Deus cria o homem para que ele seja ditoso, e tu, seu filho, o serás também.

– Mas queria sê-lo agora – exclamou Rodolfo, com dolorosa impaciência.

– Viste alguma vez o fruto engalanar a árvore antes que esta se vista de folhas e se cubra de flores? Não peças nada extemporâneo. Serás feliz quando fores digno da felicidade; quando amares muito; encontrarás na Terra uma alma que entregará todo o amor para ti. Hoje, resigna-te com a solidão que tu mesmo te impuseste, porém, não temas, pois até nos páramos da dor, encontra flores o que sabe amar.

Saímos da pequena casa e, no dia seguinte, abençoei a união de Luisa com o amado de seu coração; o povo, em massa, acorreu a presenciar a cerimônia, e, a primeira ovação de carinho, recebeu-a Rodolfo naquele dia. Todos sabiam que havia chegado ao jovem par uma pequena fortuna, que asseguraria seu modesto porvir; que aquela ditosa união era obra sua, e todos o miravam e comentavam: "É um senhor muito bom"!

Ao sair da Igreja, Rodolfo me apertou a mão, dizendo-me de maneira comovida: "Dizes bem: o que o amor semeia, amor recolhe."

Um ano depois, Luisa deu à luz uma menina, que Rodolfo sustentou em seus braços, enquanto eu derramava sobre sua cabeça a água do batismo. Este anjo de inocência veio despertar, em sua alma, um novo sentimento. A Providência, sábia em tudo, negou à Luisa o néctar da vida; débil e enferma, teve que entregar sua filha a uma ama de leite, e deste modo, eu pude realizar meu sonho, que era pôr, em contato contínuo, a pequena Delfina com o filho de minha alma, Rodolfo, que não conhecia o sentimento da paternidade, posto que foi infanticida, e, hoje, passa horas e horas com Delfina nos braços, feliz quando a menina, ao vê-lo, faz menção de querer ir com ele.

Quanto me rejubilo olhando, em muitas tardes, quando, ao sair do cemitério, encontro-o à minha espera, e me diz:

– Vamos ver a menina?

Dirigimo-nos à casa da ama e Delfina, ao vê-lo, estende os braços; e eu digo comigo mesmo, ao vê-lo extasiado, contemplando a criança: "Aprende, alma rebelde! Aprende a amar os pequeninos! Ensaia-te para o sacerdócio da família! Que sinta teu espírito o suave calor da ternura, para que, amanhã, ao voltar à Terra, depois de muitas encarnações de sofrimento, sejas feliz, em uma humilde cabana, onde te sorri uma mulher amada e te peçam leite formosas crianças!

Já deste o *primeiro passo*. Louvado seja Deus!

PARA DEUS, NUNCA É TARDE

PARA TI, SENHOR, NUNCA É TARDE. Glória a Ti, fundador dos séculos! Glória a Ti!... O tempo é tua apoteose! Glória a Ti, Suprema Sabedoria, que medes o fundo das consciências com a sonda de tua tolerância!

Quanto te amo, Senhor! Quanto te admiro! Tu a tudo prevines! Tudo prevês! Tudo pressentes! Tudo vês, porque Tu és a Luz! Tu nunca deixas o vazio entre os homens! Quando uma árvore seca é derrubada pelo cortante machado da morte, novos brotos florescem em torno do ancião dos bosques. Vejo isso em torno de mim. Eu, que durante muitos anos tenho sido a sombra protetora de alguns seres atribulados, desde o afastado rincão desta aldeia, sei que logo começará a tribulação para mim, porque, dentro em pouco, ou terei deixado a Terra, ou serei um pobre velho, sem vigor nem energia, com a imaginação conturbada, entre as recordações do passado e os pressentimentos do porvir.

Serei outra vez criança e, como em meus primeiros anos, buscarei os raios do Sol, porque sempre acreditei que, vendo-me coberto de luz, estava mais perto de Deus. Oh, a luz! A luz é tão maravilhosa!...

Eu desejava a morte e a temia, porque olhava em torno de mim e, ao ver tantos homens dominados pela vertigem da tentação, entendia que meus conselhos lhes eram necessários, e pedia a Deus que pusesse, em meu lugar, alguém que seguisse meu trabalho em minha aldeia querida; e como Deus concede tudo o que se Lhe pede para o progresso da Humanidade, colocou Maria, esta sacerdotisa do Povo, esta mulher singular que, por suas condições especiais, foi chamada a regenerar o Planeta...

Graças, meu Deus! Já não estou sozinho, já posso dormir o sono das tumbas! Ela fica em meu lugar! Ela, cheia de vida, de juventude e de amor! Já não pecarei como egoísta se alguma vez desejo apressar o momento de minha partida. Faz tanto tempo que não vejo a menina dos caracóis negros!...

Perdoa-me, Senhor, se penso em mim quando ainda não me pertenço! Tenho ainda o que fazer na Terra: Rodolfo necessita de mim; tem tísica na alma; o enfraquecimento se apodera de seu espírito e a ociosidade lhe consome o seu corpo. Pobre, pobre filho meu!... Filho meu, sim; bem seguro estou de que já levou meu nome e já embalei seu berço. Que mau é ser mau! Quanto me compadeço dele! Já está desperto, já reconhece que não viveu, e tem sede de vida. Pobre infeliz!

À noite, como se lamentava falando a Maria sobre a solidão de sua existência!... E quão ela o consolou! Ele a ama, sente por Maria um amor desconhecido; vê, nela, não a mulher, e, sim, a mãe; ele a admira como todos a admiramos, e parece que se tranquiliza quando fala com ela. Outras vezes, estremece-se, porque parece escutar uma terrível profecia. Quão inspirada esteve Maria a noite passada! Sem dúvida alguma, serve de intermediária a espíritos superiores, porque o brilho de seus olhos, sua entonação profética, algo que resplandece ao seu redor, inclina-me a crer que comunicam-se com ela, os Espíritos do Senhor. Que eloquência, que sentimento! que convicção!

Regozijo-me quando a ouço falar. Ontem à noite, em particular, esteve inspiradíssima. Rodolfo chegou antes dela e se sentou sombrio e pensativo; acerquei-me dele e lhe disse:

– Que tens? Encontro-te mais triste que de costume.

– Não digais que estou triste; estou é desesperado.

– Que te passa agora de novo?

– De novo, nada; tudo em mim é velho. É que já não posso resistir ao enorme peso da vida; se não fosse por essa maldita influência que exerceis sobre mim, asseguro-vos que voltaria à Corte e, de intriga em intriga, de crime em crime, ao menos viveria, porque aqui não vivo.

– Não vives porque não queres.

– Porque não quero... me fazeis infeliz. E que diabo quereis que eu faça, se em toda parte me sinto mal? A única que dissipa um pouco as nuvens que obscurecem meu pensamento é a filha de Luisa; quando essa criança sorri e conta-me coisas, só então me parece não estar neste maldito mundo, porém, logo me assalta uma lembrança e penso em sua mãe, que é de outro homem, que aquela mesma criança, que me encanta, é fruto de seu amor, e a inveja corrói minha alma e creio que é mais feliz que eu, aquele mendigo se, em meio à sua miséria, se vê amado.

– Sem dúvida alguma, é mais ditoso que tu.

MEMÓRIAS DO PADRE GERMANO   97

– E depois deste entendimento, depois de compreender que sou um maldito de Deus, como, demônios, quereis que eu viva? Ignorante, ignorante de mim, que tenho vos escutado. Mas ainda não é tarde e creio que voltarei à Corte, porque a vida contemplativa é boa para os santos, Padre Germano; para vós, por exemplo, que contemplais vossa vida passada e não tendes de que vos envergonhar, porém, para os réprobos, não foram feitas as meditações.

– Pois antes, são os que necessitam meditar – exclamou Maria, que havia escutado as últimas palavras de Rodolfo.

Este, ao lhe ouvir a sua voz, estremeceu; o rubor de vergonha coloriu seu rosto e, tratando de sorrir, dirigiu-lhe a destra, que Maria estreitou entre as suas mãos efusivamente; fixando nele seu magnético olhar, disse-lhe com dulcíssimo tom: "Ingrato!"

Rodolfo encarou-a fixamente, com aquele olhar que conta toda uma história e que pede todo um mundo, e ela, apoiando a mão em sua fronte, disse-lhe com maternal ternura:

– Serena-te, pobre louco!

Rodolfo, dócil como um menino, exalou profundo suspiro, com o qual se lhe dilatou o peito, levantou-se, acercou-se a mim, dizendo-me sorrindo:

– Não temais, Padre Germano, não me separarei de vós, porém, há momentos...

– Em que te tornas completamente louco – disse Maria, sentando-se junto a mim –, porque só um louco diz que é um maldito de Deus.

– Pois se não sou maldito, ao menos estou esquecido – replicou Rodolfo, com impaciência –, porque, em minha vida, não fiz outra coisa que desacertos. Assim é que viver me assusta e morrer me aterroriza, porque se há algo depois,... eu hei de passar muito mal.

– Que se há algo, dizes? – exclamou Maria. – Não há algo, não; o que nos espera é o todo. Essa existência que levas agora não é mais que a milionésima parte de um segundo no relógio da eternidade.

– Falas o mesmo que Padre Germano e quero, quero crer nos dois..., porém, às vezes,... confesso-vos: creio que os dois deliram.

– Escuta-me – disse Maria –, reconheces no Padre Germano uma grande superioridade moral sobre ti?

– Reconheço; não haveria de reconhecer?

98   AMALIA DOMINGO SOLER

– E por que, se ele e tu nasceram do mesmo modo, passaram pela infância, pela juventude, tendo chegado à idade madura, ele pôde refrear suas paixões e tu foste dominado por elas, que te venceram, afundando-te na degradação? Por que, para ele, desde menino, a luz e, para ti, desde o nascer, sombras? Não diz algo aos teus sentidos, esta notabilíssima diferença? Não denuncia um progresso anterior, uma vida começada antes, continuada agora e que se continuará depois? Pensas que a existência do homem pode se reduzir a poucos anos de loucura? E depois de tão breve prazo, o nada, o esquecimento, o juízo final e a última sentença sem apelação? não vês que isso é impossível?...

– Impossível? – disse Rodolfo. – Que sei eu!... que sei eu! Porém, o certo é que os que se vão, não voltam.

Ao dizer isto, violentíssima sacudida agitou todo o seu ser, seu rosto se contraiu, apoiou o indicador em seus lábios como que nos recomendando silêncio e escutou, aterrorizado, algo que para ele ressoou; levantou-se, correu pelo aposento em todas as direções, como quem foge de uma aparição; Maria e eu o detivemos, fazendo-o sentar-se; apoiei sua cabeça sobre o meu peito, e Maria, colocando-se diante dele, disse-lhe:

– Rodolfo! Rodolfo! Que tens? Volta a ti.

– Os mortos voltam... Que horror! – gritou Rofolfo com espanto, abraçando-se a mim, como se fugisse de um fantasma.

Maria impôs as mãos à cabeça, parecendo que de seus dedos saíam luminosos fios que desprendiam partículas de luz; meu pobre filho foi se acalmando, pouco a pouco, dizendo, por fim, com voz apagada:

– Não me abandones. Sou muito infeliz!

– Como hei de abandonar-te – disse-lhe eu –, se sabes muito bem que te quero com toda a minha alma, que tenho te dito muita coisa, que se pudesse ir à glória, não entraria nela enquanto tu não pudesses vir comigo? Ainda que ali me esperasse a pálida menina, a dos caracóis negros!... Porque se ela é meu amor, tu és meu dever. Escuta, Rodolfo, escuta; ouve bem o que vou te dizer, olha-me fixamente e grava em tua memória a minha imagem. Estás me vendo? Neste instante, estou seguro de que meus olhos brilham em fogo estranho, porque sinto que o sangue ferve em minhas veias, minhas ideias adquirem lucidez: olho o espaço e vejo a Terra. Olha; uma voz me diz que já se passaram alguns séculos e vejo um novo quadro; vejo-te jovem e vigoroso, vestido com humilde traje de operário; sorris com tristeza e vagamente pensas em mim; e não é estranho, porque vou muito perto de ti; não levo o esfarrapado hábito que

MEMÓRIAS DO PADRE GERMANO

visto agora, não; cobre-me uma túnica branca; não te abandono um só momento; vou sempre atrás de ti. Falo-te, inspiro-te e te envio o alimento de minha vontade; trabalho em teu progresso e infiltro em teu pensamento, o meu; em teu ser vive minha alma; tu vives entregue inconscientemente à minha lembrança e isto se sucede depois de transcorridos muitos séculos. Já vês, filho meu, que por longo tempo estarei junto a ti... Como queres, pois, que te abandone agora? Porém, dize-me: que viste que te fez correr como um desesperado?

– Ele viu seu filho – replicou Maria. – Também eu o vi. Não é verdade, Rodolfo?

– Sim, é verdade, sim. Oh! E se houvesse sido somente ele... Vi minha mãe, a de Berta, Elísea..., seu marido... e escutei aquela gargalhada tão perto de mim... que ainda ressoa em meus ouvidos.

– Acalma-te – disse Maria –, acalma-te; sê razoável; tu mesmo te atormentas sem necessidade alguma. É certo que és infeliz, porém, não aumentes a tua infelicidade com a ingratidão. Dizes que não és amado, que réprobos são malditos de Deus. Ingrato! ingrato! E o imenso amor do Padre Germano, em nada o tens? E o meu leal carinho, tampouco te satisfaz? Dize!

– Que não me satisfaz? Certo, não me satisfaz, não, porque eu amo; és a primeira mulher a quem tenho olhado com religioso respeito; sinto por ti o que creio haver sentido por minha mãe e, ao mesmo tempo, quisera que me amasses... de outra maneira; não sei como explicar sobre ti como gostaria; não sei o que gostaria; envergonho-me de mim mesmo, e...

– Compreendo o que sentes – disse Maria, melancolicamente – tens que confundir necessariamente os puríssimos afetos da alma com os torpes desejos da matéria. Não sabes mais, pois não bebeste ainda as puras águas do espiritualismo, amamentou-te o amargo do materialismo e não conheces da vida as múltiplas sensações. Na sensualidade, encerras tudo, e o apetite da carne é um agente da Natureza que faz um trabalho limitadíssimo; o grande trabalho do espírito é a tarefa que quero que comeces. Quero que me ames, sim, e que te contentes com esse amor da alma que purifica o quanto toca. Deus, que é tão grande, que é tão bom, que é tão justo, vendo que tu, como pedra desprendida de altíssima montanha, vai rodando, sem encontrar nunca o fundo do precipício; Deus, querendo que renuncies ao mal, porque já levaste muitos séculos caindo de abismo em abismo, fazendo uso de tua malfadada vontade, Deus detém hoje ao teu lado dois espíritos de luta; o Padre Germano e a mim. Dois espíritos que já sabem como se cai, como se morre, e como se ressuscita. Também temos caído como tu, também nos tem feito morrer o remorso, também, como tu, temos vivido sozinhos; e, se não... reflete: olha como vivemos, ainda; sozinhos... intimamente sozinhos... Vivemos para os outros, sem guardar, para nós, nem um átomo de vida... Sabes por quê? Porque, sem dúvida, ainda não somos dignos de ser ditosos.

– Mas, se tu não mereces a felicidade, que merecerei eu? – perguntou Rodolfo, abatido.

– Hoje, mereces compaixão; amanhã, sofrerás o castigo de que fizeste credor. Chorarás, porque fizeste outros chorarem; terás fome, porque o pão que não queriam vossos cães de caça, negaste, muitas vezes, aos teus servos famintos; abrasar-te-ás de sede, porque recusaste a água, que bebiam teus cavalos, aos peregrinos sedentos; tu te verás sem lar, porque te comprazes em arrancar pobres pássaros de seus ninhos e negaste hospitalidade aos caminheiros enfermos; serás humilhado, porque tiranizaste os povos e serás enganado porque, a muitos, vendeste. Durante alguns séculos, parecerás o deserdado da Criação, porque a excomunhão de teus crimes pesará sobre ti. Porém, como a vida dos espíritos tem seu princípio, como não viveste por toda a eternidade, como sucede a Deus, o pagamento de tuas dívidas será cumprido e, como durante esse tempo, o teu guia não te abandonará, como os gênios protetores te darão alento, como provavelmente já não farás o mal, unicamente sofrerás as consequências de teu passado com mais ou menos paciência, com mais ou menos resignação, como não aumentarás em muito tua culpa, porque o velho soldado, crivado de feridas, ainda que quisesse, não poderia ser um grande guerreiro, chegará um dia (longe ainda, porém chegará), que teu espírito, cansado, fatigado, rendido de tanto sofrer e de tanto lutar, se sentirá prostrado, repousará um momento, coordenará suas lembranças, verá que viveu ontem, compreenderá que viverá amanhã e exclamará com nobre intrepidez: "Deus! Providência! Destino! Fatalidade! Força oculta! Poder misterioso! O que quer que sejas!... Se vivi ontem, se vivo hoje, se hei de viver amanhã... quero ser grande! Quero ser bom! Quero ser luz de verdade e tocha de razão! Tenho saciado minha sede com negro lodo e quero a água pura da vida! Tenho frio, muito frio na alma, e quero me cobrir com o manto divino do amor". E então... como Deus dá cem por um, e atende a quantos O chamam, e dá a quantos Lhe pedem; então... ah, Rodolfo! Então a Criação resplandecerá suas galas para ti! Então, serás um homem honrado; uma mulher amorosa te esperará sor-

MEMÓRIAS DO PADRE GERMANO

rindo em teu lar e teus filhos te chamarão alegres, dizendo-te: "Pai! Vem conosco que sem ti não podemos ficar!" Teus amigos se honrarão com teu carinho e, quando deixares a Terra, uma família desolada rezará sobre tua tumba; e sentirás prazer tão imenso ao contemplar tua primeira existência de regeneração, que voltarás à Terra com duplo alento, com triplo ardor; quererás não somente ser bom; quererás ser grande; sonharás em ser uma das luzes da ciência nas civilizações futuras. E o serás, porque o homem, para converter-se em redentor de um povo, não necessita de mais privilégio que de sua potente vontade. Assim, pois, Rodolfo, anima-te; não fixes o olhar na Terra, porque teu porvir está escrito no Céu.

E, ao falar assim, Maria estava completamente transfigurada. Seus grandes olhos brilhavam com o fogo sagrado da inspiração; parecia a profetisa dos tempos, que arrancava seus segredos para a eternidade.

Rodolfo sentia a sua benéfica influência, olhava-a extasiado e, por fim, disse-lhe com nobre exaltação:

– Bendita sejas, Maria! Bendita sejas! Tua voz ressoa em meu coração e reanima meu ser; não me importa o sofrimento, se me sobra tempo para minha regeneração. Acreditava tudo perdido; acreditava que já era tarde para mim e esta convicção me dilacerava.

– Não, Rodolfo, não; somos nós que medimos o tempo, porém, Deus mede a eternidade. Para Ele, não há nem ontem, nem amanhã; Seu HOJE é eterno; Seu PRESENTE não teve princípio, nem terá fim. Ele não viu a aurora de Seu dia e nunca verá seu ocaso, porque o sol do progresso tem brilhado sempre no zênite da Eternidade.

Rodolfo, ao escutar tão consoladoras afirmações, sorriu jubiloso, e exclamou:

– E que devo fazer para começar meu trabalho?

– Olha – disse Maria –, hoje mesmo me assaltou uma ideia. Tem vindo aqui, uma pobre mulher, rendida ao cansaço, extenuada de fadiga; três pequeninos a acompanham e ela sabe que logo terá cumprida a sua penosa missão na Terra; e o que será dessas pobres crianças se a caridade não as acolher e brindar-lhe com generosa hospitalidade? Levantemos, pois, uma casa para albergar os pobres órfãos; a menor de tuas joias, o broche mais singelo de tua capa, vale muito mais do que o terreno de que necessitamos; ajuda esta minha obra; compremos um terreno e edifiquemos uma casa risonha e alegre para que nela sorriam as crianças.

– Sim, sim; conta comigo; meus tesouros são teus – exclamou Rodolfo, com entusiasmo. – Farei tudo quanto quiseres, porque tenho, como dizes, frio na alma e quero cobrir-me com o divino manto do amor.

Maravilhosa noite! Nunca a esquecerei! Quando me deixaram a sós ainda escutava a profecia de Maria, ainda ressoava em meus ouvidos a voz de Rodolfo e um inefável prazer se fez dono de meu ser.

– É verdade: para Deus, nunca é tarde. Glória a Ti, Fundador dos Séculos! Glória a Ti, princípio incriado! Glória a Ti, Sabedoria Suprema! Tudo ante Ti é pequeno. Só Tu és grande!

O tempo é a Tua apoteose, porque, com o tempo e o trabalho, consegue o homem sua reabilitação!

Para Ti, nunca é tarde! Bendito seja o tempo, Senhor, porque o tempo é Tua essência!

A ORAÇÃO DAS CRIANÇAS

VENHAM A MIM AS CRIANÇAS, venham a mim, com suas inocentes travessuras, com as suas alegres gargalhadas, com a sua buliçosa animação, com a exuberância de suas vidas.

Quero viver entre elas; quero tomar parte em sua alegria e aturdir-me em seu aturdimento, esquecendo-me de tudo, menos de minha infantil família.

Sempre amei as crianças e sempre preferi suas risonhas companhias às dos sábios e às dos demais homens, porque nas crianças sempre tenho encontrado a verdade.

Dizia um filósofo que nada mais passageiro nem ingrato que as crianças, e eu discordo absolutamente em minha modesta opinião. O que a criança tem é que não é hipócrita, diz e faz o que sente, sem reserva nem dissimulação de qualquer espécie, enquanto que o homem finge sorrisos e faz afagos, ainda que em seu coração fermente o ódio para aquele que acaricia e agasalha.

Eu daria muitos séculos de felicidade para viver toda uma existência rodeado de crianças, porque, desse modo, nada ficaria sabendo sobre os crimes dos homens, nem viveria enganado. Oh, sim! Venham a mim as crianças, com a espontaneidade de seus sentimentos, com a sua encantadora e inimitável franqueza, com a sua inata lealdade.

Os homens me assustam; as crianças me atraem, espantam-me as confissões dos primeiros, e me encantam as confidências dos segundos, porque neles encontro a singeleza e a verdade e é tão maravilhosa a verdade!

Quantas vezes, rodeado de meus pequenos amigos, tenho me visto pequeno, muito pequeno, ao lado daquelas almas tão grandes!

O que falta à generalidade das criaturas é uma esmerada e sólida educação, um mentor que guie seus passos nas escabrosidades da Terra, pois, uma criança bem instruída, bem educada, é um herói quando chega a ocasião oportuna. Eu o sei; eu tenho visto, e por mim mesmo estou convencido de que não há nada mais fácil do que despertar o generoso entusiasmo das crianças, aguçando os seus sentimentos até chegar à sublimidade.

Uma tarde, saí do cemitério mais triste que de costume; havia pensado demasiadamente nela; havia visto, junto à sua sepultura, a menina dos caracóis negros e, ao vê-la, sorrindo com tristeza, chorou-me amargamente o coração por sua malograda felicidade.

É tão triste ter, em nossa mão, a maravilhosa taça da vida cheia do néctar do prazer... e afastá-la de nossos lábios, sedentos de amor e de ventura, para entregar-nos a um lento suicídio, a um sacrifício estéril, a uma desesperação muda! Oh! O sacerdócio católico é o sacerdócio da morte!

Meus filhos adotivos, ao me verem, compreenderam que estava preocupado e, como todos me querem bem, rodearam-me, solícitos, e um dos mais pequeninos se agarrou ao meu hábito, dizendo-me com voz trêmula:

– Padre, é verdade que os judeus comem as crianças?

– Os maus serão comidos, porém os bons, não – replicou outra criança. – É verdade, Padre?

– Nem a uns, nem a outros – contestei, sorrindo –, porque os judeus não são antropófagos.

– Pois minha mãe disse que sim – objetou o primeiro. – E hoje, chegou muito assustada, dizendo que lhe contaram que há um homem que, à noite, entra na aldeia e leva as crianças.

– Sim – continuou outro. – Ao meu pai também contaram que esse homem entrou em uma casa e roubou um pão; o cachorro percebeu, começou a latir e o ladrão fugiu; dizem que soltava fogo pelos olhos, e minha avó afirmou ser um judeu.

A conversação das crianças me distraiu de meus tristes pensamentos e comecei a inquietar-me pela sorte daquele desventurado de quem me falaram. Não era a primeira vez que eu ouvia falar daquele homem a quem chamavam de judeu, e do qual contavam mil coisas e absurdas mentiras; e eu calculava que talvez fosse um infeliz, cuja existência poderia conter uma história de lágrimas e, tratando de certificar-me, perguntei com interesse a uma das crianças:

MEMÓRIAS DO PADRE GERMANO 105

– E quando foi que viram o judeu roubando um pão dessa casa?

– Ontem à noite; disse meu pai que foi ontem à noite – respondeu a criança, olhando com receio em todas as direções.

Continuamos andando e, ao chegar à "Fonte da Saúde", as crianças lançaram um grito de espanto, rodeando-me e gritando angustiosamente: "Padre! Padre! Diga-lhe que somos bons. É ele, é ele...!" E as inocentes criaturas se escondiam debaixo de minha capa, enquanto outros se protegiam atrás de mim, todos tremendo convulsivamente.

Naquela barafunda, não me davam tempo de contemplar a causa daquele transtorno, mas, por fim, olhei e vi, junto à Fonte, um ancião que contaria perto de setenta invernos. Era alto, delgado, coberto de farrapos; uma longa barba de um branco amarelado descansava sobre o seu peito desnudo. Seu olhar era triste, muito triste! Gemia pelo olhar e parecia o símbolo da tribulação e da miséria! Tinha a cabeça enfaixada e empapada de sangue. Ao vê-lo naquele estado tão deplorável, corri até ele, rompendo o círculo que me rodeava, e o ancião, ao ver-me, estacou indeciso; queria fugir e, ao mesmo tempo, olhava-me como se quisesse me reconhecer, enquanto me apressei em detê-lo, dizendo-lhe: "Não temas". O pobre velho parou e contemplou, com profunda tristeza, o grupo de crianças que a curta distância dizia em todos os tons: "É ele! Ele...!

Compreendi seu pensamento e lhe disse:

– Não temas; não te farão nenhum mal.

E rodeando sua cintura com meu braço, voltei-me para as crianças, dizendo-lhes com autoridade:

– Calai-vos e escutai-me. Quem dissera que este ancião quer fazer mal a vós, mente miseravelmente; e ao invés de gritardes à toa, o que deveis fazer é cada um dar a metade de vossa merenda, pois a lei de Deus nos manda dar de comer ao faminto.

As crianças emudeceram, juntaram-se umas às outras e, em compacta massa, adiantaram-se, temerosas, colocando-se junto a mim; algumas delas, timidamente, estenderam-me um pedaço de pão e então eu lhes disse:

– Não é a mim que deveis dá-lo; é a este infeliz, que o deveis fazer. Não tenhais medo; dai-lho de vossa própria mão e pedi-lhe que vos abençoeis, pois que os anciãos são os sacerdotes primeiros do mundo.

Um dos mais pequeninos, fixando-me seu singelo olhar, como que para tomar coragem, estendeu seu pedaço de pão ao pobre velho; este o apanhou com mão trêmula e, estendendo a sua destra sobre a cabeça do pequenino, disse com comovida voz:

– Bendito sejas tu, que me dás o pão da hospitalidade!

E, inclinando seu corpo, beijou a fronte do pequeno. Ao beijar-lhe, o mendigo chorava, e suas lágrimas caíam sobre a cabeça da criança, que se batizou com a bendita água da gratidão. As demais crianças seguiram o exemplo da primeira, e nunca esquecerei aquela cena verdadeiramente comovedora.

O céu ostentava todo o esplendor, pois coberto estava de um véu de purpúreas nuvens. As montanhas, revestidas com o seu esmeraldino manto, tinham seu cume envolvido com flutuantes e ligeiras plumas; e no fundo de um vale florido, um esfarrapado ancião, rodeado de mais de trinta crianças, abençoava-as com seus olhos e suas lágrimas, porque a emoção não lhe permitia falar. Eu olhava aquele quadro e dizia para mim mesmo: "Que feliz é o começo da vida e que triste é o fim! Pobre ancião! Em sua fronte, está escrita uma história. Que papel lhe terá tocado representar nela? Haverá sido o de vítima ou o de verdugo? Vejamos".

E acercando-me mais a ele, disse-lhe com doçura:

– Senta-te e repousa; não tenhas medo algum.

– De ti não o tenho, nem destas criaturas tampouco, porém, seguem-me, já bem próximos, meus numerosos inimigos. Faz muitos dias que estou vagando por essas paragens; queria te ver e não encontrava ocasião propícia de falar contigo. Hoje, a sede me devorava; tenho febre, porque estou ferido; alguns pobres meninos, incitados por suas mães, apedrejaram-me e vim até esta fonte, a fim de aplacar minha ardente sede. Foi quando vós chegastes; tenho que te falar, porém, não me atrevo a entrar na aldeia, pois não sei a que distância estão meus perseguidores.

– Então, espera-me atrás do cemitério. Voltarei com as crianças e, quando anoitecer, virei te buscar. Até logo.

Meus pequenos amigos se separaram do ancião, dizendo-lhe, alguns deles: "Amanhã, traremos mais pão". E durante a nossa volta, cada qual combinou trazer dupla merenda. O que é o exemplo e o bom conselho!

Alguns pobres meninos, aconselhados por selvagens mulheres, perseguiram o mendigo como se persegue uma fera, enquanto que, outras crianças, deram-lhe a metade de seu alimento, ansiando pela chegada do

MEMÓRIAS DO PADRE GERMANO

dia seguinte, para dar-lhe maior quantidade! As crianças são a esperança do mundo e a encarnação do progresso, se encontram quem as guie na espinhosa estrada da vida!

Quando entramos na aldeia, despedi-me das crianças, subi ao meu oratório, esperei que a noite estendesse suas sombras por esta parte da Terra, e, então, dirigi-me para trás do cemitério. O ancião, que me esperava, veio ao meu encontro, e nós dois nos sentamos nas ruínas da capela. Meu companheiro me olhou fixamente, dizendo-me em voz baixa:

– Graças a Deus que os dias se sucedem, e não se parecem. Que diferente foi o dia de hoje se comparado com o de ontem! Ontem, apedrejaram-me como se eu fosse um miserável foragido; hoje, escutaram-me, atenderam-me e me ofereceram abençoado pão para sustentar meu abatido corpo. Graças, Padre, não foi em vão que me disseram que eras um santo!

– Cala, cala! Não confundas tu o dever com a santidade. Não há santos na Terra, mas apenas homens que, em algumas ocasiões, cumprem com a sua obrigação. Ao prestar-te meu débil auxílio, cumpri com dois deveres muito sagrados: o primeiro, consolando o aflito, e o segundo, ensinando os pequenos a pôr em prática os mandamentos da Lei de Deus.

– Ai, Padre! Esses mandamentos, quão esquecidos estão pelos homens! Sei disso por experiência; toda a infelicidade de minha vida, devo-a ao esquecimento da Lei de Deus.

– Explica-te: em que esqueceste a lei promulgada no Sinai?

– Não fui eu quem a esqueceu, Padre. Tenho seguido fielmente a religião dos meus maiores e, sentado na sinagoga, jurei a obediência a Deus, lendo as tábuas da Santa Lei; foram outros, os que esqueceram os divinos preceitos.

– Compadece-te dos que esqueceram, porque ai dos pecadores!

– Ah, senhor! O castigo dos culpados não me devolverá o que perdi para sempre. Eu tinha, em meu lar, numerosa família, e meus filhos e netos me sorriam com amor, porém, ressoou uma voz maldita, e os guardiães da intolerância religiosa gritaram numa noite: "Morram os judeus! Queimemos suas casas! Violentemos suas filhas! Saqueemos seus cofres! Destruamos a raça de Judá! "E nossas pacíficas moradas foram palco de horrendos crimes. Alguns de nós puderam escapar à matança geral, e fugimos então de nossas casas, sem nossas filhas, sem as economias de nosso trabalho... Tudo perdido... Tudo! E por quê?... Por seguir estritamente a primitiva Lei de Deus... E, sem condições para mendigar, pelo medo de sermos reconhecidos, fugimos em debandada sem saber para onde ir. Alguns de meus companheiros, mais jovens do que eu, puderam chegar a porto seguro. Eu caí enfermo, não podendo segui-los, e uns pobres camponeses me asilaram em sua cabana, por sete meses; falaram-me de ti, dizendo que eras a Providência dos infelizes e que viesse a ti. Um dos filhos dessa família quis me acompanhar, porém, ao saber que se inflamara a perseguição aos judeus dispersos, não consenti, de maneira alguma, expor aquele nobre jovem a uma morte quase certa; sozinho, empreendi a marcha, fugindo dos caminhos transitáveis e passando dias e dias sem mais alimento que as folhas das árvores, pois estes as árvores me ofereciam, sendo por isso menos ingratas que os homens. Já sabeis quem sou. No Condado de Ars, esperam-me alguns de meus irmãos e o meu desejo é chegar lá, para reunir-me com eles, a fim de junto rezarmos pela memória de nossas filhas, desonradas em nome de uma falsa religião.

O ancião reclinou sua cabeça entre as mãos, soluçando como uma criança.

Deixei-o chorar livremente, pois que os grandes infortúnios pedem muitas lágrimas; quando o vi mais calmo, atraí-o até mim, dizendo-lhe com a maior doçura:

– Perdoa teus verdugos; não te peço mais que o perdão para eles; compadece-te deles; para eles, o presente é o crime e o porvir é a expiação. Tranquiliza-te; levar-te-ei comigo; abrigarei teu corpo desfalecido; acompanhar-te-ão dois honrados homens que guiarão teus passos vacilantes até chegar ao lugar que desejas; reunir-te-ás com os teus irmãos e elevarás tua oração, pedindo a Deus misericórdia para aqueles obcecados que profanaram teu tranquilo lar. Vem comigo, apoia-te em mim, não tenhas nenhum receio, porque sou sacerdote da religião universal.

O ancião se apoiou em mim e, chegando à Reitoria, subimos ao meu oratório, que é o lugar de descanso dos infelizes que encontro em meu caminho. E, durante oito dias, repousou em meu lar, o viajante da dor.

As crianças, entretanto, diziam-me pesarosas: "Padre, aquele pobre não voltou, agora que trouxemos tanto pão para dar-lhe". Valendo-me de minha influência, consegui de meus paroquianos que dois deles, os mais aptos, consentissem em acompanhar o velho judeu em sua longa viagem; esse foi vestido simplesmente e lhe entreguei uma certa quantia em dinheiro, exigindo-lhe que, ao chegar ao final de sua jornada, enviasse-me

MEMÓRIAS DO PADRE GERMANO

através de seus guias uma carta, dando-me conta de sua feliz chegada. No mesmo dia em que ele se foi, convoquei uma reunião de crianças, na Igreja, com a assistência de quase todos os fiéis que moravam na aldeia, porém, meu principal objetivo era reunir as crianças; coloquei-as diante do altar e, dirigindo-me a elas, disse:

– Meus filhos, único laço que me une a este mundo! Sois o sorriso de minha vida. Em vós derramo toda a energia de minha profunda experiência e trato de fazer-vos bons, para que sejais gratos aos olhos do Senhor. Faz alguns dias, pedi-vos pão para um pobre ancião, que chegou às portas de vossos lares, ferido e esfomeado, e hoje vou vos pedir outra coisa; concedei-me, filhos meus, muito amados de meu coração! Aquele velho deixou vossas montanhas, indo buscar, em longínquos vales um asilo para pedir a Deus que tenha misericórdia para com os opressores da Humanidade. E eu vos peço, meus queridos pequeninos, que rogueis por esse pobre caminhante que, sem lar nem pátria, não lhe crescerão as flores em sua tumba regadas pelo pranto de seus filhos, mas sim que, como árvore mutilada, o furacão lhe dobrará em suas raízes mortas, e se extinguirá a seiva da vida. Rogai por ele; pedi ao céu que chegue ao porto de salvação o errante proscrito, pois as orações das crianças atraem a bênção de Deus!

Orai, filhos meus, orai! dizei comigo assim: "Pai misericordioso, guia os passos do venerável ancião, que tem vivido respeitando Tua lei; salva-o de todo o perigo, para que possa viver o resto de seus dias amando-Te em espírito e em verdade!" E as crianças rezaram, e suas puríssimas vozes, sem dúvida, ressoaram nas abóbodas do céu, atraindo, ao humilde templo da Terra, espíritos de luz, porque à semelhança dos raios de sol, clarões luminosos e resplandecentes se cruzaram diante dos altares enquanto as crianças repetiam com vibrante voz: "Pai misericordioso, guia os passos do ancião, que tem vivido respeitando Tua lei; salva-o de todo o perigo para que possa viver o resto de seus dias amando-Te em espírito e em verdade!"

Naqueles momentos, não sei o que em mim se passou; parecia que incensórios invisíveis perfumavam as abóbodas do templo e astros multicoloridos lançavam seus luminosos eflúvios de prismáticos resplendores sobre as crianças de minha aldeia.

As crianças rezaram, sim; rezaram com esta divina fé que inflama e eleva as almas puras; e sua fervente oração, deveriam repeti-la os ecos de mundo a mundo... Foi a oração mais comovente que já escutei no cárcere da Terra.

Existem sensações indescritíveis, e a que experimentei, naqueles instantes, foi uma delas; estava certo quando disse que as orações das crianças atraem as bênçãos de Deus.

Maravilhosa manhã de minha vida! Raios de puríssima luz! Tua bendita lembrança far-me-á sorrir em meu leito de morte! Muito tenho chorado!... Muito tenho sofrido! Mas, em troca, tem me sido concedido escutar o canto dos anjos no humilde templo de minha casa.

Bendita seja a oração das crianças!

Bendita seja em todas as idades! Bendita seja!

As mulheres choravam ao ouvir a prece de seus filhos, enquanto estes sorriam, elevando seu cântico até Deus.

Tudo passa na vida e aquelas breves horas também passaram, deixando em minha alma uma paz que nunca havia sentido.

Todas as tardes, quando as crianças se reuniam a mim na porta do cemitério, diziam-me: "Padre, queres que rezemos pelo pobrezinho que se foi?" "Sim, filhos meus – dizia-lhes –, consagremos uma recordação a um mártir da Terra." E durante alguns momentos, todos orávamos. Pobre judeu.

Três meses depois, voltaram os dois guias que o acompanharam, trazendo-me uma carta escrita com os seguintes termos:

"Padre meu! Felizmente terminei minha longa viagem e hoje encontro-me nos braços de meus irmãos, abençoando tua memória.

"Nas últimas horas da tarde, reunimo-nos todos ao pé de um centenário carvalho, cumprindo tua ordem, rogo pelos homicidas que sacrificaram minha esposa e meus filhos e, quando deixar este mundo, meu último pensamento será para ti".

Graças, meu Deus! Uma vítima a menos das perseguições religiosas! Descansa, pobre judeu, e abençoa teu Criador, em tua derradeira obra! Ah, religiões, religiões! Quanto sangue derramastes! Que grande conta tereis que dar a Deus, por vossos iníquos atos! Somente um consolo me resta em meio a tantas amarguras; somente uma esperança me sorri: o advento da religião universal. Esta destruirá os ódios coletivos e as ciladas pessoais: esta constituirá um só rebanho, um só pastor; unirá todos os mortais com o sagrado laço da fraternidade. Para se amarem, foram criados os homens, e há de cumprir-se o grande pensamento de Deus.

O AMOR NA TERRA

QUE É O AMOR, NA TERRA? É UM mistério indecifrável, Senhor! É a nuvem de fumo que em espirais se evapora, o charco lodoso cujos miasmas infeccionam a atmosfera, a terrível tormenta que tudo arrasa, deixando atrás de si a desolação e a morte. Oh, sim, sim! O amor, na Terra, ou tem a vida das rosas, que unicamente sorriem entre os crepúsculos matutino e vespertino, ou é causa de paixão nefanda que faz ruborizar aquele que a sente, ou ainda uma horrível tragédia, cujo desenlace é a morte.

E ainda duvidam os ímpios, Senhor! E negam com tenaz empenho que Tu guardas, para teus filhos, outros mundos, onde as almas possam saciar a ardente sede de seu imenso amor!

Eu te amo, Senhor! Eu, que espero e creio em tua infinita misericórdia, eu que sei que escutarás a minha súplica e que amanhã sorrirei feliz, amando com delírio a uma mulher.

Era tão bela! Ainda a vejo, com sua fronte pálida, coroada com brancos jasmins, com os seus caracóis negros e com os olhos irradiando amor! E só a vi três vezes, Senhor. E em nenhuma delas pude lhe dizer que minha alma era sua!... Meus lábios emudeceram, porém, não sei se meus olhos falaram!...

Triste planeta Terra! E este episódio de amor é o mais santo, o mais puro; estas afeições, sacrificadas em altares do dever, são as que deixam atrás de si um perfume, uma fragrância que nunca se evapora: o prazer da dor deixa impresso em nosso ser um sorriso imortal. Estou contente com o meu sacrifício; estou feliz de não haver gozado, porque o gozo da Terra não deixa mais herança do que luto e lágrimas. Agora, o vi; agora, toquei-o; agora, convenci-me de que o prazer, neste mundo, é a fonte abundante da dor.

Há algum tempo que sentia uma espécie de doce inveja ao contemplar dois seres ditosos. Ao vê-los sorrir, dizia: "Senhor! Por que não posso sorrir assim? Por que tenho tido que viver tão sozinho?... Mas, ai! quão pouco tive que invejar!

Pobre Lina! Infeliz Gustavo! Ainda me parece ser vítima de um horrível pesadelo! Mas não, é verdade, uma horrível verdade! Eu os vi crescer!... Quem diria que haveria de vê-los morrer!... E hoje, dormem junto a ela, ao lado da menina dos caracóis negros!... A família de minha alma está no cemitério!... Perdoa-me, Senhor! Em minha dor, sou egoísta, esquecendo-me de que a família do homem é toda a Humanidade. Todos os infelizes são meus filhos, todos os desvalidos, meus irmãos, todos os homens, meus amigos; porém... estou muito longe da perfeição e ainda tenho a debilidade de ter os meus preferidos.

Filhos meus! Gustavo! Lina! Ainda vos vejo quando éreis pequeninos!

Há vinte anos, em uma manhã de abril, veio me buscar um menino que teria sete anos; era belo e risonho, como a primeira ilusão do homem; puxou-me pelo hábito, dizendo-me com voz trêmula: "Trouxeram uma menina para minha tia; é tão bonita! Você a verá, Padre; queremos que se chame Lina; vem, vem, que já a estão trazendo." E o menino fez-me correr ao encontro do anjo que vinha com seu pranto pedir-me a água do batismo. Durante a cerimônia, Gustavo olhava para a menina e lhe dizia com seus belos olhos: "Como é bonita!" O menino não mentia, porque a recém-nascida era uma preciosa criatura a crescer entre flores e santas alegrias. Todos os habitantes da aldeia gostavam de Lina; todos disputavam suas carícias e ficavam alegres quando ela sorria, porque, naquele sorriso, havia um cintilar celestial.

Nada mais doce e mais comovente que ver aquele infantil par. Gustavo, maior que ela, ensinou-a a andar e a pronunciar meu nome, pois como todos os meninos da aldeia, queria-me muito; seu maior prazer era me trazer Lina e sentá-la sobre os meus joelhos, e ele se recostava em meus ombros, dizendo-me, com terna admiração: "Como Lina é bonita! Anseio para que ela se torne mulher!..." "Para quê?" – perguntava-lhe eu. – "Para casar-me com ela – replicava Gustavo, gravemente. – E quando nos casarmos, viveremos com você. Você verá, Padre, você verá como seremos felizes!" E eu me comprazia em fazer o menino falar, porque seus planos de felicidade me extasiavam. Lina escutava silenciosa, porque foi um ser que falou muito pouco, mas que sofreu muito. No final dessas nossas conversas, eu saía orgulhoso, porque as duas crianças me abraçavam

MEMÓRIAS DO PADRE GERMANO   113

com a mais terna efusão. Horas de sol! Momentos de júbilo! Quão breves foram!...

Com que prazer eduquei Lina! Era tão boa, tão humilde, tão carinhosa!... Não sei que misterioso laço a unia a mim, pois suas horas de alegria, sempre as passava em meu jardim; e sua família, como a adorava, vinha atrás dela; e ela cuidava dos pássaros que habitavam o velho cipreste; cultivava minhas flores prediletas; e Gustavo, às vezes, dizia-lhe: "Olha que tenho ciúmes, creio que queres mais ao Padre Germano do que a mim". Lina, ao ouvi-lo, sorria docemente e murmurava: "Tu me ensinaste a estimá-lo" – e nestes ternos diálogos, passávamos as tardes dos domingos. Outras vezes, sentava-me para ler, dizendo a Lina e a Gustavo: "Passeai, meus filhos, porém à curta distância, para que eu vos veja; vossa felicidade me faz feliz; não me priveis dela". E os dois jovens passeavam; ele falava sempre, ela sorria, com seu celestial sorriso; e eu, naqueles instantes, via a menina dos caracóis negros, dizendo para mim mesmo: "Eu também lhe teria falado assim; eu também teria sabido expressar meu imenso amor. Gustavo vive!... Eu não tenho vivido... Todos têm seu lugar no eterno festim da vida, porém o meu tem estado vazio..." Mas este lampejo de egoísmo passava logo e eu exclamava: "Perdoa-me, Senhor! Eu confio em Ti e também viverei, porque ao deixar a Terra, encontrarei a menina dos caracóis negros.

Os dias se passaram. Lina ia completar dezessete anos e, no dia de seu aniversário, eu deveria abençoar sua união com Gustavo e adquiriria uma família, pois os jovens esposos iriam habitar uma pequena casa que haviam construído junto ao meu jardim. O velho Miguel estava contentíssimo; eu já me via rodeado de doces cuidados e todos fazíamos planos para as longas noites de inverno em que estaríamos reunidos em torno do lar; e nosso coração batia de felicidade quando, numa manhã, os habitantes da aldeia acordaram sobressaltados, porque em todas as casas ressoaram fortes golpes de alabarda dados em suas portas, mas, ao longe, ouvia-se o relinchar dos cavalos que os ecos das montanhas repetiam em mil vozes e que gritavam ao mesmo tempo: "Às armas! Às armas! Guerra ao estrangeiro! Guerra!"

Lina foi a primeira que entrou na Igreja, gritando: "Padre meu! Que querem esses homens? Vão entrando em todas as casas... as mulheres choram... os soldados blasfemam... os jovens correm, os anciãos falam entre si... Venha, venha comigo! Parece que chegou o dia do juízo para esta aldeia". Saí com ela e logo me dei conta do que se passava. A guerra!

Esse dragão de voracidade insaciável pedia carne humana, e os capitães a procuravam em nossa aldeia.

Em menos de duas horas, aquele alegre povoado ficou como se a peste houve passado por ele: os bois mugiam nos estábulos, estranhando o forçado repouso; as ovelhas lançavam lamentosos balidos dentro do curral; as mulheres choravam sem consolo; os anciãos falavam entre si e lançavam tristes olhares ao caminho no qual densas nuvens de pó denunciavam que alguns pelotões de cavalaria haviam passado por ali.

Todos os jovens, todos os homens fortes que pudessem sustentar uma arma fratricida foram arrebatados da aldeia para que regassem, com seu sangue, os infecundos campos de batalha. Gustavo também foi; só teve tempo para deixar Lina em meus braços e dizer-me: "Padre, entrego-vos a vida de minha vida! Velai por ela e velareis por mim!" Com doloroso frenesi, acerquei a cabeça do nobre jovem ao meu coração e cobri seus cabelos de lágrimas enquanto que Lina, sem voz, sem lágrima, com o olhar extraviado, perdeu os sentidos com a violência da dor. Quando voltou a si, seus pais e os de Gustavo choraram, com ela, sua imensa desventura.

Que dias tristes sucederam! A aldeia parecia um cemitério. Os trabalhos do campo, única indústria daquele lugar puramente agrícola, ficaram pouco menos que paralisados. A miséria estendeu suas negras asas, o desalento foi se apoderando de todos os corações e mais de uma jovem vinha confessar seus pecados, dizendo com angústia:

– Padre! Deus me castigará porque quero morrer?

Lina não me dizia isto; com a dor, havia despertado a energia de sua alma e me dizia com veemência: "Padre! É verdade que se ele não voltar, iremos buscá-lo? Não quero que ele morra só; acreditaria ele que eu o tivesse esquecido e não poderia repousar tranquilo em sua sepultura. É verdade que iremos? E, ao dizer isto, olhava-me de uma maneira que me fazia chorar como uma criança.

Passaram-se três anos e, nesse tempo, Lina perdeu seus pais e os de Gustavo passaram a cuidar dela; porém, a jovem sempre ficava em meu jardim, falando-me dele; parecia uma alma penada. Daquela preciosa criatura, não restava mais vida, a não ser nos olhos que sempre os tinha fitos em mim. Quanto me dizia com aqueles olhares! Havia momentos, nos quais eu não os podia resistir, porque suas negras pupilas se convertiam em agudas flechas que atravessavam meu coração. Quem não se angustiava vendo a muda dor de Lina?! Porque não falava desesperada, não; sua palavra era tranquila, porém, seu olhar era dilacerador.

Uma tarde, veio ao meu encontro no cemitério e, com o delicado instinto e a fina perspicácia que distingue a mulher, ainda que não lhe houvesse contado a história de minha vida, ela compreendeu que, naquela tumba, estava a minha felicidade; por isso, veio se encontrar comigo, convencida de que, naquele lugar sagrado, eu não lhe negaria nada do que me pedisse. Olhou-me de um modo que me fez estremecer e me disse: "Padre! Gustavo me chama; eu o tenho ouvido e, em nome da morta que aqui descansa, rogo-vos que venhais comigo; ela o abençoará e Gustavo também." Não sei o que se passou comigo; não sei que visão luminosa me pareceu ver o que se alçava do fundo da tumba. Olhei Lina como que fascinado e lhe disse: "Iremos!" Nos olhos da jovem brilhou uma lágrima de gratidão e, na manhã seguinte, saímos da aldeia, acompanhados, até longa distância, pelos velhos pais de Gustavo.

Depois de mil obstáculos, chegamos ao lugar onde se havia travado a última batalha e, entre montes de cadáveres e feridos, procuramos Gustavo, porém, inutilmente; por fim, adentramos o acampamento onde se havia improvisado um hospital; Lina, com um olhar, abarcou aquele horrível conjunto e, com a rapidez do desejo, dirigiu-se a um dos extremos daquele espaçoso recinto, caindo de joelhos ante um ferido. Quando cheguei junto dela, custou-me muito reconhecer Gustavo que, ao ver-me, estendeu sua mão, procurando as minhas; nós três nos unimos num estreito abraço e ninguém pronunciou uma só palavra: somente Lina falava com os olhos. Gustavo queria falar, porém, a emoção o sufocava, e os três permanecemos longo tempo numa situação difícil de explicar. As tropas inimigas que haviam vencido, vieram aprisionar os vencidos e recolher os feridos. Lina, ao ver aquele movimento, agarrou a mão de Gustavo, dizendo-me: "Não o deixarei". Compreendendo sua heroica resolução, inclinei-me até ela e lhe disse: "Tranquiliza-te; não o deixaremos". Chegou a vez de Gustavo e, quando já iam levantá-lo, o oficial que dirigia aquela tristíssima manobra olhou fixamente para Lina e para mim, exclamando, com assombro: "Vós, aqui, Padre Germano?! Como deixastes a vossa aldeia?"

Em breves palavras, expliquei-lhe a causa que motivara minha presença naquele lugar e ele, então, disse-me:

– Já faz alguns anos que vos devi minha vida; vós, sem dúvida, não me reconheceis nem vos recordais de mim, porém, nunca vos esqueci e quero, de algum modo, pagar a dívida que tenho convosco contraída. Que quereis de mim?

– Que me dês esse ferido, que em breves dias será um cadáver, para que, ao menos, ela possa cerrar-lhe os olhos.

Sem pestanejar, cedeu aos meus desejos e, convenientemente acompanhados, regressamos, depois de grandes esforços, a nossa aldeia. O pobre Miguel, que diariamente saía a caminho para ver se voltávamos, ao divisar-nos, correu ao meu encontro, dizendo-me que o pai de Gustavo havia morrido, tão chocado ficou com uma falsa notícia da morte de seu filho; e era ignorado o paradeiro de sua mãe. Ante aquele novo transtorno, fiz com que conduzissem o ferido para minha pobre casa e que o colocassem em meu quarto; a partir de então, começaram, para mim, dias verdadeiramente horríveis.

Que quadro, Senhor, que quadro! Eu o comparava com os primeiros anos de Lina, quando Gustavo a deixava sobre os meus joelhos e me dizia: "Padre! Olhe-a! Como é bonita!..." Que diferença com o quadro que tinha diante de meus olhos! Que metamorfose!

Lina não mais se parecia com ela própria! Havia até encanecido! De Gustavo, não há o que falar; magro, enegrecido, com olhos quase sempre fechados, com a boca contraída, afogando gemidos, porém, se conseguia conter seus gritos, não podia ocultar o sangue que lhe brotava, a intervalos, de sua boca; a cabeça, envolta em sangrentas bandagens, nas quais, por ordem facultativa do médico, não podíamos tocar; sem poder lhe dar alimento, porque a febre o devorava; e Lina, junto dele, muda, sombria, com o olhar sempre fixo no rosto do ferido, dizendo-me, a intervalos, com voz apagada:

– Quanto lhe estamos molestando, Padre! Porém... pouco tempo lhe resta para sofrer, porque Gustavo se irá... e eu irei com ele, porque na sepultura, sentirá medo, sem mim. Sim, sim; devo ir-me com ele; sem ele, não posso ficar aqui.

Eu não sabia como responder; olhava-a, via em seus olhos uma calma espantosa e um não sei que me horrorizava; olhava-o e murmurava, baixinho: "Senhor! Senhor! Tem misericórdia de nós. Afasta de meus lábios este cálice e, se tenho que apurar até a última gota, dá-me forças, Senhor; dá-me alento para suportar o enorme peso de minha Cruz!"

Gustavo, de vez em quando, tinha momentos de lucidez: abria os olhos, olhava sua amada com santa adoração, depois se fixava em mim e dizia com amargura: "Pobre, pobre Lina!... Padre, Padre! É verdade que não existe Deus?..." E o infeliz enfermo começava, de novo, a delirar, enquanto Lina me dizia: "Padre! Padre! Roguemos por ele..."

Que dias, Senhor, que dias! Horroriza-me a sua lembrança: nenhum momento de repouso... nem um segundo de esperança, sem ouvir mais que queixas e imprecações, vendo Lina morrer, pouco a pouco. Assim passamos três meses, quando numa manhã em que eu estava na igreja, cumprindo com minhas obrigações, enquanto Lina estava no jardim, colhendo ervas medicinais para fazer um remédio, Gustavo se levantou; num momento de febre, apanhou, em seu uniforme, uma pequena adaga e a cravou, certeiramente, em seu coração, sem proferir nenhum grito, pois Lina nada ouviu. Logo após, entramos, Lina e eu, na habitação e, quando nos acercamos da cama, que triste espetáculo, meu Deus! Não o poderei esquecer jamais! Gustavo estava com os olhos desmesuradamente abertos, a boca contraída por amargo sorriso; em sua mão esquerda, tinha as bandagens que havia arrancado da cabeça e, no coração, a adaga, cravada.

Lina, sem proferir uma única queixa, cerrou-lhe piedosamente os olhos e, ao tentar lhe arrancar a adaga, experimentou violenta sacudida, lançando estridente gargalhada, que sempre ressoará em meus ouvidos. Depois, levantou-se, abraçou-se a mim e, durante quarenta e oito horas não fez mais que rir, presa de horríveis convulsões. Naquelas quarenta e oito horas, consumiu quarenta e oito séculos de sofrimento. Que agonia! Que angústia! Que suplício! Não há palavras que possam descrever o meu horrível tormento! Por fim, ressoou a derradeira gargalhada, por um momento, seus olhos se iluminaram com um raio de inteligência; estreitou minhas mãos ternamente e reclinou sua cabeça em meu ombro, do mesmo modo que fazia quando criança; e eu, aterrorizado, permaneci, não sei por quanto tempo, imóvel, petrificado ante tão imensa desventura...

Na tarde daquele dia, os habitantes da aldeia acompanharam os cadáveres de Lina e Gustavo, regando a terra de sua fossa com lágrimas de amor. Enterrei-os junto a ela, ao lado do ídolo de minha alma e, todos os dias, visito as duas sepulturas, experimentando desencontradas sensações.

Quando me prostro na tumba da menina dos caracóis negros, minha alma sorri; parece que meu ser adquire vida e dulcíssima tranquilidade se apodera de minha mente; minhas ideias, em ebulição contínua, em vertigem constante, perdem sua dolorosa atividade e algo puro, suave e risonho, vem acariciar meus sentidos; meus olhos se fecham, porém, meu corpo se sente dominado pelo sonho, meu espírito vela e se lança ao espaço e a vejo, sempre formosa, formosa e sorridente, dizendo-me, com ternura: "Termina tua jornada, sem impaciência, sem fadiga; acalma teu íntimo, que eu te espero; pois que, para nós, aguarda a eternidade!..." E eu me desperto ágil e ligeiro, forte, cheio de vida; levanto-me, beijo as flores que crescem viçosas sobre os restos de seu envoltório e exclamo, entusiasmado: "Senhor! Tu és grande! Tu és bom! Tu és onipotente, porque é eterna a vida das almas, como eterna é a Tua divina vontade!"

Depois, detenho-me na sepultura de Lina e Gustavo e me sinto possuído de um mal-estar inexplicável: vejo-o frenético, delirante, rebelando-se contra o seu destino, rompendo violentamente os laços da vida, negando Deus em sua fatal loucura e ela, possuída do mesmo frenesi, rindo com terrível sarcasmo da morte de sua felicidade e, neste drama espantoso, nesta terrível tragédia, há a febre da paixão que chegou ao grau máximo da loucura; há o fatal egoísmo do homem, porque Gustavo se matou para não sofrer mais, convencido, pelo excesso de sua dor, de que sua ferida era incurável; duvidou da misericórdia de Deus para quem não existe nada impossível porque, quem sabe, se enfim, não poderia ter recebido a cura?!... Não teve em conta a imensa dor de Lina; julgou o todo pelo todo, querendo, em sua insensatez, pôr fim a um fim que não existe... e a infeliz Lina, ferida em sua fibra mais sensível, também se esqueceu de Deus e de mim; em nada teve a sua fé cristã, nem meus cuidados, nem meus ensinamentos, nem meu amor; somente em seu último olhar, parecia me pedir perdão pela funda ferida que deixava em minha alma, ferida tão profunda, que não poderá se cicatrizar na Terra...

Tanto ela quanto ele se entregaram aos braços da desesperação, por isso, em sua tumba, não posso sorrir, porque suas sombras, atribuladas, devem se buscar uma à outra e, durante algum tempo, não se verão, porque é delito grave quebrar o cumprimento da Lei. Todas as dores são merecidas, todas as agonias justificadas e aquele que, violentamente, rompe os laços da vida, despertará entre sombras. Feliz o espírito que sofre, resignado, todas as dores, porque, ao deixar a Terra, quão maravilhoso será o seu despertar...!

Seres queridos! Jovens que sonhastes com um porvir de amor! Almas enamoradas que tanto tenho amado. Onde estais? Por que deixastes a vossa branca casinha? Por que abandonastes os pobres passarinhos que recebiam o pão de vossas mãos? Por que esquecestes o solitário ancião que, a vosso lado, sentia o doce calor da vida? Por que vos fostes?...

Ai! Foram-se porque a guerra, essa hidra de cem cabeças, essa hiena furiosa, tinha sede de sangue e fome de juventude... E homens fortes que sustentavam o passo vacilante de seus pais anciãos, correram a afundar na tumba, o progresso do porvir, a esperança de muitas almas enamoradas! Oh, a guerra, a guerra! Tirania odiosa da ignorância! Tu conquistas um palmo de terra com a morte de milhões de homens.

Direitos de raça! Feudos de linhagem! Poder da força! Vós desaparecereis, porque o progresso vos fará desaparecer! A Terra não terá fronteiras, porque será uma só nação! Esse direito brutal, esse ódio ao estrangeiro, terá que se extinguir. O que quer dizer estrangeiro? Não é homem? Não é filho de Deus? Não é nosso irmão? Oh, leis e antagonismos terrenos! Oh, bíblico Caim! Quantos Cains tens deixado na Humanidade! Senhor, perdoa-me se, algumas vezes, faz-me feliz a ideia de abandonar este fatal desterro. Perdoa-me, sim, quando meu corpo fatigado cai desfalecido e Te pergunto com melancólica alegria: "Senhor! Chegou a minha hora?" Os homens deste mundo, com as suas ambições, com as suas leis tirânicas, aterram-me. A flor da felicidade não se abre na terra, e eu desejo aspirar seu embriagador perfume: eu desejo uma família doce, amorosa e, neste planeta, tenho como lar um cemitério.

Lina! Gustavo! E tu, alma de minha alma! A menina pálida de negros caracóis!... Espíritos queridos! Não me abandoneis! Dai-me alento, acompanhai-me no último terço de minha jornada! Nós, os anciãos, somos como as crianças; assusta-nos, tanto, a solidão!...

O BEM É A SEMENTE DE DEUS

QUE MARAVILHOSA ESTAVA A TARDE! Nem uma nuvem embaçava o firmamento, engalanado com o seu manto azul; nem a mais ligeira névoa velava os cumes das montanhas e estas se destacavam no límpido horizonte coroadas de abetos seculares. No fundo do vale, pastavam, tranquilamente, mansas ovelhas; pelas matas das colinas, saltavam e corriam ágeis e brincalhões cabritinhos, disputando, em suas ascensões, um enxame de alegres meninos que brincavam com eles. Reinava na Natureza, a calma mais aprazível, e o espírito se entregava a essa doce quietude, a essa grata sonolência, na qual a alma sonha acordada; a minha sonhou também. Cheguei à "Fonte da Saúde", sentei-me junto ao manancial. Sultão se achegou às minhas pernas, pondo a cabeça sobre os meus pés e me entreguei a pensar na solidão de minha vida, no isolamento íntimo de meu ser, porém, o agradável da paisagem absorvia minha atenção e limpara de minha mente o tom de amargura que me deixam, sempre, minhas reflexões. Olhava o céu, aspirava o ambiente balsâmico, escutava o rumor das folhas agitadas por um vento suave e dizia comigo mesmo: "Quem diria que, debaixo deste céu, se podem albergar dores, quando tudo sorri, quando tudo parece que murmura uma bênção! Paixões humanas! Fugi com os vossos ódios, com as vossas mesquinhas ambições, com os vossos prazeres fugazes, com o vosso remorso e a vossa intensa dor! Repouse minha alma na contemplação! Alegre-se meu espírito na quietude da Natureza! E bendigo a Deus, que me tem concedido desfrutar deste inapreciável bem!" E deixei-me ficar, embebido em místico recolhimento.

Não sei por quanto tempo permaneci entregue ao repouso; só sei que logo Sultão se levantou, deu alguns passos, voltou e ficou parado diante de mim, em atitude ameaçadora, com a boca entreaberta. – Sultão, estás louco? O que te acontece? – disse-lhe, apoiando minha destra em sua cabeça. Sultão não me fez caso; continuou escutando e, de repente,

MEMÓRIAS DO PADRE GERMANO

pôs-se a correr; segui-o com o olhar e vi aparecer um homem que, ao ver meu companheiro em atitude tão hostil, ameaçou-o com a sua bengala. "Sultão! – gritei. – Vem aqui!". O nobre animal voltou, mas grunhindo, surdamente. O desconhecido se aproximou e, então, reconheci nele um alto dignatário da Igreja que me havia feito todo o mal que podia; ele me confinara na aldeia, mas, mesmo assim, eu lhe fazia sombra e, mais de uma vez, havia tramado para que me prendessem, acusando-me de conspirador e de bruxo. Ao ver-me, disse com aspereza:

– Tendes educado muito mal vosso cão, e creio que chego a tempo para ensinar-lhe melhor.

– Sultão tem o olfato muito apurado e, sem dúvida, reconheceu quem sois. Assim, pois, deixai em paz o meu cão, que não vos fará mal algum, porque eu sei como impedi-lo, porém, não o ameaceis porque, então, não mais respondo por ele, pois que, se, à minha voz, torna-se manso como um cordeiro, se o olhardes com desagrado, tornar-se-á mais feroz que um leão ferido, pois, sendo mais leal que os homens, não tem o costume de tolerar injustiças.

– Sabeis que isto é engraçado? Que, para falar-vos, tenho antes que capitular com o cão?

– E podeis crer que vale mais tê-lo por amigo do que como inimigo, porém, deixemos Sultão e me dizei em que posso vos servir.

– Em nada, senão que, cansado da Corte, oprimido pelos negócios e pelos assuntos enfadonhos, ocorreu-me vir a esta aldeia para repousar alguns dias. Eis, aqui, o principal objetivo de minha vinda.

E, ao dizer isto, o recém-chegado se sentou sobre uma pedra, olhando em todas as direções com visível inquietude; surpreendi esse olhar e disse a Sultão, dando-lhe uma palmadinha em sua cabeça:

– Vigia para ver se chega alguém e nos avisa de qualquer rumor que ouças, por mais longe que seja.

Sultão me olhou fixamente; depois, o forasteiro; voltou-se para mim e se lançou em vertiginosa carreira, perdendo-se nas curvas do caminho.

– Temeis a chegada de alguém? – perguntou o recém-chegado, a quem chamarei por Lulio.

– Temo por vós, não por mim. Tenho lido em vossos olhos que vindes fugindo, não de assuntos enfadonhos, mas, sim, de uma prisão certa, porém, não temais, que muito antes que cheguem os guardas do rei, Sultão nos avisará de sua chegada e podereis fugir, escondendo-vos na gruta da ermida.

– Que estais dizendo? Delirais, sem dúvida. Não tenho que fugir de ninguém; venho incógnito, porque quero ficar tranquilo e ser, por alguns dias, o cura desta aldeia.

– A Igreja e pobre casa, tendes à vossa disposição, porém, não o confessionário, não a intimidade de meus paroquianos, porque, bem sabeis, padre Lulio, que vós e eu, conhecemos-nos muito bem. Passamos nossa infância e juventude juntos; conheço os vícios que tendes; conheço a vossa história, como conheço a minha e não permitirei que deixeis, nesta pobre aldeia, o germe da intranquilidade. Se não viestes só por capricho, quase me atreveria a suplicar-vos que desistísseis desse vosso empenho, tomando outro rumo, porém, se, como creio, vindes por necessidade, contai comigo, com meu velho Miguel e com o meu fiel Sultão. Já sei que começais a ser infeliz; já sei que um nobre ancião vos amaldiçoou e que uma pobre mulher chora em um convento, recordando, aterrada, seu fatal desvario; já sei que o rei quer vos dar um castigo exemplar, começando por confiscar os vossos bens; e, por mais que queirais negar, já sei que estais sendo perseguido.

– Informaram-vos mal.

– Praza a Deus que assim seja.

– O que é certo é que estou muito cansado da Corte e quero ver se este tipo de vida que levais me agrada para o caso de querer me retirar do grande mundo.

– E quanto bem podíeis fazer! Sois rico, de nobre linhagem. Tendes poderosos parentes, dispostos a fazer o bem. Quantas lágrimas poderíeis enxugar! Quantas misérias poderíeis socorrer! Nunca é tarde para arrepender-vos. Deus sempre acolhe a todos os seus filhos; e crede-me, Lulio: na carreira do sacerdócio, não ides por bom caminho. O sacerdote deve ser humilde, sem baixeza, caritativo, sem alardes humanitários; deve se desprender do todo interesse mundano; deve se consagrar a Deus, praticando Sua santa lei; deve ser um modelo de virtudes; deve desconhecer todos os vícios que, para chamar-se ungido do Senhor, há que ser verdadeiramente um espírito amante do progresso, ávido de luz, de espiritualidade e de amor. Ainda estais em tempo: sois jovem; estais no melhor da vida; não sofrestes e, pela lei natural, podereis trabalhar vinte anos ainda; podereis deixar semeada a semente do Bem, que é a semente de Deus.

MEMÓRIAS DO PADRE GERMANO

Lulio me olhava fixamente, quando se levantou, sobressaltado, dizendo:

– Algo está acontecendo. Vosso Sultão está voltando, correndo como um louco.

Olhei. Realmente, Sultão vinha correndo por um atalho, tão veloz, que parecia impulsionado por um furacão. Instintivamente, Lulio e eu saímos ao seu encontro e o nobre animal, ao ver-me, pôs-se em pé, apoiando suas patas em meus ombros; depois, escavou o solo ladrando fortemente, correndo em todas as direções e voltando a escavar.

– Não há tempo a perder – disse a Lulio. – Sultão nos diz que vêm muitos cavalos e estes, sem dúvida, estão em vosso encalço.

– Não acreditava que chegassem tão cedo – disse Lulio, empalidecido. – Pensei que me dariam tempo de reunir-me com os meus. Que faremos? Se me apanham, estou perdido, porque minha cabeça está a prêmio.

– Não temais; segui-me.

A largos passos, dirigimo-nos à ermida, descendo por um barranco, desaparecendo entre as curvas de uma longa cova que era chamada de caminho do diabo. Chegamos até o fundo, que era o lugar mais apropriado, pois com o desprendimento de um penhasco, havia ficado uma abertura, pela qual penetrava o ar.

– Ficai aqui – disse-lhe. – Esta noite, Miguel e Sultão vos trarão alimento e não temais; pedi a Deus que vos ampare e crede que não vos desamparará. Farei por vós o quanto faria por um filho.

Lulio estreitou minhas mãos com efusão, e eu lhe disse:

– Vou para não despertar suspeitas naqueles que estão chegando.

Seguido por Sultão, saí da cova profundamente comovido, porque sentia, sobre a minha cabeça, o peso de uma nova calamidade, desta vez terrível, porque Lulio, na Corte, tinha se tornado odiado pela sua astúcia, por sua maliciosa sagacidade, por sua desenfreada ambição, que o fazia se meter em atrevidíssimas conspirações. Como era muito rico, tinha grande poder; era uma sombra terrível, era o cabeça de um formidável partido, porém, eu, que o conhecia desde criança, sabia que ainda havia algo de bom naquele coração endurecido. E dizia, comigo mesmo: "Se o prendem, seu furor não terá limites e se converterá em tigre sanguinário; se chegam a matá-lo, seus comparsas tomarão, para si, uma horrorosa vingança, enquanto que, se eu lograr convencê-lo, quem sabe, não se arrependerá de seus desacertos e ainda será útil à Humanidade!..." E, abismado nestas reflexões, cheguei à Reitoria, chamei Miguel e, em breves palavras, inteirei-o do que ocorria, para que, se eu não pudesse me mover sem levantar suspeitas, que ele pudesse atender ao fugitivo. Quão certo é que na culpa está o castigo! Um homem de nobre berço! Um príncipe da Igreja! Um magnata, dono de tantos bens, via-se reduzido a viver encarcerado por seu mal proceder, sob minha proteção, ou em poder de seus perseguidores. Infeliz! Quanto pesa a cruz de nossos vícios!

Estas reflexões, fazia-as, debruçado em minha janela. As sombras da noite se haviam estendido por uma parte da Terra; tudo descansava calmamente; só no coração de alguns homens se refugiava a tempestade.

Pronto, chegou aos meus ouvidos o rumor do galope de muitos cavalos e, em breve, a praça da Igreja não pôde conter toda a cavalaria que invadiu a aldeia. O capitão da força subiu ao meu quarto, dizendo-me que vinha no encalço do bispo Lulio. Encolhi os ombros, dizendo que ignorava seu paradeiro; suplicou-me, ameaçou-me, chegando ao ponto de oferecer-me o capelo, em nome do rei, porém, tudo foi inútil.

– Escutai – disse o capitão –, faz cinco anos, vim no encalço de um criminoso que ocultáveis, porém, agora, tenho ordens para que, se o bispo não aparecer, vós, que sois o bruxo desta aldeia, ocupeis seu lugar. Ficarei aqui por oito dias, moverei pedra por pedra e repito-vos: se o bispo não aparecer, levar-vos-ei como refém. Escolhei.

Ao ouvir essas palavras, senti frio e, involuntariamente, olhei para minha janela, por onde via os ciprestes do cemitério; oprimiu-se-me o coração e teria chorado como uma criança, porque, separar-me daquela sepultura, era arrebatar-me a própria vida; porém, refleti e disse: "Quem pode ser mais útil neste mundo, Lulio ou eu? Ele, porque é mais jovem, é rico, é poderoso, pode fazer muito o bem; seu arrependimento pode ser um manancial de prosperidade e um grande progresso para seu espírito. Na vida, não se deve ser um exclusivista; o homem não deve ser mais que o instrumento do bem universal. Nada importa o sofrimento de uma alma, se redunda no adiantamento coletivo da Humanidade. Sejamos um por todos e todos por um."

O capitão me olhava e não pôde me dizer nada, a não ser:

– Dais-me lástima: sinto vos tirar de vossa aldeia, porém trago ordens terminantes.

– Que deveis cumprir, capitão.

Memórias do Padre Germano 125

Durante oito dias procuraram Lulio, inutilmente, porque a entrada do caminho do diabo somente a conheciam, na aldeia, Miguel, Sultão e eu e, assim, foi que, não aparecendo o perseguido, fui em seu lugar; e, quando todos os habitantes da aldeia estavam entregues ao sono, despedime de Miguel e de Sultão, daquele animal admirável, cuja maravilhosa inteligência nunca poderei esquecer. Ele, que não se separava nunca de mim, ele, que velava sempre enquanto eu dormia, compreendeu que me prestava um grande serviço ficando com Miguel e, uivando dolorosamente, regando minhas mãos com suas lágrimas, não deu um passo para me seguir; ficou imóvel no meio do quarto, enquanto que meu velho Miguel chorava como uma criança. Pobre ancião!

Quando me vi longe de minha aldeia, senti um frio tão intenso, senti uma dor tão forte e tão aguda no coração, que acreditei fosse morrer. Pensei nela, pedi-lhe alento, pedi-lhe fé, esperança e coragem para não sucumbir na prova e, como se fosse um anjo de minha guarda, instantaneamente, senti-me mais animado e me pareceu ouvir uma voz distante que me dizia: "Devolve o bem pelo mal; cumpre com teu dever". E o cumpri. Cheguei à Corte, conferenciei com o rei repetidas vezes e, em todas as nossas entrevistas, parecia que se trocavam nossos papéis: ele parecia o súdito e eu, o soberano. Com tanta energia lhe falava e, com tanta decisão lhe dizia: "Se quereis ser grande, sede bom; as coroas, os povos as quebram; as virtudes são mais fortes que os séculos; o mau rei de hoje será o escravo de amanhã; o espírito vive sempre, não o esqueçais."

Por dois meses permaneci prisioneiro como réu do Estado, porém, bem atendido e visitado pelo Rei, alma enferma, espírito conturbado e que vivia muito solitário. Fiz quanto pude por regenerar aquela alma e, em parte, o consegui.

Uma manhã, recebi ordens de abandonar a prisão para reunir-me com o rei, que ia para os montes que serviam de muralha à minha aldeia; meu coração bateu feliz. Fizeram-me subir em uma liteira e, rodeado de numerosas escoltas, segui a comitiva que ia com o rei, o qual, ao chegar ao meu querido vilarejo, viu-se rodeado de todos os seus habitantes, que o aclamaram com verdadeiro entusiasmo, e, eu, de meu veículo, via aqueles seres amados, aquelas crianças, minhas inseparáveis companheiras que, prostrando-se aos pés do monarca, diziam-lhe:

– "Trazeis nosso Padre?" E se ouvia um clamor indescritível: uns suplicavam, outros aplaudiam. Eu, a curta distância, sem ser visto, olhava aquela cena, verdadeiramente comovente. O rei havia descido ao chão, e as crianças e as mulheres o rodeavam, quando uma jovem aldeã abriu caminho entre a apinhada multidão; era tão bela como discreta, como um espírito que está em missão na Terra; segundo me contou, depois, o rei, ela se acercou dele e lhe disse:

– Senhor! Os reis são a imagem da Providência quando proporcionam ao seu povo os germens do bem. O cura desta aldeia é o nosso padre, o nosso padre amantíssimo, e um povo órfão vos pede um ato de clemência: o nosso padre já é um ancião. Deixai-o vir para nós para cerrarmos seus olhos quando morrer!

O rei me disse que se comoveu de tal maneira, ao ouvir a voz da jovem que, para receber seu olhar de gratidão, voltou-se, dizendo ao estribeiro-mor: "Trazei o Padre Germano". Ao ouvir estas palavras, a jovem exclamou: "Bendito sejais!". E, antes que o estribeiro, ela chegou aos pés de minha liteira. O que senti ao vê-la, não o posso expressar, porque minha salvadora não vinha sozinha; vinha com ela a pálida menina dos caracóis negros. Vi-a como no dia em que me perguntou: "Amar é mau?"

Vi-a com a sua coroa de jasmins, com o seu véu branco, com o seu triste sorriso e com seus olhos irradiando amor!

Tão embevecido estava em minha contemplação que me deixei levar como uma criança sem me dar conta do que se passava comigo, e somente saí de meu estado extático, quando meu fiel Sultão, derrubando tudo o que encontrava em seu caminho, chegou até mim.

Que júbilo tão imenso! Que alegria tão imponderável! Muito havia sofrido, porém, naqueles momentos, fui esplendidamente recompensado. Existem sensações indescritíveis, existem emoções inexplicáveis, existem segundos na vida que valem, cada um, cem séculos. Quanto se vive neles!...

O rei permaneceu na aldeia mais de três semanas, foi ferido durante a caçada e, até não melhorar, não pôde voltar ao seu palácio, e, então, ao separar-se de mim, compreendi que aquela alma havia começado a sentir, e amava pela primeira vez em sua vida. Então, abençoei meu sofrimento. Benditas, sim, benditas as minhas horas de agonia se, nelas, pude despertar o sentimento em um grande da Terra!

Quando me vi sozinho, livre dos cortesãos, separado de suas intrigas, então, respirei melhor e, chamando Miguel, perguntei-lhe quando Lulio tinha ido; e soube, com assombro, que ainda permanecia na gruta, porque não havia querido ir embora sem tomar os meus conselhos. Miguel, à noite, havia-lhe levado alimento e, outras vezes, Sultão o havia substituído, levando a cesta entre os dentes. Esperei a noite chegar para

Memórias do Padre Germano 127

que ninguém me visse e, então, fui com Sultão ver Lulio, sendo que este, ao ver-me, atirou-se em meus braços e, assim, permanecemos abraçados por longo tempo, enquanto Sultão nos acariciava.

– Vamos sair daqui – disse-lhe.

Abraçando-o pelo cintura, caminhamos até sair da gruta, sentando-nos nas ruínas da ermida.

– Quanto vos devo, Padre Germano! – disse-me, comovidamente. – Quanto tenho aprendido nesses três meses que permaneci oculto dos olhares humanos! Quase todas as noites, tenho vindo até aqui para esperar Miguel. Sultão já se afeiçoou a mim; durante o dia, passava longo tempo ao meu lado e parecia uma pessoa que me olhava e que, se lhe rolavam as lágrimas, parecia também dizer-me: – "Tu tens culpa." Durante a minha enfermidade, que durou mais de um mês, só lhe faltava falar; deixou de lado o enfado para ser meu fiel guardião. Por Miguel, fiquei sabendo quanto sofrestes e, ainda que ele me dissesse sempre "Ides", oferecendo-me um hábito para disfarçar-me, eu não queria ir sem vos ver, porque quero seguir, estritamente, o vosso conselho.

– Lulio, segui, antes de tudo, os impulsos de vosso coração.

– Pois bem: o impulso de meu coração é seguir pela senda que me traçardes.

– Então, escutai-me. Com a vossa passada conduta, só conseguistes com que pusessem a vossa cabeça a prêmio, oferecendo diversos preços. A mim, ofereceram-me o capelo se eu vos entregasse, e, se a tal preço tivesse conseguido me coroar com o roxo chapéu, teria minha cabeça incandescido todo o ferro candente que o Universo encerra. Preferi morrer, se fosse necessário, porque minha morte teria sido chorada pelos pobres de minha aldeia, porém, a vossa, causaria represálias e vinganças cruéis. No mundo, para edificar, devemos refletir e fazer aquilo que seja mais vantajoso para a Humanidade. Se vades e vos colocais à vista dos vossos, somente conseguireis ser objeto de uma perseguição sem trégua e morrereis amaldiçoando ou amaldiçoado, entretanto, se, pelo contrário, deixardes vosso país, indo para uma outra nação, para exercer vosso sagrado ministério em um afastado povoado... se formardes uma família entre os anciãos e as crianças... se conseguirdes que desejem a vossa presença, quantos vos rodeiem, ao cabo de algum tempo vivereis feliz, pois que também se encontra a felicidade quando sabemos buscá-la.

– Sois feliz aqui?

128   AMALIA DOMINGO SOLER

– Como sacerdote, sim.

– E como homem?

– Não, porque o sacerdote católico, apostólico e romano, se cumprir com o seu dever, viverá sacrificado, truncará as leis da Natureza e romperá esses laços divinos que unem o homem com uma esposa querida, com os filhos amados. Eu não tenho querido o concubinato com uma barregã, eu não tenho querido deixar filhos espúrios, sacrificando-me em altares de uma religião que mortifica e escraviza o homem, sem engrandecer seu espírito. Tenho invejado os reformadores, porém, não tenho tido coragem para seguir sua reforma e tenho vivido para os outros e não vivido para mim. Assim é que, como homem, não tenho desfrutado das afeições da vida, porém, como padre de almas, tenho enxugado muitas lágrimas e tenho a íntima satisfação de haver evitado algumas catástrofes. Dois caminhos tendes diante de vós: a Igreja reformista e a nossa Igreja e, em ambas, podeis progredir, se sabeis amar e sofrer.

– Estou cansado de lutas, Padre Germano, e tratarei de viver como viveis vós; meu espírito necessita de repouso e esquecimento. Nesses três meses, tenho aprendido muito e tenho tido, não sei se alucinações ou revelações, mas tenho ouvido vozes distintas de almas errantes que me dizem: "Desperta! Aprende! Tua vítima te servirá de mestre! Tu tens feito todo o dano que pudeste fazer, e ele te salva expondo a própria cabeça!" E estes avisos, Padre Germano, têm-me feito pensar e meditar com maturidade.

– Eu vos digo, Lulio, ao sacrificar-me por vós, não pensei mais que em evitar derramamento de sangue e enfurecimento de partidos e não faço mais que espalhar a semente do bem, porque o bem é a semente de Deus.

– Eu a espalharei também e farei tudo para apagar, com as minhas boas obras, as iniquidades de meu passado.

– Graças, Lulio! Bendigamos a Deus!

Alguns dias depois, Lulio se foi, disfarçado de frade e, um ano depois, enviou-me um emissário, com uma carta, que dizia:

"Quanto tenho que vos agradecer! Quão feliz sou neste recanto da Terra! Já as crianças me buscam como vos buscam, já os anciãos me pedem conselhos, já os pobres me bendizem, porque os bens que pude salvar da confiscação, tenho-os empregado para melhorar a triste sorte destes infelizes, que não se alimentavam mais que de pão preto; e hoje,

MEMÓRIAS DO PADRE GERMANO

graças à minha solicitude, desfrutam de uma alimentação abundante e saudável! Penso tanto nos outros que nem me lembro de mim. Quanto vos devo, Padre Germano! Bendito sejais! Bendito seja o homem que me fez compreender que o bem é a semente de Deus!"

Essa carta me encheu de satisfação, dessa satisfação profunda que experimenta a alma quando vê florescer a árvore da virtude: e mais prazer senti ainda, quando recebi uma longa epístola de meu soberano, na qual me pedia conselhos sobre alguns assuntos de Estado, e terminava dizendo:

"Logo, irei te fazer uma visita, porém, incognitamente, pois tenho que falar contigo; tenho que te confessar o que hoje sente meu coração. Tu me falaste do amor da alma e, hoje, minha alma se agita entre recordações e esperanças, entre reminiscências e pressentimentos de um imenso amor e, ou muito me engano, ou já sou mestre em amar".

Estas duas cartas me fizeram refletir muito. Dirigi-me à sepultura dela e, ali, tornei a lê-las, bendizendo a Providência por haver tido abnegação bastante para esquecer grandes ofensas e entregar-me ao sacrifício, pois, quando deixei minha aldeia, pensei não voltar a vê-la, acreditei que a minha cabeça cairia no lugar da de Lulio, mas, com a minha resolução, dei luz a duas almas, dois espíritos rebeldes foram dominados por meu amor, por minha vontade e minha fé. Grande foi a minha angústia, cruel a minha incerteza, porém benditas, sim, benditas as minhas horas de agonia se com elas resgatei dois homens da escravidão do pecado.

A MULHER SEMPRE É MÃE

COMO PASSAM OS ANOS! PARECE-Me que foi ontem! Eu dormia tranquilamente em um canto da Reitoria, quando me despertaram os latidos de Sultão e as alegres gargalhadas de um homem de bem que brincava com o meu cachorro, como uma criança! As almas boas sempre são risonhas e expansivas. O mais rico proprietário de minha aldeia se abraçou a mim, dizendo: "Padre, Padre! Que feliz estou!... Já tenho uma filha!... É a mais formosa!... Tem uns olhos tão grandes... que parecem dois luzeiros! Venho convidá-lo para que a veja, pois o batizado só poderá ser amanhã, quando chegará meu irmão, que será seu padrinho."

Saí com o bom Antonio e, chegando em sua casa, mostrou-me uma criança belíssima, com uns olhos admiráveis. Tomei a recém-nascida em meus braços e senti por todo o meu ser, uma dulcíssima sensação, melhor dito: inexplicável. Olhei fixamente para a criança e lhe disse:

– Podeis estar contente com a vossa sorte porque, ou muito me engano, ou vossa filha será um anjo na Terra. E graças aos Céus, não me enganei, porque se os anjos encarnam na Terra, Maria, sem dúvida, tem sido um ser celestial. É tão boa!

No dia seguinte, minha velha Igreja se engalanou; seus vetustos altares ficaram cobertos de flores e suas enegrecidas paredes de folhagens. Todas as crianças invadiram o templo, levando nas mãos ramos de oliveira, e a filha de Antonio entrou na casa do Senhor, sob os auspícios mais formosos. Tudo respirava alegria, inocência e amor; quantos pobres chegaram naquele dia ao povoado, tantos foram generosamente socorridos; e o batizado de Maria foi um dos acontecimentos mais célebres da singela história de minha aldeia.

Bem fizeram seus pais em celebrar a sua vinda, porque Maria trouxe uma grande missão para este mundo, pois trouxe a missão de amor,

MEMÓRIAS DO PADRE GERMANO 131

incondicionalmente. Maria foi uma das poucas criaturas que vi cumprir as leis do Evangelho.

A mulher, dotada geralmente de grande inteligência, que a demonstra num grande sentimento, pode-se dizer que sempre é mãe porque sempre ampara os desvalidos, intercede pelos culpados, e Maria tem sido sempre a caridade em ação.

Que alma maravilhosa! Ela tem adoçado, com o seu filial carinho, as grandes amarguras de minha vida e tem cuidado, com o maior esmero, das flores de minha adorada sepultura; e ela, não faz muitos dias, deu-me a mais grata notícia que pude receber neste mundo, compreendendo o imenso bem que me fazia.

Numa tarde, estando ela e eu no cemitério, disse-me com triste e significativo sorriso:

– Padre Germano, estais ficando egoísta, vosso corpo se inclina para a frente e olhais muito para a terra. É porque quereis ir deste mundo?

– Se tenho que ser franco, minha filha, aguardo essa hora com íntima alegria e, às vezes, até com febril impaciência.

– E não sabeis que quando fordes, eu terei muito mais trabalho? que, em vez de uma tumba para cuidar, terei duas? Porém, eu arrumarei tudo de modo que, de um tiro, mate dois pássaros, porque vos enterrarei aqui, junto – e mostrou-me a sepultura dela –, e, desse modo, cuidarei de todas as flores, sem fatigar-me.

Ao ouvir essa promessa, ao ver que cumpririam meu oculto desejo, desejo veementíssimo, que eu não tivera me atrevido a manifestar, senti um prazer tão profundo e uma admiração tão intensa por Maria, que com tanta delicadeza me havia feito saber onde me enterraria, para que ficasse tranquilo e morresse em paz, que não pude deixar de estender minha destra sobre a sua cabeça, dizendo, comovidamente:

– A mulher sempre é mãe, e tu és mãe para mim. Tu tens compreendido toda a minha história; tu me dás a certeza da única felicidade possível para mim que é dormir meu último sono junto aos restos de um ser amado. Quanto sou feliz, Maria! Quanto te devo!

– Muito mais eu vos devo.

– Não, Maria; nunca te falei o quanto tens valor, porque conheço o teu caráter e como na Terra nunca temos o meio termo, tua modéstia raia pelo exagero, quase uma espécie de fanatismo; porém, hoje, que estou preparado para empreender uma longa viagem, hoje que me despeço de ti, sabe Deus até quando, é justo, Maria, que falemos longamente, pois talvez nos dias que me restam para estar entre vós, não tenhamos tão boa ocasião como agora.

– O quê! Senti-vos enfermo? – perguntou-me ela, com visível angústia.

– Enfermo, precisamente, não, porém, muito débil, sim, e sei que, no passo que vou, não tardarei muito em prostrar-me e, quando cair enfermo, raríssima vez estaremos a sós, ou, melhor dizendo, nunca. Já que os que se vão se confessam, confessar-me-ei contigo, e tu me dirás tuas mágoas, quiçá, pela última vez. Vamos até a "Fonte da Saúde" para ali nos sentarmos, que a tarde convida.

E juntos, saímos do cemitério.

Que maravilhosa estava a tarde! Maria e eu nos sentamos e permanecemos em silêncio, olhando para os cumes das distantes montanhas coroadas de abetos seculares; depois, olhei para a minha companheira e disse:

– Minha filha, estou satisfeito com o teu proceder; quando criança, foste humilde, simples e carinhosa; quando jovem, amável, recatada e discreta; e hoje, que vais entrar na idade madura, és digna, reflexiva e entusiasta do progresso.

Na profunda solidão de minha vida, tu tens sido verdadeiramente o meu anjo tutelar: quando chorava, quando havia momentos que meu espírito desfalecia e meu templo parecia uma tumba, via-te entrar nele e, sem poder explicar-me a causa, tranquilizava-me lentamente e, então, pedia a Deus que perdoasse o meu rebelde espírito; e, em teu luminoso olhar, lia uma frase que dizia: "Espera!"

Dois amores hei tido em minha vida: a ti, tenho querido como teria querido à minha mãe ou à minha filha; a ela, a menina dos caracóis negros, tenho-a amado como se ama na primeira ilusão; tenho lhe rendido culto em minha memória e me agrada a ideia de morrer, somente por encontrá-la, ainda que, ao mesmo tempo, sinto te deixar e afastar-me dos pobrezinhos de minha aldeia, se bem que, confio que tu ficas com eles, porém, teu modo de vida não me agrada, minha filha, pois vives muito sozinha; teus pais, por lei natural, deixarão a Terra antes que tu, e eu gostaria de deixar-te enlaçada a um homem que, mais de um, sei que te

MEMÓRIAS DO PADRE GERMANO

quer e te respeita e, esse respeito os tem impedido de dirigir-se a ti; e já que, de mim, recebeste as águas do batismo, gostaria de deixar-te unida a um homem de bem e gostaria de, em nome de Deus, abençoar o teu matrimônio.

Maria me olhou fixamente, sorriu com tristeza, e me disse dulcissimamente:

– Padre Germano, vós me dissestes muitas vezes, que a mulher sempre é mãe quando sabe sentir e perdoar, quando sabe rogar pelos culpados, quando vela o sono do moribundo e embala o berço das crianças órfãs. Eu amo muito a Humanidade, muitíssimo; interesso-me por todas as dores, comovem-me todos os infortúnios, atraem-me todos os gemidos; e, encontrando-me tão disposta ao amor universal, creio que seria egoísmo de minha parte se me consagrasse unicamente em fazer a felicidade de um homem.

– Mas, tu vives feliz? Não; e acredita-me, Maria; eu também amo a Humanidade; bem sabes tu que mais de uma vez arrisquei minha cabeça para salvar a vida de um infeliz, porém, depois de amar a todos os homens em geral, a alma necessita (ao menos neste planeta) de um amor algo singular: sem um amor íntimo, não se pode viver; e, esse amor, não o tens, Maria.

– Sim. Eu o tenho, Padre; eu o tenho.

– Ah! Também tens segredos para mim?

– Os mesmos que vós. Nunca me havíeis dito, até agora, que amáveis a menina dos caracóis negros. Eu já o sabia e me compadecia de vós, com toda a minha alma e, para não aumentar as vossas penas, não vos contei as minhas, porém, confissão por confissão, digo-vos que tenho sonhado como sonham todas as mulheres e encontrei a realidade de meu sonho, porém, me é tão impossível unir-me ao amado de minha alma, como vos foi o unir-se com a pálida menina, a da coroa de jasmins brancos.

– Tem, ele, outros laços?

– Sim, tem outros laços que aprisionam o corpo, mas que deixam livre a alma e, assim, é que me ama, ainda não me disse isso, porém, seu pensamento está sempre fixo em mim; e eu o amo, com esse amor do espírito, desprendido do egoísmo e exclusivamente terreno; esse amor que aceita o sacrifício e se acha disposto a fazer progredir o ser amado:

e saberei cumprir com o meu dever como vós cumpristes o vosso, pois convosco tenho aprendido. Por isso, quando me dissestes, no cemitério, que me devíeis muito, disse-vos que quem mais devia era eu, porque vos tenho devido a tranquilidade de minha consciência e ficar-vos-ei devendo o progresso de um espírito muito enfermo. Acreditai, o cura de uma aldeia é o pai espiritual de uma grande família e, em seu bom exemplo, aprendem seus filhos; de minha parte, tenho aprendido convosco.

– Não, Maria, não; tu trouxeste, já, boníssimos instintos. Recordo-me, quando não tinhas mais que cinco anos, estando uma noite na Reitoria, chamaram atribuladamente e entrou um pobre homem com uma criança coberta de farrapos. Tu, ao vê-la, acariciaste-a, levaste-a contigo e, quando ninguém a olhava, desnudaste-a, colocando na criança o teu vestido, envolvendo, a ti mesma, com os seus farrapos. Um ano depois, vieram uns pobres ciganos e deste toda a tua roupa às crianças que eles traziam.

– Aceito que eu trouxesse bom instinto, porém, meu sentimento se despertou observando as vossas ações; e, como eu vos via dar a vossa roupa, dizia: "Quando ele o faz, todos devemos imitá-lo". A criança, em geral, não tem grande iniciativa, executa o que vê o outro fazer, por isso, é tão necessário sermos bons, não somente por nós, mas muito principalmente pelos demais; o homem é um espelho no qual se miram as crianças.

– Por isso mesmo, já que tão bem compreendes a missão do homem na Terra, é que eu gostaria que tu constituísses uma família, porque teus filhos seriam modelos de virtude.

– Desisti de vosso empenho, Padre Germano; não pode ser, pois, pelos planos que tenho, se conseguir realizá-los, não terei filhos de meu corpo, mas sim, filhos de minha alma; fundarei hospitais para anciãos, casas de saúde para crianças, colégios de correção para as pobres jovens abandonadas nas lamas do vício, asilos para cegos; e, quando deixar a Terra, irei ao vosso encontro, para perguntai-vos se estais contente comigo.

– Minha filha, tua missão é muito grande e, na verdade, os que aqui vêm, como tu, não vêm para ser intimamente felizes, porque a felicidade terrena tem muito de egoísta.

– Eu não sei para que vim, Padre Germano, porém, posso vos dizer que sempre sonhei em fazer o bem; que vos tenho amado, porque sempre vos tenho visto disposto a sacrificar-vos pelos outros e, por isso, propus-me

MEMÓRIAS DO PADRE GERMANO 135

a secundar vossa grande obra. Às vezes, como se estivesse sonhando, eu via uns olhos grandes fixos em mim. Certo dia, quando este povo chorava sua ausência, chegou um homem e corri ao encontro dele para pedir-lhe a vossa liberdade. Entreolhamo-nos, e vi que os olhos daquele homem eram os que eu via em meus sonhos, e, desde aquele instante, prometi a mim mesma, ser mãe sem filhos do corpo e que todas as crianças órfãs que eu encontrasse seriam os filhos de minha alma.

Dissestes-me, muitas vezes, que o homem não tem mais gozos que aqueles que conseguiu conquistar em existências anteriores. Nós, sem dúvida, ontem, olhamos com criminosa indiferença o santuário do lar doméstico, e, por isso, hoje, tendes consumido a vossa vida, e eu consumirei a minha, sonhando com essa existência divina, com esse olhar embriagador de olhos amantes que prometem uma eterna felicidade.

– Tens razão, Maria; resta-nos o amanhã.

Sentindo-me fatigado, retornei à Reitoria, meditando sobre a confissão de Maria, pois que, se bem havia compreendido, o rei a amava, mas ignorando que ele fosse a realidade de seus sonhos. Vejo nesse amor mútuo algo de providencial e percebo que não é de hoje que ele existe. A alma de Maria é grande, muito grande, e a do rei é pequena, muito pequena, e não podem, esses dois espíritos, fundirem-se em um só, puramente pela atração atual. Como poderiam, se são duas forças que se repelem? O amor dela não pode ser, para o homem, impossível e, sim, sua compaixão pelo seu espírito. Neste mundo, como não se vê mais que a parte infinitesimal das coisas, a tudo se dá o nome de amor; e, quantas vezes, as paixões daqui não são mais que expiações dolorosas, saldos de contas e obsessões terríveis, nas quais o espírito quase sempre é vencido na prova, sendo a mulher a que mais sofre, porque é um ser sensível, apaixonado e se compadece logo, esquecendo muito tarde. Por isso, não receio afirmar que a mulher sempre é mãe, porque a mulher sempre ama. Quando pequenina, é mãe de suas bonecas; quando jovem, é mãe das flores e das aves que cuida amorosamente; e, quando ama, é mãe do homem, porque, por mais ingrato que este seja, ela sempre o desculpa; e, quando ele reconhece seu erro, ela se compadece e lhe perdoa. Conheço tanto a mulher! No confessionário, conhecem-se tantas e tantas histórias!... e, para meu pesar, tenho sido o confidente de tão íntimas dores, tenho visto mulheres tão boas, que não é estranho que, às vezes, o sacerdote seja fraco.

Que contrassenso! Que anomalia! Que erro! Se nos dizem: "Foge da mulher! E, ao mesmo tempo, apodera-te de sua alma; dirige seus passos, desperta seu sentimento, lê em seu coração, como em um livro aberto, e abstém-te de amá-la, porque é pecado". E, como o impossível não pode se transformar em lei, é que tem existido e existirá o abuso e, enquanto as mulheres se confessarem com os homens, enquanto existir essa intimidade, será dificílimo o progresso de umas e o adiantamento de outros.

Não peçamos aos homens que deixem de sentir o sentimento desenvolver-se, pois que os hábitos e os votos nada são diante da doce confidência de uma mulher.

Leis absurdas! Criastes o escândalo porque quisestes truncar as imutáveis leis da Natureza!

Quanto se tem escandalizado com a teoria das tentações! E quantas existências se vão esgotando em altares de um sacrifício estéril!...

Desunir o homem e a mulher quando são dois seres que devem se amar e regenerar-se com o seu amor!

Oh! A mulher... a mulher sempre é mãe, porque a mulher... a mulher sempre é bondosa!

O MELHOR TEMPLO

SENHOR, SENHOR! QUANTO SE ABUSA de Teu santo nome!

O nome de Deus é uma mina que todos os sacerdotes do mundo têm explorado a seu bel prazer!

Desde a noite dos tempos mais remotos, serve o nome de Deus para aterrorizar os crédulos, para atrair os incautos ao jugo sacerdotal, para dominar os ignorantes e, quase nunca, para demonstrar uma verdade.

O que é a história religiosa? Uma coleção de fábulas.

O que são as religiões? Em princípio, todas são lagos de águas cristalinas, que depois se converteram em charco lamento, porque entra a exploração das misérias humanas e a ideia maior fica reduzida a uma lenda milagrosa, a uma história de fantasma e a uma imagem que pede um templo, quase sempre, perto de uma nascente. Este é o resumo de todas as religiões e esta norma total representa um algarismo sem valor algum; todos são zeros sem uma unidade que forme quantidade, nada de nada!

Oh, Senhor! Se eu não Te adorasse em Tua imensa obra, se eu, ao contemplar o espaço, não sentisse bater meu coração e, em minha mente não germinassem os pressentimentos da imortalidade de meu espírito, se eu, ao admirar a esplêndida Natureza, não Te visse irradiando na Criação, como irradiam os sóis nos espaços infinitos, se eu não sentisse Teu hálito divino na chuva que cai e no suave perfume da flor silvestre, se eu não compreendesse que, se existo é porque Tu me criaste, eu perderia a fé que me alenta, quando recebo instruções de meus superiores.

A última carta que recebi gelou o sangue em minhas veias, pois, entre outras coisas, dizia o seguinte:

"Estamos muito desgostosos convosco, porque a Igreja militante nada vos deve e sois um soldado inútil para o sustento da grande causa.

A única coisa que fizestes foi fazer entrar no redil algumas ovelhas desgarradas, porém, também é certo que essa aldeia nada vos deve. Quando chegastes aí, vossa velha igreja estava se desmoronando e ajudastes no seu total desabamento, por isso, sois um mau sacerdote, porque a primeira coisa que um vigário de Cristo deve fazer é embelezar a casa de Deus. Se a igreja é de tijolos, deve-se procurar construí-la com pedras e, se possível, que se empreguem em sua construção mármores dos mais finos, colunas de jaspe e estátuas de alabastro que embelezem as suas capelas e, deve-se procurar fazer, essas casas de oração, com que tenham um rendimento, pois que seus fiéis em nada melhor devem empregar suas economias do que no serviço de Deus. E vos repetimos: estamos muito descontentes convosco, porque não escutais nem as vozes dos homens, nem os avisos do Altíssimo.

"Possuís, próxima da igreja, uma nascente milagrosa, e essas águas salutares são um chamamento que Deus vos faz para que reedifiqueis Sua casa, que a indiferença dos homens (inclusive a vossa) deixa cair, convertendo em ruínas o sacrossanto lugar de oração, o asilo sagrado dos pecadores, o refúgio bendito dos atribulados, o único porto dos aflitos.

"Vossa igreja está caindo, suas velhas paredes ameaçam ruir e, vós a deixais cair porque não amais a Deus, porém, em consideração ao fato de que pecais sem conhecer e se quiserdes voltar à nossa graça, fazei um chamamento aos vossos paroquianos, dizei-lhes (e não estareis mentindo) que os inspirados de Deus vos ordenam reedificar a casa do Altíssimo, dizendo-lhes também (que é conveniente) que tivestes uma revelação e que, nela, fizeram-vos uma promessa, que a nascente da saúde dará alívio a todos os enfermos dessa aldeia e a quantos acorrerem em peregrinação ao santuário que reedificardes, porque Deus dá cento por um aos seus filhos, quando estes Dele se lembram...

"Deste modo, servireis a Deus e ao mundo, porque dareis vida a essa aldeia que, em lugar de peregrinação, se converterá em sítio de recreio e, à sombra protetora da religião, os desertos se transformarão em vergéis, a terra abandonada em oásis, porque a graça de Deus abranda as pedras, e a rocha dura se transforma em terra porosa.

"Fazei tal como vos ordenamos, pois do contrário, veremos-nos obrigados a declarar-vos mau servo de Deus, nome que, na realidade, mereceis, porque nada fazeis em proveito da Santa Causa".

Que nada faço em proveito de Tua Santa Causa, Senhor! Dizem-

Memórias do Padre Germano

me meus superiores! Porém, acaso Tu necessitas do auxílio dos homens, ou os homens não podem viver sem o Teu auxílio?

Ao Autor de toda a Criação faz falta que o homem lhe glorifique ou Lhe glorifica a própria obra?

Toda carta exige resposta, e eu respondi aos meus superiores da maneira transcrita a seguir:

– "Senhores: me acusais de ser mau servo de Deus e apregoais um princípio falso, pois somente os tiranos têm servos e, como Deus ama todos os seus filhos, sem exceção alguma, não pode ter servos aquele que nunca foi tirano. Deus não quer os homens de joelhos em inação beatífica; Ele os quer de pé, olhando o infinito!

"Dizeis que deixo que a velha igreja de minha aldeia comece a sentir a enfermidade da decrepitude, e que seus negros muros tremam com o frio de centenas de invernos.

"Dizeis que não cuido da casa do Senhor!... E acaso o Senhor necessita dessas obscuras cabanas, quando Ele tem, por casa, o Universo?

"Que melhor templo quereis que a Criação?

"Por lâmpadas, tem sóis.

"Por altares, tem mundos.

"As aves entoam o hino de louvor.

"As flores são os maravilhosos incensórios que Lhe oferecem seu extasiante perfume.

"O verde musgo, o mais belo tapete.

"A orla dos mares, os melhores lugares de oração.

"O oceano, o melhor mosteiro, porque os navegantes são os monges que mais se acercam de Deus.

"De que Lhe servem as casas de tijolos, se tem, por moradia, os inumeráveis mundos que rolam, eternamente, nos espaços infinitos?

"Templos da Terra, frágeis como tudo que é terreno! Não darei um passo para reedificar-vos, porque sob o que são vossas abóbadas, o homem sente frio.

"Cristo escolheu os cumes dos montes e os frágeis barquinhos para as suas pregações e, com isso, quis nos provar que a cátedra do espírito santo não necessitava ser levantada em nenhum lugar privilegiado, e, que para anunciar aos homens o reinado da verdade, na época da justiça, bastava que houvesse apóstolos do Evangelho. Não fazem falta casas de pedra, nem lugares de oração; o que faz falta são homens de fé que tenham fogo no coração e fulgores de amor em sua mente, porém, estes espíritos são úteis a si mesmos, mas não a Deus.

"Deus nada necessita dos homens.

"Quando a luz tem reclamado do apoio da sombra?

"Quando o Oceano pediu às nuvens uma gota de orvalho?

"Quando os mundos têm necessitado o apoio de um grão de areia?

"Como, pois, Deus, que é maior que toda a criação, há de necessitar que o homem da Terra Lhe dê sua adoração forçada?

"Ele, que tudo é, não sente falta de nada. Não peçais casas para Deus, pois vos parecereis ao louco que queria guardar em um grande cesto os raios vivificantes do Sol.

"Não espereis que eu dê um passo para reedificar a minha velha igreja, ocupo-me em levantar outros templos mais duradouros. Sabeis quais são? São os espíritos de meus paroquianos, as almas destes simples aldeões que hão de retornar à Terra, tantas vezes quantas necessárias, ao progresso de seus espíritos.

"Ensino-lhes a amar a Deus sobre todas as coisas e ao próximo como a si mesmo; preparo-os para a vida espiritual, falo-lhes desse mais além, não o que diz a Igreja, mas, sim, o que nos dita a razão.

"Inicio-lhes nos mistérios da imortalidade, falo-lhes da vida do espírito, dessa maravilhosa realidade.

"Ensino-lhes a orar nos vales, nas colinas, no fundo dos abismos, quando se reúnem em torno do lar, quando alimentam seu corpo, quando se entregam ao repouso, quando acordam para o trabalho, faço-os pensar constantemente em Deus, e o meu pequeno rebanho não reza com os lábios; ora com o pensamento, sempre fixo no bem, por isto, meus paroquianos não necessitam ir à igreja para rezar, porque cada um tem um templo dentro de seu coração.

"Crede-me, senhores; a missão do sacerdote é educar o homem para o porvir, não para o presente. Nós o sabemos, somos os iniciados, porque nossa vida contemplativa e estudiosa nos têm permitido escutar as vozes dos que se foram, e sabemos que as almas vivem e que os templos de pedra não são os lugares prediletos do Senhor.

"Deus não tem preferências, cria a Humanidade para o progresso e a deixa livre para progredir.

"Os tempos chegam! Os Espíritos da luz encarnarão na Terra e, nós, os vigários de Cristo, somos os encarregados de preparar os homens para a Era nova. Nós temos a luz, não a escondamos debaixo do alqueire, que amanhã nos pedirão conta do mau uso que temos feito de nossos conhecimentos.

"Quereis que eu faça passar por milagrosa a humilde nascente que supre minha aldeia e me proponders uma torpe impostura, e eu não sirvo a tão nobre causa com meios tão ruins!

"Deixarei minha aldeia pobre, muito pobre, porém, seus moradores me abençoarão quando deixarem este lugar de trevas e se encontrarem serenos e tranquilos ante a eternidade.

"Eu, se puder, antes de ir-me deste vale de lágrimas, levantarei uma casa, não para Deus, porque Ele dela não necessita, entretanto, que-ro-a para os pobres, para os mendigos atribulados, para as crianças órfãs, para os anciãos enfermos, para todos aqueles que tenham frio na alma e alquebramento do corpo.

"Crede-me, senhores: não seguis por bom caminho, o verdadeiro sacerdote deve instruir o povo, deve iniciá-lo nos mistérios da outra vida, deve lhe apresentar a eternidade tal que é. Estou decidido a cumprir a minha missão e nem o pedido, nem a ameaça far-me-ão desistir de meu nobre empenho.

"Fazei o que quiserdes; destruí meu corpo, que é tudo o que podeis fazer, porém, ficará o espírito e não me faltará com quem me comunicar na Terra para continuar dizendo o que vos digo hoje: que o melhor templo de Deus é a Criação".

Foi isto que lhes disse; que farão comigo? Não o sei. Se me tirarem a vida, quase me farão um bem. Assim a verei mais depressa... a ela! a menina pálida, dos caracóis negros!

Perdoai-me, Senhor, pois sou egoísta e me esqueço dos pobres de minha aldeia!... Que ingrato é o homem! Não quer viver mais que para si mesmo e devemos viver para os demais.

UMA VÍTIMA A MENOS

GRAÇAS, SENHOR, GRAÇAS MIL POR ter me permitido salvar uma pobre menina de uma vida de suplício!... Inocente criatura! Que culpa tem ela dos devaneios e dos desacertos de sua mãe? Não caem as faltas dos pais, sobre a quarta e a quinta geração, não; Deus é muito justo, Deus é maior.

Diário querido, amigo inseparável de toda a minha vida, única herança que deixarei ao mundo: se o conteúdo de suas páginas amarelecidas serve de algum ensinamento, eu me darei por satisfeito de haver depositado nele todas as impressões de minha alma.

Velho livro, companheiro meu! Tu és meu confessor, a ti, conto tudo o que faço, tudo o que penso; tu és o espelho de minha existência e, assim, é que devo te confiar a nova história, a qual lhe dei desenlace.

Hoje faz oito meses que, estando eu no cemitério, veio o velho Miguel a dizer-me que uma senhora e uma jovem me esperavam na igreja. Dirigi-me ao templo, e saiu ao meu encontro a dama que me aguardava; olhei-a e reconheci nela uma antiga pecadora, que vinha de vez em quando confessar-me seus pecados, que sempre fazia propósito de emenda, e sempre reincidia, porque, afinal, o que na infância se aprende, nem na velhice se esquece.

Olhei-a, e ela me disse:

– Padre, hoje sei que venho decidida a emendar-me de minhas faltas e tenho que vos falar longamente.

– Disseram-me que não vinheis só.

– Não, acompanha-me Angelina e, enquanto nós conversamos, não gostaria que ela estivesse na igreja, afinal, poderia ouvir o que não é conveniente que saiba.

– Se vos parece bem, iremos todos ao jardim e, então, vossa companheira pode ficar passeando, e nós subiremos ao meu quarto, onde estaremos tranquilos, sem temor que ninguém nos escute.

– Muito bem pensado – disse a condessa (minha interlocutora pertence à mais antiga nobreza). – Vem, Angelina. E a jovem, que estava ajoelhada diante do altar maior, levantou-se apressadamente e veio a reunir-se conosco. Parecia-se tanto, tanto com a condessa, que o mais néscio haveria já suposto o íntimo parentesco que as unia, mas não havia mais diferença no fato de que Angelina era um anjo que ainda conservava suas asas, e sua mãe era uma Magdalena sem arrepender-se, mergulhada no lamaçal do vício.

Saímos os três da Igreja e entramos no jardim, então, chamei Miguel, e o encarreguei de não se separar de Angelina e subi com a condessa aos meus aposentos; fi-la sentar-se, sentei-me frente a ela e lhe disse:

– Falemos.

– Começarei por pedir-vos perdão de haver tardado tanto tempo em vir.

– Já vos disse outras vezes que não há nenhum homem no mundo que tenha direito nem de perdoar, nem de condenar. Deus não tem, na Terra, nenhum delegado ou representante visível; o último, que eu soube, faz alguns séculos que se foi.

– Já vejo, Padre, que continuais sendo tão original como de costume, negando aos sacerdotes as atribuições que Deus lhes tem concedido.

– Os sacerdotes têm as mesmas atribuições que os demais homens, ou seja, têm obrigação de cumprir com o seu dever, e isto é tudo. Podem aconselhar, e isto farei convosco sempre que vierdes, aconselhar-vos-ei e vos direi minha opinião, e logo vós, em uso de vossa livre vontade, seguireis o caminho que melhor vos acomode, porque outra coisa não vindes fazendo desde que vos conheço, e por certo, há muitos anos.

– É verdade, Padre, e oxalá tivesse seguido o vosso conselho na primeira vez que vos vim ver!

– É certo, se me tivésseis obedecido, não teria vindo ao mundo Angelina, pelo menos, sendo vós a mãe. Pobre menina!

– Como? Que dizeis? Quem vos disse?

– Quem me haveria de dizer? Se bem que eu já soubesse, ela mesma, Angelina, que em seu precioso semblante leva sua fé do batismo.

– Ai! Tendes razão e crede que é uma fatalidade, porque isso me obriga a separar-me dela e fazê-la tomar o hábito, por mais que esse estado rechasse, em absoluto, o atrevido de suas ideias e até de sua saúde, porém, que remédio! As faltas dos pais caem sobre os filhos e ela, enfim, como filha do pecado, é até justo que se ofereça como vítima propiciatória.

– Não! Em tal caso, vós vos deveis oferecer, porque sois a que tem pecado, porque na justiça de Deus não pagam justos por pecadores, porém, deixemos agora esse assunto e me dizei o que pensais fazer.

– Já sabeis que caí em minha juventude, porque amei e posso dizer que o pai de Angelina foi meu único amor.

– Não profaneis o amor, senhora, o amor é maior que um desejo satisfeito, e em vós nunca existiu mais que o desejo: o marquês, sim, vos amou.

– Com loucura, é verdade.

– E continua na Corte, como sempre?

– Sim, na Corte está.

– Casou-se?

– Não, permanece solteirão.

– Fala-vos alguma vez?

– Quando não há outro remédio, porém, odeia-me.

– Não é estranho; tendes sido tão infiel... E não tratou de ver Angelina?

– Crê que está morta.

– Como?

– Era-me conveniente separá-lo por completo de mim, e essa menina era uma arma muito poderosa em seu poder, e isso era o que ele queria, entretanto, cortei toda a ligação e a fiz passar por morta, encerrando-a num convento, mas faz um ano que ela saiu da clausura, porque, pelo que estava observando, ali acabaria morrendo de enfraquecimento. De nenhuma maneira quer voltar ao convento, e me parte o coração em escutá-la, porém, não há outro remédio, afinal, monja tem que ser, e tenho dito: o melhor é que se a leve ao Padre Germano, ele a convencerá e logrará, com doçura, aquilo que eu não consegui pela violência, porque me disse que se mataria se voltasse a encerrá-la, e como já outras sombras me per-

MEMÓRIAS DO PADRE GERMANO

145

seguem... não quero que me persiga a alma de Angelina. Assim é, Padre Germano, que aqui vos trago uma carta de doação total de meu castelo e de minha aldeia de San Laurêncio, passada a favor vosso, porque justo é que vos pague tão relevante serviço. Fazei com que Angelina professe, que se vós vos empenhardes, ela professará: sois minha última esperança, meu marido e meu irmão voltam de sua viagem à Terra Santa; Angelina me estorva e é preciso tirá-la desse meio.

– E dizeis que ela não quer a vida monástica?

– Não, não a quer, porém, que quereis? A honra de meu nome reclama um novo sacrifício. Aqui vos deixo (e a pôs sobre a mesa) a carta de doação.

– Bem, desde hoje, fica Angelina comigo.

– Ah, sim! Eu me irei sem dizer-lhe nada.

– É o melhor. E não volteis aqui até que eu vos avise.

A condessa se levantou, dizendo-me:

– "Sois meu Salvador!" E saiu precipitadamente de meu aposento, e se foi já não sem tempo, porque minha paciência e minha dissimulação iam se acabando. Quanto sofro quando falo com malvados! – e a condessa é uma mulher sem coração. Em sua história, há grandes crimes, e o último que quer cometer é enterrar em vida uma pobre menina que deseja viver e amar, que em seus olhos irradia o sentimento e em seu rosto se adivinha uma alma apaixonada.

Quando entrei no jardim e me viu sem a condessa, com a rapidez do raio compreendeu Angelina o que havia ocorrido e, colhendo minhas mãos, disse-me, com acento suplicante:

– Padre! Padre! Tendes jeito de ser bom. É verdade que não me obrigareis a professar? Tende piedade de mim! Sou tão jovem ainda para morrer!...

E Angelina rompeu a chorar com tão profundo desconsolo, que me inspirou uma viva compaixão.

Apressei-me a tranquilizá-la quanto pude, porém, a infeliz me olhava com certo receio, então, senti correr por minhas veias esse algo desconhecido que se infiltra em meu ser quando tenho que convencer ou que admoestar a algum pecador, então, correntes de fogo envolveram minha cabeça e meu corpo encurvado se ergueu com majestade, peguei uma mão de Angelina e lhe disse:

– Menina, escuta-me. Olha-me bem. Faz sessenta anos que estou na Terra, e a mentira nunca manchou meus lábios. Eu te prometo velar por ti e eu te ofereço fazer-te feliz, tão feliz como pode ser uma mulher no mundo! Eu te darei família! Eu te darei dias de glória, dias de liberdade! Confia e espera, pobre alma enferma! – porque longo tempo tens sofrido no mundo!

– Ah! Se soubésseis, Padre meu, quanto tenho padecido... – exclamou Angelina, com voz vibrante – que me parece um sonho ouvir uma voz amiga! Tenho vivido sempre tão sozinha! E não sei como não perdi a razão. De noite sonhava que estava fora do convento e era tão feliz... Ia a cavalo, muitos cavaleiros me seguiam, eu sempre corria mais que todos, e logo... ai! Que terrível era meu acordar!... Quando me levantava e me via prisioneira naquela sombria fortaleza, vendo passar por mim aquelas mulheres com seus hábitos negros, com rosto cadavérico, sem que um sorriso se desenhe naqueles lábios secos... me dava um medo tão horrível, que saía correndo como uma louca, gritando: "Deus meu, Deus meu, tem piedade de mim!..." E Deus se apiedou de meu sofrimento: a condessa me tirou dali e me levou ao castelo de San Laurêncio, e ali fui feliz por quase seis meses, passando o dia no campo, subindo nos montes e outras vezes, correndo com meu cavalo pelas imensas planícies que rodeiam o castelo. Eu tinha sede de vida... e ali, a saciei em parte, porém, durou-me pouco a felicidade. A condessa começou a dizer-me que a fatalidade pesava sobre meu destino: que os filhos espúrios deviam fugir para não contagiar a sociedade, que eu era a vergonha de uma nobre família, e eu contestava, com meu pranto, e, assim, tenho vivido outros seis meses, até que, ontem, ela me disse: "Vou te fazer conhecer um santo para que aprendas a amar a Deus". Vós, sem dúvida, sois esse santo.

– Não, filha minha, disto muito da santidade, porém, te repito: Deus te terá atraído a esta pobre morada, porque nela talvez encontres o repouso de que tanto necessita tua alma. Pelo momento, conhecerás uma mulher muito boa, que não veste hábitos negros e que te amará como terna irmã. Dentro de poucos minutos a conhecerás, porque todas as tardes vem regar o jardim.

Assim foi; chegou Maria, e em breves palavras a pus ao corrente do que lhe cabia, e a nobre jovem abraçou a Angelina com tanto carinho e lhe falou com tanta ternura, que a pobre menina dizia: "Deus meu! Se estou sonhando, eu não quero despertar de meu sonho". Porém, ao fim se convenceu de que não sonhava quando Maria a levou à sua casa, que era onde deveria permanecer Angelina até que se realizasse meu plano. Sem

MEMÓRIAS DO PADRE GERMANO

perda de tempo, marchei, imediatamente, acompanhado de Rodolfo, à cidade vizinha, e pedi para falar em segredo com o pai de Angelina, homem nobre e infeliz, que havia tido a debilidade de amar a condessa, com esse amor que só uma vez se sente na vida, porém, sua paixão nunca teve correspondência, porque a condessa era mulher sem alma e sem coração, rameira com pergaminho, que são as piores rameiras.

O marquês me conhecia, porque era íntimo amigo de Rodolfo e ele foi, pode-se dizer, o que mais o aconselhou que viesse à aldeia para começar uma nova vida.

Quando me viu, o marquês se surpreendeu um tanto, e muito mais quando lhe disse:

– Necessito de vós durante algum tempo.

– De mim?

– Sim, de vós, solicitai licença ao soberano, se é que estais em serviço ativo.

– Não necessito pedi-la; faz mais de um ano que, enfermo, viajo ao meu prazer e, se vós necessitais, seguirei viajando.

– Sim, seguireis viajando e, se pode ser fora do reino, melhor, pois vou vos confiar a custódia de uma jovem que tem poderosos inimigos, que querem que professe, mas ela prefere a morte a encerrar-se num convento e, assim, é que a sua vida corre perigo, é preciso que vos consagreis a guardá-la e a preservá-la de toda tentativa infame.

– Que mistério encerra vossas palavras? Que jovem é essa que confiais aos meus cuidados? De tamanha confiança sou para vós?

– Sim, sois. Como? Não vos encontrais com capacidade de respeitar uma menina pura como um anjo, que seu pai a crê morta, e sua mãe a tira de seu lado?

O marquês me olhou, não sei o que leu em meus olhos, que tomou meu braço, dizendo com frenesi:

– Será possível? Onde está? Dizeis que vive?...

– Vinde comigo: está em minha aldeia.

– Pobre filha minha! murmurou o marquês – Quantas vezes a tenho recordado e me tenho arrependido de não tê-la roubado a essa mulher sem entranhas, que nem Satanás a quis no inferno!

Pusemo-nos a caminho e o inteirei circunstanciadamente de tudo;

procuramos entrar de noite na aldeia e, em meu aposento, viram-se, pela primeira vez, o marquês e sua filha.

Quanto me rejubilei com aquele momento! Em particular, quando a nobre menina, fixando em seu pai seus bonitos olhos, dizia-lhe com dulcíssimo acento:

– Vós me defendereis, não é verdade? Querem enterrar-me em vida... e eu tenho um afã de viver!...

– E viverás, filha minha – dizia o marquês, com voz apaixonada, sairemos de França, iremos à Espanha, porque ali sempre há sol e há flores, e te farei tão ditosa, que esquecerás teus anos de martírio em meio de tua imensa felicidade.

O marquês não perdeu tempo e, em poucos dias, fez os seus preparativos de viagem. Angelina se disfarçou com um traje de pagem, e os dois se foram, acompanhados de seus escudeiros, dirigindo-se à Espanha.

Pintar o júbilo de Angelina é impossível, quando ela se viu vestida de homem, quando se convenceu de que havia rompido suas cadeias, quando olhou a nobre figura de seu pai, em cujo rosto transparecia a mais pura satisfação, voltou-se para mim e me disse:

– Cumpristes vossa palavra, fizestes-me ditosa e me destes uma felicidade que nunca havia sonhado. Bendito sejais! Nem um só dia de minha vida deixarei de bendizer-vos e, se chegar a formar família, o primeiro nome que pronunciarão meus filhos será o vosso.

Horas de sol! Momentos sagrados de felicidade desfrutamos, Maria e eu, acompanhando até longa distância Angelina e seu pai! Quando estreitei em meus braços pela última vez a nobre menina, quando o marquês me disse, profundamente, comovido: "Nunca vos esquecerei", então, pareceu-me ver uma sombra branca coroada de jasmins que me olhava sorrindo com um sorriso celestial.

Maria e eu, olhos fixos nos caminhos, estivemos olhando os viajores até que se perdessem na distância; depois, olhamo-nos e exclamamos: "Graças a Deus, uma vítima a menos!"

Alguns dias depois, avisei a condessa que viesse; ela não se fez esperar e, quando chegou, conduzi-a ao meu quarto, dizendo-lhe:

– Temos que falar.

– E Angelina professará?

– Não quer ser monja.

MEMÓRIAS DO PADRE GERMANO 149

– Ah! É preciso que o seja.

– Pois não será.

– Como? Que dizeis? Pois não ficamos combinados que eu vos faria doação do castelo de San Laurêncio, com a condição de que Angelina tomasse o hábito?

– E quereis pagar com um casarão mais ou menos grande a vida e o futuro de uma mulher?

– Ah! Se vos parece pouco, pedi, que vos darei.

– Que me haveis de dar, se nada quero de vós?! Aqui está o título de doação, vedes? – e lhe apontei o pergaminho. Pois bem: Olhai para que o quero – e o rompi em mil pedaços.

– Que fazeis? Vós vos tornastes louco? Pois não ficastes acertado comigo?

– Eu nunca fico acertado para cometer um crime e fazer professar a vossa filha era mil vezes pior que assassiná-la, porque era matá-la, pouco a pouco, e eu fiquei com ela, e aceitei, no vosso modo de entender, a vossa infame doação, porque era necessário salvar uma vítima e, por isso, fiz-vos crer que me haveis comprado, mas tende em conta que nunca me tenho vendido e nem me venderei, porque não há bastante ouro nas minas da Terra, para comprar a consciência de um homem honrado.

– E que haveis feito de Angelina?

– O que devia fazer: dar-lhe proteção e amparo.

– De que modo?

– Não vos importa, afinal, que direito tendes sobre ela? Nenhum.

– Como?

– Digo-o, reclamai em nome da lei e dizei que vos tendes esquecido do que uma mulher nunca deve esquecer. Não queríeis afastá-la de vosso lado? Não vos estorvava? Pois bem: ela já se foi, porém livre, ditosa. Queríeis assassiná-la lentamente; queríeis que perdesse a razão, eu lhe dei a felicidade, por que lhe devolvi um pai que por tantos anos a chorava como morta.

– Está com ele? Que fizestes? Vós me perdestes!

– Não temais, o marquês não vos molestará e está demasiado feliz para pensar em vós; nem ele, nem Angelina vos recordarão, porque a vingança das vítimas é esquecer seus verdugos. Como vossa lembrança lhes causa horror, para não sofrer, esqueceram-vos. Ele chorou como um menino ao ver sua filha tão jovem e tão formosa.

Mulher sem coração! Não vos dava lástima, que tanta juventude, tanta vida, tanto amor fossem sepultados no fundo de um claustro só pelo capricho de vossa vontade? Pobre menina! Quanto a martirizastes! Porém, já está livre! Graças a Deus, uma vítima a menos!

A condessa me olhava e mil sentimentos desencontrados a faziam sofrer e empalidecer. O ódio animava seus olhos. Eu me levantei, mirei-a, atentamente, e a fiz tremer, dizendo-lhe:

– Sois um réptil miserável e vossa baba peçonhenta está tentando arrojar-se sobre mim; fazei o que quiserdes: vossa filha está salva, porém, ai de vós se a perseguirdes! Então, o confessor se converterá em juiz, delatar-vos-ei ao rei e bem sabeis que sei de toda a vossa história que, por certo, é horrível.

– Oh! Piedade! Piedade! – exclamou a condessa, aterrada.

– Tranquilizai-vos, pobre mulher! Segui vossa vida de agonia, que é bem digna de compaixão, que não há na Terra um ser que possa te bendizer. Segui, levantando casas de oração, porém, entendei que as orações que vós pagais, não vos servem para descanso da alma. Vossa alma tem que gemer muito, porque os que a ferro matam, a ferro morrem.

A condessa me olhou espantada e saiu precipitadamente do aposento, enquanto eu recolhia, tranquilamente do solo, os pedaços do roto pergaminho, que acabei de triturar e, como um menino, atirei-os ao ar pela janela, e os pedacinhos revoltearam como mariposas e ao fim se perderam no pó do caminho. Então, não fiz menos que sorrir com melancólica satisfação ao considerar que meu espírito, desprendido das misérias terrestres, entregava as riquezas mal adquiridas ao vento, à mercê da brisa que, brincalhona, mexia com as partículas do pergaminho, e me horrorizava pensar se aquele documento tivesse caído em outras mãos! Pobre Angelina! Tão jovem, tão bela, tão ávida de viver e de gozar a vida, teriam-na sepultado no fundo de um claustro e ali a infeliz teria enlouquecido, negando a existência de Deus!

E agora, que diferença!... O marquês me escreve e me diz que é o mais feliz dos homens, que sua filha é um anjo, e Angelina me diz, no final: "Padre Germano, quão feliz sou! Quanto vos devo! Meu pai me adora! Rodeia-me um luxo deslumbrante. Um jovem espanhol diz que me ama e, se fosse possível, iríamos receber a vossa bênção. Que maravilhoso é viver! Eu pressentia a vida, eu sonhava com a felicidade. Às vezes, sonho que estou no convento, as mulheres dos hábitos negros me sujeitam e eu começo a dar gritos chamando meu pai e a vós, e minhas camareiras me despertam, e ao despertar-me choro de alegria, porque me encontro nos braços de meu pai! Quanto vos devo! A gratidão de toda uma vida é pouco para pagar um benefício tão imenso!"

Ah, não! Estou amplamente recompensado, pois a satisfação que sinto em minha alma, a tranquilidade do espírito que cumpriu com o seu dever, é a justa recompensa que Deus concede àquele que pratica sua lei. Ao considerar que, por minha causa, há uma vítima a menos, quão feliz sou, Senhor! Quanto Te devo, porque me tens dado tempo para progredir, para reconhecer Tua Grandeza e render-te culto com a minha razão à Tua Verdade suprema!

Tu deste luz à minha mente conturbada pelos desacertos de passadas vidas. Bendito sejas Tu, Luz dos séculos, Tu, que fazes o espírito imortal!

O VERDADEIRO SACERDÓCIO

VINTE E CINCO ANOS COMPLETO HOJE, que jovem sou! quer dizer, meu corpo é jovem, porém, minha alma, meu "eu", meu ser deve contar centenas de séculos, porque eu vejo muito longe o horizonte da vida e tenho vivido muito pouco, porque o tempo que tenho de moradia neste mundo me tem feito prisioneiro. O que tenho visto? Um grande sepulcro, porque um convento é uma sepultura. Homens de negro têm-me rodeado, mudos como o terror, sombrios como o remorso, e esses mesmos alvos homens me iniciaram em uma religião de gelo, e eu sinto, em mim, todo o fogo do sagrado amor.

Entregaram-me vários livros e me disseram: "Lê-os, porém, deves lê-los como leem as crianças, não olhes mais que a letra. Ai de ti se te compenetrares do espírito!" E eu li, li com afã e compreendi que aqueles livros não eram mais que o a, b, c da religião e pedi, implorei, supliquei aos meus superiores que me deixassem ler quantos volumes eles guardassem. Olhavam-me com atenção e diziam-me secamente:

– Queres avançar muito, queres subir muito, cuidado para não caíres.

Li, estudei, analisei e, ao cabo de pouco tempo, os monges me disseram:

– Descobrimos que podes nos ser útil, em meio ao mundo, e deves deixar esta casa. Tens talento, adquire audácia e, dentro de pouco tempo, faremos com que te sentes no trono de São Pedro; saibas que a tiara pesa muito, porém, tu tens cabeça para sustentá-la. Já o sabes, não te pertences, pois és um instrumento da Ordem. Ai de ti se te esqueceres de quem és.

Não os contestei, afinal, o que eu queria, naquele momento, era sair de minha clausura e saí, acompanhado de meu jovem e fiel companheiro Sultão, cuja inteligência me assombra.

Cartas com valiosas recomendações me serviram de salvo-conduto

Memórias do Padre Germano 153

para entrar nos velhos Arquivos, onde encontrei livros antiquíssimos, que meus olhos devoraram avidamente, e, durante um ano, não fiz outra coisa senão ler, ler, noite e dia, e meditar aos pés das montanhas na hora do crepúsculo vespertino.

– Onde está Deus? – tenho perguntado às estrelas, e elas me contestaram: "Estás cego? Não vês o reflexo de Seu olhar em nosso fulgor?" De onde a luz irradia, ali está Deus."

– Onde está o Onipotente? – perguntei às aves; e elas, piando amorosamente, conduziram-me aos seus ninhos e, mostrando-me seus filhotinhos, disseram-me: "Aqui, aqui está Deus!"

– Onde encontrarei o Ser Supremo? – perguntei às nuvens; e uma pequena chuva respondeu-me: "Em nós que, com nosso orvalho, fecundamos a terra."

– Onde poderei sentir o hálito do Criador? – perguntei às flores e, estas, disseram-me: "Em nosso perfume; nossa fragrância é o alento de Deus!" Que maravilhosa é a Natureza! Não é verdade que, quando a primavera sorri, o coração se dilata e a imaginação sonha com o amor? Eu também sonho, eu também amo, sou tão jovem!... E depois que pronunciava essas palavras, emudecia, inclinava meus olhos e os fixava em meus negros hábitos que, qual fatal barreira, separavam-me dos íntimos gozos da vida.

Hoje, tenho que decidir, meus votos já foram pronunciados e sou um sacerdote. E o que é o sacerdote? É o homem dedicado e consagrado para fazer, celebrar e oferecer os sacrifícios a Deus, o ungido, o ordenado, o sábio nos mistérios, o homem exemplar que, qual espelho convexo, há de atrair aos seus centros os raios luminosos de todas as virtudes.

O que me têm ensinado as religiões? Dois grandes princípios, duas verdades eternas: Não há mais que um Deus, como não há mais que um culto e a fazer o bem pelo próprio bem. Ainda que tarde, descobri que a religião, à qual me afiliei, mortifica o corpo sem elevar a alma, porque pede o absurdo, o impossível, o truncamento das leis naturais e pede um sacrifício superior às débeis forças do homem; pede isolamento, completa solidão, ou seja, o aniquilamento do ser. Que horror!

O homem digno, o homem livre, deveria protestar, eu protestaria, porém... assusta-me a luta e compreendo, perfeitamente, que não vim à Terra para defender, exclusivamente, meus direitos, mas creio que vim para reclamar os direitos do outros.

Olho-me e não vejo em mim um homem como os demais, pois

não encontro, em mim, essas condições de vida; meu espírito, como se estivesse desprendido de seu corpo, olha para este com uma espécie de compaixão, contempla com tristeza os prazeres da terra e diz, olhando para seu organismo: "Esse... não é para mim, eu não vim para gozar, eu não nasci para viver, sendo que meu trabalho e meu dever são outros, pois que, sem dúvida alguma, nasci no mistério, cresci na sombra e, sem consciência de mim mesmo, consagrei-me ao serviço de Deus."

Nada acontece por casualidade e, quando meu espírito, livre como o pensamento, amante da luz como as mariposas, amoroso como as rolas, veio a este globo sem família, no seio da comunidade que não tem a menor ideia da liberdade individual, devo demonstrar que o homem, em todas as esferas de sua vida, pode e deve ser livre, tão livre que nada o domine, começando por suas paixões. Há maus sacerdotes, porque são vítimas de seus desejos carnais e de suas ambições, e o homem deve ser superior a todos o seus vícios que, para isso, Deus o dotou de inteligência. A religião a que pertenço, sublime em sua teoria e pequena e absurda em sua prática, necessita de dignos representantes, verdadeiros sacerdotes e estes... infelizmente, escasseiam, porque não se pode pedir aos homens o impossível. Nem todos os Espíritos vêm à Terra dispostos a progredir; a maior parte, vem para viver, ou seja, para passar o tempo e não tem pressa em adiantar-se, porque a indiferença é o estado habitual do Espírito enquanto não sofreu muito. Porém, quando o homem cai e se fere, volta a cair e sua ferida se faz mais funda, quando todo o seu ser se transforma numa chaga cancerosa, então, não vem ele à Terra por passatempo. Vem para trabalhar, instruir, lutar, não precisamente com os homens, senão consigo mesmo; eu compreendo que venho para lutar comigo. Eu sei que o Espírito vive sempre, não nos céus, nem nos infernos das religiões positivas, mas deve viver nos inumeráveis mundos que eu contemplo na noite silenciosa, cujos fulgores luminosos me dizem que, nessas longínquas regiões, a caudal da vida tem sua fonte. Que grande é a Criação! Em uma gota d'água e em um planeta, há seres que se agitam, que vivem e se amam.

Eu, agora, quero lutar contra minhas imperfeições, para viver amanhã. Vivi ontem? Sim, e devo ter vivido muito mal, por isso, hoje, escolhi uma mãe sem amor, uma família sem sentimento, uma religião absurda que nega o homem, que não lhe deixa mais que dois caminhos: a apostasia ou o sacrifício, ou cair em todos os vícios, ou viver no isolamento; o sacerdote de minha religião vem a este mundo para buscar duas coroas: uma, é de flores; a outra, é de espinhos; cinge-a, a primeira, todo aquele que satisfaz seus desejos, todos aqueles que consideram as religiões como

Memórias do Padre Germano 155

meios úteis para viver e empregam seu talento e sua audácia em impor-se aos demais, revestindo-se de púrpura e arminho e vivem, porém, somente vivem aqui, na Terra, onde deixam suas honrarias, seus bens, seus afetos impuros, sendo que tudo fica aqui, e, para a eterna vida do Espírito, não têm conseguido adquirir nada, não têm feito mais que perder alguns anos na ociosidade e na hipocrisia; e eu sou mais avarento que tudo isso; quero, ao deixar a Terra, levar algo, assim, colocarei em mim a coroa de espinhos, e as gotas de sangue que brotarem de minhas feridas serão o batismo sagrado que regenerará meu ser. Pedi para ser sacerdote e justo é que se cumpra meu sacerdócio, porém... olho o meu porvir e sinto frio na alma, muito frio. Sozinho vou viver, Deus eterno! Não tenho mãe, não tenho irmãos, não terei esposa e não terei filhos... filhos!... Quanto eu amaria meus filhos! Quanto velaria seu sono! Brincaria com eles, vendo-me em seus olhos! E eu escalaria o céu se eles me pedissem uma estrela!

Uma mulher! Viver ao lado de uma mulher amada, seria viver em um paraíso. Às vezes, sonho com uma mulher que nunca vi. Como é maravilhosa! Branca como a neve, tem os olhos negros como meu porvir, está triste, muito triste, e é tão formosa! Como viveria feliz ao seu lado! Porém... é impossível. O sacerdote da religião a que pertenço tem que viver sozinho e é como um ramo seco no vergel da vida. O voto que o homem faz deve ser cumprido, cumprirei o meu, não viverei para mim e, sim, para os outros; o verdadeiro sacerdócio significa cumprir cada qual com o seu dever. Senhor, Senhor! Dá-me forças para cumprir fielmente os grandes deveres que me impus. Dá-me o ardor da caridade, o delírio da compaixão, a febre do amor universal!

Eu Te prometo, Senhor, que não amarei nada para mim mesmo, que não reservarei, para mim, nem um átomo de felicidade, que não exigirei de nenhum ser que me ame, para não convertê-lo em ingrato. Quero dar a luz como o Sol a doa; quero dar o perfume do sentimento como as flores dão seu aroma; quero fecundar alguns corações com o orvalho de minhas lágrimas. Peço-Te, Senhor; dá ao que Te pede; responde ao que Te chama; Tu és Deus; Tu és a fonte da vida eterna, e vida é o que te peço.

Estou sozinho! Meus superiores se encolerizaram comigo e tudo... Por quê? Porque lhes escrevi clara e sinceramente, dizendo-lhes que estava decidido a progredir e, para dar princípio à minha regeneração, cumpriria, em tudo e por tudo, com o verdadeiro sacerdócio, que eu amaria os pequeninos, serviria de amparo aos anciãos, consolaria os aflitos e aconselharia os atribulados, que não queria nada para mim, nem faria nenhum esforço para o engrandecimento da Ordem; que queria ser um sacerdote de Cristo, pobre e humilde; que as ricas vestes, a traça as come, e as virtudes são como os aloés, em cujo tronco se aninham os insetos roedores.

Dizem que tremerei e que me prepare para sofrer todo o rigor de suas iras. Insensatos! Não estremecerei jamais: eu saberei sofrer, porque sei esperar. O que é para mim uma existência, quando sei que é minha a eternidade?

Já sei que me aguardam grandes lutas, e já começaram, visto que já principio a sofrer os horrores da miséria. Meus superiores já me sitiam pela fome, quão mal me conhecem! Enviaram-me um emissário para tentar-me; um homem opulento. Um dos grandes magnatas da Terra me pediu, quase que de joelhos, para que eu fosse o preceptor de seus filhos e o confessor de sua esposa, obrigando-me a que aceitasse sua esplêndida hospitalidade, dizendo-me que eu teria uma família.

Sentei-me à sua mesa por quinze dias, porém, sabor algum encontrei em seu manjares. Uma mulher jovem, pálida e triste, sentava-se junto de mim e, carinhosamente, perguntava-me: "Padre Germano, o que quereis? Que doce, que fruta vos agrada mais?" E, pelo prestígio que possui a religião, quatro crianças me diziam: "Pedi, Padre, pedi". E um homem simplório, dócil instrumento de seu confessor, repetia-me: "Eu vos disse, Padre, encarrego-vos a direção de minha família". Um dia, eu lhe disse:

– Fazeis muito mal; o homem que está em seu perfeito juízo não deve abdicar de seus direitos para homem algum.

– Sois um sacerdote – disse-me ele –, e, aos ungidos do Senhor, pertence a direção espiritual da família.

– E para que estais vós no mundo? – repliquei. – Acaso não é bastante pai para guiar seus filhos, e marido para aconselhar sua mulher? Que melhor confessor pode ter a mulher que seu esposo? Quem compreenderá melhor seus filhos que seu pai? Que pensais que é um sacerdote? É um homem como os demais e crede-me: não o associeis a vossa família, pois que o sacerdote é um ramo seco que, se o enxertásseis numa árvore sã, absorveria sua seiva.

A pálida mulher me olhou fixamente; depois, mirou seu esposo e sua fronte se enrubesceu. E continuei dizendo:

– Se quereis, serei o mestre de vossos filhos, porém, sem viver em vossa casa, minha permanência em vossa morada não me convém, portanto, não quero a chefia da família, porque não quero afetos que não me pertencem, sendo simples preceptor de vossos filhos, minha estada aqui se parece muito com a servidão e eu não vim ao mundo para servir aos ricos, vim para servir aos pobres e me deixai livre como as pombas do céu, deixai-me correr pela Terra buscando os infortunados que, por eles, pedi a Deus ser sacerdote.

– Sois um mal-agradecido – disse-me o magnata, com enfurecido acento.

– Sou um homem que não quer gozos que lhe estão vetados, pois, aqui, viveria exclusivamente para mim, e o verdadeiro sacerdote deve viver para os demais.

Naquela mesma noite, abandonei o palácio e, ao cruzar uma de suas galerias, a pálida mulher saiu ao meu encontro, chorando silenciosamente, e me disse:

– Padre Germano, não partais sem ouvir minha confissão.

– Confessai com o vosso esposo, senhora.

– Ele não me entende.

– Contai, então, as vossas aflições aos vossos filhos.

– Pobres anjos! São tão pequenos!

– Contai-as, pois, a Deus, senhora, e me crede: amai a Deus sobre todas as coisas e rendei-lhe culto, cumprindo fielmente os vossos deveres como mãe e como esposa.

A pobre jovem sufocou um gemido, o que me causou pena, porque é uma alma muito enferma. A infeliz vive sozinha, seu esposo não a compreende e nem a quer, por isso, fugi dela, porque sei que tem sede de amor e de felicidade e os que têm fome de carinho não convém que se relacionem com os que estão sedentos e famintos de ternura.

Quando me encontrei na rua, seguido de meu fiel Sultão, respirei livremente, vendo-me em meu meio, no seio da pobreza, ou, melhor dizendo, da miséria, pois meu protetor, como vingança de minha rebelião (como ele dizia), disse-me:

– Bom! Ireis, porém sem levar dinheiro algum. Os rebeldes não são dignos do pão de cada dia.

– Muitos são os seres que não têm mais patrimônio que a Providência e esta, tendo-lhe compreendido, não desampara a nenhum de seus filhos.

Saí satisfeito de um lugar onde me prendiam triplos laços e, tranquilo e sereno, dirigi-me ao campo para falar com Deus; a lua acompanhava-me; reclinei-me em uma ribanceira, caindo em meus pensamentos.

Longo tempo fiquei meditando e, como minha consciência me dizia "fizestes bem", um benéfico sono cerrou as minhas pálpebras; e quando despertei, a pálida luz da aurora coloria o horizonte de rosa, e, antes de coordenar as minhas ideias, pareceu-me ouvir gemidos sufocados. Levantei-me e vi um grupo de pessoas junto a uma miserável barraca, então, acerquei-me e vi que uns eram mendigos, e outros, aldeões, que escutavam atentamente os gritos que uma mulher lançava na choça, precipitei-me para dentro dela e vi um quadro dilacerador: uma jovem mulher, esfarrapada, com o sinal da morte no rosto, estava deitada em um monte de palha, sofrendo agudas dores de um penoso parto.

Uma velha estava sentada aos seus pés. Tomei uma das mãos da enferma entre as minhas e a mendiga, ao ver-me, assombrou-se. Mirei-a com profunda pena, porque me lembrei de minha mãe, que nunca havia visto, e pensei: "Quem sabe se eu também entrei no mundo sob tão tristes auspícios!..."

Um grito feriu meus ouvidos, quando uma criança chorou, lamentando, sem dúvida, haver nascido; a anciã envolveu-a entre os seus trapos, e a mãe me olhou com o profundo olhar dos moribundos, no qual se lê toda uma história e, depois de alguns momentos, articulou penosamente esta palavra: "Padre!"

– Pai serei para teu filho – disse-lhe; morre tranquila; o verdadeiro sacerdote é o pai dos infelizes; como te chamas?

– Magdalena.

– Levas o nome de uma pecadora e que o teu arrependimento seja sincero como o da mulher que adorou Jesus.

Apanhando a criança, recostei-a contra meu peito, e o semblante da agonizante se iluminou com um sorriso divino.

– Crês em Deus? – perguntei-lhe.

– Ele vos envia – respondeu-me.

Envolvendo-me com um amoroso olhar, estendeu a sua destra em direção ao seu filho, como se quisesse abençoá-lo, e expirou.

O último olhar daquela mulher não esquecerei jamais.

Memórias do Padre Germano   159

Saí da choça, e as mulheres me rodearam, tomando-me a criança, todas queriam criá-la. Fixei-me em um homem jovem que nada dizia, mas que por suas bronzeadas faces corriam lágrimas silenciosamente.

– Tens família? – perguntei-lhe.

– Sim, senhor! Tenho esposa e dois filhos.

– Queres, por agora, ter mais um filho, e, eu, passada sua lactância, recolherei-o?

– Bendito sejais, senhor. Esses eram meus desejos, e minha mulher fica feliz em fazer o bem.

Duas horas depois, deixei o recém-nascido nos braços de sua nova família. Quando vi que aquele inocente estava amparado, que seres carinhosos se despertavam para acariciá-lo, senti uma emoção agradabilíssima, encontrando-me muito feliz, apesar de não possuir nem dois soldos, e disse para mim mesmo: "Graças, Senhor! A vida do sacerdote não é triste enquanto puder praticar a caridade."

Como passa o tempo! Já tenho trinta anos! Quantas peripécias em cinco invernos! De quantas calúnias tenho sido vítima e quantas dores tenho sofrido na expatriação! Porém, minhas mágoas se acalmavam quando olhava meu pequeno Andrés. Pobre criança! Quando fala de sua mãe, chora, e Sultão, quando o vê chorar, distrai-o com as suas carícias. Como se entendem bem as crianças e os cães.

Hoje, encontro-me muito comovido. O magnata que queria me confiar a educação de seus filhos morreu, deixando-me tutor e curador deles, encarregando-me, principalmente, de que velasse por sua jovem esposa e, como o melhor modo de os homens velarem pelas mulheres é não tratar com elas, nunca falei a sós com ela, muito mais sabendo que a ela devia minha volta à pátria e ela falou com o rei, pondo em jogo suas grandes relações e conseguiu que seu próprio esposo falasse sobre a minha lealdade. A tantos favores eu devia corresponder, afastando-me o quanto me era possível dela, não permitindo nunca que nos víssemos sozinhos, mas sempre acompanhados de seus filhos. Pobre alma! Como tem vivido sozinha! Ontem, chamou-me e, como o coração nunca se engana, cuidei para que a nossa conversa não tivesse nenhuma testemunha, pois que, para o condenado à morte, concede-se-lhe tudo o que deseja no último dia de sua existência; por isso, concedi àquela mártir falar a sós comigo.

Quando me viu, sorriu tristemente, dizendo-me com voz débil:

– Padre Germano, vou-me.

– Já o sei.

– Vou-me sem haver vivido...

– Estais errada! Vive todo aquele que cumpre com o seu dever, e vós o haveis cumprido como mãe e como esposa.

– Não, Padre, não, guardo um segredo e é necessário que vô-lo diga.

– Falai, escuto-vos.

– Tenho amado um homem mais que a minha vida, todavia.. esse homem... não é o pai de meus filhos.

– E esse amor tem sido correspondido?

– Não; tem estado encerrado em meu peito como a pérola em sua concha.

– Melhor para vós, porque o amor que não transpassa os limites do silêncio, como é um sacrifício, purifica o espírito.

– E crede que não tenho sido culpada?

– Culpado é todo aquele que busca, fora de seu lar, o belo ideal de sua alma.

– Então, Deus não me perdoará?

– Deixaríeis de perdoar os vossos filhos?

– Graças, Padre Germano.

E a enferma me olhou com um desses olhares que encerram todo um poema de amor.

– Se compreendeis que vais partir – disse-lhe gravemente – que encargos tendes para pedir-me?

– Que sejais um pai para os meus filhos. Pobrezinhos! Quão sozinhos ficarão!... E eu também queria... que...

E sua fronte pálida se corou, então, cerrou os olhos e soltou um gemido.

– Que quereis? Falai. Já não pertenceis a este mundo, vosso espírito se desenlaça de sua envoltura e sua expiação, felizmente, está cumprida.

MEMÓRIAS DO PADRE GERMANO

161

– Queria – disse a enferma – que dissésseis a esse homem, quanto... quanto o tenho amado para que, por gratidão, rogue por mim! Acercai-vos; direi seu nome em vosso ouvido.

Olhei-a fixamente, com um desses olhares que são uma verdadeira revelação, e lhe disse em tom compassivo:

– Não é necessário que pronuncieis esse nome, há seis anos o vi escrito em vossos olhos, por isso, abandonei o vosso palácio e, por isso, afastei-me de vós para que, ao menos, se pecáveis em pensamento, que não pecásseis em obra, porém, como o cumprimento de meu dever não me obriga a ser ingrato, tenho agradecido o vosso carinho e me alegro que deixeis vossa envoltura, porque, assim, deixareis de padecer. Amai-me em espírito, ajudai-me com o vosso amor a suportar as misérias e as provas da vida. E, agora, adeus; até logo; vou chamar os vossos filhos, porque vossos últimos olhares devem ser exclusivamente para eles.

A agonizante se incorporou com uma força fictícia, estendeu-me sua mão gelada, que, por um segundo, descansou entre as minhas, então, chamei seus filhos e, meia hora depois, quatro órfãos me abraçavam chorando... Eu também chorei; também ficava órfão como eles.

Agora, venho do cemitério e tenho desejos de chorar, de chorar muito; impressionou-me tristemente a visão de seu cadáver. Naquela cabeça inerte, ontem, corriam ideias; ontem, havia um pensamento e esse pensamento estava fixo em mim.

Não é ela a mulher de meus sonhos; a mulher de meus sonhos ainda não encontrei; é uma criança pálida cuja fronte está coroada por caracóis negros, porém, a alma agradece o afeto que inspira a outro ser e sempre tenho agradecido profundamente o amor deste Espírito. Porque agradecia, fugi de seu lado, pois não pode existir sedução diante do sagrado cumprimento do dever.

Inspira-me, Senhor! Dá-me força de vontade para seguir pela senda da virtude. Nas tentações da vida, não quero cair; não quero ceder ao influxo de nenhuma paixão; não quero ser um escravo; quero, pelo contrário, que as paixões obedeçam à minha vontade. O sacerdote de minha religião não pode viver para si; tem que viver para os outros; tem que ser um instrumento da caridade. Há muitos falsos sacerdotes, há muitos ministros de Deus que profanam o seu credo religioso, e eu não quero profaná-lo; quero praticar dignamente o meu verdadeiro sacerdócio.

CLOTILDE

PARECE-ME UM SONHO, PORÉM, um sonho horrível!... Minha mão treme, convulsivamente; minhas têmporas latejam com violência; meus olhos se anuviam pelo pranto; e choro, sim; choro como uma criança, choro como se houvesse perdido todas as ilusões de minha vida, mas considerando bem, na verdade, que me resta delas? Nada!... Eu também tive meus sonhos; eu, quando me consagrei ao Senhor, acreditei firmemente que, cumprindo sua santa lei, seria grato a meus superiores, que me amariam e me protegeriam, impulsionando-me ao bem. Cria, eu, então, na religião, e as religiões formavam um só corpo; para mim, a religião era tronco da árvore do progresso e, as religiões, os ramos frondosos em cuja sombra podia descansar, tranquila, a Humanidade, porém, ainda não fazia um mês que havia pronunciado os meus votos e já me havia convencido de meu erro; a religião é a vida, porém, as religiões produzem a morte. Sim, a morte; e já não há remédio; tenho que morrer envolto em meus hábitos; este traje é meu sudário; verdadeiramente, veste um corpo morto; eu não posso viver neste mundo; asfixiome entre tanta iniquidade. Senhor, Senhor!... Que horrível é a vida deste planeta! Tremo cada vez que um infeliz vem me pedir que lhe escute, em confissão; quisera não saber nada; quisera até fugir de mim mesmo, porque minha sombra me causa medo.

Perdoa-me, Senhor; deliro, porque estou louco de dor. Minha loucura aumenta quando rechaço meu progresso! Sofro tanto, e o homem é tão débil que eu creio, grande Deus, que é perdoável o meu abatimento.

Tenho, diante de mim, um trabalho imenso, superior, em muito, às minhas enfraquecidas forças. Como poderei vencer? Impossível!... Mas, não; não há nada impossível ante a firme vontade do homem. Neste momento, sinto que corre por minhas veias uma corrente de fogo; minha cabeça arde, mil ideias luminosas acodem à minha mente e vejo minha

MEMÓRIAS DO PADRE GERMANO   163

figura crescer e agigantar-se; contemplo-me grande e potente e escuto
que alguém me diz: vencerás; e meu coração responde: vencerei.

Esta manhã, uma mulher de meia-idade se acercou de mim na
Igreja e me disse:

– Padre, tenho que vos falar, sem perda de tempo.

– Começai – repliquei.

– Aqui, não – contestou a mulher, com espanto. – Vamos mais
longe.

Saímos da Igreja e andamos longo trecho até que ela se deteve e,
deixando-se cair sobre uma pedra, cobriu o rosto com as mãos e chorou,
amargamente, dizendo com entrecortada voz:

– Minha filha! Minha pobre filha!

– O que vos sucede? – perguntei-lhe.

– Devo estar louca, mas não sei o que se passa comigo e, se não me
amparardes, meu mal não terá cura.

E a mulher chorava com verdadeiro desespero. Apoiei a minha
destra sobre sua fronte, dizendo-lhe com voz imperativa:

– Acalmai esse vosso pranto; com soluços, não se salva ninguém,
mas com explicações e raciocínios, sim.

Sentei-me ao seu lado e lhe disse:

– Falai! Falai, firmemente convencida de que, se o remédio está
em minhas mãos, vossa agonia cessará.

– Eu o sei, Padre, o sei e por isso, vim. Vós não vos recordais de
mim, por conseguinte, não me conheceis.

– Não, mas que importa? Todos os infelizes são meus filhos e, se
vós sofreis, já sois de minha família.

– Eu o sei, Padre, o sei, conheço-vos há mais de vinte anos. Sou a
ama de leite de Clotilde, a filha dos duques de San Lázaro. Batizastes essa
criança, a quem amo mais que a minha vida.

E a mulher começou a soluçar de novo.

– Fazeis bem em amá-la; é um anjo.

E tive medo de prosseguir perguntando, porque pressentia algo
horrível. A mulher continuou, dizendo:

– Clotilde não devia ter nascido filha de tais pais. Já sabeis que o duque de San Lázaro é capaz de tudo. Ultimamente, era o chefe de uma conspiração que fracassou, porque Clotilde, indignada em ver as perversas intenções de seu pai, mas sem delatar o progenitor e nem a nenhum de seus cúmplices, avisou o rei para que ficasse atento, porque alguns descontentes queriam atentar contra a sua vida. Então, o rei mandou prender alguns revoltosos, porém, não suspeitou do duque de San Lázaro, por ser, este, o mais matreiro de todos. Clotilde me contava tudo isso, porque tenho sido sempre a sua confidente e porque sua mãe é tão infame como seu pai. Este, que já teve grandes contendas com a sua filha, suspeitou ter sido ela quem avisou o rei, e, uma noite (nem quero me lembrar), entrou no oratório, onde rezávamos, e apanhou sua filha pelo braço, sacudindo-a brutalmente, dizendo-lhe: "Já sei que foste tu quem revelou tudo ao rei."
– "Fui eu, sim – disse a menina –, porque o amo demais, meu pai, e não posso tolerar que seja um assassino". Ao ouvir essas palavras o duque ficou cego de revolta e, não fosse por mim, matava, naquela noite, a minha amada Clotilde, porém, de nada me serviu salvá-la se a perdi depois, pois, passados alguns dias, seus pais a levaram consigo e voltaram sem ela. Caí aos pés da duquesa, perguntando-lhe pela menina de minhas entranhas, e o duque disse: "Podes agradecer a Deus por não teres tido a mesma sorte, pois és tão culpada quanto ela. Minha filha saberá quem é seu pai e que não se frustram os meus planos impunemente, os penitentes negros a ensinarão a obediência que deve ter às minhas ordens." Não sei por que, fiquei muda, nada contestei e, maquinalmente, fui ao meu quarto, peguei todo o meu dinheiro, lembrei-me de meu confessor, recordando-me de vós e disse: "Aquele é bom", e, saindo do palácio, tomei o caminho e aqui me tendes para suplicar-vos, em nome do que mais amais neste mundo, que averigueis onde está minha Clotilde. Uns dizem que sois bruxo, outros que sois um santo; eu creio que sois bom e que não deixareis morrer uma pobre menina; recordai-vos de que a batizastes; é um anjo! Se soubésseis... é tão boa!... E a infeliz chorava de tal modo, que me fazia estremecer.

Tão comovido fiquei, que não a contestei; apoiei minha cabeça em minhas mãos e me concentrei em profunda meditação; não sei por quanto tempo permaneci naquele estado. Por fim, despertei, banhado em suor; olhei em torno e vi a pobre mulher que me olhava com ansiedade, dizendo-me:

– Padre! Que tendes? Ficastes pálido como um defunto. Estais enfermo?

MEMÓRIAS DO PADRE GERMANO

– Sim, estou enfermo, porém, da alma; mas não vos aflijais; tranquilizai-vos que, ou perderei meu nome, ou Clotilde voltará aos vossos braços.

Prontamente, levantei-me, sentindo-me forte; experimentei essa estranha sensação que experimento sempre que tenho que entrar em luta. Vi, diante de mim, sombras aterradoras e exclamei: "Já sei quem sois, conheço-vos, sois as vítimas dos penitentes negros e já sei como morrestes. Vós me ajudareis, não é verdade? Aquela pobre menina vos dará compaixão... É tão jovem!... Ainda não viu o orvalho de vinte invernos e já geme num escuro calabouço, ajudai-me, ajudar-me-ão, não é verdade?" E as sombras se inclinaram em sinal de assentimento. "Padre – disse a pobre mulher –, que estais dizendo? Falais não sei com quem e eu não vejo ninguém." Aquelas simples palavras me fizeram voltar à vida real; deixei-me cair sobre a pedra e me pus a refletir, porque se existe o impossível é, sem dúvida alguma, arrebatar uma vítima dos penitentes negros, associação poderosíssima, apoiada pelos soberanos, terrível em suas sentenças, misteriosa em seus procedimentos e seus agentes estão em toda a parte. Ai do coitado que cai em suas garras! Mais de uma vez nos vimos, frente a frente, eu e seus chefes primeiros; disse-lhes no que cria e que ninguém lhes havia dito, ainda e, na última vez que me entendi com eles, disseram-me: "Se tiverdes, outra vez, a ousadia de sair de vossa aldeia para espiar nossas ações, tendes a certeza de que será a última; não fareis mais excursões e não esqueçais que os penitentes negros cumprem o que prometem."

Que fazer? Que fazer? Lutar e, na luta, morrer ou vencer. Voltando-me para a infeliz mulher, que chorava em silêncio, disse-lhe: "Não choreis; confiai em Deus; confiai em sua justa lei; o que falta, neste mundo, são homens de vontade; vós a tendes, eu também; trabalhemos para o bem da Humanidade. Hoje, refletirei e amanhã começaremos a trabalhar."

E aqui me tens, Senhor: a ama de leite de Clotilde já está na casa de Maria, onde deve permanecer esperando pelos acontecimentos, e eu, a sós contigo, manuscrito querido, perco-me em um mar de confusões.

Quanta iniquidade, Senhor!... Quanta iniquidade! Essa comunidade religiosa, esses penitentes negros que a maioria das pessoas vê como humildes servos do Senhor, porque acodem os enfermos, ajudam os simples lavradores em seus rudes trabalhos, assim como ao grande político em seus negócios de Estado e aos seus capitães em estratégicas operações; esses homens, que parecem os enviados da Providência, são os verdugos invisíveis da Humanidade. Onde a ambição decreta a morte de um rei, eles dirigem o braço do assassino; onde se combina uma vingança de família, eles estimulam a teia da discórdia até que conseguem a consumação do fato; onde há ouro, para ali acodem a fim de explorar a mina de credulidade e, enquanto uns obrigam os moribundos a firmar carta de doação de grande fortuna em favor da Ordem, outros enterram os pobres mortos e eles mesmos cavam a sua sepultura, dizendo que, assim, praticam a fraternidade universal!...

Quanta hipocrisia!... Quanta falsidade! Isto os faz invencíveis e não há ninguém que possa crer que os penitentes negros são exploradores, que são os mais egoístas dos religiosos. Como fazer o povo compreender suas fraudes se este os vê em toda parte e acorre até eles para que lhes enterrem os mortos ou o ajudem a lavrar suas terras? Impossível! E, sem dúvida, é verdade. E o pior de tudo é que, para lutar contra eles, não se pode combater frente a frente e isto é o que mais me aborrece: para fazer um bem, terei que trabalhar cautelosamente; terei que urdir minha trama na sombra, quando sou tão amante da luz.

Pobre menina! Pobre Clotilde! Quem diria que quando te trouxeram até mim para que te batizasse, quando, por anos sucessivos, entravas na igreja e te arrojavas em meu colo, dizendo: "Padre, minha mãe me disse que não me quer, porque sou má; fala que sou boa para que me queira..." Pobre menina! Ainda a vejo, branca, ruiva e delicada, formosa como a primeira ilusão, sorridente com a felicidade; e, hoje, estará em um sombrio e hediondo calabouço! Conheço muito o duque de San Lázaro, é um dócil instrumento dos penitentes negros, eles lhe terão dito: "Dá-nos tua filha, que merece um exemplar castigo por sua delação." Ele, ébrio de ira, entregou Clotilde, sem saber que firmou a sua sentença de morte, porque vejo claramente o plano da Ordem; conheço, também, os penitentes!... Farão com que o rei aplique um castigo em toda a família do nobre rebelde e apoderar-se-ão da grande fortuna de Clotilde. Dizendo que são os tutores da órfã, a farão firmar uma doação... e, depois... pobre menina!... Que horror! E ainda duvido? Ainda tremo?... Ainda não pedi ao Senhor que me inspire para evitar um novo crime? Perdoa-me, grande Deus! Porém, Tu me vês; meu corpo decai, vigoriza-o, que necessito. Adeus, manuscrito querido! Passarão alguns dias até que eu possa te comunicar minhas impressões. Adeus, tranquila aldeia! Tu guardas a sepultura da menina dos caracóis negros! Senhor! Concedei-me ainda ver este lugar e deixa que o meu corpo se desfaça à

MEMÓRIAS DO PADRE GERMANO   167

sombra dos salgueiros que se inclinam sobre esse túmulo que encerra
toda a felicidade de minha vida!

Três meses se passaram... Que dias tão horríveis! Quanto tive que
lutar! Parece mentira quando lembro tudo o que consegui! Graças, Senhor! Quão bom és para mim! Quantos obstáculos me vences! Não fosse
por Teu poder, eu não poderia vencer. Tu permites que alguns seres não se
esqueçam dos benefícios que lhes fiz um dia, e, como a gratidão em ação
é o primeiro motor do Universo, pude obter, auxiliado por um homem
agradecido, o que cem reis, com os seus exércitos, não teriam podido
alcançar.

Um nobre, um magnata poderoso, deveu-me, há muitos anos, a
vida e, mais que a vida, a honra e a consideração social, o que me valeu
profundos desgostos produzidos por infamantes calúnias e a tudo supor-
tei para que ele ficasse livre; companheiro de minha infância, queria-o
com toda minha alma e lhe dei provas de minha amizade quando tive a
ocasião propícia. Afortunadamente, ele não foi ingrato, acaba de mostrar-
me. Cheguei à Corte sem saber a quem dirigir-me, porque os penitentes
negros, em toda parte, têm espiões e familiares; parecem-se com o vento;
não há lugar onde eles não penetrem; lembrei-me de César e fui vê-lo;
recebeu-me com os braços abertos; contei-lhe a triste causa que me obri-
gava a pedir-lhe auxílio, e, ele, não conseguiu ocultar seu triste assombro,
dizendo-me: "Pedes pouco menos que o impossível e, sobretudo, pedes
tua sentença de morte e a minha, porém... tenho uma grande dívida contraída contigo e justo é que eu a pague; é por isso que, há muitos anos,
se vivo, é por ti e se morrer agora, sempre estarei lhe devendo mais de
vinte anos de vida". E, durante dois meses, César e eu temos trabalhado,
desesperadamente, colocando em polvorosa o orbe inteiro até conseguir
descobrir onde Clotilde estava encerrada. Tudo se passou como eu imaginava; os duques de San Lázaro e seu filho foram mortos no cadafalso
como castigo de traidores, e só não aconteceu o mesmo a Clotilde, porque
o general da Ordem dos penitentes negros pediu clemência para ela, o
que o rei concedeu por consideração ao demandante.

Quanta iniquidade! Isto é horrível! O assassino pediu clemência
para a sua vítima... Quanto tenho sofrido, Senhor, quanto tenho sofrido!
Porém, César me dizia: "Tem paciência; se nos impacientarmos, perdere-
mos tudo; desengana-te; vence-nos o número; essa associação é como a
hidra da fábula, pois que de nada adianta lhe cortar uma cabeça se outras

renascem com assombrosa multiplicação; o que necessitamos, é de muito ouro; de outra maneira, nada conseguiremos." Eu, pobre de mim, não tinha ouro, porém, Rodolfo o tinha e, graças aos céus, havia entrado no bom caminho e pôs à disposição de César seus grandes tesouros; e, ao fim de uma noite, pudemos penetrar, César, vinte homens armados e eu, em uma sombria fortaleza; cada homem havia exigido uma fortuna para a sua família, porque entrar em uma das prisões dos penitentes negros é arriscar a cabeça com todas as probabilidades de perdê-la.

Depois de percorrer vários subterrâneos, embaixo do depósito d'água, um lugar lodoso por causa das contínuas infiltrações, distinguimos um pequeno vulto contra a parede, inclinamo-nos e me custou reconhecer Clotilde, naquele esqueleto de mulher. César foi o primeiro a reconhecê-la. Peguei uma de suas mãos, e lhe disse: "Clotilde, minha filha, vem, que a tua babá te espera!" A infeliz me olhou com espanto, mirou meu traje e, ao ver meu hábito negro, rechaçou-me com as poucas forças que lhe restavam, dizendo: "Acaba de matar-me, porém, não conseguirás que eu me vá contigo, monstro execrável! Odeio-te, odeio-te com todo o meu coração! Queres me atormentar como na outra noite? Queres que eu morra, novamente, de vergonha e dor? Odeio-te! Entendes? Odeio-te! Maldito sejas!" E a infeliz chorava e ria ao mesmo tempo, sem ser possível convencê-la.

César lhe falava, ela escutava por um momento, porém, logo, olhava-me e lhe dizia: "Mentes; se não mentisses, não virias com esse homem de negro." E, à força, afogando seus gritos e temendo, a cada momento, que seus gemidos acusassem a nossa presença ali, saímos da prisão, deslizando como sombras pelo bosque até adentrar no vale, onde nos esperavam briosos cavalos que, a galope, conduziram-nos à casa de um guarda florestal, fiel servidor de César. Ali colocamos Clotilde sobre um leito, deixando-a aos cuidados da esposa do guarda, que a fez voltar a si, pois que a infeliz, dominada pelo terror, emudeceu e, se não perdeu os sentidos, ficou sem movimento. César e eu estávamos em um cômodo contíguo, escutando, atentamente, o que se passava no quarto de Clotilde. Por fim, a ouvimos soluçar; depois, falou; e, por último, pediu para ver seus libertadores; entramos em seu aposento, e a pobre menina, ao ver-me, uniu as mãos, dizendo: "Perdão, eu estava louca, perdoai-me!".

Infeliz criatura! Parece incrível que um corpo tão frágil como o seu, haja podido resistir a tantos tormentos. Suas revelações foram horríveis, e a pena cai de minhas mãos por não ter coragem de relatá-las.

Ficamos naquele retiro por alguns dias para que Clotilde se re-

MEMÓRIAS DO PADRE GERMANO

animasse um pouco; depois, disfarçou-se de aldeã e empreendemos o caminho de volta até minha aldeia. Chegamos propositadamente à meianoite. Rodolfo, avisado de antemão, esperava-nos na estrada de seu castelo, acompanhado de Maria e da ama de Clotilde, que, ao vê-la, chegou ao delírio, tal a alegria, e até acreditei que enlouquecia. Clotilde, por sua vez, reclinou-se em seus braços, deixando-se conduzir até o interior do palácio. Mais tranquilos e convencidos de que nada de mal poderia acontecerlhes, separamo-nos das três mulheres; César e eu dissemos a Rodolfo:

– Rodolfo, graças aos céus, antes de morrer, começo a ver a tua regeneração. Não fosse por teu generoso desprendimento, Clotilde morreria na mais horrível agonia, mas, hoje, já está livre, porém, de que maneira? como ave sem ninho. Em minha casa, não pode ficar, porque os penitentes negros não me perdoarão o que lhes fiz. César vive na Corte e não pode tê-la ao seu lado; o único que pode cuidar dela és tu; eu a entrego; tua consciência fala de sua segurança em todos os sentidos.

– Juro-vos que lhe servirei de pai – disse Rodolfo, solenemente –, e ficareis contente comigo. Clotilde e a sua ama ficam sob o meu amparo, e como sua fortuna está em poder dos penitentes e seria loucura reclamar, creio que sobre este assunto o melhor a fazer é esquecê-lo, então, adotarei a órfã. Estais contente?

Minha resposta foi estreitá-lo contra meu coração, via realizado o meu sonho e, naqueles momentos, fui feliz.

Com que prazer contemplo Clotilde reclinada no ombro de sua ama! Pobre menina! Quando me lembro como a encontrei... e a vejo, agora, amparada por um homem poderoso que me diz: "Padre, que bom é ser bom! Já não escuto aquela maldita gargalhada e já não vejo a montanha com o caminho de ervas secas. Clotilde trouxe paz ao meu lar, minha esposa a quer, a ponto de velar o seu sono e tudo sorri ao meu redor!"

Quando escuto essas palavras, minha alma também sorri e sou o homem mais feliz da Terra, porém, turvam minha alegria, as negras nuvens que vejo se amontoar ao longe. O general dos penitentes, estou seguro, virá me ver: não tardará, não. As batidas de meu coração anunciam a sua chegada, sinto o ruído, alguém chega, vejamos quem é.

Volto a ti, manuscrito querido, depois de haver tido uma entrevista com quem já esperava: o general da Ordem dos penitentes, acompanhado de vinte comparsas, entrou em minha pobre Igreja, e Miguel, tremendo como se já me visse prisioneiro, atirou-se em meus braços, dizendo: "Fugi!"

"Fugir? – respondi-lhe – Estás louco; os criminosos é que fogem." E fui ao encontro de meu inimigo. Olhamo-nos e nos entendemos e, sem dizermos uma palavra, subimos ao meu aposento. Indiquei-lhe um assento, tomei o meu em minha poltrona, e lhe disse: "O que queres? Por que deixaste teu palácio para vir até aqui?" O general me olhou de soslaio, dizendo-me, com voz irritada:

– Já faz tempo que nos conhecemos e é inútil dissimular, pois somente tu, neste mundo, teria a ousadia de entrar nos santuários dos penitentes. Onde está Clotilde? Não sabes que essa infeliz devia ser castigada severamente por seus crimes e devia, logo, consagrar-se a Deus?

– E que crime cometeu essa menina?

– Delatou seu pai.

– Mentes, não foi ela quem o delatou. Lembraste, muito oportunamente, que já faz tempo que nos conhecemos e, por conseguinte, é inútil dissimulação entre nós. Ela deu o aviso, e o rei ordenou que se fizessem algumas prisões, porém, sobre o duque de San Lázaro, não recaiu a menor suspeita. Como, se era seu favorito? Mas a Ordem dos penitentes queria possuir a imensa fortuna do duque, e tu, tu foste o que o delatou ao rei, aconselhando-o que, para castigo dos traidores, matasse os três indivíduos da família rebelde, deixando Clotilde como refém, para que legalizasse a doação de sua herança, e depois... coroa-se a obra, desonrando a sua vítima... que, por último, morre... porque os mortos não falam.

– Nem tu falarás, tampouco, miserável! – disse o general, pegando-me pelo pescoço. Porém, com uma força hercúlea, não minha, peguei-o pelos ombros e o fiz se sentar, ficando de pé à sua frente e olhando-o tão fixamente, que teve que cerrar os olhos, murmurando: – Sempre o mesmo! Sempre exercerás, sobre mim, um poder misterioso!

– Não há mistério nisso, domino-te porque a luz domina a sombra, porque ainda que caminhes vestido de púrpura, arrastas-te pela terra como os répteis; tens ouro, muito ouro, porém és imensamente infeliz. Eu, por outro lado, sou muito pobre, porém, tenho a profunda convicção de que muitos homens chorarão quando encherem minha sepultura de terra. Recordas-te? Desde crianças nos conhecemos e, juntos, empreendemos a carreira do sacerdócio; tu quiseste o poder e o crime; eu, a miséria e o cumprimento do meu dever; e, como a verdade não tem mais que um caminho, hoje poderás ser dono do mundo, porém, não és dono de ti mesmo; tua consciência te acusa; tu sabes que os mortos vivem. E é verdade que tens horas horríveis? É certo que miras, com espanto, o além

MEMÓRIAS DO PADRE GERMANO

da tumba? Tu e eu temos dupla visão, bem o sabes. Tu, como eu, verás, neste momento, sombras ameaçadoras que, apontando-te com a destra, acusam-te: "Assassino!..."

O general estremeceu, convulsivamente, e cerrou os olhos.

– Inútil precaução – continuei dizendo. – Que importa que cerres os olhos do corpo se te sobram os olhos da alma? Ao invés de vires me pedir contas, perguntando-me o que é feito de Clotilde, devias bendizer a Deus porque não te deixei consumar um novo crime. Fartas vítimas tem essa associação maldita que, para descrédito da verdadeira religião, sustém a ignorância dos povos, porém... cairás, e não como as folhas secas do outono que, na primavera, voltam a renascer, não; não, cairás como a árvore centenária que o lenhador corta; tuas profundas raízes serão arrancadas do seio da terra, serão queimadas, as cinzas se espalharão ao vento e nada restará de ti nem na superfície, nem nas profundezas da terra.

– Cala-te, cala-te! – disse o general. – Têm razão os que dizem que és bruxo, e que Satanás possui um trato contigo; eu creio nisso.

– Mentes como um velhaco; bem sabes, tu, que Satanás não existe; o que existe é o eterno relacionamento entre os vivos e os mortos e bem sabes que o homem nunca morre.

– Quem sabe! – murmurou o general.

– Ímpio!... Serás capaz de negar a Deus?

– E se Deus existe, por que permite tantos horrores?

– Ele não o permite, no pobre sentido que se tem dado a essa palavra, Ele cria o homem e o deixa dono de si mesmo: o progresso é a lei eterna e os Espíritos progredirão quando a experiência ensinar-lhes que o mal é a sombra e o bem é a luz.

– E crês, firmemente, que existe o mais além? – perguntou-me o general em voz apenas perceptível.

– Se creio? Infeliz! Como pudeste duvidar por um só segundo? Não te lembras quando, juntos, víamos aqueles quadros tão horríveis e escutávamos aquelas vozes longínquas?

– E se tudo isso tivesse sido uma alucinação?

– Pode-se ter uma alucinação uma vez, mas não toda a vida e estou firmemente convencido de que os mortos se relacionam com os vivos. A que se deve o começo de todas as religiões? Às revelações das almas. Que são os grandes sacerdotes? Que são os profetas? Que são os Messias senão intermediários entre os Espíritos e os homens?

– Tens falado os Espíritos, não Deus; logo, por pouco, dirás que Deus não existe.

E o general sorriu com amarga ironia.

– Falo em intermediários entre os Espíritos e os homens porque não personalizo Deus; não creio que Deus, a alma dos mundos, possa ter a forma que a ignorância há querido dar-Lhe; vejo Deus na Criação, sinto-O em minha consciência, adivinho-O em minha aspiração a um mais além, vivo Nele, e Ele vive em mim, porém, não me fala, mas é como o Sol; me dá Sua luz, me dá Seu calor, me dá Sua vida; deste modo compreendo Deus.

– Quer dizer que não tens a menor dúvida de que, depois da sepultura, existe algo?

– É isso. Sabes o que é a vida, essa emanação da suprema sabedoria? Querias encerrá-la nos estreitos moldes de uma existência cheia de crimes!... Crês que se possa nascer somente uma vez para viver como vives e como vivem milhões de seres entregues aos desenfreio de todos os vícios? Impossível; uma só existência seria a negação de Deus. Renascer é viver, porque renascer é progredir; e renasceremos. Crês que a Terra será sempre uma mansão de horrores?

Não; a Humanidade se sucederá como se sucedem as ondas, e chegará o dia em que a religião VERDADE fará desaparecer todas as religiões impostoras.

Nós assistiremos a essa renovação, nós veremos amontoadas as pedras dos altares, e os ídolos, rotos, recordarão-nos o que somos hoje, quer dizer, o que és. Tenho me antecipado a esse renascimento; levo alguns séculos de adiantamento; sou um dos sentinelas de vanguarda e não creias que, por isso, tenha-me por sábio, nem por virtuoso, não, porém, tenho chorado muito; tu o sabes, desde meninos nos conhecemos, que tenho visto tal desequilíbrio em minha vida, que não tenho podido deixar de pensar e dizer: "Eu não nasci agora; venho de muito longe e quero ir mais além", por isso, em tudo o que posso, implanto, na Terra, a religião da Verdade e, então, digo-te: "Penitentes negros! Afundaste-vos nos caos; quereis ouro, quereis poder, quereis ser os donos do mundo, porém, não podeis deter o passo da morte e, quando vosso corpo tombar na sepultura, que sobrará de vós? Uma memória maldita! Nada mais. Quanto me compadeço de vós, pobres cegos! Podíeis fazer tanto bem! Sois tão poderosos!

MEMÓRIAS DO PADRE GERMANO

Manejais os monarcas ao vosso capricho; as minas de ouro vos oferecem suas fontes; muito se vos há dado mas, apesar de tudo, sereis, por muito tempo, os mendigos dos séculos.

– Não o serei eu – exclamou o general, pondo-se de pé. – É preciso que sigamos, observando e preciso convencer-me do que dizes. Que tempo tens disponível?

– As noites são melhores.

– É conveniente, confesso-te que vim com intenções diferentes das que levo comigo.

– Eu o sei, são muitos os que desejam a minha morte, porém, são muitos mais os que rogam por mim e estou plenamente convencido de que, se minha vida tem sido um prolongado gemido, minha morte será um inefável sorriso, e meu porvir, uma era de paz.

– Feliz de ti, se abrigas tal crença.

– E não a hei de abrigar? Deus dá a cada um segundo as suas obras; eu tenho tratado de cumprir com o meu dever, tenho amparado os órfãos, tenho evitado a consumação de alguns crimes, tenho, sempre, difundido a voz da verdade; como queres que eu espere viver nas trevas se as sombras não existem? É o homem que as forma com as suas iniquidades.

– De maneira que, se eu quiser, poderei dizer, um dia, o que dizes hoje?

– Quem o duvida? Deus não cria os redentores; todos os Espíritos nascem iguais; somente o trabalho e a perseverança no bem dão a alguns seres certa superioridade moral, porém, esse privilégio não é alcançado pela GRAÇA; é obtido por JUSTIÇA.

– Eu o obterei algum dia.

– Assim seja.

O general me estendeu a destra e, por um segundo, nossas mãos estiveram em contato e confesso: tremi de horror ao lembrar que aquela mão havia firmado mais de uma sentença de morte.

Estou só. Graças, Senhor! Os temores que me assaltavam desapareceram de minha mente como desaparece a névoa ante os raios de sol. Este homem tem tremido, tem tido medo de seu porvir, a sua conversão é certa.

Quanto tenho que te agradecer, Senhor, tens-me concedido tempo para progredir e tenho conseguido atrair, até mim, a proteção espiritual, porque se eu não estivesse rodeado de Espíritos fortes, como poderia, pobre de mim, fazer o que faço? Burlei a vigilância dos verdugos dos penitentes, penetrei em suas prisões, arrebatei mais de uma vítima e, quando o general da Ordem vinha disposto a estrangular-me, dominei-o com meu olhar, conseguindo com que me escutasse e acredito que este Caim não voltará a sacrificar a mais nenhum de seus irmãos.

Clotilde recobrará a sua perdida alegria e lhe darei um esposo para que possa constituir uma família. Como é bom difundir o bem! Quanto consola perder-me nos pensamentos que, como livre avezinha, voa de lembrança em lembrança e, ali, vê uma família feliz, mais além, um pecador arrependido, de outro lado, orfanato onde os pequeninos sorriem entre flores; e de todo esse bem, de toda essa felicidade, ter sido eu o seu motor... Oh! Considerada sob esse prisma, que maravilhosa é a vida! Quero viver, quero progredir e progredirei.

Recordações

QUE GRANDE MISTÉRIO É O HOMEM! Parece incrível que na pequena cavidade de um crânio caibam tantas ideias, se alberguem tantas lembranças, que permanecem mudas anos e anos e, às vezes, o mais pequeno incidente as desperta.

De minha infância, guardava uma perfeita lembrança; e, sem explicar-me o porquê, comprazi-me sempre em deixar terra sobre os primeiros anos de minha vida; e neste diário, única herança que deixarei à posteridade, tenho consignado que ignorava quem foi minha mãe, porque minha piedade filial não queria reconhecê-la na pobre mulher que recordava perfeitamente, porém, hoje, impressionado por uma cena que vi, como se me houvessem tirado uma venda, meus olhos contemplaram novos e dilatados horizontes: vi, muito claro, e creio cumprir com um dever, deixando transcritas todas as lembranças que se agitam na minha mente.

Muitos são os mendigos que acodem a esta aldeia, porque sabem que nunca lhes falta generosa hospitalidade, e ontem, entre os que vieram, chegaram um homem, uma mulher e um menino de uns quatro anos.

Não sei por que, quando os vi, impressionei-me; o menino, especialmente, inspirou-me profunda compaixão; é bonito, muito bonito, e, em seus olhos azuis, encontra-se escrita toda uma história.

Maria, tão boa e tão compassiva como sempre, acariciou o pequenino e mo apresentou, dizendo:

– Padre Germano, que lástima que este inocente tenha que ir rodando pelo mundo: veja o senhor como ele é entendido!...

A mãe do menino, ao ouvir estas palavras, trocou com seu companheiro um olhar de inteligência e exclamou com voz gelada:

– Se tanto gosta do meu filho, pode ficar com ele, se quiser, afinal, tenho que me desfazer dele, porque se percebe que não nasceu para ser pobre; se anda muito, cansa; se não come, está enfermo e, assim, é que, como diz seu pai, estorva-nos; Deus faz mal em dar filhos aos pobres, porque, sendo como este, de nada nos servem.

Maria, cheia de satisfação, aceitou a propositura daquela mulher, entendendo que aquele menino saía do inferno para entrar na glória e, sem derramar uma lágrima, aqueles dois seres sem coração seguiram seu caminho, sem dirigir a seu filho um só olhar de despedida, no entanto, o garoto correu atrás deles, porém, seu pai se voltou, volteando o grosso cajado em que se apoiava. Ante sua atitude ameaçadora, ele retrocedeu e se refugiou entre os meus hábitos, chorando amargamente. Eu, contra meus costumes, não admoestei aqueles pais desnaturados; faziam-me o mesmo efeito que os répteis venenosos dos quais se foge, às vezes, sem querer examiná-los, pois causam tal horror, produzem tão invencível repugnância, que se prefere seu pronto desaparecimento a tudo, tudo, até a satisfação de dar-lhes a morte, e aqueles dois seres me tinham causado tanto mal-estar, tanto dano, feriram-me com flecha tão certeira, que a intensidade de minha dor não me deixou forças para exortá-los e aconselhá-los a mudar de rumo; deixei-os continuar, sem uma só reprovação.

Maria me olhou com assombro e, pela primeira vez, fugi de seu olhar; entreguei-lhe o menino e lhe disse:

– Crês tu que esses infelizes sejam os pais deste inocente? Não o teriam roubado?

– Não, senhor – contestou Maria. – Se este pobrezinho tem o mesmo rosto de seu pai; é sua cópia fiel, e ela me diz coisas que não deixam dúvida de que é sua mãe.

– Logo, há pais que, depois de terem visto andar seu filho, de receberem seus primeiros sorrisos, de escutarem suas primeiras palavras, de sentirem o calor de seus beijos e o contato de seus abraços, depois de viverem de sua mesma vida, abandonam-o... Oh! Então, há seres racionais inferiores às feras. Lançar longe de si um menino no momento em que sai do claustro maternal é cruel, porém, é uma crueldade mais refinada depois de haver visto sorrir essa criança. Ah! Se o homem da Terra fosse a última obra de Deus, eu renegaria meu eterno Pai. Que cruel é o homem, Maria!

E por medo de delatar meu segredo, separei-me da nobre jovem e do inocente órfão, pretextando ocupação urgente, e me encerrei em meu quarto, porque necessitava estar só, só com o meu ontem perdido, só com as minhas recordações, só com a minha dor!

Tudo me tem sido negado na vida, tudo!... Tenho sido tão pobre, que não tive nem o carinho de minha mãe, apesar de que esta deve ter escutado minhas primeiras palavras e deve ter visto meus primeiros passos... envergonho-me de mim mesmo!... Até os criminosos devem ter uma mãe que os chore quando sobem ao patíbulo, e se eu tivesse subido... minha mãe não me teria chorado...

Por que seguir, porém, escrevendo? Mais vale emudecer. Sou tão velho, que ninguém se interessa pela minha meninice, e meu segredo morrerá comigo, porém, não, eu vim à Terra para ensinar a pura verdade; eu vim demonstrar o que ainda tardarão os homens alguns séculos em compreender e é que cada ser se engrandece por si mesmo. Não somos salvos pela graça, não. Jesus Cristo não veio para salvar-nos, veio unicamente para recordar nosso dever. Morreu para imortalizar sua lembrança, para deixar gravada, na mente da Humanidade, as sentenças de seu Evangelho. E tal foi a magia de sua doutrina, que as gerações que o seguiram o aclamaram como primogênito de Deus, e ainda creram que em união com seu divino pai regia os destinos do mundo.

Os homens se julgaram redimidos por haver se derramado o sangue de um inocente. Ah! Se pelo derramamento de sangue vertido injustamente se salvasse a Humanidade, os terráqueos podiam estar seguros de habitar o paraíso, porque a justiça humana é cega.

Todavia, não; ninguém se salva por sacrifício de outro; cada um tem que comprar a sua alforria, pagando em boa moeda, na moeda das boas obras, dos grandes sacrifícios, esquecendo as ofensas e amparando o débil; cada qual cria seu patrimônio; e por ínfima que seja a classe do homem, quando este quer se engrandecer, chega a ser grande, muito grande, se se compara relativamente com o seu nascimento, e se põe em conta das forças de que dispõe. Em mim tenho a prova, Senhor, em mim tenho visto resplandecer a Tua misericórdia. Quem mais pequeno que eu? Quem mais desprezado? E, contudo, os monarcas da Terra têm escutado o meu conselho, e os Sumos Pontífices disseram que tenho pacto com Satanás porque lhes descobri as tramas, e, mais de uma vez, desbaratei os seus iníquos planos! Eu... eu, tão pobre, que são mais os dias em que padeci fome que os dias em que estive farto!...

Querer é poder. A vida, a grandeza da vida, não é um mito! O que se necessita é vontade. Eu tenho tido essa vontade, por isso, tenho vivido livre, por isso, tenho me feito superior a todas as contrariedades que me têm rodeado; e agora... dominando certo rubor, quero dizer quem sou a esta Humanidade que amanhã lerá estas páginas; quero fazer-lhes ver, aos homens, que uma alma forte não se abate pelas ingratidões nem se vende por nenhum preço.

Antes de viver entre os homens de hábitos negros, recordo perfeitamente que, sendo eu muito pequeno, vivia em um povoado de escassos habitantes, e habitava em uma casinhola velha e miserável, em companhia de uma mulher jovem que me ralhava com frequência, à qual nunca chamei de mãe, se bem ela me tenha feito compreender que eu era seu filho, porém, eu não estava contente com o seu proceder. Uma noite, entrou um homem em nossa vivenda, dando gritos e golpeando os poucos móveis que havia, então, minha mãe me apresentou a ele, dizendo-me que abraçasse meu pai, porém, eu resisti a ele; por sua parte, ele me afastou com um safanão brusco. Permaneceu conosco até o dia seguinte, quando se foi; poucos dias depois, voltou, e falou muito e acaloradamente com minha mãe, e, por último, chamou-me: "Olha, os filhos dos pobres têm que ganhar o pão; e tu tens cinco anos, por isso, cuida de tua vida." E ele mesmo me empurrou até que saí à rua; minha mãe quis deter sua ação, porém, ele a afastou com violência, fechando a porta com estrondo, e aquele ruído me impressionou mais que a ação descortês de meu pai.

Por mais que pareça impossível, à tenra idade de cinco anos, eu já pensava, refletia, e olhava com pena a mulher que me levou em seu seio, quando a via embriagada, o que era frequente. Assim é que, ao ver-me fora da casinhola negra e sombria, onde nunca havia recebido uma carícia, mas, sim, ao contrário, maus tratos, especialmente em palavras, não experimentei pena alguma; fui tranquilo, e fui para meu lugar favorito à borda do mar onde passava longas horas.

Aquele dia olhei o oceano, que estava calmo, sentindo uma sensação desconhecida, porém, agradável; parecia como se estivesse a examinar meus domínios e me enchi de satisfação, porque recordo que me sentei na praia e me entreguei à minha ocupação favorita, que era formar pirâmides de areia. Ao anoitecer, meti-me em uma das barquinhas velhas que havia na praia, dormindo tranquilamente. Cerca de dois anos vivi à orla do mar entre os pobres pescadores que, sem que eu nunca lhes pedisse uma esmola, repartiam comigo o seu negro e escasso pão. Os autores de minha vida abandonaram o povoado, e eu não sei em que paragem descansam os seus restos.

Os pescadores me chamavam de "o pequeno profeta", porque lhes

MEMÓRIAS DO PADRE GERMANO   179

anunciava quando haveria tormenta, e nunca meu prognóstico falhava, falando-lhes de coisas que nem eu mesmo entendia.

Um ano depois de encontrar-me só no mundo, vieram cem penitentes negros a estabelecer-se na velha abadia que coroava a montanha, gigantesco atalaia, cujas maciças torres sempre estavam envoltas em um manto de bruma. Algumas vezes me enviavam, os pescadores, ao monastério, com os pescados que mais agradavam à Comunidade, e sempre que entrava naquela mansão sombria, sentia uma espécie de repulsa e, quando saía, corria como se alguém me perseguisse; e eis que os pais de meu fiel Sultão, que eram dois formosos cães terra nova, acariciavam-me ao entrar e ao sair, porém, apesar de tão poderoso chamado, era mais forte a minha aversão aos homens de negro e fugia deles; mas um dia (nunca o esquecerei), equivoquei-me com o caminho, segui um corredor pelo outro, e entrei num grande salão rodeado de estantes, onde havia muitos livros, muitos pedaços de amarelecidos pergaminhos e muitos rolos de papiro; dois monges estavam lendo e eu, ao vê-los lendo, como se fosse para mim uma verdadeira revelação, aproximei-me do mais velho, toquei-o no ombro e, sem temor algum, disse-lhe:

– Eu quero ler como lês; queres me ensinar? Aprenderei de pronto.

O ancião me olhou, e o seu companheiro lhe disse:

– Este é o menino abandonado por seus pais, de quem já te falei mais de uma vez.

– Não há abandonados neste mundo, porque a religião é a mãe de todos – replicou o ancião. Menino – completou –, mirando-me, fixamente, Deus te guiou, sem dúvida, fazendo-te chegar até mim; a Mãe Igreja te acolhe em seu seio; desde hoje, viverás na Abadia.

– Deixa-me despedir de meus benfeitores – lhe disse.

– Já irás – me contestou.

E desde aquele momento, deixei de fazer a minha vontade. Meus mestres estiveram contentes comigo, embora nunca me demonstrassem isso e jamais me acariciaram nem castigaram; minha vida era triste, muito triste, de uma monotonia insuportável; tinha um frio na alma, que me matava, e somente recobrava alento quando Léon e Zoa apoiavam suas inteligentes cabeças sobre os meus joelhos. Nobres animais! Eles eram os únicos que me acariciavam ao ver-me e demonstravam alegria para todos; os demais moradores do convento jamais me dirigiram uma palavra carinhosa. Mais de uma vez recordei os pobres pescadores que, em meio à rudeza, me queriam e me escutavam como a um oráculo; porém, eu tinha sede de ciência, eu queria ser um grande sábio e em minha juventude o homem não tinha mais que dois caminhos para engrandecer-se: o campo de batalha ou a religião; as artes estavam mortas. Virão tempos melhores, nos quais o homem poderá escolher o seu gosto, mas – então – o saber estava nos conventos e eu queria ser sábio à custa de tudo; assim é que devorei em silêncio a minha solitária infância e a minha austera juventude.

Todo o meu afã era ler... ler sempre, e quantos livros havia na biblioteca do convento, todos cheguei a saber de memória e, enquanto fazia juízo crítico de todos eles, aos dezesseis anos pronunciei um discurso refutando todos os silogismos teológicos, o que me valeu uma duríssima reprimenda de meus superiores e a promessa de horríveis castigos, se me rebelasse contra a Mãe Igreja que me acolheu em seu seio, quando não tinha mais que o pão da caridade.

No ano seguinte, por regulamento de ensino, tive que pronunciar um novo discurso, que me valeu um ano de reclusão, alimentando-me durante seis semanas com pão e água, e privação temporal de subir à Cátedra Sagrada.

Poucos dias antes de celebrar pela primeira vez o sacrifício da Missa, o ancião, a quem eu dissera (quando menino) se queria ensinar-me a ler, chamou-me à sua ala, e me disse:

– Germano, eu te quero muito, mesmo que nunca tenha demonstrado, porque a estreiteza e a austeridade da Ordem a que pertencemos não deixa expansões ao coração e se tem que afogar todos os sentimentos é isso quero que faças. És alma nobre e generosa, extraviada pelas dores da juventude; compreende que, se não refreias teu caráter, poucas auroras luzirão para ti; em troca, se serves à igreja que tem servido de mãe para ti, não esqueças que para ti está reservado o Trono de São Pedro; não te proclames livre, porque serás uma folha seca no mundo e, submisso aos mandamentos da Igreja, todos os soberanos da Terra prostrar-se-ão diante de ti. Que dizes?

– Eu serei fiel à Igreja sem fazer traição aos meus sentimentos.

– Tem em conta que, fazendo desse modo, tua vida será o caminho do calvário, sendo estéril teu sacrifício.

– Agradeço os vossos conselhos; amo a Igreja e, porque a amo, quero tirá-la do pântano em que vive.

MEMÓRIAS DO PADRE GERMANO 181

– És pobre visionário, e me inspiras profundíssima compaixão. Quem és, para modificar uma instituição como a que os séculos têm respeitado?

– Quem sou, dizeis? Sou um espírito amante da luz, decidido partidário do progresso.

– Tem em conta não promoveres um cisma.

– Eu não farei mais que pregar a verdade, que é a essência do Evangelho.

O ancião me olhou fixamente, e me disse, estático:

– Germano, filho meu, estás muito próximo do fogo, cuidado para que não te queimes.

Entraram outros monges na ala, e eu me retirei à minha, para começar a minha preparação e, alguns dias depois, com inusitada pompa, adornou-se o templo da Abadia; os primeiros magnatas e as damas mais nobres da Corte acudiram a ouvir a minha primeira missa e, quando subi ao púlpito, disse-me o chefe da Ordem, ao dar-me a bênção: "Subis por vossos pés; procurai baixar do mesmo modo".

Quando ocupei a tribuna sagrada, vi que nela não estava só; um monge, posto de joelhos e com as mãos cruzadas, parecia entregue a profunda meditação. Ao vê-lo, senti frio; compreendi as instruções que tinha e me prostrei em terra, para que a multidão pensasse que me entregava à oração, e o que fiz foi medir o fundo abismo onde havia caído. Havia pronunciado meus votos, estava separado da grande família humana, consagrado a uma Igreja, cujas bases fundiam sob meus pés, porque das pedras e seus cimentos brotava uma água avermelhada. Examinei seu credo e vi que seu voto de pobreza era mentiroso, que a sua humildade era uma máscara de hipocrisia. Levantei-me, olhei ao meu redor e contemplei o templo que apresentava aspecto deslumbrante. Torrentes de luz, nuvens de aromatizado incenso, homens e mulheres, em suas melhores roupas; altos dignatários da Igreja, todos estavam ali, reunidos para escutar a palavra do ungido do Senhor! E aquele homem, que a multidão acreditava sagrado, tinha a seus pés um assassino, o qual tinha ordem de feri-lo no momento que falasse algo que não estivesse conforme as instruções que lhe haviam dado os seus superiores.

Aquela horrível farsa destruiu meu coração; haviam-me dado por tema que descrevesse a missão do sacerdote e a imperiosa necessidade que havia de que a sociedade se submetesse a seus mandatos, posto que os sacerdotes eram os eleitos do Senhor.

Ao olhar a apinhada multidão, parecia que línguas de fogo caíam sobre a minha cabeça; um suor gelado entumeceu os meus membros e, depois, uma súbita reação revigorou meu ser e, sem dar-me conta do que fazia, estendi a mão direita sobre a cabeça de meu mudo companheiro, e, este, estremeceu, olhou-me e, apesar disso, deixou-se cair contra a parede, fechou os olhos e perdeu os sentidos, caindo sem vontade própria. Então, fiquei mais tranquilo e comecei a minha prédica que durou mais de três horas.

Que dia, aquele! Jamais o esquecerei! Diante de minhas palavras, as mulheres da Corte se levantaram de seus altos patamares; os homens falavam entre si; os monges me enviavam, com seus olhares, todas as ameaças do inferno, e eu falava, falava sem interrupção, sentia-me forte, animado: foi a única vez de minha vida que tive aos meus pés todas as classes sociais; estava verdadeiramente inspirado! Falei da família, do Sacerdócio, da mulher e, por último, do que eram os sacerdotes. Oh! Então, todos os monges se levantaram, ameaçadores, porém, mirei-os, estendi sobre eles minhas mãos, que pareciam de fogo, porque das pontas de meus dedos saíam chispas luminosas, e exclamei com voz tonitroante:

"– Humanidade! Estás em erro; crês-tu que os sacerdotes são homens distintos dos demais, que estão iluminados pela graça do Senhor, e não há tal graça, nem tal predestinação. Um sacerdote é um homem como outro qualquer, e, às vezes, com mais vícios que a generalidade. Sabes quem sou? Sabes a quem estás escutando? Já sei a fábula que tem circulado sobre mim, já sei que dizem que dormi em régio leito e que a revelação do espírito santo caiu sobre a minha cabeça e abandonei meu lar opulento para vestir o hábito dos penitentes. Creem-me um eleito... e eu quero que saibam a verdade, toda a verdade.

Fui um mendigo! Fui um deserdado que, aos cinco anos, encontrei-me sozinho no mundo e durante dois anos vivi de caridade! Depois, vi livros, vi homens que os liam, e quis ser sábio, por isso, entrei para a Igreja, sedento de sabedoria, não de santidade, porque a santidade não existe; a santidade é um mito do modo que a compreendeis vós. O homem sempre sentirá as tentações da carne, porque de carne é o seu corpo, por muito que macere e destrua o seu organismo, sempre lhe sobrará uma fibra sensível, à qual cederão, em um dado momento, todos os seus propósitos de emenda; e não o acuseis, não o recrimineis; a Natureza tem as suas leis, suas leis imutáveis e, opor-se ao seu cumprimento, é se opor à marcha regular da vida: e a vida é um rio que desaguará sempre nos mares da eternidade.

MEMÓRIAS DO PADRE GERMANO   183

O corpo sacerdotal, do modo como se encontra constituído, nem se faz ditoso a si mesmo, nem faz a felicidade daqueles que tudo esperam dos santos conselhos do sacerdote, porque este vive fora da lei natural e sobre todas as leis dos homens, está a lei da vida. Contemplai todas as espécies: que fazem? Unir-se, completar-se um nos braços do outro, receber o poder fecundante que oferece a Natureza. E o que faz, entretanto, o sacerdote? Truncar com os sofrimentos e suas aberrações a lei inviolável ou suscitar escândalos cedendo aos chamados da mais desenfreada concupiscência. Por que pronunciar votos que não podem se cumprir senão à custa de duros sacrifícios? Por que o sacerdote não pode formar uma família dentro das leis morais? Ah, Igreja, Igreja! Tu queres ser a Senhora do Mundo e te rodeias de escravos! Tu não podes ser a esposa de Jesus Cristo, porque Jesus Cristo amava a liberdade e tu queres a escravidão: todos os teus vivem oprimidos, alguns pelas escandalosas violações de nossos votos, outros por entregar-se ao aniquilamento, aqueles por serem dóceis instrumentos de bastardas ambições; nenhum de vós vive livre nem goza dessa liberdade, dessa aprazível chama com que nos brinda uma vida simples, dentro do estrito cumprimento do dever!

Em vós, tudo é violento; dominais, porém, dominais pela força; sois donos de todos os segredos, porém, de que maneira! Penetrando cautelosamente no lar, surpreendendo com as vossas perguntas à menina incrédula, à jovem confiada, à anciã débil. Ah! – eu sonho com outro sacerdócio! Eu serei sacerdote, sim, porém, não perguntarei a ninguém os seus segredos. Eu amo a Igreja que me estendeu seus braços, e em memória de me haver educado, serei fiel ao seu credo, por mais que este seja absurdo em muitos conceitos, pelas adições e emendas que lhe têm feito os homens. Eu demonstrarei que a religião é necessária à vida como o ar que respiramos, uma religião lógica, sem mistérios, nem horríveis sacrifícios. Eu serei um dos enviados da religião nova, porque não duvideis, nossa Igreja cairá, cairá... debaixo do imenso peso de seus vícios! Vês esses pequeninos que agora dormem nos braços de suas mães? Pois esses espíritos trazem em si o germe divino da liberdade de consciência; eu serei sacerdote dessa geração que agora começa a sorrir. Sim: nada quero de vossas pompas, fiquem com as vossas mitras e as vossas tiaras, com os vossos báculos de ouro, vossos capelos e vossos mantos de púrpura.

Eu irei pregar o Evangelho entre os humildes de coração; eu prefiro me sentar em um penhasco, a ocupar o trono que atribuís a São Pedro. E já que o meu destino me negou uma família, já que me filiei a uma escola que nega a seus adeptos o prazer de unir-se a outro ser com o laço do matrimônio; já que terei de viver honrado, hei de viver sozinho, como a honra sem mancha alguma no primeiro elemento da vida, como quero ter minha consciência muito tranquila, rodearei-me de crianças, porque são elas o sorriso do mundo.

Eu sempre direi como disse Jesus: "Vinde a mim os pequeninos, que são os limpos de coração!"

Ao pronunciar eu estas palavras, alguns meninos, que estavam nos braços de suas mães, acordaram e vieram até mim, porém, a criança que mais atraiu a minha atenção foi uma menina de uns três anos, que repousava nos braços de uma dama da nobreza; levantou-se e me estendeu suas pequeninas mãos, e eu emudeci por alguns momentos, fascinado pelos acenos dela, que fazia esforços para vir até mim e falava à sua mãe, gesticulava, assinalava o lugar onde eu estava, e naqueles instantes, esqueci-me de tudo, tudo! Dentro daquela compacta multidão, eu não via nada além de uma mulher e uma menina. Que mistérios guarda a vida! Aquela mesma menina foi aquela que, dez anos depois, perguntou-me, antes de acercar-se pela primeira vez da Mesa do Senhor: "Padre, amar é mau?" Aquela terna criatura, que em sua inocência queria acudir ao meu chamamento, foi a que dez anos mais tarde se ajoelhou diante de meu confessionário e o perfume dos brancos jasmins que coroavam a sua fronte transtornou por um momento a minha razão! Aquele anjo que me estendia os braços era uma menina pálida, a dos negros caracóis que, desde pequenina, minha voz encontrou eco em seu coração. Quão longe estava eu, então, de pensar que a tumba daquela menina havia de ser o meu santuário!

Ao ver que as crianças respondiam ao meu chamamento, senti um prazer inexplicável e segui, dizendo:

– Vês? Vês como os pequeninos já escutam a minha voz? É porque pressentem que eu serei para eles um enviado de paz. Sim, sim; as crianças, os puros de coração, serão os amados de minha alma; para eles será o mundo de amor que guarda o meu espírito.

Religião, religião do Crucificado, religião de todos os tempos, tu és verdade quando não te encerras nos monastérios nem nas Igrejas pequenas!..."

E falei tanto, tanto, e com tão íntimo sentimento, que dominei por completo o meu auditório, e até os penitentes negros deixaram de olhar-me com ódio.

Quando deixei de falar, a multidão tomou de assalto a escada do púlpito e me aplaudiu frenética, delirante, aclamando-me como enviado do Eterno, porque a voz da verdade sempre encontra eco no coração do homem.

E quem era eu? Um pobre ser abandonado por seus próprios pais... Quem mais pobre do que eu?... Porém, em meio de minha extremada pobreza, sempre fui rico, muito rico, porque nunca me torturou o remorso ou a lembrança de uma má ação que possa ter ruborizado a minha fronte; sempre tenho olhado dentro de mim mesmo e visto que não sou culpado.

Graças, Senhor! Meus pais terrestres me abandonaram, porém, não há órfãos, porque tu nunca abandonas teus filhos.

Pobre criança! Trouxeste à minha lembrança as recordações de minha primeira infância; fizeste-me consignar neste manuscrito os fatos que, durante muitos anos, tenho tratado de separar de minha mente e, hoje, ao contemplar-te, ao ver que outro ser entrava como eu nessa vida, pela senda do infortúnio, senti-me mais forte e disse: "Não só eu tenho sido o maldito de meus pais, este menino é formoso e em seus olhos irradia o amor, e na fronte, a inteligência, e também para ele foi negado o amor maternal."

Já não sou mais solitário, então, por que ocultar estes primeiros episódios de minha existência, quando encerram um útil ensinamento, pois neles fica demonstrado que o homem é grande somente por si mesmo?

Eu, que pude me sentar no principal lugar do mundo, aos cinco anos de idade me encontrava sozinho na Terra e sozinho do modo mais triste, pela ingratidão daqueles que me deram o ser, o existir, porém, como eu, em meio ao meu abandono, ao pensar, reconheci que em mim havia um brilho da Divindade; quando vi como os homens se faziam sábios, eu aspirei a sê-lo, e disse – "Nada possuis, pois pela mesma razão tens obrigação sagrada de adquirir sabedoria..."

Quis viver e vivi; quis ser livre e tenho sido, porque as paixões não me têm dominado.

Tenho acreditado sempre que a felicidade não é um sonho e é certíssimo que não é. Ninguém tem tido menos elementos do que eu para ser ditoso e, contudo, eu tenho sido.

Ao lado de uma tumba, encontrei a felicidade; o homem não é feliz porque não vê mais que o tempo presente, porém, o que crê que o tempo não tem fim nem medidas que se chamam passado ou futuro, aquele que pressente o infinito da vida, para esse não existem as sombras, por isso, não tem existido para mim, porque sempre tenho esperado o dia sem ocaso, porque sempre tenho ouvido vozes longínquas, longínquas... que têm dito: "A vida não se extingue nunca! Tu viverás... porque tudo vive na Criação!"

E diante da certeza da Eternidade, todas as lembranças tristes se apagam de minha mente, vejo a luz do amanhã e as sombras de meu passado se desfazem e se evaporam ante o sol esplêndido do porvir!

A ÁGUA DO CORPO E A ÁGUA DA ALMA

VÓS, MULHERES FELIZES, TIVESTES A ventura da fecundidade! Vós, homens afortunados que vos vistes renascer em vossos filhos! Nunca obrigueis a estes a que sejam sacerdotes; jamais vos ocorra dizer-lhes: Consagra-te à Igreja! Porque a igreja não é mãe; unicamente é madrasta, e o sacerdote que quer cumprir com o seu dever é profundamente infeliz. Eu o sei por mim.

O homem ou a mulher que se consagra à Igreja romana comete um suicídio, que aplaude a sociedade; porque a sociedade em massa se parece à multidão do povo, em dia de revolução, que grita porque ouve gritar, pede porque ouve pedir, porém, não sabe por que grita e nem compreende o que pede; do mesmo modo, quando uma mulher entra em um convento, diz-se: "Ditosa é ela! Já deixou as fadigas do mundo!" Imbecis! A fadiga, o anelo, o afã, levam-vos o espírito consigo; é o seu patrimônio; o espírito tem que viver e o mesmo sente em meio das multidões ou no rincão obscuro de uma cela; não há jejum, não há penitência, não há suplício que esgote as forças da alma; esta é potente enquanto conservam perfeito equilíbrio as suas faculdades mentais.

Se os muros dos conventos falassem!... Se as suas pedras carcomidas pudessem acudir a um lugar onde as multidões acodem, para escutar o que diriam as pedras dos monastérios, pareceria que haveria soado a trombeta do juízo final e que haveriam chegado os dias do Apocalipse! Tudo seria confusão e espanto! Que revelações tão horríveis! Que relatos tão interessantes e tão patéticos! Que episódios tão dramáticos, e que desenlaces tão verdadeiramente trágicos!...

A mulher! Formosa flor da vida, que cresce viçosa na estufa do lar doméstico.

A mulher, nascida para amamentar a criança, para rodeá-la de ternos cuidados, para aconselhá-la em sua juventude, para consolá-la em sua velhice!... Um ser tão útil por vontade de Deus... e tão inútil se torna no seio de algumas religiões... condenando à esterilidade aquela que é a fonte da reprodução!

E o homem... um ser tão forte e tão animado, que leva consigo a emanação da vida, que atravessa os mares, que cruza os desertos, que sobe ao topo das montanhas, que domina as feras, que com os seus inventos e descobrimentos utiliza tudo e que lhe oferece a Natureza; esse ser tão grande que diz com legítimo orgulho: "Deus me fez à Sua imagem e à Sua semelhança." A que reduzido fica todo o seu poderio quando se prostra perante um altar e põe em seus lábios a hóstia consagrada, e bebe o vinho que simboliza o sangue de Deus? Que é aquele homem? É um autômato, é um escravo, não tem vontade própria; o último mendigo da Terra tem mais direitos que ele para ser ditoso. Ele tem que olhar as mulheres, que são metade de seu ser como elementos de tentação; ele tem que ouvir chamar "Pai" sem poder estreitar seu filho contra o seu coração, sem poder dizer: "Olha-o, que formoso é! Já me conhece! Quando sente meus passos, levanta a cabeça e se vira para olhar-me." Estes gozos supremos, estas alegrias divinas, estão negadas para o sacerdote. Se ele cede à lei natural, tem que ocultar os seus filhos, como o criminoso oculta o objeto roubado, deixando cair sobre a face daqueles inocentes a mancha de um nascimento espúrio; a sociedade tem as suas leis e aquele que vive fora dela, faz mal. O prazer ilícito não é o prazer, é a febre da alma, e a quentura definha o corpo e fatiga o espírito. O sacerdote, gozando das expansões da vida, infringe a lei que jurou e nunca a infração foi a base dessa felicidade, essa felicidade nobre, santa e pura, que engrandece o espírito que lhe iria criar uma verdadeira família no mundo espiritual.

Oh! O verdadeiro sacerdote é imensamente infeliz! Igreja, Igreja, que compreendeste mal os teus interesses! Tens te rodeado de árvores secas; tuas comunidades religiosas se assemelham a bosques cortados pelo incêndio, cujas calcinadas raízes não têm seiva para alimentar seus rebentos!

Infringiste a lei natural, martirizaste os homens, estacionaste os Espíritos, tu, que te chamas a senhora do mundo, porém, tua gente não serve para sustentar o teu trono. Teus vassalos se dividem em duas facções: os bons são autômatos, são homens convertidos em dóceis instrumentos, são coisas; os maus são impostores, são hipócritas, são sepulcros caiados.

Ah! Por que me filiei a ti? Por que fui tão cego? Porque a solidão é muito má conselheira, e eu tenho vivido tão sozinho!... Abandonado por minha mãe, busquei na Igreja o carinho maternal, porém, esta segunda mãe também me rechaçou quando lhe disse o que sentia, quando me proclamei apóstolo da verdade. Ela me chamou de filho espúrio, me qualificou de apóstata, e me lançou de seu seio, como lança fora a prostituta ao filho que a estorva. Sem dúvida, em outras existências, eu teria sido um mau filho e agora me vejo condenado a viver sem mãe.

Eu amo a Igreja; sim, amo-a; porque a amo, quisera vê-la despojada de suas ricas e perecíveis vestes. E não quisera ver os seus sacerdotes com trajes de púrpura e em marmóreos palácios; preferia que habitassem em choças e que fossem felizes, rodeados de uma família amorosíssima, que à face do mundo pudessem dizer seus integrantes: Este é meu pai, e aquela é minha mãe. E porque aos meus superiores disse meus anseios, porque no dia de minha primeira missa me apresentei, dizendo a verdade. No dia seguinte da cerimônia, disse-me o general dos penitentes negros: "Vai, foge, porque tua palavra está inspirada pelo inimigo de Deus! Tu recebes inspirações de Lúcifer, e não pode estar entre os servos do Altíssimo; mas para que não se diga que a tua mãe, a Igreja, abandona-te, irás ocupar a vaga de um cura, em um povoado."

Antes de ir ao meu destino, sofri o desterro, a fome, a calúnia, e sem saber o porquê, quando chegou o momento de ir tomar posse de minha pequenina Igreja, senti frio.

Cheguei ao lugarejo, que estava situado em um vale rodeado de altíssimas montanhas, e ali não se via mais que um pedaço de céu sempre coberto de espessa bruma. Ali, a Natureza não falava à alma, não havia lindas paisagens que elevassem o Espírito e o conduzissem à contemplação do infinito, porém, em troca, havia formosíssimas mulheres, que guardavam em seus olhos todo o azul que faltava em seu céu.

Receberam-me com palmas e ramos de oliveira e acudiram, pressurosas, a me confiar os seus segredos, todas as jovens daqueles vales. Ao escutá-las, ao ver como o fanatismo as dominara, e ver que diziam a um homem jovem, que não conheciam, o que lhes dava vergonha de confiar às suas próprias mães; ao ver aquela profanação que o costume autorizava; ao ver-me, jovem, depositário de tantas histórias, mesmo sem outros direitos para desempenhar tão delicado cargo quanto um homem como os demais, cheio de paixões e de desejos, que se emocionava ante aquelas jovens e belas mulheres, abrindo a mim o livro de seus corações e dizendo-me: "Lede!..." Quando calculava todo o absurdo, todo o comprometimento daquelas confidências, dizia: "Senhor, isto não manda a Tua Lei, impossível! Tu não podes pedir que se converta em pedra um coração de carne!"

Por que me foi dada a juventude? Por que me foi dado sentimento? Por que me foi dada a vida se me havias de condenar à morte?... Isto é insuportável!... Isto é superior às débeis forças do homem! A confissão, se o demônio existisse, diria que este a inventou. Falar com uma mulher sem reticência alguma, saber um por um os seus pensamentos, sem que lhe oculte ela os seus menores desejos, dominar a sua alma, regulamentar o seu método de vida... e depois... depois ficar só... ou cometer um crime, abusando da confiança e da ignorância de uma mulher, ou ver passar os gozos e alegrias como uma visão fantástica de um sonho!...

Eu creio firmemente que a religião, para ser verdadeira, há de ter todos os seus atos em harmonia com a razão, e a confissão não o está, especialmente, em indivíduos de sexos diferentes, em cuja fronte não hajam deixado os anos suas copas de neve...

Naquele reduzido lugar, afogava-me e os costumes deixavam muito a desejar, pois adoravam a um Deus de barro, cegava-os o fanatismo, e compreendi que não era eu quem viria a calhar para viver entre eles; temia cair, duvidava de minhas forças e, na dúvida, abstive-me de lutar, porque queria engrandecer o meu Espírito, queria purificar minha alma e, para isso, necessitava de mais solidão e de menos incentivos, porque, embora nosso ser sempre se agite, é mais fácil dominar e vencer um desejo que resistir a uma tentação contínua. Não quero a solidão dos anacoretas, porque o isolamento absoluto estaciona o homem, porém, tampouco quero lutar com inimigos que por número me vençam, sendo que, para sair vitorioso, é necessário dominar a situação, conservando, com sumo cuidado, o perfeito equilíbrio dos nossos sentimentos.

Pedi aos meus superiores que me transferissem; mas me foi negado, embora insistisse. E eu, então, como se alguém me tivesse dito: "Vai-te", decidi abandonar aquelas paragens onde lutavam, em toda a sua efervescência, as paixões, a ignorância e a juventude.

Quando a minha grei soube que estava por deixá-los, empregaram os meios que pode o carinho sugerir para deter-me.

Amavam-me (especialmente algumas mulheres me amavam demasiado); chamavam-me o seu salvador, o seu anjo da guarda! Porém, eu ali não vivia, necessitava de mais pureza, de mais simplicidade, de mais céu, de mais luz, de mais ar, de mais vida! Aquelas montanhas eram demasiado áridas; a vegetação daqueles vales, nos quais apenas chegavam os raios do sol, e isto após larguíssimos intervalos, era débil e enfermiça. E fugi, porque estava sedento e, naquele pobre lugar, não havia encontrado nem água para o corpo, nem água para a alma. Miguel e Sultão me seguiram e ambos me miravam, dizendo-me com seus olhos: "Aonde iremos?" E eu lhes dizia: "Onde encontre água, porque morro de sede!"

Caminhamos dias e dias, detendo-nos nas aldeias, porém, em nenhuma parte me encontrava bem. Dizia aos meus companheiros: "Sigamos adiante, o homem tem obrigação de viver, e para viver eu necessito de ar, espaço e luz."

Uma manhã, subimos por uma montanha e, ao ver-me no cume, lancei um grito de admiração: por certa parte, o mar murmurava a meus pés o seu eterno "Hosana"; o Sol cobria a móvel superfície das ondas com uma chuva de deslumbrantes diamantes e, por outro lado, vales floridos, verdes ribanceiras, alegres riachos, que serpenteavam entre as colinas; mansos rebanhos pastavam em suas bordas, e um enxame de rapazinhos, disputando ligeireza e agilidade com os cabritinhos, corriam uns após os outros, lançando exclamações de júbilo, às quais respondiam os inúmeros passarinhos que se aninhavam entre as folhagens!

Aquela paisagem encantadora me impressionou tão profundamente que, durante largo espaço de tempo, permaneci submerso em estática meditação!

Sultão se deitou aos meus pés. Miguel se entregou ao repouso; tudo em torno de mim respirava amor e paz.

Por fim, exclamei, dirigindo-me a Deus:

– "Senhor, se tu o permites, eu quisera ficar neste lugar; aqui, encontro esse algo inexplicável que nos faz viver."

Uma voz longínqua pareceu me dizer: "Ficarás..." E eu, alvoroçado, disse aos meus companheiros: – "Vamos, vamos percorrer essa planície. Naquelas casinhas que vejo à distância, parece-me que vivem seres virtuosos." E começamos a descer a montanha.

À metade da descida, sentimos o agradável ruído que produz a água de um abundantíssimo manancial, que formava uma artística cascata, porque nada é tão artístico quanto a Natureza. Ficamos agradavelmente surpresos e todos bebemos, ávidos, o melhor líquido que se conhece no mundo: a água, que brotava de uma penha coroada de brotos e musgos. Sentei-me ao pé daquela formosa fonte formada pela mão de Deus, dizendo a Miguel:

– Bebe; esta é a "Fonte da Saúde"; desde que bebi, sinto-me melhor. Repousemos aqui.

Sultão, enquanto isso, reconhecia o terreno.

Meia hora havia passado entregue aos meus pensamentos, quando vi chegar um pobre homem coberto de farrapos, que se apoiava num menino, cujo rosto estava desfigurado pelos estragos que nele havia feito a lepra. Ao chegar perto de mim, vi que o menino era cego. Infelizes! Quanta compaixão me inspiraram!

Chegaram ao manancial e beberam com avidez, voltando a empreender o seu caminho. Eu os segui e estabeleci conversação com o mendigo, que me disse que ia à aldeia vizinha, onde lhes davam farta esmola, tanto, às vezes, que do que lhe sobrava, dava a outros companheiros de infortúnio. Lá, até os meninos eram caridosos.

Ao ouvir tão consoladoras palavras, não pude menos que exclamar:

– "Bendito seja este rincão de terra! Aqui se encontra água para o corpo e água para a alma!"

E como se algo providencial respondesse ao meu pensamento, um punhado de meninos deteve nossos passos, e exclamou, um deles, dirigindo-se ao cego: "Como demoraste tanto, bom Tobias! Faz mais de duas horas que te aguardamos. Toma, toma, que te trouxemos muitas coisas boas." E se apressaram a deixar nos alforjes do viandante grandes pães, queijos e frutas, e o que mais me comoveu foi o maior dos meninos dizer ao mendigo, com voz carinhosa: "Eu te levarei a carga, para que descanses; apoia-te em mim para que o teu filho fique livre e possa brincar até chegarmos à minha casa." O pequeno leproso não se fez de rogado, apartou-se de seu pai e começou a brincar com os meninos e com Sultão, que de pronto se fez amigo de todos.

Em tão agradável companhia, entrei na aldeia, onde tenho permanecido por trinta e sete invernos, e só Deus sabe quantos anos ainda estarei aqui.

Quando me viram, seus habitantes me falaram todos com o maior afeto, como se me conhecessem desde muito tempo. Um ancião me disse: "Em que momento tão oportuno chegais, senhor!... O cura desta aldeia está morrendo e, quando morrer, sabe Deus, os meses e até os anos em que estará este rebanho sem pastor. Somos tão pobres, que nenhum abade quer vir aqui; Jesus amou os humildes, porém, seus ministros não querem seguir as suas pegadas."

Naquela mesma noite, o bom cura daquele lugar deixou a Terra.

MEMÓRIAS DO PADRE GERMANO 193

Eu recebi a sua última confissão, e a poucos seres vi morrer com tanta serenidade, afinal, nada mais consoladora do que a morte do justo! Com que tranquilidade deixa este mundo! Que sorriso tão doce anima o seu semblante!

Aquela morte me fez pensar muito, porque me parecia um acontecimento providencial. Olhava em torno de mim e via seres carinhosos, expansivos, porém, nem fanáticos, nem ignorantes, e me pareceu como impossível que eu pudesse viver em uma paragem onde havia encontrado água para o corpo e água para a alma.

Pensava e dizia: "Senhor! Serei egoísta se fico aqui?" Porém, uma voz distante, muito distante, repetia em meus ouvidos: "Não, não serás egoísta. Quanto a bens terrestres, aqui viverás tão pobre, que serás sepultado por esmola; não é egoísmo querer praticar o bem, e é prudência fugir do perigo, fugir do abismo, onde se tem a certeza de cair. O homem deve procurar sempre viver em uma atmosfera que não o asfixie, mas sim, que, ao contrário, brinde-o com paz e alegria; o Espírito não vem à Terra para sofrer, porque Deus não o criou para o sofrimento: vem para ensaiar as suas forças, para progredir, porém, não para sustentar esses pugilatos que exigem as absurdas religiões. Faze o bem, e no bem viverás. A Terra não é um deserto estéril, há mananciais de água cristalina para saciar a sede que sente o corpo, e também há caudais de virtudes para saciar a sede que sente a alma."

Não me fica a menor dúvida de que os Espíritos do Senhor falavam comigo, porque eu sempre duvidei de mim e sempre vozes longínquas, muito longínquas, porém, perceptíveis o bastante, têm me fortalecido, me têm me aconselhado e dissipado todas as minhas dúvidas.

Minha única aspiração tem sido ser bom; tenho renunciado à felicidade que oferecem as paixões terrestres, porque o meu credo me tem negado constituir uma família, porém, em troca, graças ao Senhor, tenho podido viver em uma paragem onde encontrei a água do corpo e a água da alma.

Entrei no mundo sedento de amor, e o amor dos infelizes acalmou a minha sede.

Na culpa está o castigo

SENHOR! SE FOSSE POSSÍVEL À Humanidade viver longos anos sem reprodução, sem que se visse renascer em seus filhos, que triste seria o mundo sem as crianças, sem poder concentrar os nossos olhares nesses rostinhos cor-de-rosa, animados por brilhantes olhos, coroados por exuberantes risos e iluminados por um celestial sorriso!...

Esquecer-nos-íamos da harmonia musical se não ouvíssemos as argentinas vozes das crianças. Que agradável é a conversa delas! Quanto, quanto nos instrui! Porque suas reiteradas perguntas nos colocam na necessidade de contestá-las e, às vezes, fazem-nos tão profundas observações, que nos vemos obrigados a pensar, e, então, dizemos: "Esta criança nos vence em sabedoria". E, como o amor-próprio nos domina, não queremos que se diga que um pequenino sabe mais que nós e nos apressamos em estudar o assunto que nos perguntou, para servir-lhe de mestre.

Poderoso incentivo tem sido, para mim, as crianças, e a elas devo os meus mais profundos estudos de Geologia, Mineralogia, Astronomia, Agricultura, Horticultura e Floricultura, porque as suas incessantes perguntas me animam a estudar a Natureza.

Quanto tenho amado e amo ainda as crianças! E esse amor tem sua razão de ser: sempre vivi tão só!... Como foram amargos os primeiros anos de minha vida!... Nunca essa lembrança se apagou de minha mente. Ainda me vejo sentado à beira-mar, olhando a água e o céu, sem que uma mãe carinhosa viesse me buscar; eu, sim, era quem saía ao encontro dos pescadores e lhes oferecia os meus serviços para que, em troca, dessem-me um pedaço de pão preto. Como sei com quanta inveja olham as crianças para os seres felizes e, deste modo, tenho procurado sempre ser o pai carinhoso de todos os pequeninos que tenham ficado órfãos ou que a rudeza de suas famílias não lhes ofereça essa ternura, esse carinho que faz a felicidade daqueles que começam a viver.

Perto de mim, não tenho permitido que nenhuma criança sofra. Por isso, as crianças sempre me rodeiam: elas têm sido e ainda são a minha escolta. Os habitantes das cidades vizinhas, quando veem muitas crianças reunidas, dizem, sorrindo: "O Padre Germano não deve estar longe. E não estou, realmente, os mendigos e os pequeninos são os meus melhores amigos. Assim é que as crianças, quando veem um mendigo, correm a buscar-me, acompanhadas de Sultão e, ao vê-los, não preciso lhes perguntar o que querem, porque já sei que um infeliz me reclama assistência e lhes digo: "Guiem-me, meus filhos." Como ficam contentes quando me deixo conduzir por eles! Um, segura o braço, outro, agarra a minha capa, e como se eu não conhecesse, palmo a palmo, todo o terreno que circunda a aldeia, os meus guias me dizem: "Por aqui é mais perto, por ali é mais longe; mais adiante é mais difícil". E aquelas infantis e carinhosas preocupações me fazem sorrir. É tão agradável saber-se amado e, especialmente, ver-se querido por almas tão boas! Porque são poucas as crianças malvadas; as ambições, a profunda avareza, não despertam nos primeiros anos, e as demais paixões que diminuem o homem, não se desenvolvem, senão na juventude: a infância é o símbolo da pureza, excetuando-se os espíritos rebeldes, porém, a maioria das crianças são as formosas flores da vida e o delicado aroma de suas almas purifica a atmosfera deste mundo, ainda tão contagiada pelos vícios e pelos crimes dos homens.

As horas mais tranquilas de minha existência as devo às crianças; a terna confiança que elas têm em mim, dão-me alento para sacrificar-me em benefício da Humanidade. E eu digo: "Se elas fixam seus olhos em mim, é preciso que eu lhes dê um bom exemplo", e, então, luto para dominar as minhas paixões e, quando venço, quando me domino, apresento-me a elas contentíssimo, porque assim consigo inocular em seus ternos corações a seiva da verdadeira vida. A vida sem virtudes é um suicídio lento e, em troca, enobrecida pelo cumprimento do dever, santificada pelo amor universal, é o instrumento mais precioso que possui o Espírito para o seu aperfeiçoamento indefinido.

Oito anos se passaram desde a minha chegada à aldeia e, durante esse tempo, havia conseguido criar uma grande família. Os anciãos vinham me pedir conselhos, os jovens me contavam as suas aflições e me confiavam a história de seus amores; as crianças, se eu não assistia as suas brincadeiras, não ficavam contentes; por conseguinte, havia realizado o belo ideal, havia formado sólidas bases da religião que eu ensinava e havia convertido minha velha Igreja em um ninho de amor e de esperança.

Uma tarde, quando estava estudando, vi Sultão entrar em meu oratório, como de costume, apoiando a sua inteligente cabeça sobre os meus joelhos; depois, olhou-me e lançou um latido lastimoso, fechando os olhos. Duas crianças entraram com ele e, vendo-o abrir e fechar os olhos várias vezes, começaram a rir, e o maior disse:

— Padre, não entendeis o que vos diz Sultão? Está vos dizendo que encontramos uma pobre cega. Vinde, Padre, vinde! Ela necessita de vós, porque está blasfemando, dizendo, aos gritos, que Deus não existe. Que má deve ser essa mulher! Verdade, Padre, que deverá ser muito má?

Sem saber o porquê, as acusações daquela criança me fizeram mal, e eu lhe disse:

— Olha meu filho, ninguém tem o direito de julgar os outros.

— Mas se diz que Deus não existe – replicou a criança –, já vereis, já vereis.

Saí com os meus infantis companheiros e nos dirigimos à "Fonte da Saúde", onde me deparei com o seguinte quadro: dez ou doze crianças rodeavam uma mulher que estava quase desnuda, com os cabelos soltos, os olhos consumidos, rodeados por um círculo violáceo, mas bem escuro. Seus olhos abertos tinham uma firmeza aterradora, apesar de ela ser muito magra (parecia um esqueleto), no rosto daquela infortunada se viam as marcas de sua perdida formosura, mas seu perfil conservava o sinal da perfeição. Olhei-a atentamente, e parecia que uma voz murmurava em meus ouvidos: "Olha-a bem! Não te recordas? Volta no tempo". Eu, em minha mente, ia evocando todas as minhas recordações e a voz me dizia: "Mais longe!... Mais longe, ainda..." E fui retrocedendo até a pobre casinha onde passei os primeiros cinco anos de minha existência. "Aqui? – perguntei. – Aqui devo me deter?" A voz misteriosa não contestou a minha pergunta, porém, as apressadas batidas do meu coração me disseram que entre aquela mulher e eu havia um íntimo parentesco; entre a infeliz blasfemadora e o padre de almas, existia o laço, o laço mais forte que une os seres entre si: Eu era carne de sua carne! Eu era osso de seus ossos! Aquela infeliz era minha mãe!... Não me restava a menor dúvida: era ela! Sim, e como se alguma dúvida tivesse podido me invadir, ela começou a maldizer de um modo tão horrível, que me fez estremecer, porque pareci voltar à minha primeira idade. Sem poder me dominar, um tremor convulsivo se apoderou de meu ser e lágrimas de fogo afluíram em meus olhos, para depois mudar seu curso e cair como fervente lava sobre o meu coração. Chorava de pena e de vergonha ao mesmo tempo, envergonhava-me de que aquela mulher fosse minha mãe.

Memórias do Padre Germano

Há momentos na vida, nos quais se sentem tão diversas emoções, que é de todo impossível conhecer e precisar qual é o sentimento que mais nos domina, porém, a pergunta de uma criança fez me voltar a mim. Entre os que me acompanhavam, havia um que tinha de quatro a cinco anos, de grande inteligência, que mais de uma vez havia me deixado surpreso com as suas inesperadas observações; acercou-se de mim e, olhando-me fixamente, disse:

– Padre, que faríeis se vossa mãe fosse como esta mulher?

– Amá-la-ia, meu filho – contestei. – A mulher que nos carrega em seu ser, sempre deve ser olhada como um ser sagrado.

– E se blasfema como esta?

– Do mesmo modo devemos amá-la, e mais ainda, porque os enfermos são os que necessitam de remédio.

A criança, ao ouvir minha contestação, olhou-me docemente, desenhando-se em seus lábios um divino sorriso; e sempre tenho acreditado que, naquela ocasião, aquele pequenino foi intérprete do Senhor que, tendo piedade de meu desvario, enviou-me um de seus anjos para recordar-me o meu dever.

Acerquei-me de minha mãe, que lançava gritos ferozes, apoiei minhas mãos em sua cabeça e, a seu contato, ela se estremeceu e quis fugir, porém, não pôde, pois suas pernas fraquejaram e teria caído se eu não a tivesse sustentado e a fizesse se sentar em uma pedra.

Quem me toca? – perguntou com irado acento.

– Um ser que se compadece de vós e que deseja vos ser útil.

– Pois olha – disse-me, amainando a voz –, leva-me a um deserto onde se possa morrer de fome e de sede, porque eu quero morrer e não consigo.

– E por que quereis morrer?

– Para não padecer e para não cometer mais crimes.

As palavras de minha mãe pareciam agudas flechas envenenadas que se cravavam em meu coração, e eu queria que nem as árvores a tivessem escutado, por isso, apressei-me em dizer-lhe:

– Tendes forças para andar?

– Por quê?

– Para vos levar a um lugar onde possais descansar.

198 AMALIA DOMINGO SOLER

– Mas eu não quero descansar, eu quero morrer, porque meus filhos me atormentam.

– Vossos filhos?

– Sim, sim, aqui estão, aqui!... – Levai-me, levai-me para onde eu não os veja.

E a infeliz se levantou, espantada, porém, sem dúvida, a debilidade produzida por um jejum prolongado a impediu de dar um só passo. Eu a sustive entre meus braços e ordenei às crianças que corressem à aldeia para buscar homens e que trouxessem uma padiola para carregar a pobre cega. Todos correram, mas, como a "Fonte da Saúde" dista muito da aldeia, demoraram a voltar e eu tive tempo de torturar a minha mente com os mais horríveis pensamentos. Minha mãe ficou, então, submersa em uma profunda letargia; reclinei a sua cabeça sobre os meus joelhos, cobri seu corpo com a minha capa e me lancei a explorar o meu passado e a lamentar o meu infortúnio. Eu dizia: "Eis aqui as consequências de um crime. Se esta mulher tivesse sido boa, se me houvesse amado, eu a teria querido tanto... tanto... minha mãe! E aprendido uma arte ou ofício, e a teria mantido com o produto de meu trabalho, criando uma família, e meus filhos teriam sido a alegria e o consolo de sua velhice. Pelo contrário, com o seu abandono, condenei-me a viver morrendo, e ela... quanto deve ter sofrido!..., quantos desacertos terão atraído, sobre a sua cabeça, enormes responsabilidades! Quão bem se compreende que, na culpa está o castigo! Mais desamparado do que ela, fiquei no mundo e, mesmo assim, à custa de sacrifícios, tem me rodeado numerosa família; sou ministro de uma religião e difundo a moral de Cristo, e ela!... não há o que perguntar como tem vivido, pois seu triste estado o demonstra. Ah! Senhor, Senhor, inspira-me! Eu quero perdoar como Tu perdoaste e quero amar essa infeliz para devolver o bem pelo mal, pois somente assim praticarei a Tua lei.

Que hora tão solene é a do crepúsculo vespertino! A Natureza diz ao homem: "Ora!" e a alma mais rebelde sente uma emoção inexplicável e, se pensa em Deus, pensa em seus mortos e roga pelo seu eterno descanso."

Enfim, voltaram as crianças, acompanhadas de vários homens, que transportaram minha mãe até a aldeia, levando-a a uma casa que servia como hospedaria aos mendigos e de hospital aos enfermos, particularmente para as mulheres, pois os homens, hospedavam-se na Reitoria, em meu oratório, porque nunca permiti que ali ficasse nenhuma mulher.

Minha pobre mãe, depois de quinze dias, estava diferente: seu cor-

Memórias do Padre Germano

po, perfeitamente limpo, estava bem vestido, seus emaranhados cabelos, cuidadosamente penteados e presos em uma touca mais branca que a neve; bem alimentada, repousava tranquila, ainda que, a intervalos, se exasperasse e pedisse que a levassem a um deserto para morrer de fome e de sede.

As boas mulheres que cuidavam das enfermas, sem dúvida, devem ter falado muito bem de mim e também devem tê-la aconselhado a fazer uma confissão geral para o desencargo de sua consciência, porque, uma manhã, vi-a entrar na Igreja, guiada por uma criança; fui ao seu encontro e ela me pediu que a ouvisse; levei-a aos meus aposentos, pedi que se sentasse em minha poltrona e lhe disse:

– Podeis começar.

– Tenho medo de falar.

– Por quê?

– Porque tenho sido muito má e, quando souberdes quem sou, expulsareis-me daqui e, apesar de, às vezes, querer morrer, agora me encontro muito bem... e temo perder este abrigo. Fazia tanto tempo que não dormia debaixo de um teto!

Quanto sofria ao escutar as suas palavras! Porém, recompus-me e lhe disse:

– Não temais perder a franca hospitalidade que aqui encontrastes. Eu, como sacerdote, tenho uma obrigação sagrada de amparar os desvalidos e ninguém mais desamparado que um cego e, ainda mais, se reúne, como vós, a cegueira do corpo à cegueira da alma. E eu vos juro que, em nenhum dia, enquanto estiverdes na Terra, padecereis, nem de fome, nem de sede. Falai, pois, sem temor.

Então, minha mãe falou... e seu relato foi tão horrível que, ainda que passado já muito tempo, tamanha impressão me causava recordar tudo isso, que não tenho coragem de passar para o papel. Somente direi que tive dez irmãos e todos foram abandonados: uns, ao nascer, outros, quando ainda não podiam andar, e eu fui o mais afortunado de todos. Ao saber que outros seres haviam dormido no mesmo claustro materno onde passei as primeiras horas de minha existência, tratei de ver se podia encontrar algum deles, porém, tudo foi inútil, pois minha mãe não se lembrava nem de lugares, nem de datas; a única que se recordava era a de meu nascimento, como se a Providência quisesse me apresentar todas as provas para que não duvidasse de que aquela infeliz era a minha mãe. Ao falar de mim, dizia:

– Padre, chamava-se como vós: Germano. Que terá acontecido com ele? Pobrezinho! Era muito humilde e sofrido, e, ainda que tivesse fome, nunca me pedia pão; não era rancoroso, nem vingativo e isso era o que o atormentava, porque eu não o amava. Padre, por que será que esse eu não vejo e os outros dez, vejo, continuamente, ameaçando-me, convertendo-se em répteis que se enroscam ao meu corpo? Aqui estão... aqui!

E começou a chorar com tão profundo desconsolo, lançando gemidos tão lamentadores, que o meu coração se fazia em pedaços e não pude fazer menos do que atrair a sua cabeça contra o meu peito e chorar com ela. Poderia lhe ter dito: "Abraça-me, sou teu filho!", porém, temi dar-lhe uma emoção demasiado violenta e, além disso, parecia-me escutar uma voz ao longe que me dizia: "Espera... espera!...", e esperei.

Que luta horrível sustentei durante alguns meses! Coloquei minha mãe na casa de aldeões, onde a tratavam com o maior carinho e onde ela, quando se viu boa e forte, começou a praticar grandes abusos que serviram de escândalo para os decentes habitantes da aldeia. Embriagava-se diariamente e cometia outros tipos de excessos, pervertendo vários jovens. Os anciãos vinham me dar conta daqueles desmandos nunca vistos naquela localidade. Eu admoestava minha mãe, porém, não me atrevia a falar-lhe com dureza, e aquele espírito necessitava do látego para obedecer. Quando lhe falava com ternura, seu viciadíssimo pensamento lhe dava, à minha tolerância, a mais fatal interpretação; e, ao ver aquele ser tão impuro, desesperava-me e dizia comigo mesmo: "Maldita, maldita seja a hora em que dormi em teu seio!". Porém, imediatamente, arrependia-me, chorava como uma criança e até me prostrava diante dela, dizendo: "Perdoa-me, Senhor! Quando Tu a deste a mim, como mãe, impuseste-me a obrigação de respeitá-la, de protegê-la, de amá-la, de acariciá-la. É minha mãe!" Eu não tinha o direito de repreendê-la e a admoestava, porém, com a maior doçura, e ela me escutava e, às vezes, lograva comovê-la e chorava, chamando-me de seu filho Germano. Aproveitando um dia o seu enternecimento, disse-lhe que sabia algo sobre o seu filho e inventei uma história dizendo-lhe que ele era companheiro meu, que também era sacerdote e, que, se ela melhorasse a sua conduta, ele poderia estreitá-la nos braços, um dia. Essa promessa produziu, de pronto, um resultado favorável; algo falava ao seu coração e me deu um estreito abraço, prometeu-me não se embriagar mais, porém, aquele espírito dominado pelos mais grosseiros instintos voltou a cair de novo na mais espantosa e escandalosa degradação, e até às crianças, fazia vergonhosas propostas. Minha inusitada tolerância causava a todos a mais profunda surpresa, porque estavam

MEMÓRIAS DO PADRE GERMANO

acostumados com a minha severidade e a minha retidão, e minha pobre mãe se fez tão odiosa por sua imoralidade, que cheguei a compreender, perfeitamente, que os meus paroquianos começavam a olhar-me com certo receio, crendo que unia àquela infeliz algum afeto impuro. Quanto lutei naqueles dias! Havia momentos em que me decidia a dizer em alta voz: "Esta é minha mãe! Por isso, não posso tratá-la com severidade." Porém, em seguida, via desfazer-se, em um segundo, meu trabalho de oito anos atrás. Para impor-se a uma multidão é preciso se apresentar superior a ela e, quando essa superioridade desaparece, tudo que se faça é inútil e, depois, pensava: "caso me sigam querendo e respeitando-me, e que, em consideração a mim, tolerem e ainda compadeçam-se de minha mãe, com os seus vícios, dou-lhes um mau exemplo. Eu poderei tolerar os abusos de minha mãe, porém, não tenho o direito de mortificar, nem escandalizar os demais com eles."

O homem tem dívida para com os seus semelhantes e não somente para com as afeições exclusivas.

Os habitantes desta pequena aldeia são minha família espiritual; meu dever é velar por seu repouso e, se minha mão direita lhes dá escândalo, devo cortá-la; porque entre a torpe satisfação de um só e a tranquilidade de muitos, sempre se deve preferir a maior soma de bem; nunca deve o homem pensar em si mesmo, senão nos demais. Encontro-me débil para corrigir minha mãe; quando ela vem e me fala, meu coração aumenta suas batidas, porém, de desespero, porque conheço que ela seria capaz de tudo, até de cometer um incesto, porque, ao falar-me de seu filho, sempre me pergunta algo que me magoa. Que infelicidade a minha! Não tive, enfim, mais remédio que escrever a um amigo, também sacerdote, que tinha a seu cargo a enfermaria de uma associação religiosa, para que, na qualidade de enferma, fosse minha mãe admitida e a sujeitasse a um regime curativo, único meio de dominar os seus vícios.

Quando minha mãe soube que tinha que abandonar a aldeia para ir para uma casa de saúde, exasperou-se, porém, consegui acalmá-la falando-lhe de seu filho Germano e, acompanhada por seis homens, saiu da aldeia, colocada sobre uma pacífica égua que um jovem e vigoroso aldeão puxava. Quando a vi caminhar, acompanhei-a até a "Fonte da Saúde", ficando, por longo tempo, submerso na mais dolorosa meditação. Toda a minha vida havia suspirado por minha mãe, cheguei a encontrá-la e, seus vícios, sua desenfreada libertinagem, impediram-me de tê-la ao meu lado; foi o espírito mais rebelde que conheci. Tenho dominado homens, cujos instintos sanguinários chegavam até à crueldade mais inconcebível, muitas mulheres depravadas têm tremido diante de mim e de muitas tenho conseguido um verdadeiro arrependimento; e minha mãe, a mulher que eu tivera querido converter em uma santa, para essa, não tive poder nenhum. Será, talvez, um castigo? Terei acreditado, talvez, em um momento de vitória, que eu tinha o poder dos anjos bons? Se tive esse orgulho, justa e merecida deve ter sido a humilhação, porém, que humilhação tão dolorosa, meu Deus! Porém, não, não é isso, afinal, sempre tenho reconhecido a minha pequenez. Ao ver minha mãe, não me recordei que, aos cinco anos, abandonou-me; olvidei os seus maus tratos e pensei:

– Essa mulher me deu o primeiro alento e, quando pequenino, quando comecei a sorrir, alguma vez, deverá ter me dado um beijo e dito: "Que lindo és, meu filho!" E, ao pensar isto... meus olhos se enchiam de lágrimas e prosseguia, dizendo: "O filho deve obediência ao pai". E, se tivesse podido... eu a teria servido, de joelhos . Às vezes, vinha dominada pela embriaguez e eu, que tenho odiado esse vício, ao vê-la, dava-lhe um calmante, tratava de apagar as marcas de seu extravio e lhe dizia em tom suplicante: "Prometei-me que não o fareis mais!... Ela não compreendeu que eu era seu filho, porque estava cega; se seu olhar tivesse se cruzado com o meu... oh! Então... minha negativa teria sido inútil: meus olhos lhe teriam dito o que calavam os meus lábios. Que luta, Senhor... que luta! Passaram-se muitos dias até que voltaram os seis aldeões que haviam acompanhado minha mãe. Ao vê-los, já pressenti uma infelicidade, porque me pareceram graves e silenciosos, e o mais velho falou: "Padre, o senhor nos conhece e sabe que as suas ordens são, para nós, como um preceito da santa lei e assim é que atendemos à pobre cega como se fosse nossa filha, porém, já levávamos dez dias de viagem quando uma tarde paramos ante um desfiladeiro para repousar um momento e, coisa rara, a égua Corindo, que era mansa como um cordeiro, encabritou-se, deu um bote, rompeu a rédea e lançou-se a galope violento, saltando valas e precipícios, e a cega, agarrada às crinas, estimulava sua cavalgadura para que corresse; corremos atrás dela, mas logo nos convencemos de que tudo era inútil, porque ela desapareceu de nossa vista, em muito menos tempo que empregamos em dizê-lo. Quatro dias passamos entre aqueles despenhadeiros, mas como não é possível descer ao fundo daqueles abismos, não pudemos encontrar os seus despojos. O senhor diz que o diabo não existe, porém, parece obra sua o que nos sucedeu".

Não soube o que dizer depois daquele relato; a dor e o remorso me fizeram emudecer e me obrigaram a cair em meu leito, onde permaneci muitos dias entre a vida e a morte. Eu dizia: "Se tivesse ficado aqui, talvez

MEMÓRIAS DO PADRE GERMANO

não tivesse morrido." Por outro lado, via que isso era impossível, porque o homem que se consagra ao sacerdócio tem obrigação de zelar pelo povo que se coloca sob o seu amparo, deve se consagrar ao bem, ao desenvolvimento de todas as virtudes e deve evitar tudo quanto seja pernicioso à sua grande família.

Que fazem os pais? Não desviam os seus filhos de suas más companhias? Há prostitutas que encerram as suas filhas em um convento para que não se contagiem com o vício de sua mãe. Há bandido que oculta de seus filhos seu modo de viver, para que estes vivam honrados na sociedade, então, eu tenho cumprido com o meu sagrado dever, afastando da aldeia aquela que era pedra de escândalo, pervertendo os jovens e as crianças, porém, aquela mulher era minha mãe! Nunca a havia visto sorrir, porém, afigurava-se-me que, alguma vez, olhando-me, havia sorrido e como o sorriso de uma mãe é o sorriso de Deus... eu sonhava ter sido objeto de um desses sorrisos. Eu chorava, sem saber definir seu sentimento.

Caí numa melancolia tão profunda, que nem as crianças logravam me distrair e não sei se não sucumbiria se um grande acontecimento não tivesse dado novo rumo às minhas ideias.

Ano e meio após a morte de minha mãe, conheci a menina pálida, a dos caracóis negros, a que, quando era pequenina queria vir até mim, atraída pela minha voz, quando eu dizia: "Venham a mim as crianças, que são limpas de coração!"

Ai! Quando me perguntou: "Padre, é pecado amar?", cerrei os olhos e pensei: "Por que não cai um raio e destrói nós dois?" Depois, abri-os, mirei-a, pensei nos habitantes de minha aldeia e raciocinei da seguinte maneira: "Eles tiram exemplos de mim e eu devo cumprir com o meu dever, quero fugir da culpa, porque nela está o castigo". E, graças a Deus, a minha família universal não teve, desta vez, que se envergonhar de seu padre. Tenho sofrido, tenho lutado, tenho feito em pedaços meu coração, porém, tenho vencido, dominando as minhas paixões, que é o que o homem deve tratar de dominar primeiro. Quem não é dono de si mesmo, não espere ter força moral, pois esta se adquire quando se vence a sua força, dominando os seus desejos, porque, então, convence-se as multidões, não com vãs palavras, mas, sim, com fatos que têm a eloquência de uma demonstração matemática. Os fatos entram dentro das ciências exatas; sua verdade inegável convence até aqueles que são incrédulos por convicção.

O ÚLTIMO CANTO

MEUS IRMÃOS! VEJO, COM PRAZER, que ledes as memórias de um pobre sacerdote a quem conheceis sob o nome de Padre Germano, admirais o que chamais suas virtudes e que, na realidade, não foram outra coisa que o estrito cumprimento de seu dever. Não penseis, meus filhos, que nada fiz de particular; fiz o que deviam fazer todos os homens; dominei as minhas paixões, que são os nossos mais encarniçados inimigos e isto vos demonstrará que sois injustos quando dizeis que o clero está desprovido de boas qualidades.

Em todos os tempos, tem havido excelentes sacerdotes, não vos negarei que são uma minoria e que a maioria tem cedido às tentações da malícia, da ambição e da concupiscência, mas não digais nunca que as religiões têm sido nocivas à sociedade, porque todas as religiões, em princípio, são boas e todas encaminham o homem à abstenção de todos os vícios; que os seus ministros não obedeçam a seus mandamentos, é outra coisa, porém, o divino preceito sempre é grande. Tomai exemplo em vossa liberdade: dizeis que a liberdade é a vida, porque é a ordem, é a harmonia e, sem dúvida, quanto sangue tem regado a terra, derramado em nome da liberdade!... Quantos crimes se tem cometido! Quanto se tem escravizado os povos! Pois, do mesmo modo que as religiões têm sido a tocha incendiária quando foram criadas para pacificar e harmonizar as raças, os sacerdotes têm tido, em suas mãos, a felicidade desse mundo, porém, têm sido homens sujeitos a desejos, a veleidades, têm se deixado seduzir, têm cedido à tentação e poucos, muito poucos, têm sabido cumprir com o seu dever.

Eu, se cumpri com todos os meus juramentos, não penseis que foi por virtude, mas, sim, que chega um instante decisivo no qual o Espírito, cansado de si mesmo, decide-se a mudar de rumo porque já está (fazendo uso de vossa linguagem) crivado de feridas, já não pode mais e diz: "Senhor, quero viver." E como querer é poder, o Espírito começa a dominar as

Memórias do Padre Germano   205

suas paixões, emprega a sua inteligência em um trabalho produtivo e ali
tereis o começo da regeneração; quando muitos Espíritos em uma nação
estão animados desse grande sentimento, então, é quando vedes essas
brilhantes épocas de verdadeira civilização, de inventos maravilhosos, de
mágicos descobrimentos. Se um Espírito, animado de bom desejo, pode
servir de consolo a centenas de indivíduos, calculai se milhões de Espíritos querem ser úteis a seus semelhantes, quanto bem podem fazer. Então,
é quando vedes as rochas convertidas em terra laborável, os desertos, em
povoados cheios de vida, os assassinos, em missionários, as prostitutas,
em irmãs de caridade; o homem é o delegado de Deus na Terra; já vedes
que se pode metamorfoseá-la.

Quando estive em vosso mundo, havia poucos Espíritos animados
de bom desejo. Foi uma época de verdadeiro desconcerto, por isso, minha
conduta chamou mais atenção e, quando de minha morte, apelidaram-
me de Santo, porém, crede-me: estive muito longe da santidade, porque
penso que o homem santo deve viver em uma calma perfeita, sem ter,
nunca, nenhuma sombra de remorsos, e eu, apesar da luta que travei
quando minha pobre mãe esteve na aldeia, luta terrível, indecisão fatal
que ainda, às vezes, atormenta-me, nos últimos meses de minha estada
na Terra, estive dominado por um remorso, por um remorso horrível, e
minha hora derradeira teria sido dificílima se Deus, em sua misericórdia
suprema, não me houvesse deixado recolher o fruto de um de meus maiores afãs que foi a conversão de Rodolfo, esse Espírito rebelde a quem quis
e quero com um amor verdadeiramente paternal. Se não tivesse sido por
ele, nos últimos instantes de minha vida terrena, teria sofrido espantosa-
mente. Quanto bem me fez ele, então!

Quero vos dar todos estes detalhes, porque desejo me apresentar
a vós tal qual sou, não quero que me creiais um Espírito superior, pois
estive muito longe de sê-lo, e, pela mãe que tive que escolher, pelas condições dolorosíssimas de minha vida, deveis compreender que tinha grandes dívidas que pagar. Se algo tive, foi um verdadeiro afã de progresso,
uma vontade muito grande, empregada no bem e essas foram as minhas
únicas virtudes, se é que se podem chamar aos meus ensaios de regeneração. Algum de vós já chegou a esse momento decisivo, quereis começar a
viver e, como necessitais de ensinamento, eu vos darei todas as instruções
que me sejam possíveis. Eu vos direi os gozos inefáveis que me proporcio-
naram as boas obras que fiz e os sofrimentos que me ocasionou o fato de
deixar-me dominar, por alguns momentos, por certa influência espiritual.
Ficai sempre de sobreaviso e perguntai-vos, continuamente, se o que hoje

pensais está em harmonia com o que pensáveis ontem, e, se vedes uma notável diferença, deveis vos colocar em guarda e recordar que não estais sós, que os invisíveis vos rodeiam e estais à mercê das suas armadilhas. Uma vez, fui fraco e vos asseguro que me custou muitas horas de tormento o meu fatal descuido.

Um ano antes de deixar a Terra, estava eu uma manhã na igreja, era começo do outono e me encontrava triste, muito triste; meu corpo se inclinava à sepultura, meu pensamento estava decaído, via acercar-se a hora de minha morte e, como durante a minha vida não havia feito mais que padecer, sendo vítima de contínua contrariedade, se bem que tinha a certeza absoluta da vida eterna e da individualidade de minha alma, como na Terra é tão limitado o horizonte que contempla os nossos olhos, eu dizia com profunda pena: "Morrerei sem ter vivido! Por tantos anos, somente algumas horas, pude contemplar o rosto de uma mulher amada, porém, que contemplação tão dolorosa!... Ela, com as convulsões da morte! Meu amor querendo salvá-la e o meu dever dizendo: "Leva-a, Senhor, afasta de mim esta tentação!" Eu, que teria dado mil vidas pela sua... tive que me alegrar com a sua morte. Que alegria tão amarga!... Resta-me o infinito, é verdade, porém, agora, agora não posso recordar nada que me faça sorrir. E sentia-me desfalecer.

Tenho observado que o Espírito se prepara com tétricos pensamentos quando vai cometer uma má ação e, de igual maneira, quando vai fazer um ato meritório tudo parece que lhe sorri. Um está contente sem saber o porquê e é porque nos rodeiam almas benéficas, atraídas pelos nossos bons pensamentos.

Quando outro se empenha em fazer o mal, atrai, com a sua intemperança, Espíritos inferiores, e, eu, naquela manhã, estava triste, muito triste, encontrava-me totalmente enfastiado; queria orar e não podia, queria evocar alguma recordação agradável e, somente surgiam, em minha mente, dolorosas reminiscências. Quando mais preocupado me encontrava, ouvi ruídos de cavalos que pararam diante de minha igreja, ouvi muitas vozes confusas e, por último, vi entrar no templo uma mulher que se dirigiu a mim, e, eu, ao invés de ir ao seu encontro, retirei-me, sombrio, e me sentei em um confessionário, disposto a afastar toda sorte de comunicação, porém, a mulher me seguiu, chegando-se a mim, exclamou:

– Padre Germano, é inútil afastar-vos de mim, pois venho de muito longe para falar-vos, já me conheceis e sabeis que, quando quero uma coisa, eu a consigo, sendo assim, é inútil a vossa resistência.

Memórias do Padre Germano

207

E ajoelhou-se diante do confessionário, porém, de uma maneira hostil, insultante, seu corpo dobrou-se por pura fórmula, porém, percebia-se que estava disposta a empregar a força para conseguir o seu desejo.

A voz daquela mulher crispou todos os meus nervos e me irritou de tal maneira, que transformou, por completo, meu modo de ser. Conhecia-a há muitos anos, sabia que era um réptil que se arrastava pela terra e que havia causado mais vítimas que cem batalhas; sabia que, quando uma mulher desonrava o nome de seu pai ou de seu marido e sua desonra se fazia visível, chamavam aquele monstro, davam-lhe um punhado de ouro e ela se encarregava de estrangular o terno ser, fruto inocente de ilícitos amores; sabia que ela havia seduzido muitas jovens, lançando-as nos braços da prostituição; sabia que aquela mulher era pior que Caim; sabia tantos detalhes e detalhes tão horríveis de sua existência, que várias vezes ela se colocara em meu caminho e eu havia fugido dela, sentindo uma invencível repugnância; e, ao vê-la, tão perto de mim, exasperei-me e lhe disse, com furiosa entonação:

– Pouco me importa que venhais de muito longe, nada quero escutar que se relacione convosco, nada, entendeis-me bem? Pois, saí daqui e me deixai tranquilo; sei que logo ir-me-ei e tenho o direito de morrer com tranquilidade e sei que, falando-vos, perderei a paz de minha alma.

– E se sois o santo que dizem, por que expulsais os pecadores arrependidos da casa de Deus?

– É que vós não viestes arrependida; já sei o que desejais: sem dúvida me direis (pois já tenho alguns indícios de vosso plano) que quereis reedificar esta velha igreja e levantar um soberbo santuário na "Fonte da Saúde" que sirva de hospedaria aos peregrinos. É verdade que esse é o vosso projeto, pensando que se levantais templos na Terra, vossa alma poderá entrar nos Céus? E até me direis que, cansada da luta da vida, quereis vestir a humilde vestimenta do penitente.

– Bem que dizem que sois bruxo e eu, assim, o creio, pois, efetivamente, adivinhastes meu pensamento: os anos me vergam com seu peso; temo que a morte me colha desprevenida e bom seria me preparar para a eternidade, se é que a alma presta conta de seus atos e, se nada recorda, sempre é grato pôr-se bem no mundo, deixando uma boa recordação que apague o vestígio de alguns desacertos que tenho cometido, dos quais a calúnia se apoderou, dando-me certo renome que não quero, de maneira alguma, levar à tumba. O ouro compra tudo, sede razoável;

deixai-vos de vãos escrúpulos; façamos um trato: eu vos darei todo o ouro que me pedirdes e, em troca, fazei tudo quanto creiais conveniente para que a minha alma repouse tranquila depois da morte e que me recordem, na Terra, com respeito, com veneração. Meu pensamento, como vedes, é bom e, apenas, quero apagar as pegadas do delito e assegurar minha salvação eterna. Uma boa confissão, dizem, reconcilia-nos com Deus; eu quero reconciliar-me com Ele, assim é que tereis que me escutar, porque a vossa obrigação é atender aos pecadores.

Assim, como a serpente vai fascinando as suas vítimas, do mesmo modo aquela mulher me fascinou com o seu olhar diabólico; quis falar e não pude, e, ela, aproveitando o meu forçado silêncio, começou a contar-me a história de sua vida. Falou durante quatro horas seguidas, e, eu, mudo, aterrado, sem saber o que se passava comigo, escutei-a, sem inter-rompê-la por nenhuma vez. Houve momentos em que quis falar, porém, tinha um nó de ferro na garganta, minha fronte pulsava apressadamente, meu sangue parecia chumbo derretido que, ao circular por minhas arté-rias, abrasava o meu ser e, quando ela terminou de falar, como se uma força estranha se apoderasse de mim, saí de meu embaraço, estremeci violentamente, levantei-me irado, saí do confessionário, peguei-a pelo braço e fi-la levantar-se, dizendo:

– Se eu cresse em sortilégios, acreditaria que me haveis enfei-tiçado, quando tive a paciência para escutar-vos tanto tempo; mas não, sem dúvida, meu Espírito quis se convencer de vossa infâmia e, por isso, prestei-vos atenção, para persuadir-me de que sois pior que todos os Cains e Heródes e Calígulas e Neros de que nos fala a história. Para mim, não há pecador em que não haja encontrado um átomo de sentimento, porém, em vós, não vejo mais que a mais cruel ferocidade, porém, uma ferocidade inconcebível. Regozijaste-vos em matar as crianças, que são os anjos do Senhor; não vos comovestes vendo a sua impotência, nada vos falaram os seus olhos que guardam o resplendor dos Céus; apoderastes delas, como fera sem entranhas e sorristes quando as víeis agonizar; e, depois de tantos crimes, depois de serdes o opróbrio e o horror da Huma-nidade, quereis levantar um templo, quereis profanar esta pobre igreja, revestindo-a com mármores comprados com um dinheiro maldito; que-reis envenenar a "Fonte da Saúde" fazendo com que o manancial de Deus sirva para um tráfico infame; quereis comprar o repouso eterno com uma nova traição. Miserável! Saí daqui! Para vós, Deus não tem misericórdia! Agora, pensais no repouso... e vós não podeis repousar jamais!... Vós ten-des que ir, como o Judeu Errante da lenda bíblica, correndo o Universo;

MEMÓRIAS DO PADRE GERMANO

quando pedirdes água, as crianças que assassinastes apresentar-vos-ão seu sangue misturado com fel e dir-vos-ão: "Bebei e andai!" E andareis séculos e séculos sem que a luz do Sol fira os vossos olhos e, perto de vós, muito perto, ouvireis vozes confusas que vos dirão: "Maldita, maldita sejais!..." E eu dou o começo, dizendo-vos: "Saí daqui, que as paredes deste santo templo parece que se fendem, porque querem tombar para não servir de abóbada para vossa cabeça, para vossa horrível cabeça, onde não germinam mais que ideias criminosas! Eu que, para com todos tenho tido compaixão, que tenho ocultado tantos malfeitores, para vós não tenho mais do que o anátema e a excomunhão. "Fugi daqui, maldita dos séculos! Fugi daqui, leprosa incurável! Fugi daqui, que o Sol se esconde para não se contagiar convosco!" E como se a Natureza quisesse me ajudar, desencadeou-se urna tempestade de outono, o vento aumentou, rugiu o furacão e aquela mulher teve medo, tremeu de espanto, acreditou ter chegado o juízo final e gritou, com verdadeira angústia: "Misericórdia, Senhor!" "De quem tivestes vós?" – repliquei com tremenda ira – "Fugi daqui, pois tal horror me inspirais que, se mais tempo vos contemplasse, converter-me-ia em vingador de vossas vítimas!"

Não sei o que deve ter revelado meu olhar, porque ela me mirou; lançou um grito aterrador e fugiu. Fiquei, por alguns instantes, olhando na direção que ela havia tomado, senti agudíssima dor no coração e caí, desfalecido, ao chão. Quando voltei a mim, soube, por Miguel, que havia ficado dois dias inconsciente. As crianças, com as suas carícias, haviam tentado me fazer despertar, porém, tudo havia sido inútil. Voltaram os pequeninos e rodearam meu leito com a mais terna solicitude, e olhei-os com infantil alegria, porém, em seguida, lembrei-me do que havia acontecido e lhes disse: "Deixai-me, meus filhos, eu não sou digno de vossas carícias." As crianças me olharam e não compreenderam; repeti-lhes as palavras anteriores e um deles disse aos demais: "Vamos dizer a Maria que o Padre Germano está muito mal." Tinha razão, tinha o corpo enfermo, tinha a alma ferida.

Desde então, não tive um momento de repouso, nem no túmulo dela, onde, às vezes, aparecia-me a menina dos caracóis negros; olhava-me tristemente e eu lhe dizia: "É verdade que já não sou digno de ti? Expulsei um pecador do templo." A maravilhosa visão me parecia que chorava, e, eu, ao ver suas lágrimas, chorava também e exclamava: "Desventurado! Quem sou eu para maldizer? Aquela infeliz teve medo e, em lugar de dizer-lhe: "Espera, espera, que a misericórdia de Deus é infinita!" disse-lhe: "Sai daqui, maldita dos séculos!" Sei que profanei esta velha Igreja! Parece mentira! Eu, que somente soube amparar... Por que, uma vez, rechacei um infeliz pecador? Por quê?" E ia ao campo sozinho, não queria que as crianças me acompanhassem, porque não me achava digno de suas companhias.

As tardes de outono são muito tristes, os últimos raios de Sol parecem os fios telegráficos de Deus que transmitem, ao homem, um pensamento de morte.

Eu os olhava e dizia: "É verdade que dizeis que vou morrer logo?" E como se a Natureza respondesse ao meu pensamento, as sombras envolviam uma parte da Terra, e eu via a figura do judeu errante, que corria diante de mim, e somente me acalmava quando as estrelas me enviavam seus sorrisos luminosos.

Naquela ocasião, Rodolfo me prestou um grande consolo; não me deixava quase nunca sozinho; parecia a minha sombra; onde quer que eu fosse, vinha me buscar e me dizia:

– Não fiqueis assim! Se com uma pecadora fostes inflexível, em troca, muitos culpáveis vos devem sua salvação; sede razoável; o que pesará mais na balança divina: um ser ou mil? Pois, mais de mil e de cem mil salvastes do desespero. Já estais enfermo e há que levar em conta muitas coisas. Vamos, animai-vos.

E me acariciava como a uma criança, fazendo com que eu me apoiasse em seu braço. Por momentos me animava, porém, voltava a cair em meu abatimento. E, assim, sofri por um ano, sempre pensando por que havia sido tão intolerante com aquela mulher, quando minha tolerância era proverbial, realmente, era o réptil mais repugnante que eu havia conhecido, porém, quem era eu para condenar? E esta tenaz ideia foi me minando, pouco a pouco, até que caí em meu leito para não me levantar mais. Rodolfo e Maria foram os meus enfermeiros, e todos os habitantes da aldeia rodeavam a minha humilde casa.

As crianças me diziam:

— Não te vás... levanta-te!... Vai à "Fonte da Saúde" e verás como, bebendo aquela água, ficarás bom.

E eu os contestava:

— Meus filhos, já não me serve a "Fonte da Saúde" que há neste lugar, faz-me falta a "Fonte da Saúde" que há no infinito!

As jovens choravam e diziam: "Padre Germano, não vades". E, mais de um casal, ajoelhou-se ante meu leito como se este fosse um al-

Memórias do Padre Germano 211

tar, dizendo-me: "Padre, abençoai a nossa união e assim asseguraremos a nossa felicidade". E os anciãos me olhavam com profunda pena e diziam: "Tu não deves morrer nunca, porque tu és o melhor conselheiro que temos nas horas de tribulação."

Todas essas provas de carinho me comoviam e me envergonhavam e, então, querendo descansar um pouco a minha consciência, disse-lhes, dois dias antes de morrer: "Meus filhos, quero me confessar convosco, escutai-me". E lhes contei o que havia feito com aquela mulher, dizendo ao terminar: "Queria purificar a Igreja que profanei; quiçá o tempo se encarregue disso (e naquele instante tive, sem dúvida, um espírito profético porque, alguns anos depois, o fogo destruiu o templo que eu manchei com a minha intolerância). Nesse momento, pegai minha velha capa, atirai-a no meio da praça e queimai-a pois que, se, com ela, cobri a muitos culpáveis, a um pecador neguei abrigo e o manto do sacerdote que não cobre a todos os pecadores merece ser queimado e suas cinzas atiradas ao vento; quanto ao meu corpo, não lhe imponho esse suplício, porque não foi minha matéria que pecou; foi o meu Espírito e este já sofre, há muito tempo, a tortura do remorso, fogo que abrasa sem consumir! Mas não creiais que a minha condenação será eterna, porque eu me purificarei, por meio de obras meritórias, em minhas sucessivas encarnações." Rodolfo me olhava, dizendo com seus olhos: "Não te vás, que eu não quero!..." Eu lhe dizia: "É inútil a tua demanda: chegou o fim do prazo; olha como eu morro; toma exemplo; a minha última hora não é como eu imaginava; acreditei morrer tranquilo e meu mau proceder com aquela infeliz fêz-me tremer. Se uma má ação tanto me faz sofrer, calcula como morrerás tu se a teus desacertos passados acumulas novos desvarios. Jura-me que não esquecerás os meus conselhos e, assim, morrerei mais tranquilo."

Rodolfo não podia falar, porém, estreitava as minhas mãos contra seu peito e seus olhos me diziam: "Vive, vive por mim!" Quanto bem me faziam aqueles olhares!..., porque, quando afastava meu olhar do dele, via o judeu errante que corria; eu o seguia e os dois corríamos até que eu caía desfalecido. Quanto sofria naquela vertiginosa carreira que, apesar de ser imaginária, a mim, parecia uma horrível realidade!

Rodolfo, compreendendo meu estado, teve uma boa inspiração: eu havia ensinado as crianças a cantar um coro nas festividades da Igreja; eu lhes compunha a música e a letra de cantos singelos e havia escrito uma para a morte de um ancião muito querido na aldeia, cujas estrofes falavam ao coração; uma delas, traduzida literalmente em vosso idioma, dizia assim:

"Ancião, não te vás, fica conosco! Na Terra está o corpo de Deus no mistério da Eucaristia; bem podes ficar."

"Há mulheres que amam, crianças que sorriem e anciãos que abençoam; não te vás, fica conosco."

"Aqui há flores, há aves, há água e raios de sol; não te vás, fica conosco."

As vozezinhas das crianças, cantando estas estrofes, produziam um dulcíssimo e comovedor efeito. Rodolfo saiu de meus aposentos e voltou em poucos momentos, dizendo-me: "Padre, escutai, escutai o que dizem as crianças!" Atentei os meus ouvidos e, ao ouvir o canto dos pequeninos, acompanhado dos acordes do órgão, senti um bem-estar indefinível; minha mente se tranquilizou como por encanto, fugiram as sombras do terror e vi os meus aposentos inundados de uma vivíssima luz; formosíssimas figuras rodeavam o meu leito, destacando-se dentre elas, a menina dos caracóis negros, que, inclinando-se sobre a minha fronte, disse-me com voz acariciante:

– Escuta, boa alma; escuta o último canto que, por ti, elevam na Terra; escuta as vozes dos pequeninos; eles te dizem: "Bendito sejas!"

Aqueles momentos me recompensaram com acréscimos de toda uma vida de sofrimentos. Na Terra, chamam-me as crianças, no espaço, chamam-me os anjos.

Todos me queriam!... Pode haver felicidade maior? Não. Rodolfo me estreitava contra o seu coração. Maria sustentava a minha cabeça e eu, sem abalos e sem fadiga, desprendi-me de meu corpo, sobre o qual se precipitaram todas as crianças; e, ainda que, na Terra, os mortos inspirem repugnância, meu cadáver não a inspirou. Todos os habitantes da aldeia acariciaram os meus restos, que permaneceram insepultos muitos dias, respeitando ordens superiores da autoridade eclesiástica que, ao fim, profanou meu corpo, colocando em minha fronte a mitra que usam os vossos bispos, e, por todo o tempo em que o meu corpo permaneceu na igreja, não deu sinais de decomposição, sem dúvida, por causa da minha extremada delgadeza, posto que parecia uma múmia, mas que as pessoas sensíveis atribuíram à santidade e, todas as tardes, as crianças entoavam o último canto que lhes ensinei.

Soube, depois (para meu consolo), que, quando expulsei a pecadora do templo, fui fiel intérprete de outros Espíritos que se apoderaram de mim, aproveitando-se de minha debilidade e de meu descontentamento; e, não fosse pela boa inspiração de Rodolfo, as minhas últimas horas

Memórias do Padre Germano

teriam sido horríveis; meu desespero me envolvia em densas sombras e, como eu não queria sair delas, pois parecia-me que sofrendo lavava a minha culpa, não dava acesso, não ajudava os meus protetores do além, a chegarem até mim.

Meus filhos, podeis ver: por um momento de debilidade, por deixar-me vencer pelo fastio, servi de instrumento a Espíritos vingativos e eu sei o que sofri. Sede resignados, nunca vos desespereis, nunca. Fazei todo o bem que possais e, assim, obtereis o que eu alcancei, pois, apesar de meus defeitos e de minhas debilidades, minha morte foi a morte do justo. Os pequeninos me diziam: "Não te vás!" E os Espíritos do Senhor repetiam no espaço: "Escuta, alma boa, escuta o último canto que elevam por ti, na Terra; escuta a oração das crianças; elas te dizem: "Bendito sejas!"

UM DIA DE PRIMAVERA

QUE FORMOSA É A PRIMAVERA, filhos meus! Ela nos sintetiza a vida, porque é a encarnação da esperança, é a realidade da glória.

A Terra, apesar de não ser um mundo feliz, posto que dista muito da perfeição em relação aos méritos dos terrestres, é a primavera, cópia do paraíso, porque nessa estação florida, tudo sorri, tudo desperta, ao beijo mágico de Deus.

Há lugares mais belos, uns que outros, e durante a minha última existência habitei – como já sabeis – em uma aldeia, situada em um dos lugares mais pitorescos desse planeta. A igreja e várias casas estavam edificadas em uma extensa planície e o restante da povoação está disseminado pelas montanhas que, em espaçoso anfiteatro, contornam a aldeia. O mar, quase sempre bonançoso, oferecia-me sua imensidade para induzir-me à meditação. Entre as montanhas se estendiam aprazíveis vales, sulcados por arroios cristalinos que me convidavam com a sua frescura e os seus férteis terrenos semeados, a repousar docemente nas manhãs de primavera. E já que vós desfrutais agora dessa formosa estação do ano, quero vos dizer quanto me rejubilei em um dia dessa época feliz, na qual os pássaros, as brisas, as flores, a luz do sol, o fulgor das estrelas, tudo parece nos dizer: "Ama, homem da Terra; sorri, alegra-te, pobre desafortunado, e espera em uma manhã indefinida!" Eu, desde menino, adorei a natureza e admirei os encantos da criação, que são, como as gotas do orvalho, inumeráveis! Por razão natural, quando tive mais reflexão, admirei, muito mais, todas as belezas que me rodeavam e, se não fora as condições de minha vida, que não permitiam o retirar-me a uma gruta e entregar-me à meditação – ao contrário, precisaria estar firme em meu posto, para atender não só aos meus paroquianos (que em louvor da verdade, eram os que menos trabalho me davam) como também aos habitantes dos povoados vizinhos, que continuamente vinham me contar as suas aflições, e outros

Memórias do Padre Germano   215

muitos pecadores, que deixavam seus palácios e seus castelos para pedir-
me um conselho, e, por último, inumeráveis mendigos, que vinham com
frequência pernoitar na aldeia, seguros de encontrar favorável acolhida
– tudo isso reclamava a minha presença e me afastava de meus lugares
prediletos, porque gostava de ir muito longe do povoado, comprazia-me
em admirar o trabalho de Deus sem que a mão do homem tivesse posto
o seu selo.

Queria ver a Natureza com os seus bosques sombrios, com as suas
alegres pradarias alfombradas de musgo e bordadas de flores, com seus
arroiozinhos límpidos como o olhar das crianças, e nas sinuosidades,
iguais às intenções do malvado, com as suas pedras cobertas de silvestres
trepadeiras, com os seus agrestes atrativos... Nisso tudo, encontrava eu a
obra de Deus mais bela: para mim, sempre tem sido Deus o Divino Artista
ao qual tenho adorado, estudando os infusórios e aspirando o perfume
das humildes violetas.

Quando podia reservar alguns momentos para mim, saía para o
campo e, apesar de que meu organismo fosse muito débil, como por encanto, adquiria força e, como se fora um pequerrucho, lançava-me a correr, porém com uma corrida tão rápida e com velocidade tão vertiginosa
que ao meu fiel Sultão custava trabalho alcançar-me. Chegava ao cume
de uma montanha, sentava-me, olhava ao meu redor e, ao me ver só,
respirava melhor; sentia um prazer inexplicável e me entregava, não a
uma extática contemplação, porque os êxtases não servem para nada; o
que sucedia, é que, ao ver-me rodeado de tantas belezas, refletia e dizia:
"Aqui, tudo é grande, maravilhoso; somente eu sou o ente pequeno, vulgar, pois é necessário que o habitante seja digno da casa que lhe tenham
concedido, que lhe tenham destinado."

E como nunca me faltavam infelizes a quem amparar, ocupava-
me em desenvolver um plano para levar a cabo uma empresa, e nunca
tinha tanta lucidez como quando ia ao campo e me entregava a pensar
no porvir dos deserdados. Naqueles instantes, cumpria-se, em mim, o
adágio evangélico de que "a fé remove montanhas"; porque o que dentro
de minha igreja me parecia impossível realizar, ali encontrava tudo plano,
sem que o menor obstáculo se interpusesse ao meu desejo, e então... quão
satisfeito voltava à minha aldeia! Já não corria; ia bem devagar, me permitia gozar como um sibarita, estava contente comigo; e nunca é tão ditoso
o homem como quando perscruta a sua memória e no depósito de suas
lembranças não encontra um só remorso, porém, ao contrário, vê se levantar, viçosa, a flor de uma ação generosa. Como terrestres, estamos tão

pouco acostumados a fazer o bem, que quando cumprimos com o nosso dever, nos primeiros momentos nos parece ter conquistado um mundo; e esta satisfação, se bem seja prova de nossa debilidade e, enquanto não chegue a nos embriagar e se converta em orgulho, em presunção, tem sua parte, ou melhor dizendo – seu todo, bastante benéfico para o Espírito, porque se desfruta tanto quando se pode enxugar uma lágrima que, para desfrutar desse prazer, o homem se afeiçoa ao bem, o que é tudo o que tem que fazer na Terra, praticar o amor, embora os terrestres não saibam amar, confundindo a concupiscência e a atração natural dos corpos (que é necessária e indispensável para a multiplicação das espécies) – com esse sentimento delicadíssimo, com essa compaixão profundíssima, com essa ternura inexplicável, que deve enlaçar as almas e formar essa grande família, que tão fracionada e tão dividida se encontra hoje.

Entre os mendigos e aventureiros que com frequência pernoitavam na aldeia, havia uma família composta de um casal e quatro filhos, três varões e uma menina, que me fizeram pensar muito, porque nunca acreditei que se reunissem na Terra, em uma mesma família, Espíritos mais afins do que aqueles, exceto um.

O marido, a quem chamarei Eloy, era um ser miserável e corrompido, preso na mais completa abjeção, de instintos tão selvagens e tão cruéis, que matava pelo prazer de matar. Sua esposa era sua cópia fiel: seu deus era o ouro e se mil almas tivesse todas teria vendido ao diabo com o fim de possuir tesouros. E seus filhos! A menina era um anjo, Teodorina era aparição celestial; e seus irmãos, tão perversos como seus pais, porém cada um inclinado a um vício distinto, desde a mais tenra idade. Aqueles quatro seres, por um mistério da Providência, haviam recebido de minhas mãos a água do batismo; tinham, outrora, um castelo nos limites da aldeia, mas haviam sido tantos os deslizes de Eloy e de sua esposa, em todos os sentidos, que perderam a posse de seus bens, puseram preço sobre as cabeças desses dois e, assim, aqueles que haviam nascido a pouco menos que ao lado do trono, viram-se sem ter onde reclinar suas frontes. Todas as excomunhões pesavam sobre eles: a igreja lhes havia cerrado as suas portas; o Sumo Pontífice havia dado as ordens mais severas para que nenhum vigário do Cristo os deixasse entrar no templo bendito, e não sabeis vós o que significava, naquela época, estar excomungado: era pior que morrer em uma fogueira, era ser alvo de todas as humilhações e todos tinham direito de insultar os excomungados, que levavam um repugnante distintivo. Pobres Espíritos! Quantos desacertos cometeram! Quantas lágrimas vertidas por sua causa! Quão tenaz foi a

MEMÓRIAS DO PADRE GERMANO   217

sua rebeldia! Teve que se verificar pouco menos que um milagre para que
aqueles réprobos viessem à luz.

Muitas vezes, vieram me pedir hospitalidade e recolher alguma
soma de dinheiro que eu lhes guardava, e eu estremecia ao vê-los, porque
os filhos de Eloy eram tão perversos que, um dia, em que estiveram pela
localidade, talharam campos, estrangularam ovelhas, enquanto sua irmã
Teodorina, sentada de joelhos, chorava os desacertos dos irmãos e me
dizia: "Padre, quando chegará para os meus a hora da redenção? Eu peço
à Virgem Maria, e ela me fala, sim, Padre; a Virgem fala comigo e me diz:
'Não deixes os teus, que só tu os levará à terra de promissão."

Quão grande foi a missão de Teodorina! Desde a tenra idade de
seis anos, teve tão admiráveis revelações, que eram o assombro de quantos a escutavam.

A última vez que vieram à aldeia, Eloy veio muito enfermo e, embora eu tivesse ordens, como todos os sacerdotes, de não os deixar entrar
em minha igreja, nem de pernoitar nas cercanias do povoado, cedi ao
enfermo o meu leito e, ao restante da família, hospedei como pude.

Os mais velhos do lugar se atreveram a dizer-me: "Padre, vós desafiais a cólera de Deus."

– "Quereis dizer – contestei – a dos homens, porque Deus não
se encoleriza jamais; sede mais francos, dizei que tendes medo, porque
pensais que a permanência da família na aldeia vos trará transtornos e
calamidades. Descansai. O que deveis fazer é redobrar a vossa vigilância,
colocando cães em lugar conveniente para que os pequenos excomungados não destrocem, em um segundo, o trabalho de muitos dias; cuidai de
vossas plantações e me ajudai, ao mesmo tempo, a fazer uma boa obra,
pois que eu me encontro inspirado e alguém me diz que conseguirei agora
o que não tenho podido alcançar em muitos anos." Como eu tinha sobre
a minha grei tanto poder, uma palavra minha bastava para dissipar todos
os seus temores, e os pais de Maria levaram à sua casa os filhos de Eloy, ficando, na minha moradia, o enfermo, sua esposa e a angelical Teodorina,
menina feiticeira, que sempre vinha atrás de mim a contar-me seus sonhos e a dizer-me – "Padre: eu não quero ir embora daqui. Ao vosso lado,
meus pais são melhores, bons; aqui, não fazem danos a ninguém, porém,
fora deste lugar... sofro tanto... fazem o mal pelo prazer de fazê-lo."

Eloy esteve um mês enfermo e, durante aquele tempo, seus filhos
fizeram o mal que puderam. Assim é que, na aldeia, não havia um só
habitante que os quisesse. Até os cães os odiavam. Mesmo Sultão, quando

os via, arrojava-se sobre eles. Em troca, a Teodorina, lambia as mãos e se jogava a seus pés para que ela brincasse com ele.

Durante a sua enfermidade, Eloy teve largas conversações comigo, e eu aproveitei todas as ocasiões para incliná-lo ao bem, prometendo-lhe que, se ele reconhecesse o soberano existente, eu tinha influência de sobra para conseguir que o chefe da Igreja os perdoasse, e embora não pudesse recobrar os seus, antes, inumeráveis bens em sua totalidade, devido às tantas acusações que sobre ele pesavam, e posto que eram tantos os nobres descontentes que se haviam indisposto com o rei pedindo justiça, não se podia ter esperança de recobrar muitas de suas fortalezas –porém, algumas de suas granjas, sim, e eu me encarregaria de fazer educar seus filhos em um convento. Poderia renascer à vida o homem que, ao vir ao mundo, havia sido envolto em rendas e cambraias e, depois, havia chegado ao extremo, quase como um bandido que não podia passar a noite no povoado.

Eloy me escutava atentamente, sua esposa também, porém eram duas almas tão pervertidas, encontravam-se tão bem nos braços do crime, a vida anômala que levavam era tão de seu agrado, que se vinham a buscar-me era por Teodorina. A pobre menina era a que sempre clamava por vir à aldeia, e aqueles dois seres, apesar de sua perversidade, queriam à sua filha tudo o que eles podiam querer, porque era, verdadeiramente, anjo de redenção e até os seus irmãos a respeitavam. Era dessa maneira a pequena.

Quando Eloy pôde deixar o leito, já se asfixiava em minha companhia, e sua esposa mais que ele ainda. Em troca, Teodorina, que então tinha dez anos, sorria feliz cuidando das flores de meu horto, e me dizia: "Padre, vós que sois um santo, fazei um milagre com os meus pais." E ao dizer isto, olhava-me de uma maneira tão significativa, diziam-me tantas coisas os seus olhos, que lhe disse uma tarde: "Eu te prometo que, ou me engano muito, ou Deus escutará os teus rogos e os meus; roga tu, filha; dizei à Virgem, que vês em teus sonhos, que me ajude; que os Espíritos benéficos me deem a sua força e serei capaz de transformar um mundo."

Quando Eloy deixou o leito, a formosa primavera engalanava os campos; os bosques davam franca hospitalidade a milhares de pássaros, que entoavam dulcíssimos cantares; as pradarias ostentavam o mais belo tapete, matizado de diversas flores; o ar era leve e perfumado; o céu, com o seu manto azul, falava à alma. Fiz vir alguns anciãos e lhes disse:

– "Amigos meus, com o enfermo que tive em meu oratório, com a

MEMÓRIAS DO PADRE GERMANO

ansiedade que me trouxeram os filhos desse infeliz, e outras penalidades que me agoniam, vejo que minha cabeça fraqueja. Tenho-a tão debilitada que não posso coordenar minhas ideias. Assusta-me o pensar que eu podia viver muitos anos entregue à ociosidade e creio firmemente que, se eu saísse ao campo, a um de meus lugares prediletos, teria nova vida. Assim, é que quero que todos vós me ajudeis nesta cura; quero que todos os habitantes da aldeia, todos, e quantos pobres se encontrem em nossa companhia, venham comigo passar um dia no campo. E, neste dia não quero que, em torno de mim, chorem; quero que todos sorriam, quero dar a mim a ilusão de nos havermos transportado a um mundo feliz. Aprovais meu plano? Quereis me acompanhar para entoar uma salva no cume da montanha mais alta que divisam nossos olhos?

– Sim, sim – gritaram os anciãos, com alegria infantil –, faremos tudo o que quereis, para conseguir a prolongação de vossa vida. Pensais muito, trabalhais demasiado. Tendes razão. Vamos descansar de nossas fadigas.

E, com afã febril, meus bons paroquianos correram pela aldeia dando a boa nova, ou seja, que eu queria ir ao campo, rodeado de meus paroquianos e de quantos pobres se encontrassem no lugar.

Chegou o dia assinalado e justamente na noite anterior havia vindo muitos mendigos.

Enquanto as estrelas ainda enviavam seu fulgor à Terra, Sultão entrou em meu quarto latindo alegremente, como dizendo-me: "Desperta, que já é hora!" Que animal tão inteligente! Como compreendia tudo! Como fazia algazarra quando me via alegre! Como vigiava meu sono quando lhe dizia: – "Ah! Sultão, estou mal!... – então, colocava-se ao pé da escada que conduzia ao meu quarto e se mantinha atento: ninguém subia a molestar-me. Porém, quando ele sabia que eu devia me levantar cedo, entrava em meus aposentos dando saltos e cabriolas, e, como era tão grande, sua alegria produzia uma verdadeira revolução, porque derrubava as poltronas, meu velho báculo rodava pelo solo, e eu me comprazia vendo tanta agitação.

Naquela madrugada, ao despertar, disse a Sultão: "Vai-te, quero ficar sozinho, vai-te e desperta os preguiçosos." Sultão me olhou, apoiou sua formosa cabeça em minhas mãos e depois, com aquela inteligência maravilhosa que o distinguia, foi-se pausadamente, então, sem fazer ruído: compreendeu que minha mente necessitava de repouso naqueles instantes.

Ao me ver só, levantei-me, abri a janela e, olhando para fora, contemplei o céu e exclamei: "Senhor, seja eu, hoje, um de teus mensageiros! Dai-me essa força mágica, essa potência sem rival que têm, nos momentos supremos, alguns de teus enviados! Quero fazer voltar ao redil duas ovelhas desgarradas. Ajuda-me, Tu, Senhor! Porque, sem Ti, não tenho alento; sem Ti, falta-me persuasão para convencer, falta essa eloquência para entusiasmar e decidir o ser indiferente. Falta-me essa voz profética que encontra eco na mente do culpado. Sou uma árvore morta, porém, se Tu quiseres, Senhor, hoje terei nova seiva. Tu vês qual é a minha intenção. Quero salvar a cinco seres que naufragam no caminho do crime, quero evitar o martírio de um anjo. Teodorina é um de Teus querubins e se asfixia, Senhor, entre os répteis. Seja eu, por breves segundos, um dos delegados de Tua Onipotência; deixa-me dar esperança aos desesperados; deixa-me cantar o "Hosana de glória a Deus nas alturas e paz na Terra aos homens de boa vontade"; deixa-me ir ao grandioso templo das montanhas, cuja cúpula é o céu. Quero adorar-te, Senhor, como amor de minha alma, como contentamento de meu Espírito; quero sorrir, Senhor, depois de haver praticado uma boa obra; deixa-me desfrutar um momento de satisfação, deixa-me sair de meu cárcere sombrio para contemplar a beleza da luz. Peço-te muito, Senhor? Desejo, acaso, algo impossível? "Não - murmurou uma voz ao meu ouvido – vai-te tranquilo, que a vitória será tua."

E como se houvessem levado o homem velho e tivessem trazido o homem jovem, de igual modo me senti transformado. Admirei-me e exclamei: "Quão grande é o Teu poder, Senhor; és a Alma de todas as almas, Tu és a Vida, Tu és a Força, Tu és a Eterna Juventude."

Cheio de dulcíssimas esperanças, fui buscar Eloy e lhe disse: "Hoje, sairemos todos, e eu me apoiarei em ti; é a única recompensa que te peço em paga de meus desvelos; sejas tu, hoje, o meu báculo, e amanhã serás livre, se quiseres ir."

Com a promessa de poder ir embora, Eloy se alegrou e, com agrado, ofereceu-me o seu braço. Entramos na Igreja, onde já nos esperava o povo em massa, e ali disse ao meu auditório: "Filhos meus, peçamos a Deus que deste formoso dia conservemos todos uma lembrança imperecível."

Quando saímos à praça, reparei que faltavam várias mulheres das mais boas e caritativas. Perguntei por elas e me disseram que haviam ficado em casa por ter, duas delas, um filho enfermo, e as outras, por fazer-lhes companhia.

MEMÓRIAS DO PADRE GERMANO 221

"Que venham as que têm filhos enfermos, que hoje Deus permite que eu tenha o dom de curar os enfermos."

Vieram as duas mulheres com seus pequeninos nos braços; dei um beijo nos meninos, dizendo em minha mente: "Senhor, Tu vês meu desejo, ajuda-me."

As crianças, ao sentirem os meus lábios na sua boca, estremeceram, abriram os olhos, um deles sorriu e acariciou sua mãe, buscando em seu seio a água da vida, enquanto o outro, que tinha mais idade, fazia esforços para que o colocassem no solo!

Eloy me mirou e disse:

– Fizestes um milagre, Padre.

– Outro maior farei depois, porque, hoje, Deus me inspirou. Deus vê meu desejo, e Deus dá um mundo ao que lhe pede com o coração.

E nos pusemos em marcha.

Que dia tão formoso, irmãos meus! Foi o único dia em que sorri na Terra; houve momentos em que me acreditei transportado a um mundo melhor; as jovens e os mancebos iam adiante; os anciãos e as crianças vinham comigo; todos cantavam, todos riam, todos se entregavam à mais doce expansão. Quando chegamos ao cume da montanha, que espetáculo tão admirável se apresentou ante os nossos olhos! O mar e o céu tinham a mesma cor; nenhuma nuvem empanava o firmamento; nenhuma onda embravecida turvava o repouso do líquido elemento que, formando um espelho imenso, parecia que retratava algo incompreensível do infinito.

Verdes prados, cruzados por riachos cristalinos, colinas coroadas por frondosas árvores, tudo ali era belo, tudo sorria, tudo dizia ao homem: "Adora a Deus." Assim o compreendeu minha alma, e assim o compreenderam meus companheiros, porque todos dobraram os joelhos e cruzaram as mãos em sinal de adoração. Depois, levantaram-se e entoaram um "salve" à Natureza, que eu havia lhes ensinado. Uma de suas estrofes dizia assim:

"Salve, ó céu com tuas nuvens!

"Salve, ó chuva benéfica que fecunda a terra!

"Salve, companheiras e antecessoras do homem, ó árvores amigas que tão úteis são à Humanidade!

"Do perfumado cedro se faz o berço da criança, do robusto azinheiro se faz o ataúde do ancião.

"Salve, ó habitantes do ar que nos ensinastes os hinos de louvor para saudar o bom Deus!"

Eloy, sua esposa e seus filhos estavam junto de mim, e adverti que o primeiro instava os seus para irem-se; então lhe disse:

– Por que queres ir?

– Porque sofro; tanta luz me faz mal; sois demasiado bom para nós, e deveis advertir que, segundo dizem, Deus não admite, no Seu Céu, os malvados; aqui, parece que estamos na glória, e este lugar não me pertence; deixai-me caminhar.

– Já irás, espera.

Quando terminou o canto, todos comemos pão, queijo e frutas em grande quantidade, almoço frugal que todos achamos saborosíssimo: as meninas bailaram, cantaram, brincaram; os meninos correram, os anciãos, as mães de família e os jovens, falaram e formaram planos para o porvir; cada qual se entregou à expansão de sua idade, e eu, com Eloy e sua esposa, dirigimo-nos a um bosque, sentamo-nos e, acolhi as mãos de Eloy entre as minhas, dizendo-lhe:

–Já sei que sofres. A emoção te afoga; viste um reflexo da vida, viste como se rejubila um povo virtuoso e fizeste comparação com a tua miserável existência. Tu eras rico e, por tuas traições, tu te vês pobre. Eras nobre entre os mais nobres e, por teus desmandos, o mais humilde de teus servos está agora mais honrado que tu, e tem direito de entrar na Casa do Senhor, e tu tens que viver com as feras. Teus filhos serão amanhã o opróbrio da sociedade. Hoje, miraste o porvir e estremeceste. Pois bem: se a igreja te excomungou por teus crimes; se os reis te despojaram de teu patrimônio em justo castigo por tuas audazes rebeliões, ainda te resta Deus; esse não separa os maus dos bons por toda a eternidade; Ele acolhe sempre o pecador, ainda quando tenha caído milhões de vezes; para Deus, nunca é tarde, porque nunca anoitece em Seu dia infinito.

"Ainda tens tempo, ainda teus filhos podem morrer nos braços de teus netos, ainda podes ter um lar. Volta a ti, pobre enfermo. Em teus olhos assomam as lágrimas e queres contê-las. Chora, alma rebelde, chora a memória de tuas vítimas, porque com todas as lágrimas dos arrependidos, o Senhor forma as pérolas! Chora!"

E Eloy chorou; aquele homem de ferro tremeu como a árvore agitada pelo furacão. E eu, possuído por força sobrenatural, disse-lhe:

"Arrepende-te, tens frio na alma e no corpo. À tua alma, Deus dará calor, a teu corpo, eu o abrigarei." E, estendendo a minha capa, deixei-a sobre os seus ombros, estreitando-o nos meus braços; sua esposa soluçava e Eloy a atraiu para ele; e nós três formamos um grupo durante alguns momentos.

– Não me deixeis – disse-lhes; deixai-me defender-vos ante a sociedade; deixai que os vossos filhos eu os coloque em lugar seguro; deixai que Teodorina seja o anjo desta aldeia; deixai-me reabilitar-vos, porque esta é a missão do sacerdote: amparar o pecador, porque o justo não necessita que ninguém o ampare, porque a sua virtude é o melhor porto de salvação. O sacerdote deve ser o médico das almas, e vós estais enfermos; deixai que eu vos cure; a vossa enfermidade é contagiosa; e há que evitar o contágio.

E tanto me inspiraram os bons Espíritos, que estive falando por mais de duas horas, e não sei quanto teria durado a minha exortação se os meninos não tivessem vindo me buscar. Saímos do bosque e, ao chegarmos ao sítio onde me esperavam os anciãos, disse-lhes, apresentando Eloy e sua esposa:

– Filhos meus, abraçai vossos irmãos, que se a igreja fecha suas portas aos pecadores, Deus espera na mesa do infinito os filhos pródigos da criação.

"Uni-vos... estreitai, em fraternal abraço, os que credes bons e os que considerais culpáveis, porque todos sois irmãos, todos sois iguais; não tendes mais diferença porque uns tenham trabalhado em seu proveito e outros por seu dano, mas não creiais que os bons são eleitos; e os rebeldes, os malditos de Deus, não. Deus não tem nenhuma raça privilegiada, nem deserdada; todos são seus filhos, para todos é o progresso universal. Não creiais vós, os que hoje vivem em santa calma, que sempre terão vivido do mesmo modo; vosso espírito já animou outros corpos, vossa virtude de hoje terá tido sua base na dor de ontem. Não sois os viajantes de um dia, sois os viajores dos séculos, por isso, não podeis rechaçar os que caem, porque... quem sabe, as vezes que tendes caído!

"O progresso tem uma base, o Bem e tem sua vida própria no amor. Amai sem tributo, homens da Terra; Amai o escravo, para que lhe pesem menos as correntes; compadecei-vos do déspota, que se faz escravo de suas paixões; engrandecei o estreito círculo da família, alargai as vossas afeições individuais, amai porque, amando muito, é que os homens poderão regenerar-se!

Num sentido mais restrito, vedes isso na comunhão de nossa aldeia... Vedes como tranquilos deslizam os nossos dias. Não vedes como cada qual fica resignado com os seus afazeres, sejam físicos ou morais? Não vedes a perfeita harmonia que reina entre nós? E por quê? E que começais a amar, a ter piedade, e não aporta a nossos lares um mendigo que seja despedido com má vontade, porque as vossas economias são destinadas aos pobres, porque só pensais nos necessitados e já construís casas para os abrigar, porque trabalhais pelo bem da Humanidade, por isso, tendes direito de ser relativamente felizes, e o sois, porque Deus dá cento por um, e, assim, como se celebra o nascimento de um filho, celebremos a chegada de nossos irmãos: seis indivíduos compõem a família que hoje se associa a nós; dois deles podem se comparar a duas árvores secas que tardarão séculos em florir, porém, os outros quatro podem dar dias de glórias à sua pátria, podem criar família, e já vedes que devemos nos alegrar com semelhante aquisição."

Mais de um ancião chorou, comovido. Eloy estava como que esmagado, e minha satisfação era imensa, porque via claramente o que poderiam ser seus filhos. Durante minha estada na Terra, nunca olhei o presente, mas, sim, o porvir; e, naquele dia, tinham minhas ideias tanta lucidez, e contemplei à distância quadros tão belos, que esqueci de todas as minhas contrariedades, de todas as minhas amarguras, e sorri de felicidade com tão expansiva alegria, até me confundindo com as crianças, e brinquei com elas. Eu, que nunca havia sido criança, naquele dia o fui. Formosas horas! Quão breves foram!

Homens pessimistas, vós, dizeis que na Terra sempre se chora e eu o nego: na Terra se pode sorrir, eu tenho sorrido e, por certo, as condições de minha vida não eram para tal, ou seja, ser feliz nem um só momento. Porém, quando o Espírito cumpre com o seu dever, é ditoso. Em várias ocasiões, eu o fui, porém, nunca como naquele dia. Sabeis por quê? Porque naquele dia, tudo quanto me rodeava falava à minha alma! A primavera da Terra é muito formosa, tudo renasce, tudo recorda alento, tudo é belo, porque a irradiação da vida é encantadora, e ninguém melhor que aquele que vive morrendo o sabe apreciar. Meus amados fiéis estavam assombrados ao me verem tão alegre e tão comunicativo. Quando regressamos à aldeia, todos me perguntavam, ansiosos: "Padre Germano, quando voltaremos a subir a montanha?"

Aquela noite... quão formosos foram os meus sonhos! Quão doce o meu despertar!

Cheguei a realizar todos os meus planos, consegui quanto quis sobre aquele assunto: os três filhos de Eloy foram educados severamente

MEMÓRIAS DO PADRE GERMANO

em um convento, sendo depois úteis à sua Pátria, constituindo uma numerosa família, morrendo como bons no campo de batalha e seus nobres descendentes estão, hoje, na Terra, trabalhando na causa do progresso. Eloy e sua esposa não puderam ser felizes, porque tinham muitos crimes que recordar! Porém, tornaram-se místicos e, em certas épocas da vida, o misticismo é um adiantamento para o Espírito: chegaram a ter medo do amanhã, começaram a sofrer; e deu princípio a sua redenção.

Teodorina foi um anjo de paz, foi o amparo dos infelizes e nunca me esqueceu; nem seu amor de esposa, nem a sua adoração de mãe, a impediram de vir me ver em meus últimos momentos e, como uma peregrinação piedosa, todos os anos, na primavera, durante muito tempo, visitou a minha tumba.

Só um dia de primavera fui feliz em minha vida; só naquele dia curei enfermos, com o meu alento. Quanto bem poderia fazer o homem se só pensasse em fazer o bem! Não há Espírito pequeno, não há inteligência obtusa, não há posição, por mais humilde que seja, que nos sirva de obstáculos para sermos úteis a nossos semelhantes. Aqui está a ideia que eu quero inculcar no homem. Quem fui eu na minha última existência? Um pobre, que não foi digno nem do carinho de uma mãe, e, sem embargo, quis me criar, não um porvir da Terra, porque esse o cria qualquer aventureiro, mas, sim, um porvir em minha Pátria, no mundo dos Espíritos – e o consegui. Assim, quanto mais podeis fazer vós, que estais em melhores condições, porque eu vivi em uma época terrível, em que a teocracia dominava de forma absoluta, e eu era um verdadeiro herege! Muito sofri, muito lutei para dominar as minhas paixões, porém, quão contente estou por haver sofrido! E ainda que não houvesse encontrado, no além, o bem-estar que desfruto, com o recordar aquele dia de primavera, podia me dar por recompensado de todos meus sofrimentos. Há segundos de prazer que recompensam, com acréscimo, cem séculos de dor!

Procurai, filhos meus, o desfrutar dessas horas felizes que existem para todos. Não se necessita, para ser feliz, mais que querer sê-lo, porque virtuosos todos podemos ser. Quando o Espírito quer, se engrandece: procurai vós e vos engrandecei e, assim, podereis ter um dia de primavera em vossa vida, como o tive eu!

UMA PROCISSÃO

MEUS IRMÃOS, DEIXAI-ME DIVAGAR POR alguns momentos.

Pensamento humano, eterno demente das idades, como te comprazes em evocar recordações; criança de todos os tempos, vais, como o pequenino ou como a colorida mariposa, saltando de flor em flor, assim vou eu: narrando a minha história, sem ordem nem harmonia. Uso de método em tudo, vós outros podeis me acusar de ser antimetódico, porque, assim como vos conto os últimos instantes de uma de minhas existências, também me comprazo em contar-vos os atos anteriores dessa mesma criação; e, sem querer me confessar deste meu anômalo proceder, devo vos dizer que tenho meu trabalho em meio desta aparente incoerência e faço dois trabalhos ao mesmo tempo: toco a fibra sensível do Espírito que se encarrega de transmitir-vos a minha história e, este, por sua vez, chama, à porta, os corações dilacerados e lhes diz: "Escutai-me, que tenho a vos contar um episódio de lágrimas."

Entre meu Espírito e o transmissor deve se estabelecer afinidade de sentimentos, porque, desse modo, o trabalho é mais frutífero. O Espírito, segundo o centro que escolha para suas manifestações, deve se sujeitar ao grande adiantamento de seus ouvintes. Pois de que serviria uma comunicação astronômica, por exemplo, aos pobrezinhos da Terra, que nem sabem ler? A questão não é que falem os Espíritos; o principal é que despertem o sentimento, e este é o meu propósito: despertá-lo nos seres que transmitem as minhas inspirações e estes, por sua vez, que os despertem em vós. Não quero que sejais sábios; anseio, primeiramente, que sejais bons. Por isso, não me cansarei nunca de contar-vos episódios comovedores, porque, à Humanidade, falta antes sentir, que investigar e, para provar isso, dir-vos-ei que entre vós, pequeninos da Terra, encontram-se, hoje, encarnados, grandes sábios da antiguidade, homens que hoje são como pigmeus e que dizem com profundo desencanto: "Ai! Tenho tanto frio na alma, que não me basta todo o fogo do Sol para reanimar-me." Isto vos provará que a sabedoria sem sentimento é uma fonte sem água; e, para encontrar a água da vida é necessário sentir, amar, compadecer, viver para os demais. Por esta razão, encontram-se hoje entre vós, homens de saber profundo que, como o leão enjaulado, ainda que estejam no meio dos mares, dizem, mirando o Céu: "Senhor, se é verdade que Tu existes, tem piedade de mim; tira-me deste planeta e leva-me a um lugar onde eu possa respirar." E os que, com sabedoria, assombraram o mundo antigo, hoje passam completamente despercebidos, confundidos entre os ignorantes da Terra; e estas existências de surdas lutas, estas encarnações de trabalhos titânicos, são as que queremos evitar.

Faz muito tempo que vimos trabalhando neste sentido: queremos que a Humanidade chore e que, com seu pranto, regenere-se. Não viemos contar nada de novo; em todas as épocas têm acontecido as mesmas histórias, os fortes têm humilhado os débeis em todos os tempos, a superstição, apoderando-se do entendimento humano, a falsa religião levantando altares e a fria razão negando, obcecada, o princípio inteligente que há na Natureza; o filho de Deus nega seu pai, aproveita seu livre-arbítrio, para ser parricida; e, como o homem, sem uma crença religiosa, ainda que seja um profundo matemático, não passa de um pobre selvagem, meio civilizado, por isso, empregamos todas as nossas forças para despertar o sentimento humano porque, o homem que ama seus semelhantes ama a Natureza e, amando-a, adora a Deus, posto que Deus é a vida disseminada no átomo invisível e nos sóis que atraem, com seu calor, milhões de mundos.

Sim, meus filhos, sim! É preciso amar para viver. Não conheceis os verdadeiros gozos da vida, viveis para vós e não podeis estar contentes com o vosso proceder egoísta, porque ninguém toma parte em vossas alegrias egoístas; estais sós e a solidão é muito má conselheira. A solidão é agradável e até necessária quando o homem tem alguma ação boa para recordar, porém, quando se levanta e somente pensa em si mesmo, é muito digno de compaixão. Eu tenho tido muitas existências e, em algumas delas, têm me chamado de sábio, porém, crede-me: somente tenho vivido quando têm me chamado de bom, então, sim, tenho tido momentos que nunca, nunca esquecerei. Quando se fixam em meus olhos esses olhares luminosos que parece que recolheram seus resplendores no infinito, quando a voz e a gratidão têm ressoado em meus ouvidos, quando as mãos dos jovens estreitam as minhas, dizendo-me com seu mudo aceno: "Bendito sejas, que a ti devemos a nossa felicidade!" Ah! Então, o Espírito

228 AMALIA DOMINGO SOLER

desperta de seu penoso sono, as brumas das misérias humanas desaparecem e o sol da vida eterna brilha resplandecente no límpido horizonte do porvir. Amai, amai muito, amai com todo o entusiasmo com que pode amar. O Espírito para amar tem sido criado e, amando, cumprirei o preceito divino da Lei Suprema.

Vou vos contar um dos episódios de minha última encarnação.

Havia terminado uma guerra sangrenta, os homens haviam satisfeito suas miseráveis ambições; muitas viúvas, anciãos e órfãos gemiam no rincão de seu deserto lar; e, como se não fosse o bastante a destruição da guerra, veio a peste, que é a sua companheira inseparável e semeou o espanto e a desolação nas cidades fratricidas que haviam dito aos seus filhos: "Corre, vai, e mata teu irmão..."

A aldeia em que eu morava se encontrava em um ponto tão elevado, era tão puro o seu ar, tão límpidas suas águas que corriam alegremente em joviais riachos e em caudalosas fontes, que nunca as enfermidades epidêmicas haviam penetrado em seus pacíficos lares. Assim é que, apesar da pobreza quase geral de seus habitantes, em caso de peste, centenas de famílias corriam para beber a água da "Fonte da Saúde" que, segundo assegurava a plebe, era um preservativo para todos os males.

Ainda que a aldeia, em si, fosse muito pobre, estava rodeada, se bem que a longas distâncias, de vários castelos de nobres opulentos; assim é que, em casos de necessidade, castelos, conventos, granjas e todas as casas do povo se enchiam de forasteiros que vinham fugindo de um perigo que quase todos o carregavam consigo: fugiam da peste, e a peste levavam com seus vícios e ambições.

Ao declarar-se a peste, minha aldeia se viu invadida por uma turba de nobres, que chegaram a perturbar a nossa doce tranquilidade. Entre os fugitivos havia vários príncipes da Igreja que, em lugar de permanecer em sua diocese, haviam abandonado seu rebanho quando mais necessitavam os fiéis, de suas exortações, de seus donativos e de seus cuidados, porque os sacerdotes não são úteis à sociedade mais que nos momentos de perigo; na vida normal, são pouco menos que desnecessários, porém, nas calamidades, podem ser os enviados da Providência, para que difundam o consolo entre os atribulados. Entretanto, como os príncipes da Igreja de tudo têm se ocupado, ao invés de cumprir com os seus deveres, naquela ocasião, como em outras muitas, deixaram o baixo clero lutando com os enfermos e com outras penalidades.

Entre os que chegaram, havia um bispo a quem eu conhecia desde

MEMÓRIAS DO PADRE GERMANO   229

criança, homem audaz, que se servia da religião para desenvolver, à sua
sombra, suas bastardas ambições, e havia sido um dos que mais haviam
trabalhado para comercializar a "Fonte da Saúde".

Afortunadamente, a epidemia terminou sem que na aldeia, nem
em suas cercanias, houvesse um só falecimento, ocasionado por tão terrível enfermidade. O bispo, a quem chamaremos de Favonio, subiu ao
púlpito da velha Igreja e, com tom imperativo, disse o seguinte:

"Pecadores! Já vistes como a cólera divina tem descarregado seus
furores sobre as cidades invadidas pela peste; justo castigo de suas abo-
minações; a Providência tem demonstrado que está ofendida pelos desacertos dos homens e tem castigado, com a morte, as almas rebeldes,
destruindo seus corpos e condenando o Espírito à eterna expiação de
suas culpas. Para desafrontar a Providência, justo é que desenvolvamos
um ato que seja grato aos olhos do Senhor e, ao mesmo tempo, dando tes-
temunho de nosso agradecimento por havermos conservado a vida, que
empregaremos em honra e glória de Deus, assim, pois, no próximo domingo, ordenaremos que todos os fiéis se reúnam para acompanhar Sua
Divina Majestade, que levaremos em procissão ao cume da montanha que
dá sombra a esta aldeia e, depois, desceremos pelo barranco, voltando à
igreja. Ordeno que ninguém se excuse! Quero que todos assistam a este
ato tão meritório."

Aquela linguagem imperativa causou muito má impressão em
meus paroquianos, acostumados, como estavam, a me seguir sempre sem
que lhes ordenasse que me seguissem; queriam-me, e isto era o bastante
para que, continuamente, uns ou outros trabalhassem em meu jardim e
me acompanhassem até a porta do cemitério, depois de haver dado meu
costumeiro passeio.

No domingo seguinte, disse ao meu superior: "Hoje, corresponde-
me ocupar a sagrada tribuna porque, se outra vez, meus camponeses vos
ouvissem, perderiam a fé em Deus por muitos anos. Deus não se impõe;
Deus se faz amar e seus ministros não hão de dar ordens imperativas se
querem ser intérpretes do Evangelho de Cristo." Favonio me olhou, e seu
olhar me disse todo o ódio que, para mim, guardava seu coração, porém,
como nunca conheci o medo, e meu Espírito, pelo contrário, crescia na
luta, subi ao púlpito mais animado que nunca, dizendo ao meu auditório:
"Meus amigos: não estando conforme com alguns pontos do sermão que
meu digno superior vos dirigiu no domingo passado, justo é que me apres-
se em desvanecer certos erros que não quero que, de nenhum modo,
abrigueis em vossa mente.

"Acentuou o errôneo princípio de que a cólera divina descarregou seus furores sobre as cidades invadidas pela peste; e eu devo vos repetir o que já vos tenho dito muitas vezes: que Deus não pode se encolerizar, jamais, porque é superior a todas as paixões humanas. Ele não pode fazer outra coisa que AMAR e CRIAR; sob este suposto, Ele não pode ofender-Se, porque não Lhe chegam as nossas míseras contendas e não há que resgatar irritações ao que está fora de nosso alcance! Personalizar Deus é diminuir a Sua grandeza, é desconhecer a essência de Seu Ser; Deus cria e, ao criar, dá, aos mundos e aos homens, leis eternas; assim é que, quando acontece, obedece ao cumprimento da lei. É sabido que, depois das guerras, sobrevém a peste, não por castigo de nossa barbárie, mas, sim, como resultado de haver infestado a atmosfera com as centenas de cadáveres que, em estado de putrefação, decompõem seus gases deletérios, infeccionando o ar; e se ofensa pudessem fazer os homens a Deus, os vigários de Cristo, os pastores do Evangelho que abandonam seu rebanho quando o lobo lhes ameaça, são os que ofendem, não a Deus, mas, sim, os nobres sentimentos que devem ser patrimônio exclusivo do homem.

"Príncipes da Igreja, tão pouca fé tendes na justiça divina que fugis de vossos lares, abandonando as famílias indigentes no meio da tempestade? Sabeis o que representa um bispo em sua diocese? Pois é o mesmo que o capitão de um navio que não abandona a sua embarcação até que tenha salvo o último grumete, pois, de igual maneira, vós não deveis deixar das vossas cidades infestadas; nelas deveis permanecer para dar alento aos fracos, para consolar os tristes; se quereis vos chamar de pais da alma, agi como pais. Vistes, alguma vez, que um pai salve sua vida, deixando, em perigo, a de seus filhos? Não; primeiro, tenta salvá-los, antes que a si mesmo; pais, sendo assim, agi como bons ou deixai de usurpar títulos que, em honra da verdade, não vos correspondem.

"Pensais em cobrir as aparências dando um longo passeio, obrigando os pobres anciãos e os enfermos que vos acompanhem. Para quê? Nunca as cerimônias religiosas devem ser obrigatórias; se as almas dos crentes necessitam dessas manifestações, que venham os que queiram se associar a essa manifestação que a nada de útil nos conduz, porque as procissões não são as que engrandecem o sentimento cristão; o passear o cálice com hóstia consagrada não leva esperança a nenhum Espírito enfermo, como o leva a exortação evangélica que o sacerdote dirige a um ser que sofre; as romarias e procissões não dão outro resultado que alegria para a gente moça, cansaço para os velhos, desilusão para os pensadores e vão prestígio para os que as organizam; e sobre outros alicerces deve a

MEMÓRIAS DO PADRE GERMANO

Igreja cristã levantar as suas torres. Conceituo, pois, as procissões, como passeios anti-higiênicos, manifestações religiosas que não despertam outro sentimento que o da curiosidade, e o sacerdote cristão deve ter mais nobres aspirações."

Como deveis compreender, minhas palavras tiveram distinta acolhida. Os meus não me aplaudiram, porque o sagrado lugar não o permitia, e meus contrários não me levaram à prisão porque eu tinha, como vantagem, uma grande força magnética: dominava-os à minha vontade; quando os mirava profundamente, cerravam os olhos e fugiam de meu lado, dizendo consigo mesmo: "Sois um feiticeiro; sois o fiel servidor de Satanás."

Naquela tarde, organizou-se a procissão: à frente, ia toda a nobreza, depois, os Prelados; atrás deles, todos os habitantes da aldeia e, por último, eu, levando o cálice em minhas mãos. Todas as crianças me rodeavam, não só as da aldeia, como também as da nobreza, pois como a infância é expansiva, demonstravam-me seus afetos com a ingenuidade de sua inocência. As crianças foram os únicos que aproveitaram aquele passeio; os demais, seguiram o curso da procissão apenas por seguir, sem essa espontaneidade da alma que é a vida do Espírito. No cimo da montanha, fizemos alto, e as crianças da aldeia entoaram um hino à Providência, implorando a sua proteção para os viajantes que, no dia seguinte, deveriam empreender a marcha, a fim de regressarem aos seus lares.

Descemos à planície, cruzamos a ponte do barranco e detivemo-nos na praça da Igreja, onde os enfermos e os mais velhos nos esperavam; cabe-me a satisfação de dizer que, se deixaram seu leito, foi para ouvir-me, porque sabiam que eu falaria antes de entrar no templo, o que contrariou, grandemente, o bispo Favonio, mas eu lhe disse:

– Aqui é onde devo falar, porque é onde os enfermos e velhos me esperam, a Igreja é pequena e incômoda, porque carece dos bancos necessários; aqui, estão eles em seu lugar favorito: nesta praça, brincaram quando eram crianças, dançaram quando jovens e, hoje, já decrépitos, aqui vêm pedir ao Sol o calor de seus raios para revigorar os seus gelados corpos; falemos, pois, aqui; o Sol reanimará sua matéria, e minha palavra alentará o seu Espírito.

E, subindo os degraus que conduziam ao templo, detive-me no átrio e disse:

"Princípes da Igreja e nobres do reino! Já cumprimos o vosso desejo, indo, em procissão, ao cimo da montanha; já destes graças a Deus por ter-vos conservado a vida, e, amanhã, voltareis aos vossos lares, porque estais seguros de que a peste não penetrará em nenhum de vós, porque já vos haveis preservado do perigo, bebendo, por três novenas, a água milagrosa da "Fonte da Saúde", rezando sete salves à Virgem antes de beber, cada dia, a água bendita. E acreditai-vos salvos? Vossa superstição é tão grande, que já não temeis a cólera divina, como dizeis? Com tão pequeno sacrifício se acalma a ira do Onipotente? É curioso ver como vos conformais com as ofensas e os desagravos, porém, como vejo muito longe, sei o quanto se conspira sobre o manancial da "Fonte da Saúde" e assim como sei que se farão valer da feliz circunstância de não haver morrido nenhum de vós durante sua longa permanência na aldeia, para dizerem que não deve ficar, por mais tempo, ignorada, a milagrosa fonte, e como sei que, ao ir-vos, deixareis grandes donativos para reedificar esta velha igreja e fazer uma ermida junto ao manancial, devo vos prevenir, de antemão, que o quanto deixardes, será entregue aos pobres e nenhum denário gastarei para reedificar a igreja. E pobre como a vedes; seus vasos sagrados não são de ouro nem de prata; são de humilde estanho, porém, o cálice não tem valor pelas pedras preciosas que o adornam, senão pelas mãos que o elevam em memória de Jesus Cristo; se o que celebra a missa, quando levanta o cálice, levanta com ele o seu Espírito a Deus; se não é caluniador, nem cobiçoso, se não ludibria seu próximo, se não furta o fruto do cercado alheio, se vive dentro da santa lei, Deus envia, sobre sua cabeça, os eflúvios de sua onipotência, ainda que o cálice que sustenta em suas mãos seja de grosseira argila. Não quero que a sofisticação religiosa profane esta aldeia, não quero dar valor ao que na realidade não o tem. A "Fonte da Saúde" não tem mais, a seu favor, do que as suas águas filtradas por ásperas pedras que chegam a nós, limpa e cristalina, sem que nenhuma substância estranha turve os seus fios de líquidos diamantes.

"Dizei-me os que vociferam que essa água vos tem dado a vida: que variação experimentais em vós? Nenhuma, indubitavelmente. Já se sabe que o habitante das cidades, quando vai ao campo, numa temporada, sente seu corpo mais ágil, sente mais apetite, porém, em vossa parte moral, que variação notais? Quando se verifica um milagre, deve haver uma mudança radical, e vós viestes com a morte na alma e com a morte na alma voltareis: sentis as mesmas ambições, abrigais os mesmos desejos, viestes fugindo da peste e a peste vós a levais. Vossos olhos me revelam grandes mistérios. Eu sei que há jovens que desejam morrer porque já lhes oprime o peso de seus quinze anos. Entre vós, há mulheres que choram, recordando grandes desacertos, e têm vindo à "Fonte da Saúde" crendo que a virtude de suas águas destruirá o feto do adultério. Quantas histórias me

MEMÓRIAS DO PADRE GERMANO

revelastes sem haverem dito uma só palavra! Quanto me compadeço de vós! Com todas as vossas riquezas, sois pobres!... E ainda quereis aumentar as vossas misérias profanando estas paragens, onde vivem em doce paz alguns pequeninos da Terral...

"Não intenteis vir turvar o nosso repouso, porque nunca consentirei que realizeis os vossos planos. Enquanto eu viver, não se abusará da credulidade religiosa; e para que vos convençais de que a "Fonte da Saúde" não dá saúde a ninguém, há um entre vós que, antes de entrar em seu palácio, morrerá, e é o que mais água bebeu."

Ao pronunciar estas palavras, a confusão foi indescritível. Uns diziam:

– É um louco! Não sabe o que diz.

Outros se olhavam sobressaltados, e o bispo Favonio se acercou de mim e me disse com amarga ironia:

– Já que sois adivinho, dizei quem morrerá dentre nós.

– Vós – disse-lhe com acento imperioso –, e eu vos adverti – repliquei, baixando a voz –, porque sei a história que guardais e seria muito conveniente que vos confessásseis com a mulher que haveis prejudicado, fazendo-vos dono de seu porvir; aproveitai os instantes que, para vós, são preciosos. Alguém me diz, alguém me inspira e as minhas predições costumam se cumprir; não estranheis a minha linguagem; já sabeis, de antemão, que detesto as farsas religiosas.

A multidão foi se retirando, e uma preciosa menina de quinze anos, a angelical Elina, filha do conde de San Félix, que por quase toda a tarde havia estado perto de mim, disse-me com voz angustiada:

– Padre, amanhã eu me vou e preciso vos falar esta noite; necessito vos ver na "Fonte da Saúde"; minha boa ama me acompanhará.

– Não é hora de entrevistas, minha filha, porém, como sei que sofres, irei ouvi-la.

Retirei-me ao meu quarto, acompanhado de Sultão, tomei algum alimento e fui vencido pelo sono, mas Sultão, cuja extraordinária inteligência sempre me causava admiração, compreendeu, sem dúvida, ao falarme Elina e ao indicar, com a sua destra, a "Fonte da Saúde", que ali me esperava, despertou-me lambendo-me as mãos e latindo suavemente. Ao despertar, lembrei-me da entrevista e, acompanhado de meu companheiro, dirigi-me à fonte, onde já me esperava Elina com sua ama.

234 AMALIA DOMINGO SOLER

A primeira, ao ver-me, disse-me:

– Padre, esta tarde, dissestes grandes verdades, assegurando que aqui não se recobra a saúde. Tendes razão; enferma vim e enferma me vou; meus pais e meu confessor querem me unir a um homem que detesto; é muito rico, porém, é um miserável e, antes de dar-lhe minha mão, matar-me-ei e é isto que queria vos dizer: que estou decidida a morrer e que rogueis por mim em vossas orações.

– Já vês, minha filha, já vês como a "Fonte da Saúde", ao invés de curar, piorou-te, porque aqui se agravou tua enfermidade; eu o sei e, se falei esta tarde, foi principalmente por ti, porque vi em teus olhos que a água desta fonte poderia te causar a morte se, em tempo, não te for dado um antídoto.

– O que sabeis? – disse Elina, fixando em mim os seus maravilhosos olhos.

– Nada de particular, minha filha. Vá tranquila, velarei por ti.

– Então, o melhor será que me coloque sob vosso amparo.

– Não, nada de violência. Amanhã, falarei com teu pai e lhe direi que espere e esperará para fazer-te curar, porque entre teu pai e mim há uma conta pendente e ele terá que me obedecer. Sei que tu, nesta fonte, viste uns olhos que fez bater teu jovem coração, e tua esplêndida formosura despertou uma alma que dormia; posso fazer a vossa felicidade e a farei; vai em paz.

Elina me olhou com aquele arroubamento com que olham as virgens que, apesar de estarem na Terra, recordam o Céu e, rodeando a minha cabeça com seus braços, disse-me com vibrante voz:

– Padre! Bendito sejais! Vós, sim, que me destes a saúde.

– A saúde das almas, minha filha, é o amor correspondido; amas e te amam e eu te prometo que realizarás os teus sonhos e minha promessa é água de saúde para o teu Espírito; confia em Deus, no mancebo de olhos negros e em mim; sorri, ditosa, que terás dias de sol em tua vida.

Elina se foi, e eu fiquei por longo tempo na "Fonte da Saúde"; necessitava me preparar para um novo sacrifício.

Sem dúvida, recordareis que, entre os seres a quem amparei em minha vida, um deles foi um menino, filho de uma mendiga que morreu ao dar-lhe à luz; recolhi-o, deixei-o em poder de um aldeão e, três anos

MEMÓRIAS DO PADRE GERMANO 235

depois, voltei e o entreguei aos pais de Maria para que tivesse uma família carinhosa.

Não passava um dia sem que Andrés viesse me ver; espírito sensível e agradecido, cresceu tranquilo e completou dezessete anos sem que uma nuvem de tristeza marcasse a sua fronte; várias vezes havia me dito:

– Padre, quero ser sacerdote como vós e, quando deixardes de existir, eu vos substituirei e todos me amarão na aldeia.

– Não, filho – lhe dizia –, quero que te cases, que tenhas uma família, que teus filhos cerrem os meus olhos; quero vê-los brincar de cavalo com meu báculo; quero que vivas, porque eu não tenho vivido.

– É que nenhuma mulher gosta de mim – replicava Andrés humildemente.

– Alguma te amará, meu filho; és muito criança.

Eu me havia iludido em casá-lo com alguma jovem da aldeia, que viessem viver comigo e já me via rodeado de meus netos, porque Andrés, para mim, era meu filho. O olhar que sua mãe me dirigiu, ao morrer, a muda súplica daqueles olhos, havia despertado, em meu coração, o amor paternal e queria Andrés com toda a efusão de minha alma, havendo, em meu carinho, grande parte de egoísmo, confesso-o, pois queria aquele ser para mim, assim, é que o eduquei sem despertar a sua inteligência, ensinei-lhe o mais necessário e me guardei de aprofundar seus estudos, para evitar que seu espírito ambicionasse deixar aquela vida pacífica. Eu necessitava, perto de mim, algo que me pertencesse, que tudo a mim devesse e ninguém melhor que Andrés, que veio ao mundo nas mais tristes condições e que, pela minha proteção, tornou-se ditoso na abundância e querido de todos. Assim, é que repito, deixei dormir seu espírito para que não lhe parecesse monótona a vida da aldeia. Às vezes, eu o olhava e dizia: "Sou um criminoso; este menino, bem educado, seria alguém no mundo, porém, então, perderia-o; iria para muito longe e, sabe Deus, se voltaria a vê-lo. Não, não; como tudo ignora, não sofre e, eu, com a sua presença, sou feliz." E, assim, iam se passando os dias, quando chegou Elina e uma centena de nobres fugindo da peste.

Numa tarde, Elina veio olhar meu jardim, que era o mais bem cultivado, e que tinha fama pelas flores que nele cresciam, viçosas e belas. Andrés se apressou em mostrar-lhe as melhores frutas e as flores mais belas, e os dois jovens se olharam e ficaram como que extasiados em frente um do outro. Eu estava dentro do refeitório e observei a impressão que se haviam causado; escutei sua animada conversa, vi como os dois diziam, com seus olhos: te amo! E, sem poder me conter, lancei um suspiro e me levantei contrariado, porque aquela formosa menina havia destruído, em dois segundos, todos os meus planos. Andrés já não seria feliz na aldeia, pois a lembrança de Elina o atormentaria, porque era belíssima; seus olhares lhe haviam prometido um Céu, e Andrés seria muito infeliz se não chegasse a realizar os seus sonhos. Então, para assegurar-me, coloquei-me em observação, vendo como aquela alma saía de sua letargia.

Mudo, pensativo, passava longas horas sentado no jardim, na mesma pedra onde Elina se sentava; pouco aficionado na leitura, buscou, nos livros, agradável passatempo e que serviam de pretexto para falar com Elina, que, toda tarde, vinha me ver (segundo ela dizia); e, durante dois meses, Andrés e Elina se acreditaram no paraíso, se bem que ele se transfigurou por completo. Seu semblante risonho se tornou melancólico, suas faces perderam o matiz encarnado; sua fronte adquiriu rugas e, seus límpidos olhos, expressão; o menino se fez homem e começou a sofrer; mediu o fundo abismo que o separava de Elina e tremeu. Ela era de primeira nobreza, imensamente rica; e, ele, pobre, sem instrução, sem futuro. Quando soube o dia em que os nobres abandonariam a aldeia, vi-o entrar, triste e sombrio, em meu quarto; olhei-o com profunda compaixão e lhe disse:

– Que tens?

Ele devolveu-me o olhar e disse:

– Não sei.

– Não mintas; és muito criança, ainda, para mentir. Não me vês como um pai?

– Sim.

– Pois, então, por que não me contas teu sofrimento?

– Porque aumentarei os vossos.

– Não importa; Deus me dará forças; senta-te e fala.

Porém, Andrés não pôde falar e, unicamente, disse-me, com a voz entrecortada pelos soluços:

– Amanhã, se vão!...

– Já sei que se vão amanhã e, se não tivessem vindo, teria sido melhor.

– É verdade – replicou Andrés, olhando-me com tristeza –, eu vivia tranquilo... e agora... não sei o que será de mim.

MEMÓRIAS DO PADRE GERMANO

– Agora, começarás a viver, porque começarás a lutar! Amanhã mesmo, sairás da aldeia.

– Eu!... – gritou o menino, com mal dissimulada alegria.

– Sim! Por muito tempo tenho sido egoísta; confesso-te a minha debilidade: eu, árvore morta, para adquirir seiva, quis enxertar um tenro arbusto, com minhas secas raízes; esse arbusto és tu; fiz o propósito de não te instruir, de deixar-te dormir em sono aprazível; terias casado com uma rica jovem da aldeia, viveríamos juntos, teus filhos teriam dormido em meus braços, e eu lhes teria ensinado a andar e já me parecia ver o jardim convertido em um paraíso. Que sonho maravilhoso! Mas, hoje, já é impossível realizá-lo; despertaste e amas como não se ama mais de uma vez na vida; meu egoísmo recebe seu justo castigo. Eu, desde cedo, deveria haver procurado te fazer homem; ao fazer-me encarregado de ti, não deveria pensar em mim, senão em estudar as tuas aspirações; e, ao invés de fazê-lo assim, tenho te entretido como se entretém uma criança. Perdoa-me, meu filho! Por nenhum segundo mais, ficarás ao meu lado. Amanhã te colocarás a caminho, levando cartas que te abrirão as portas do grande mundo. Uma mulher nobre (que me quer muito) receber-te-á com os braços abertos e te servirá de mãe. Dize à maravilhosa menina que turvou o nosso repouso, que te espere, que tu conquistarás um nome para fazê-la tua esposa.

Andrés se arrojou em meus braços e não pôde expressar-me sua gratidão mais do que com seus olhares; a emoção o afogava: era demasiado feliz.

No dia seguinte, todos se foram e, ao ver-me em meu jardim, fui débil e chorei; chorei por Andrés, porém, logo fiquei tranquilo, quiçá mais tranquilo do que nunca, porque havia cumprido com meu dever.

Seis anos depois, Miguel e Maria estavam atarefadíssimos, arrumando meu quarto, porque iam chegar hóspedes. Elina havia me escrito, anunciando-me a sua chegada, suplicando-me que fosse esperá-la na "Fonte da Saúde". Andrés, durante esse tempo, graças às minhas recomendações, encontrou tudo o que podia desejar, e em todas as suas cartas me demonstrava a sua gratidão.

Naquela tarde, dirigi-me à fonte, desejando, como as crianças, que passassem logo as horas. Por fim, ouvi ruído de cavalos ao longe; cessou e, alguns momentos depois, vi Elina e Andrés, que não me deram tempo de olhá-los, pois que se arrojaram em meus braços, com tal precipitação, que estive a ponto de cair.

Há momentos na vida, cujas múltiplas sensações não podem ser descritas e, assim, é que renuncio a dizer-vos o inefável júbilo que experimentei. Por quanto tempo ficamos abraçados? Ignoro; o que sei é que os três falávamos a um só tempo, que não me cansava de olhar para Andrés, que era um gentil cavalheiro, em cujos negros olhos irradiava o fogo da vida.

Vinham para que abençoasse a sua união. Elina, de acordo com seu pai, havia deixado a casa paterna, porque sua mãe e seu confessor, de maneira alguma, queriam ceder ao seu casamento com Andrés, porém, o conde de San Félix me devia a vida e, em agradecimento, confiou-me a felicidade de sua vida.

Que formoso par formavam os dois! Elina já não era a criança tímida; era a mulher, com toda a sua beleza e seus atrativos; alma apaixonada, olhava para Andrés de um modo que teria feito enlouquecer os santos.

Nunca esquecerei aquela noite, ao vê-los tão felizes e tão sorridentes, acariciando-me como se eu fosse uma criança. Quanta felicidade! Naquele mesmo lugar, ante a rústica fonte, levantei a minha destra, dizendo: "Benditos sejais por vossa juventude e vosso amor! Perpetuai o matrimônio que em outro mundo contraístes e segui vivendo unidos por toda a eternidade; sede como a luz e a sombra, que sempre se seguem uma à outra, como a árvore e suas folhas, como a flor e o fruto; não tenhais mais que um só pensamento manifestado numa só vontade. Amai-vos, pois que o Senhor transforma os que se amam, em seus anjos."

Involuntariamente, Andrés e Elina caíram de joelhos e eu os imitei, falando da felicidade do amor.

Quando mais entusiasmado estava, emudeci, ao ver duas aparições diante de mim: uma era a menina dos caracóis negros, que colocava sobre a fronte de Elina sua coroa de jasmins; a outra, era a mãe de Andrés que, apoiando a sua destra na fronte de seu filho, olhou-me e disse: "Bendito sejas tu, que serve de pai aos órfãos!"

Aquelas palavras me causaram uma impressão indescritível e gritei: "Andrés, tua mãe!... O jovem se levantou aturdido e nada viu; Elina, sim; disse que via um reflexo luminoso, que foi se desvanecendo.

Os jovens esposos ficaram na aldeia por oito dias que, a mim, pareceram-me oito segundos; não me cansava de olhá-los; necessitava ver sua imensa felicidade para não sentir a ausência de Andrés.

Quando se foram, quando os vi se afastarem, rodeados da nume-

MEMÓRIAS DO PADRE GERMANO

239

rosa criadagem que o conde havia enviado para custodiar sua filha, quando os vi no seio da grandeza e da vida, quando vi Andrés, com todo o esplendor de sua formosa juventude, manejar seu brioso corcel, olhei para o passado e vi uma choça miserável e, nela, uma mendiga dando à luz um menino, que entrou no mundo causando a morte de sua mãe; e, ao vê-lo depois, tão jovem, tão arrojado, tão feliz, disse com íntima satisfação: "Essa felicidade é obra minha!... Graças, meu Deus; minha vida não tem sido estéril! Minto ao dizer que estou sozinho: nunca está só aquele que difunde o bem. Andrés sempre se lembrará de mim." E assim foi: entrou plenamente na vida, fez-se célebre por suas façanhas e, por toda a parte que foi, falou de mim, com entusiasmo, sendo ele dos que mais trabalharam para tornar patente a minha santidade. Muitas e desencontradas opiniões me julgaram durante a minha vida, e a ignorância deu valor aos meus atos mais simples: minha predição de que o bispo Favonio morreria antes de chegar ao seu palácio, cumpriu-se; morreu na metade do caminho, de morte natural. Eu entendia muito de medicina; conhecia a doença que o afligia, os abusos que havia feito, bebendo, em demasia, a água da "Fonte da Saúde", para fazer ver que a água o havia aliviado, quando, na realidade, para a sua enfermidade, era um veneno ativo, toda classe de líquidos. Minha observação, filha do estudo, tomou-a o vulgo por inspiração divina, que tudo, neste planeta, julga-se assim: há tanta ignorância, que converte os pigmeus em gigantes, e condena ao esquecimento os verdadeiros gênios.

Afortunadamente, hoje, os Espíritos vêm vos aclarar muitos mistérios; aceitai as suas revelações, porque são as memórias do passado.

OS PRESOS

MEUS IRMÃOS, VAMOS NOS OCUPAR, hoje, dos seres mais infelizes que há na Terra. Sabeis quais são? São os presos. O Espírito, somente pelo fato de vir para este planeta, já vem condenado a saldar contas atrasadas e, se atrás de sua expiação e sua prova redobra seu cativeiro, cometendo novas faltas que atraem sobre si o castigo da lei, esse pobre Espírito se encontra duas vezes prisioneiro; se via a Terra pequena para seus desejos, logo, vê-se privado de ar e luz; se achava pesado o corpo material a que estava unido, aumenta seu peso com as enormes correntes que tem que arrastar. Se lhe oprime a pobreza, sua miséria aumenta, porque seu alimento é escasso e de substâncias deterioradas; se existe, neste mundo, o máximo de dor, indubitavelmente, está reservado para os presos; tudo quanto eu vos digo é pouco; é necessário haver estado preso para saber medir o fundo abismo no qual se lança o homem. Algumas vezes, por sua própria vontade; outras, impelido pela ignorância ou dominado por adversas circunstâncias, filhas de diversas causas, cujo resultado sempre é fatal.

Entre os grandes problemas sociais que há que se resolver na Terra, o primeiro de todos é a questão da subsistência. Em todas as épocas, tem havido ricos, muito ricos e pobres, muito pobres; estes últimos, por razão natural, têm odiado os ricos e têm dito, em todos os tons da escala universal, que a propriedade é um roubo. Do homem que vive carecido de tudo, pode-se esperar todos os crimes e, como são muitos os que vivem sem desfrutar nem do menor gozo da vida, todos estes deserdados são outros tantos instrumentos que podem se ocupar no mal. Isto não quer dizer que os grandes potentados não hajam cometido crimes e, alguns deles, horríveis, porém, há que se acrescentar ao vosso adágio, que se a ociosidade é a mãe de todos os vícios, o desespero é o pior conselheiro que o homem pode ter. A fome nos irrita, a sede nos enlouquece e, de um louco se podem esperar todas as loucuras; os furtos e os homicídios, que outra coisa não são que atos de verdadeira loucura? Os criminosos são dementes, infelizes, alienados, cuja enfermidade nunca foi estudada

MEMÓRIAS DO PADRE GERMANO 241

e, por conseguinte, nunca compreendida. Criminalidade havia na Terra, nas diferentes épocas em que nela habitei. Crimes são cometidos hoje, cometer-se-ão amanhã e continuarão sendo cometidos, enquanto os ricos forem muito ricos e os pobres muito pobres; os primeiros, demasiado felizes, enfastiados de suas riquezas abundantes, entregam-se à desordem, por sentir uma nova sensação; e os pobres, sorrindo com amarga ironia, falam de seu desencanto: "Já que Deus não se lembra de nós, vivamos como se Ele não existisse; esqueçamos Suas leis já que, para nós, a Providência não sorri."

Ai! Essa desarmonia social, esse descontentamento íntimo em que vive o homem é o berço de espinhos onde se embalam os grandes desacertos. Na Terra, vive-se muito mal; os Espíritos encarnados neste planeta, em sua maioria, são inferiores e, por isto, sem dúvida, têm tido uma inventiva tão notável para idealizar tormentos que, se a tivessem empregado no Bem, a Terra seria o paraíso da lenda bíblica.

Se cruéis têm sido os homicidas, inclementes têm sido os juízes que os têm julgado, não perdoando nada, para martirizar o culpado de modo inconcebível; e o que é mais triste ainda, é que a religião haja sido mesclada nestes horrores. Nos cárceres religiosos, a crueldade para com os condenados tem sido tão excessiva, que se o culpado foi o assassino, duplamente homicida foi o que lhe impôs o castigo. Agora, viveis na Terra na mais doce harmonia, em comparação ao tempo em que eu a habitava. Vossos presídios, hoje, são casas de recreio, comparadas com aquelas sombrias fortalezas onde gemiam, nas mesmas masmorras, os infiéis, os hereges, os rebeldes a seu rei e os malfeitores de profissão; os tormentos da Inquisição, que tanto vos espantam, não são nada, em comparação dos que impunham os Penitentes Negros, associação terrível que ainda existe na Terra, porém, notavelmente, modificados os seus estatutos, sua primeira época é quase desconhecida em nossa história, que bem pode ser chamada da maneira que está escrita, uma conspiração contra a verdade, como dizia Heródoto, apelidado de o pai da História.

Pode-se dizer que o ignorais, porém, chegará um dia, quando a mediunidade estiver mais desenvolvida, que conhecereis episódios da história universal que vos parecerá impossível que tenha havido homens para triturar o corpo humano e seres que tenham podido sofrer, anos e anos, um tormento superior a todos os imagináveis. Eu, que sou um Espírito muito velho, que muito tenho visto e sofrido, que passei por todas as fases da existência, tenho o propósito de falar-vos algo sobre a história terrível dos Penitentes Negros, que tiveram, em suas mãos, todos os poderes. Seus membros se sentaram no erroneamente denominado Trono de São Pedro; foram os Maquiavéis de todos os tempos; a política e a religião foram as armas empregadas para a ofensiva e a defensiva, segundo lhes conviesse, porém, foram tão ferozes e tão cruéis, que têm parecido os encarregados de fazer-nos crer que Satanás não era um mito, que existia para tormento e condenação da Humanidade.

Como a moderna Companhia de Jesus, foram odiados e temidos, dispersados e perseguidos, hoje; tolerados e mimados, ontem, pela volúvel fortuna, martirizados e santificados; de tudo sofreram e de tudo gozaram, porém, sempre fiéis ao seu juramento; onde tenha havido dois, têm formado uma associação; se toda a sua constância e o seu talento tivessem empregado no bem, a Terra seria um lugar de delícias.

Em minha última existência, estavam em uma de suas épocas de poderio; sendo eu adolescente, os monges que me educaram, iniciaram-me em algum de seus segredos e, até para satisfazer à minha vaidade juvenil, fizeram-me assistir às suas sessões ordinárias e se propuseram, segundo me diziam, em fazer, de mim, águia da Ordem, porém, como eu os abandonei, os apostrofei e lhes disse que morreria mil e mil vezes antes de secundar os seus planos de iniquidade, fui sua vítima, pode-se dizer e, assim, nunca me perdoaram por ver que lutavam com forças iguais, porque meu Espírito, inclinado ao Bem e favorecido, constantemente, pelos sábios conselhos de Espíritos protetores, como depois tive oportunidade de ver, eu era forte, muito forte; a causa que eu me propunha defender, fazia-a com tal firmeza, empregava em meu trabalho tanta força de vontade, tão pouco me importavam os obstáculos, estava tão plenamente convencido de que o Bem atrai o Bem que, muitas vezes, era temerário e enfrentava toda classe de perigos sem ser o que se chama um valente, no sentido vulgar da palavra. Porém, possuía-me tanto de meu papel humanitário, rejubilava-se tanto meu Espírito quando podia dizer a uma família aflita: "Aqui tens o consolo", sentia em todo o meu ser uma emoção tão doce, uma satisfação tão pura, um prazer tão imenso, que, naqueles instantes, deixava de pertencer à Terra. Ao dizer a um prisioneiro: "Trago-te a liberdade", era, para mim, a felicidade suprema; o primeiro olhar do cativo me demonstrava uma felicidade tão imensa que, naqueles momentos, eu desfrutava o que não compreendeis na Terra.

Os presos sempre tiveram, em mim, um decidido defensor e, hoje, meu trabalho favorito é inspirar resignação e esperança aos presidiários que são, sem dúvida, os seres mais infelizes deste planeta. Uns, porque às vezes, são vítimas da torpeza, da ignorância; outros, porque a solidão, o abandono, o desprezo social influem em seus destinos e, outros, porque são Espíritos rebeldes, inclinados ao mal, de instintos tão perversos que, em torno deles, nem a erva cresce, porque seu envenenado alento infecciona o ar.

MEMÓRIAS DO PADRE GERMANO 243

Quanta perversidade há em alguns seres! E estes, precisamente, são os que necessitam da proteção e do conselho dos Espíritos. Se Cristo veio à Terra para salvar pecadores, precisamos seguir as suas pegadas e devemos imitá-lo. Os justos, somente eles sabem o caminho do paraíso, e os ímpios são os que necessitam de quem os guie; os cegos, se caminham sozinhos, podem tropeçar e cair. E quem mais cego que um criminoso? Por isso, transformei-me em guia de muitos culpados, procedimento que, em algumas ocasiões, causou-me horríveis sofrimentos, porém, a rosa mais fina, a que possui o aroma mais delicado é a que tem mais espinhos; de todas as agradabilíssimas sensações que pode gozar o Espírito, nenhuma é tão grande, nenhuma nos proporciona felicidade mais pura, que poder dizer a alguém que chora: "Alma triste, que choras aflita, sorri e espera, que eu te trago o cálice onde acharás a água da vida."

Ver aqueles olhos que, por pouco expressivos que sejam, naqueles momentos, falam com toda a eloquência do sentimento; ver o ânimo que adquire aquele semblante, ser, por alguns momentos, um novo Pigmalião que deu alento a uma estátua e dar a esperança ao que duvida de tudo; assemelhar-se ao Sol, difundindo o calor e a vida, é chegar à suprema ventura, é viver na perpétua luz e, não apreciaríamos o valor dos resplendores da aurora se não sentíssemos a melancólica influência das sombras da noite. Tenho sido um Espírito combativo; na inação, na vida normal, era eu o que se pode dizer, um ser inofensivo, de poucas necessidades e de poucas ambições; porém, na luta pelos infelizes, eu, que falava pouco, tornava-me eloquente como Péricles e Demóstenes, empreendido como Alejandro, audaz como um aventureiro, mandava e suplicava ao mesmo tempo, empregava até o insulto se, com a violência, podia arrancar a assinatura de um soberano; feria sua dignidade a fundo, importava-me pouco que me odiassem os grandes, se podia servir de amparo aos pequenos.

Numa ocasião, sendo eu muito jovem, pedi, como questão de estudo, aos meus superiores, que me deixassem visitar uma fortaleza que tinha uma biblioteca com documentos importantíssimos, anais curiosíssimos e outros pergaminhos de grande valia, pretexto este que empreguei para conseguir meu intento que era visitar os subterrâneos daquele sombrio edifício, que servia de prisão preventiva aos que faltavam com as leis políticas, religiosas e morais, pois sabia que estava sendo preparada uma expedição para o Norte, que muitos infelizes iam ser abandonados nas regiões de neves perpétuas e, ante aqueles assassinatos lentos, minha alma se sublevava. Eu queria o castigo do criminoso, porém, ao mesmo tempo, queria instruí-lo, moralizá-lo, fazê-lo reconhecer o remorso; mas não triturar seu corpo e desesperar sua alma.

Havia sido cometido o assassinato de um magnata, dez indivíduos estavam implicados nisso, e eu sabia que dez condenados sofriam igual condenação e isto me desesperava, porque dizia: "É impossível que esses dez homens tenham pecado por uma mesma ideia, pois cada um deles terá tido um móvel distinto e não há um homem que se pareça a outro homem; cada ser é uma individualidade. Por que a lei há de ser tão cega? Por que não estudar nesses seres que tanto se prestam ao estudo?

Consegui meu intento e penetrei na fortaleza, onde tinha permissão para permanecer por quinze dias. Uma parte do castelo estava habitada por cinquenta penitentes; outra parte servia de classe preparatória a cem neófitos da Ordem e os subterrâneos serviam de prisão preventiva a todos os acusados daquelas cercanias, onde não era permitido visitar os réus; somente seus familiares os viam um dia antes de cumprirem a sua condenação.

Fui muito bem recebido pelos chefes maiores da Ordem que ainda não havia cabido reconhecer; ainda acreditavam que lhes serviria de instrumento para seus planos satânicos, e conduziram-me à biblioteca, entregando-me as notas do que de mais curioso aquele templo de ciência encerrava. Deram-me cômodo alojamento em uma cela, perto daquele santuário, acompanhado de um penitente que era o chaveiro das prisões. Então, nos cárceres, havia poucos empregados; os presos estavam de uma maneira que podiam ser deixados sozinhos, sem medo de que se evadissem. Naqueles imensos subterrâneos, somente aquele homem penetrava: a ninguém mais era permitido descer àquela cripta, onde os homens estavam enterrados vivos.

Como a minha principal ideia era visitar os presos, comecei por conquistar a confiança do monge chaveiro, mas, logo, convenci-me de que nada conseguiria, porque, se bem que seus olhos fizessem revelações, sua boca emudecia, selada pelo medo; distinguia-me com seu afeto, porém, de preferência, recolhia as velas e se encerrava no mais profundo silêncio.

Uma noite, estando eu entregue à meditação, vi que meu companheiro se levantou pausadamente, acercou-se de meu leito e vi que tinha os olhos abertos, porém, fixos, imóveis; depois, abriu um armário, apanhou alguns papéis, sentou-se, rezou várias orações com voz muito débil e retornou ao seu leito, onde permaneceu sentado por longo tempo até que um forte golpe, dado na porta da cela, com um martelo, fê-lo estremecer violentamente; abriu os olhos, olhou para um relógio de areia e se vestiu rapidamente, chamando-me com voz insegura. "Estais enfermo?" – perguntei. – "Não; tenho a cabeça muito pesada, tenho sonhado

MEMÓRIAS DO PADRE GERMANO 245

que estava na Palestina e, não sei, tenho uma grande confusão em minhas ideias."

Abstive-me de dizer-lhe o que havia observado nele e o que fiz, durante o dia, foi estudar sobre o duplo sono, ou seja, essa segunda vida dos aletargados que hoje conheceis com o nome de sonâmbulos e, logo, convenci-me de que o chaveiro, durante seu sono, desenvolvia forças inteligentes que fariam dele um precioso instrumento para um homem que soubesse estudar e dirigir aquelas manifestações misteriosas de uma vontade superior ao seu modo de ser.

Esperei, ansioso, pela noite, então, recostamo-nos, coloquei-me em observação e, quase à mesma hora da noite anterior, meu companheiro se incorporou, falou algumas palavras ininteligíveis e, então, levantei-me dizendo-lhe, atenciosamente, apanhando uma de suas mãos:

– Que tens? Medo!

– De quê?

– Dos mortos vivos.

– Quererás dizer, dos prisioneiros? – Sim. Meu cargo é horrível.

– Renuncia a ele.

– Não posso! Pronunciaria a minha sentença de morte. Menino! Foge daqui!

O mesmo golpe da noite anterior despertou meu interlocutor que, ao ver-me junto dele, manifestou estranheza, perguntando-me se estava enfermo. Para abreviar, direi que todas as noites, enquanto o chaveiro dormia, eu me levantava e meus primeiros ensaios de magnetismo os fiz com ele. Adormecia-o à minha vontade, fazia-o falar o quanto eu queria e, para continuar o meu trabalho, pedi, por graça, que me deixassem mais quinze dias na biblioteca. Concederam-me. Uma noite, magnetizei o monge chaveiro e, por um caminho que ele mesmo me havia indicado, fui visitar os prisioneiros, acompanhado do hipnotizado carcereiro que me guiava, admiravelmente, por aquele sombrio labirinto de largas galerias e estreitos corredores e, por fim, chegamos a um espaçoso salão, cujo pavimento estava minando água fétida. Na parede havia umas concavidades, de trecho em trecho e, dentro de cada nicho, cerrado com fortes barras de ferro, havia um homem que tinha que permanecer em pé, sem poder se curvar por não ter espaço para fazer nenhum movimento e por estar sujeito, com argolas, pelos pés, pela cintura e, às vezes, pelo pescoço. Aqueles infelizes, por uma crueldade horrível, eram bem alimentados e lhes davam vinhos compostos para revigorar as suas forças e, excitados com aqueles reativos, sofriam horrorosamente naquelas tumbas, lutando desesperadamente contra a forçada inércia de seu corpo e o fogo devorador de seus sentidos superexcitado.

A impressão que tive foi tão dolorosa, principalmente, diante de um homem jovem e robusto que, ao ver-me, disse:

— Quem quer que sejais, dizei aos meus juízes que sou inocente, que tenho três filhos que são a vida de minha vida, e que um homem que ama seus filhos não pode ser criminoso, tenho uma esposa que é um anjo. Ide e dizei a ela que não se envergonhe de levar o meu nome, pois sou inocente.

E uma torrente de palavras brotaram daqueles lábios, sendo que todas fizeram eco em meu coração.

Prometi voltar e saí daquele lugar, num estado que me é impossível explicar. Acreditava, firmemente, que o inferno existia e que eu havia estado nele.

Na noite seguinte, adormeci o chaveiro, mas fui sozinho, pois já conhecia bem o caminho e falei com aqueles dez infelizes. Em honra da verdade, somente um era inocente do crime que se lhe imputava; os demais, todos eram mais ou menos culpados, porém, nunca merecedores daquele tormento, daquela crueldade que parece inverossímil, fabulosa e, no entanto, tristemente verdadeira.

Tendo visto o que desejava, despedi-me dos Penitentes e, antes de ir-me, declarei ao chaveiro o que havia acontecido, dizendo-lhe:

– Se fores meu aliado, ganharás em tranquilidade e em repouso, mas se me negares o teu apoio, direi ao chefe da Ordem que estás endemoniado e, se me prejudicares... nos prejudicaremos os dois. Se me delatares, advirto-te de que eu não morrerei; poderia, simplesmente, não te haver dito nada e te dominado com a poderosíssima força de minha vontade, porém, não quero me valer, em todos os meus atos, mais do que com a verdade.

Então, o chaveiro me confessou que, desde a minha chegada à fortaleza, sentira por mim um grande carinho, assim como, havia sentido uma profunda aversão pelo cargo que desempenhava, porém, sabendo que pronunciava sua sentença de morte, renunciava a ele, sofria em silêncio a tortura de horríveis remorsos e que seu desejo era ir à Índia na qualidade de Missionário. Prometi-lhe que tudo isso ele conseguiria, se fosse fiel; prometeu-me a sua aliança e separei-me dele, satisfeito com minha obra, pois via que minha voz havia encontrado eco em seu coração.

Imediatamente, fui ver a família do acusado inocente e, ao falar-lhe do infeliz Lauro, sua esposa se abraçou aos meus joelhos, dizendo-me:

– Senhor, ele é inocente! Meu esposo é incapaz de cometer um crime, adora seus filhos e aquele que sabe amar como meu Lauro ama, não é criminoso; se ele declarasse que tinha se convertido em um assassino, diria que havia ficado louco, que mentia. A nobre convicção daquela mulher me deu mais alento. Então, apresentou-me três crianças que pareciam três anjos, brancos, loiros, rosados, com grandes olhos azuis, que parecia que guardavam o resplendor dos céus. As inocentes criaturas me olhavam, sorrindo. O maior, que teria oito anos, disse-me, com voz dulcíssima:

– Meu pai é muito bom, tu também, tens cara de bom; é verdade que salvarás o meu pai? Pobrezinho! Dize-lhe que todas as noites, sonho com ele.

A voz daquela criança me comoveu de tal modo, que lhe disse:

– Pobre anjo desamparado! Eu te prometo salvar teu pai.

E, ato contínuo, fui ver o chefe primeiro dos Penitentes e lhe disse:

– É necessário que os últimos dez acusados que ingressaram em vossos cárceres sejam entregues aos tribunais civis. Consta-me que um deles é inocente, tem esposa e três filhos e, com o desterro desse homem, ireis cometer cinco assassinatos, e isto é horrível! Os outros nove devem ser julgados, separadamente, porque suas culpabilidades são distintas. A história desta associação religiosa está escrita com sangue, e, se eu hei de pertencer a ela, tem que tomar outro rumo, pois quero justiça e verdade e, do modo que fazeis, sois os piratas da Terra; condenais sem apelação, para confiscar os bens dos condenados; quereis que eu seja o águia da Ordem e o serei se, verdadeiramente, quereis ser os ministros de Deus na Terra, praticando a sua lei de amor.

– Águia queríamos te fazer, mas vejo que teremos de cortar-te as asas, pois já sei o que tu serás no mundo: serás o manto dos criminosos, somente para ir contra as leis porque em ti está encarnado o espírito da rebelião; és criança e audaz, porém, aos audazes, sabemos pôr freio em sua audácia. Desta vez, deixo-te livre, pois que, apesar de tudo, gosto de homens como tu e creio que, afinal, entenderemos-nos, porém, desiste de teu plano: a Ordem dos Penitentes, com as reviravoltas de política, carece de fundos; estes são necessários, indispensáveis; sem eles, não poderia se sustentar; o fim justifica os meios; a finalidade da Ordem é grande, pois é a de impor a religião por todo o orbe; associação tão poderosa necessita de meios; que é a vida de dez homens ante a salvação de milhões de criaturas? Este processo, determinado por nós, conquistará, em nosso favor, a simpatia e a proteção da família do assassinado e, ademais, os bens dos culpados ficam para nós, e... a deliberação não é duvidosa. Deixa-te de generosidades juvenis, visto que, quando tiveres a minha idade, convencer-te-ás de que a Humanidade é uma raça de víboras e todas as que se esmagam, é em proveito da massa COMUM.

Nada contestei, porque compreendi que tudo seria inútil e não quis provocar a sua cólera, porque ele me tinha em seu poder e, se me retivesse, não poderia ser útil aos meus protegidos.

Quando me despedi, fui ao campo, prostrei-me de joelhos sobre uma ribanceira e, olhando para o céu, exclamei: "Senhor, inspira-me! Põe em meus lábios a tua divina palavra! Dez famílias estão expostas a perecer de fome; um homem inocente vai ser imolado nos altares de uma associação, que é o vampiro do Universo; dá-me a magia da persuasão para comover um monarca da Terra. Senhor, à tua sombra, a raça de Caim segue difundindo o espanto e a morte; deixa que comece a minha vida de sacerdote com um ato digno e justo. Eu tenho sede de justiça e fome de verdade; eu Te amo, Senhor, sobre todas as coisas da Terra e, em Teu nome, quero difundira luz. Que o fogo da inspiração divina inflame a minha mente!

E, sem perder um momento, pus-me a caminho. No dia seguinte, falava com o rei, a quem logrei convencer para que reclamasse os dez acusados que, em justa lei, os tribunais civis deveriam condenar e não os eclesiásticos, posto que o morto nada tinha a ver com a classe sacerdotal. Por três horas, estive falando para convencê-lo, porque nenhum soberano queria se conflitar com os Penitentes Negros, pois sabiam muito bem o que os aguardava, ou seja, sua morte, mais cedo ou mais tarde, mas, enfim, consegui que firmasse a ordem, pedindo a entrega dos dez acusados, indo eu, com o capitão de força para tirá-los do sombrio calabouço. Os guardas do rei e até o capitão tremiam ao entrar nos subterrâneos e ver aqueles homens enjaulados como feras que, ao saírem de suas celas, não sabiam dar um passo; houve um soldado que chorou como um menino ao ver tanta impiedade e o capitão, ao ver aquelas torturas, rugia de ódio e dizia:

– Deus não existe. Mentira! Se existisse, não haveria tanta iniquidade.

Memórias do Padre Germano 249

Eu, dominado por uma força estranha, agarrei o chaveiro e lhe disse:

– Quero ver tudo; quero dizer a estes infelizes uma palavra de consolo; guia-me e eu prometo tirar-te daqui.

E, enquanto o capitão e os soldados conduziam os presos para fora da fortaleza, segui por aquele labirinto de galerias e corredores, onde ressoavam, por todas as direções, dilaceradores gemidos das vítimas que agonizavam naqueles sepulcros. É impossível pintar todos os tormentos a que estavam sujeitos uma parte daqueles desventurados, que já tinham sido julgados e condenados a terminar seus dias naquelas covas, rodeados de répteis e de tudo quanto pode atormentar o homem. Tal horror senti, tal vertigem se apoderou de meu ser, que disse ao meu companheiro:

– Tira-me daqui. Meu sangue se converte em chumbo derretido, que me queima as entranhas. Não pensava que o inferno existisse, mas existe. Fico louco, tenho medo de ficar aqui! Tira-me, por compaixão!...

Meu companheiro me colocou sobre os ombros e me tirou através de um alçapão. Ao sentir em minha fronte as rajadas do ar, ao me ver no campo, deixei-me cair de joelhos, olhei para o céu, lancei um grito agudíssimo e caí, sem sentidos.

Quando voltei a mim, encontrei-me em um aposento do Cárcere Real. O capitão e o chaveiro estavam ao meu lado, parecia que havia perdido a memória, mas, logo, dei-me conta do que havia acontecido e perguntei pelos presos, dizendo-me o capitão que estavam na enfermaria.

O chaveiro se aproveitou de meu mal-estar para acompanhar-me, sem inspirar suspeitas e, ademais, os Penitentes, ante a força armada, eram humildes e não opunham a menor resistência às ordens do soberano, afinal, eles diziam que tudo faziam em benefício dos pecadores, porque o castigo predispõe à emenda e tinham, em suas mãos, o governo de todos os Estados e apareciam, em toda parte, como obedientes e humilíssimos súditos, dispostos sempre a cumprir a vontade do soberano. Tampouco reclamavam quando a justiça ordinária se apoderava de um de seus membros e apareciam como mansíssimos cordeiros, sempre dispostos a transigir com tudo, mas, logo, cautelosamente, vingavam-se de uma maneira horrível.

O chaveiro suplicou ao capitão que o detivesse como prisioneiro, alegando que o mau trato que dava aos presos merecia um severo corretivo. O infeliz fez revelações que não quero recordar e assegurava que preferia morrer devorado pelos selvagens a voltar debaixo das ordens dos

Penitentes. Através de minha mediação, tudo foi arranjado e, mais tarde, embarcou ele para a Índia, onde sofreu o martírio e morreu como desejava: devorado pelos selvagens.

O processo dos dez acusados me custou muitas horas de insônia, perseguições sem conta, ameaças terríveis, porém, por fim, Lauro ficou em liberdade e, quando saiu da sala do Tribunal, e sua esposa e seus filhos o rodearam com os seus amorosos braços, caí de joelhos, dizendo: "Bendito sejas, Senhor! Já não me importa morrer; à semelhança Tua, ressuscitei os mortos! Glória a Ti, alma do Universo, pelos séculos dos séculos!"

Lauro e sua família me cobriram de bênçãos, e seu filho maior dizia-me:

– Fica conosco e te amaremos tanto quanto o nosso pai!

Os nove condenados restantes sofreram o castigo relativo à sua enorme falta e ficaram reduzidos à escravidão, trabalhando nas obras públicas. Eram escravos do Estado como são, agora, os vossos presidiários, seus bens ficaram em poder de suas famílias, e, comparando-se à condenação que os esperava pelo tribunal eclesiástico, aqueles infelizes se acreditavam felizes e, para o que aquelas rudes almas podiam expressar, mostraram-se agradecidos aos meus préstimos.

Não demorou muito para que os Penitentes me demonstrassem que me fariam pagar caro a minha ousadia: por três anos estive expatriado, sofrendo os horrores da mais espantosa miséria e a dor de agudíssima enfermidade, mas, quanto mais sofria, via Lauro em minha mente, sair do tribunal, rodeado de sua família e me dizia, a mim mesmo: "Aquele homem tem uma esposa que o adora, três anjos que lhe sorriem, sendo que, sem ele, teriam morrido de frio, esses quatro seres que vivem no calor de sua ternura, e, eu, se sucumbo, sou uma árvore morta que a ninguém pode dar sombra; e, além disso, aquele homem era inocente e não devia morrer. Enfim, eu havia me rebelado, negado a minha aliança aos que me serviram de pais e me instruíram. Cumpra-se a vontade de Deus que sempre é justa!" E estava tão resignado em morrer que, quando recebi o documento com meu indulto, no primeiro instante, quase me senti contrariado. Já tenho dito que eu, na vida normal, era um ser, pode-se dizer, apático, porque assustava-me a luta incessante da vida e havia acariciado por tanto tempo a ideia da morte que quase a amava. Um de vossos poetas mais cépticos cantou a morte; buscai seu canto e acrescentai-o, se quereis, a estas linhas, senão todas algumas estrofes. Para mim, naquela ocasião, a morte era uma ilha de repouso, como a chama o poeta Espronceda, dizendo:

Ilha eu sou de repouso
no meio do mar da vida,
e o marinheiro ali olvida
a tormenta que passou.
Ali convidam ao sonho
águas puras, sem murmúrio;
ali dorme o arrulho
de uma brisa sem rumor.

Sou melancólico salgueiro
que sua ramagem dolente
inclina sobre a fronte
que enrugara o padecer;
e adormece o homem, e suas fontes
com fresco sumo orvalha,
enquanto a asa sombria
bate o olvido sobre ele.

Sou a virgem misteriosa
dos últimos amores,
e ofereço um leito de flores
sem espinhos, nem dor.
E amante, dou meu carinho
sem vaidade, nem falsidade:
não dou prazer, nem alegria
mas é eterno o meu amor.

Em mim, a ciência emudece,
em mim, termina a dúvida,
e árida, clara e desnuda
ensino eu a verdade;
e da vida e da morte
ao sábio mostro o arcano
quando ao fim, abre minha mão
a porta da eternidade.

Cerre minha mão piedosa
teus olhos ao brando sonho,
e empape suave meimendro
tuas lágrimas de dor.
Eu acalmarei tua aflição
e teus dolentes gemidos,
apagando as batidas
de teu ferido coração.

Havia sofrido tanto, havia vivido tão sozinho... que me horrorizava a ideia da velhice! Despedi-me, com sentimento, daquelas montanhas envoltas em seu branco sudário de neves perpétuas e voltei à pátria, quase moribundo. Meu primeiro pensamento foi o de ir ver Andrés e, ao vê-lo, ao receber as suas inocentes carícias, senti que me ressuscitavam, na alma, os desejos da vida. Envergonhei-me de minha debilidade e de meu egoísmo, compreendi que havia sido injusto, porque nunca devemos desejar a morte, quando, na Terra, há tantos órfãos a quem servir de pai.

Pouco tempo depois, retirei-me para minha aldeia, onde morei por mais de quarenta anos. Já nos últimos meses de minha vida, estando, uma tarde, sentado à porta do cemitério, vi chegar um ancião, coberto de farrapos, que me pediu uma esmola para as crianças cujos pais estivessem presos. Suas palavras me chamaram a atenção e não pude deixar de perguntar-lhe por que pedia para os filhos dos presos.

– Senhor – disse-me –, é uma penitência a que me impus. Em minha juventude, estive em poder dos Penitentes Negros, acusado de um crime que não havia cometido. Um homem, que era um santo, interessou-se pelos meus filhos e devolveu-me ao carinho de minha família, atraindo sobre ele a perseguição dos Penitentes, que conseguiram seu desterro e, talvez, a sua morte. A recordação daquele homem nunca se apagou de minha memória, pois me acuso de que, quando o deportaram, nada fiz em seu favor, porque tive medo de cair novamente nas garras daqueles tigres, e, não somente emudeci, como mudei de residência: expatriei-me. Os anos foram passando e meu remorso foi crescendo, até ao ponto que, faz mais de dez anos, eu mesmo me impus a penitência de pedir esmola para os filhos dos presos, em memória daquele homem que se sacrificou por mim. Todos os anos, no dia 1º de janeiro, reparto tudo o que recolhi durante um ano, entre vinte crianças órfãs pela morte ou pelo cativeiro de seus pais, e, ao reparti-lo, digo-lhes: "Rogai pela alma do

MEMÓRIAS DO PADRE GERMANO 253

Padre Germano." O relato de Lauro me comoveu profundamente, e lhe disse, dominando a minha emoção:

– Pois tendes rogado pela alma de um homem que ainda está na Terra.

– Vive, o Padre Germano?... – gritou o mendigo, animando seu rosto, na cintilação de júbilo. – Dizei-me onde está, se o sabeis, que Deus teve misericórdia de mim; porque sempre tenho dito, quando me creio próximo da morte: "Senhor, em minha última hora, permite que se me apresente o Padre Germano e crer-me-ei perdoado de minha ingratidão".

Não sei de que modo olhei para Lauro, que o ancião se acercou mais de mim, olhou-me fixamente e se arrojou em meus braços, dizendo:

– Como Deus é bom para mim!

Que compensações tão maravilhosas têm as boas ações. Quanto me rejubilei, falando com Lauro! Todos os seus filhos haviam se casado e viviam com a maior fartura, sua esposa havia morrido bendizendo meu nome e ele praticava a caridade em minha memória. Dos nove condenados, quatro morreram na escravidão e os outros cinco alcançaram a graça de um indulto geral que o rei deu por haver alcançado grandes vitórias na Terra Santa. Voltaram ao seio de suas famílias e puderam sorrir, contemplando os seus netos.

No dia seguinte, Lauro se despediu de mim, dizendo-me: "agora, sim, não temo a morte; que ela venha quando quiser, pois já realizei todos os meus desejos, que era vos ver antes de morrer." E, como se a morte tivesse estado esperando a nossa entrevista para terminar os dias de Lauro, ao sair da aldeia, o ancião mendigo falseou um pé e caiu em um despenhadeiro, morrendo no ato, pela violência do golpe.

Custou bastante trabalho o resgate do cadáver, mas consegui tirá-lo e foi enterrado perto da menina dos caracóis negros. Não tardei muito em segui-lo e, no espaço, encontrei vários presos da Terra que me mostraram sua gratidão.

Amai, amai muito os presos e procurai dar-lhes instrução, moralizai-os, educai-os, castigai-os, porque é muito justo que seja castigado o delinquente, porém, ao mesmo tempo em que imponhais a pena, abri-lhes o caminho de sua redenção. Se triturais o corpo do cativo, desesperais sua alma e não espereis ações generosas de espíritos desesperados. Não sonheis com dias de liberdade; não digais que trabalhais para a união dos povos, nem que sois os iniciadores da fraternidade universal se, antes que tudo, não procurardes melhorar a triste sorte dos criminosos; enquanto mantiverdes esses presídios, sementeira de crimes, focos de corrupção, habitados por homens que não lhes deixais ter nem o direito de pensar, infelizes de vós! Todos os vossos planos de reformas sociais serão trabalho perdido. Não podeis imaginar todo o dano que vos causa o vosso sistema penitenciário: um homem desesperado atrai influências fatais e, em vossos presídios, há tal aglomeração de Espíritos inferiores, que a sua perniciosa influência vos envolve, vos aprisiona de tal modo que, às vezes, inspirais-me lástima, porque os presos, sem sabê-lo vós, vingam-se de vosso abandono, enviando-vos, com seu fluido, todo o fel que guarda o seu coração. Repito-vos, e nunca me cansarei de repetir: os criminosos são dementes; nem mais, nem menos. O que fazer com os vossos alienados? Sujeitai-os a um plano curativo, pois se sujeita a um plano moral os que infringem as leis; não empregueis a violência, que nada conseguireis, porque empregais armas que, em realidade, não vos pertencem e não sabeis manejar.

Se tendes a inteligência, se tendes o dom da palavra, se sois da raça dos redentores, por que não seguis suas pegadas?

Ah, pobre Humanidade! Como te afundas no lodo! Como manchas a tua maravilhosa veste! Como infectas a atmosfera que te envolve! Como foges da luz! Como dilatas o vasto território das sombras! Inspiras-me compaixão! Volta; começa o teu trabalho de regeneração universal e não te envaideças, abrindo Ateneus e Universidades, se antes não tiverdes dado princípio em instruir os criminosos, cuja ignorância te condena à perpétua servidão.

Amei muito os presos em minha última encarnação e, à minha dedicação por eles, devo a maravilhosa liberdade de que hoje desfruto.

Homens, homens! Se compreendêsseis os vossos verdadeiros interesses, a Terra não seria uma penitenciária da Criação, senão mundo regenerador, uma das moradas onde a alma pudesse sorrir. Não esqueçais meus conselhos, meus filhos; quero muito os terráqueos porque, entre vós, conheci a menina pálida, a dos caracóis negros.

Adeus, meus companheiros de infortúnio; trabalhemos todos no bem universal; redobremos os nossos esforços; acerquemo-nos aos presos e eles nos darão a liberdade.

Não esqueçais que os justos, eles somente, conhecem o caminho do progresso, e os culpados são os cegos, perdidos nas sombras da ignorância; guiemos, meus filhos, os pobres cegos; eles são tão dignos de compaixão!...

OS VOTOS RELIGIOSOS

POR MUITO QUE ESTUDEIS, POR MUITO que leiais, e vossa imaginação tenha bastante inventiva para dar forma e cor à vida do claustro, nunca pintareis com exatidão essa tela sombria, esse quadro horrível das misérias e degradações humanas.

É necessário ter vivido dentro de um convento, e de um convento de religiosas.

Já vos tenho dito que minha infância e minha juventude as passei entre monges, triste, solitário, porém, podia ter vivido tranquilo, se meu Espírito fosse mais dócil e não tivesse tido tanta sede de progresso. Eu me indispus com meus superiores por meu caráter revolucionário, por ser um reformador incorrigível. Se tivesse sido mais obediente, minha existência teria sido até ditosa dentro daquela esfera microscópica. O que é completamente impossível é viver em calma em uma comunidade de religiosas: não podeis imaginar o que são as mulheres destituídas dos sentimentos naturais.

Já sabeis que me tenho apresentado a vós tal qual sou. O mundo me chamou santo, e vos tenho dito repetidíssimas vezes que estive muito distante da santidade, que amei uma mulher e lhe rendi culto à sua memória, sendo meu altar preferido a sua sepultura. Ali estava o meu pensamento, ali pensava nos pobres, ali pedia a Deus inspiração suprema para despertar o arrependimento nos culpados. Senti, amei, temi, tive todas as debilidades dos demais homens, e vos faço esta advertência porque, como me ocuparei de tratar um pouco sobre as mulheres e as apresentarei tal como são na realidade, não creiais que, querendo parecer santo, demonstre-lhes aversão, não, porque o que quero demonstrar é que a mulher educada, a mulher sociável, a mulher-mãe, é o anjo da Humanidade e que ela realiza todos os sonhos de felicidade que tem o homem. E não creiais precisamente que, ao falar da mulher-mãe, refira-me à que tem filhos, não; a mulher-mãe é a que sabe amar, infelizmente, o sei por experiência.

Uma mulher me levou em seu seio, recebeu o meu primeiro sorriso, escutou as minhas primeiras palavras e, apesar desse íntimo parentesco que nos unia, atirou-me de lado quando ainda eu não havia completado cinco anos. Essas mães desnaturadas são Espíritos inferiores, cuja rebeldia está tão arraigada em seu modo de ser, que a maternidade não significa para elas mais que um ato puramente natural, e fazem o que os irracionais fazem: dão o primeiro alimento a seus filhos e logo os abandonam; outras, nem a isso se prendem, pois sua perversidade domina de forma absoluta e são mães apropriadas para os seres que vêm à Terra para sofrer cruéis expiações, porque tudo se relaciona, na vida.

A mulher, tão Espírito quanto o homem, toma a envoltura do sexo débil para educar seu sentimento, para aprender a sofrer e, é, pode-se dizer, um castigo imposto ao Espírito; por isso a vida da mulher, mesmo em meio à civilização mais perfeita, tem no fundo de sua existência, verdadeiras humilhações. A mulher é um Espírito rebelde que, sem se educar, é o animal mais daninho que há neste mundo, posto ao serviço do homem. Estas mesmas palavras as escrevi faz alguns séculos, depois de haver estado uma larga temporada vivendo junto de um convento de religiosas, sendo o confessor daquela numerosa comunidade.

Em minha última encarnação, meu caráter aventureiro e minha sede de progresso me fizeram viver muito apressadamente, em um tempo em que se vivia muito devagar. Antes de encerrar-me em minha aldeia, sofri toda classe de perseguições e, mesmo em meu retiro, mais de uma vez fui requerido pelo chefe de Estado e ameaçado de morte por meus superiores.

Vivia numa época em que o dizer a verdade era um crime. E eu a dizia sempre. Assim é que a minha vida foi uma luta incessante, uma batalha sem tréguas. Tive o fanatismo do dever e fui religioso, não porque aceitasse os mistérios de minha religião, mas, sim, porque a moral universal me impunha os seus direitos e deveres. Admirei a Cristo e quis imitá-Lo, não em Seu modo de viver e de morrer, porque nem tinha Sua virtude, nem minha missão era a Sua, porém, quis demonstrar o que devia ser um sacerdote racional, interessando-me vivamente pela instrução da mulher, para que não sofressem outros as consequências que sofri.

Todos os meus tormentos e agonias, para mim, não reconheciam outra causa senão a ignorância de minha pobre mãe, e como eu havia sido tão imensamente infeliz, como a contrariedade havia sido meu único patrimônio, eu queria educar a mulher, tirá-la de seu embrutecimento, despertando a sua sensibilidade – porque de uma mulher sensível se

MEMÓRIAS DO PADRE GERMANO 257

pode esperar todos os sacrifícios e heroísmos. A mulher, amando, é um anjo, porém, quando indiferente para com a Humanidade e fanática por um credo religioso, é um demônio. Se essa personalidade (o demônio) existisse, se o Espírito do mal tivesse razão de ser, estaria encarnado nas mulheres fanáticas. A mulher, desprovida de seu principal atrativo – o sentimento maternal –, é um Espírito degradado, que se apresenta neste mundo fazendo alarde de sua inferioridade e de sua ignorância: não vos estranheis que me expresse nestes termos, porque vi bem de perto as religiosas.

Comprometido numa questão política, tive que sair fugindo e fui pedir hospitalidade à superiora de um convento, que tinha junto ao monastério uma hospedaria para peregrinos, porque, naquela época, eram muito frequentes as peregrinações. Fui bem recebido, chegando oportunamente, posto que a comunidade estivesse sem confessor, e como a superiora me viu jovem e audaz, acreditou que poderia lhe ser útil.

Era uma mulher da nobreza, que teve que ocultar, no claustro, um deslize de sua juventude. Fez-se ambiciosa, intrigou com acerto e chegou a ter tanta autoridade e renome que fundou vários conventos, e as jovens das mais opulentas famílias foram postas debaixo de sua tutela para receberem educação, e muitas delas professaram por seu mandato.

Acontecia àquela mulher, como mãe egoísta, que, ao perder um filho, alegra-se quando outras mulheres perdem os seus, e diz, com sombria satisfação: "Que chorem; também chorei eu".

Isto mesmo dizia aquela mulher sem coração, quando uma jovem pronunciava os seus votos, chorando amargamente. Seus olhos mo revelavam, sim. Quando olhava uma jovem professa, recordava sua juventude e seu extravio amoroso, pensando com feroz complacência, dizendo com cruel satisfação: "Mais outra vítima! Já que não pude ser feliz, procurarei que ninguém o seja."

A superiora era mulher de mediana idade, inteligente e astuta, ambiciosa e vingativa. Posta ao serviço da religião, fazia numerosos prosélitos. Rígida até à crueldade, mantinha em sua comunidade a mais perfeita disciplina, entregando, à igreja, somas imensas que traziam, em dote, as infelizes alucinadas que fazia professar.

Eu escutava aquelas mulheres e ficava petrificado. Quanta ignorância... quanta servidão!... E, no fundo... quanta imoralidade! E como desta à criminalidade não há mais que um passo, aquelas infelizes cometiam até o infanticídio e ficavam serenas e tranquilas, crendo que serviam a Deus, obedecendo às ordens de seus ministros.

Mirava-as assombrado e dizia: "Senhor! A mulher, a que deve levar em seu ventre os heróis da Humanidade, a que está chamada a ser a companheira inseparável do homem, a que pode compartilhar suas glórias, tomando parte ativa em seus estudos, em seus sofrimentos e alegrias, a que pode embelezar sua existência, porque tem atrativos e condições para fazer-se amar, a que é carne da nossa carne, osso de nossos ossos, a que sente as dores divinas da maternidade, a que realiza o ato maior da Natureza, no instante sagrado de dar à luz – que faz a religião com ela? Embrutece-a, a envilece, mutila-a, reduzindo-a à mísera condição de escrava, que nem é dona de seus próprios filhos e, uma vez afogado nela todo sentimento generoso, que resta da mulher? A mais espantosa deformidade no corpo e na alma. Todos os seus vícios passados reaparecem. É astuta como a serpente, vingativa como o tigre. Faz o mal e se compraz com a sua obra. Ou é uma autômata, que se move por impulsos de outra vontade? Para isto é criada a mulher? Para viver na mais humilhante e vergonhosa servidão?

A religião, que é a base de todas as civilizações, por que, ao invés de remediar esse dano, dela se pode dizer o que em verdade o causa?

Compreendo melhor, ainda que não as aprove, as associações de cientistas, que se retiram a um claustro para meditar, a pedir à ciência a solução dos problemas da vida. Porém, as comunidades de mulheres são completamente desnecessárias. As mulheres fazem falta em todos os lugares do mundo, menos nos claustros e nos bordéis.

Supondo que se logre reunir (mas já é muito supor) uma congregação de mulheres simples e virtuosas, que bondosamente se entreguem ao exercício da oração, então, de que servem estes seres profundamente egoístas, que não consolam o órfão, nem sustentam o inseguro passo dos anciãos, nem ajudam os infelizes em suas penas? De nenhum modo se procure progresso na mulher monástica. Ao contrário, ela estaciona e, mais ainda, retrocede.

Consideram-na virtuosa e inofensiva, mas é egoísta, posto que se aparta da luta do mundo. Se pronuncia seus votos por desespero, transforma-se em tirânica, cruel. Se a alucinação e a ignorância a jogam no claustro, converte-se em coisa; é um instrumento de que se valem os homens perjuros, e se a timidez da obediência aos seus superiores a obriga a renunciar ao mundo, vive morrendo, maldizendo e rezando ao mesmo tempo.

Eu amava a mulher, considerava-a como a única glória do homem, e ao vê-la tão envilecida, desesperava-me. Naquela comunidade, vi a mulher em todos os graus de embrutecimento, em todas as fases da degradação e do sofrimento moral e material, tremendo ante o martírio, enlouquecida pelo terror.

Presenciei a profissão de votos de uma infeliz noviça e fiquei horrorizado.

Quando outra pobre menina estava próxima a pronunciar esses votos irrevogáveis, que tantas infelicidades têm causado, decidi-me a salvá-la daquele inferno e impressionado como estava pela luta que vi sustentar aquela noviça que, pouco depois de minha chegada, professou. Aquela mártir sobreviveu pouco tempo ao seu sacrifício, e quase me alegrei com a sua morte, porque era uma jovem dotada de grande sentimento e estava sofrendo ali em meio a tantas mulheres sem coração.

Eloisa, sua companheira de infortúnio, ao vê-la morrer, olhou-me e chorou silenciosamente – compreendi que mais chorava por si mesma que pela morta.

Quando chegou a hora de confessar-se, à véspera de pronunciar seus votos, disse-lhe diante de um crucifixo:

– Eloisa, renuncias de todo o coração aos prazeres da Terra?

– Sim – respondeu a jovem, com voz insegura, olhando a imagem de Cristo.

– Mentes neste momento.

– Eu?...

– Sim, tu. É necessário que, para enterrar-se em vida, saiba a mulher por que se enterra. Quero supor que, alucinada e dominada pelos conselhos de teus pais e da superiora, pronuncias teus votos crendo que renuncias aos gozos deste mundo com toda satisfação e contentamento. Porém, olha: figura-te por um momento que, em vez desta imagem de Cristo, contemplas um homem de trinta anos, com olhar de fogo, sorriso amoroso, gentil e disposto, decidido mesmo a conquistar um mundo para depositá-lo a teus pés. Renunciarias ao seu amor, à sua eterna felicidade, à dita suprema de amar e ser amada?

– Sim – murmurou Eloisa, passando a mão pela fronte coberta de suor.

– Mentes, menina. O que me dizem, o que me afirmam teus lábios, negam teus olhos. Vai-te descansar e perguntar à tua alma o que queres, e pedirei uma prorrogação de oito dias à superiora. Nesse tempo, medita e não enganes a ti mesma, nem temas tua família, porque eu vim à Terra por algo: para ser padre de almas.

A noviça me olhou, porém, temendo que as paredes falassem, emudeceu. Eu me dirigi a uma audiência com a superiora, que me concedeu em seguida.

Fi-la ver que Eloisa não estava bem disposta para professar, e que era necessário deixar-lhe ao menos oito dias para refletir.

Muito malfeito – disse-me com sequidão –, essa jovem tem que professar, queira ou não queira. Seus pais desejam que ela professe, porque Eloisa é filha do rei, e a seu pai adotivo, como é natural, lhe estorva esta menina, porque lhe recorda os devaneios de sua esposa. Traz como dote grande fortuna, e o ouro é necessário à igreja. Dir-me-eis que chora, eu também chorei, e se eu pude sofrer, também podem sofrer as demais mulheres.

– Porém, a religião serve para condenar seus filhos ou para salvá-los? Concebo (e já é muito conceber) que a mulher que tenha vocação para uma vida contemplativa se retire e viva entregue à sua reza estéril ou à sua infecunda meditação. Porém, a jovem, que sinta palpitar seu coração na recordação de um ser amado, por que se há de sacrificá-la? Por que lhe impedir que forme parte da grande família humana? Por que se lhe há de negar os direitos e os deveres que lhe concedeu a Natureza? Na religião, deve a mulher encontrar um apoio, um amparo, um conselho leal, porém, nunca imposição nem tirânico mandato.

– Vais por muito mal caminho para obter o barrete cardinalício – disse-me a superiora, com amarga ironia.

– Aquele que vai pela senda da justiça e da verdade não necessita de barretes ou tiaras para viver feliz. Quero ser um verdadeiro ministro de Jesus Cristo, quero amar o próximo como a mim mesmo; quero ser um enviado de Seu amor e de Sua equidade e quero que a mulher se regenere; quero vê-la, não escondida nos santuários, desgastando sua existência em quietismo improdutivo, mas, sim, tomando parte na luta da vida. Quero que seja esposa e mãe, que compreenda o que vale a sua missão, pois que dentro de um convento a desconhece por completo.

Por mais de três horas, estivemos falando, e a superiora me ofereceu sua colaboração se eu coadjuvasse seus planos. Se eu fosse ambicioso, teria então ocasião de haver sido, em pouco tempo, príncipe da Igreja.

MEMÓRIAS DO PADRE GERMANO 261

Porém, meu Espírito, cansado das farsas humanas, estava decidido a progredir – afinal, havia muitos séculos que andava pela Terra e não havia encontrado essa doce tranquilidade que sente o homem quando diz, antes de entregar-se ao sono: "Cumpri fielmente com o meu dever."

A meu pesar, em algumas ocasiões tive que usar de diplomacia para ganhar tempo. Assim, é que aparentei seguir seus conselhos, e ficamos combinados que esperaríamos oito dias para que Eloisa professasse, e que, neste intervalo, eu procuraria incliná-la à vida monástica.

Os pais da noviça também vieram falar-me: todos estavam desejosos de sacrificar aquela infeliz, cujos doces olhos prometiam um céu, um mundo de célicos prazeres ao homem a quem entregasse seu sensível coração. Pobre menina! Quão perto esteve do abismo! Quantos crimes se têm cometido à sombra da religião!

Ao cumprir-se o prazo, pela manhã, bem cedinho, fui à igreja, e já ali me aguardava a noviça, que parecia uma morta, com seu hábito branco, seus grandes olhos encovados, rodeados de um círculo azulado; suas maçãs do rosto eram como o marfim envelhecido, seus lábios empalidecidos eram marcados por um sorriso tão doloroso que, sem murmurar uma queixa, fazia parecer que se escutavam seus gemidos dilacerantes. Nunca vi uma imagem de dor tão comovedora como aquela. As virgens ao pé da cruz, as Dolorosas de vossos mais renomados pintores, parecem bacantes, comparadas com o rosto de Eloisa.

Quanto me impressionou o olhar daquela infeliz!

Ao ver-me, deixou-se cair aos meus pés e, com voz balbuciante, me disse:

– Graças, Padre! Me compreendestes!

E seu olhar terminou sua confissão, ao mesmo tempo em que me perguntava:

– Que farei para salvar-me?...

– Seguir-me; eu te deixarei em companhia de um homem que velará por ti; não há tempo a perder. A grandes males restam grandes soluções. Aproveitemos o grande movimento que tem hoje a comunidade, com os preparativos de tua festa, fica orando na capela do Santo Sepulcro e me espera ali. O resto corre por minha conta.

– Não tardeis, pois a mim me parece que vou morrer, e não quero morrer nesta tumba.

Efetivamente, como disse antes, Eloisa não só parecia um cadáver, era a personificação da angústia e da amargura. Ao medir o fundo abismo em que ia cair, havia sentido tal espanto, que todo o seu ser se havia comovido extraordinariamente e estava a desfalecer, exânime.

Apressei-me em dizer à superiora que Eloisa estava conforme em professar, porém, pedia duas horas de repouso espiritual na Capela do Santo Sepulcro, o que eu acreditava muito conveniente lhe fosse concedido.

A superiora aceitou, sem suspeitar de meu intento, porque acreditava ter-me comprado com a grossa soma que me havia oferecido para que Eloisa professasse. É tão mesquinho o cálculo dos Espíritos degradados que não podem compreender o desprendimento e o interesse das almas que se encontram em vias de progredir.

Eu, nos oito dias de espera, não havia perdido tempo e, como sempre, quando me propus a fazer um bem, encontrei obstáculos que venci com a minha perseverança e também seres amigos que me ajudaram em todas as minhas empresas. Aquele que quer fazer uma boa obra sempre encontra caminho para fazê-la.

A capela do Santo Sepulcro tinha um largo corredor que conduzia às prisões do convento, e, nessas, havia, à entrada, abóbadas que serviam de sepulcro e que tinham duas portas que davam para o jardim do sacristão, este que se fez meu auxiliar. Tão amigo foi que nunca me abandonou. Foi ele o que me haveis ouvido mencionar repetidas vezes, o bom Miguel, que me amou tanto quanto uma alma simples e boa pode amar.

Ele me proporcionou cavalos, três hábitos de penitentes e, enquanto no convento tudo era revolução, eu, sem perder um momento, entrei na capela, fui à nave e disse à Eloisa: "Segue-me, não há tempo a perder."

A pobre moça me olhou sem compreender, e tive necessidade de repetir minhas palavras, fazendo-a levantar-se, porém, a infeliz estava sem movimentos. Miguel, que se ausentara da igreja alegando enfermidade, como era homem vigoroso, conseguiu carregar a noviça como quem carrega uma criança, e nós dois, a bom passo, saímos do convento. Chegamos à casa de Miguel, e dei à Eloisa rápidas explicações e, esta, feliz ao ver-se salva, recobrou as forças como por encanto. Cobriu-se com o hábito de penitente, montamos os cavalos e, a galope desenfreado, afastamos-nos daqueles lugares. Quando foram em nosso encalço, já estávamos em paragem segura.

Na casa que ocupava, no convento, deixei uma carta para a superiora, dizendo: "Senhora, nunca esquecerei que, em um momento de verdadeira angústia para mim, destes-me generosa hospitalidade, e hoje pago os vossos serviços com uma ação nobre, retirando-vos uma vítima que teria morrido maldizendo o vosso nome e negando a existência de Deus. Sou devedor a vós de uma grande lição: na Comunidade que dirigis, vi toda a degradação e embrutecimento a que pode chegar a mulher, e empregarei toda a minha eloquência para libertar as mulheres da humilhante servidão a que lhes condena uma religião mal-entendida. A jovem que queríeis sacrificar, entregarei ao rei. Não nos persigais. Possuo os vossos segredos e posso vos perder e fazer-vos morrer numa fogueira, bem o sabeis."

Minha ameaça surtiu efeito. Segui meu caminho com toda a tranquilidade, consegui falar com o rei e entregar-lhe sua filha, que lhe falou com tanta eloquência e sentimento, que seu pai se comoveu e lhe disse solenemente:

– Menina, se amas a alguém, confia isso ao Padre Germano, e ele que acerte o teu matrimônio.

Descansamos alguns dias, e não me havia enganado. Eloisa amava a um capitão-de-guarda do rei.

Acertei tudo, e a primeira união que abençoei foi a de Eloisa e Jorge. E quão satisfeito de minha obra fiquei, quando os deixei na embarcação que deveria levá-los à Inglaterra! Eloisa estava transfigurada, formosa, sorridente. Radiante de felicidade, me dizia:

– Padre Germano, parece-me que estou sonhando. Se estou dormindo, fazei-me morrer antes de despertar. É verdade que não voltarei ao convento?

– Não voltarás, não – dizia-lhe o esposo – saíste para não mais voltar. Creia o senhor, Padre, que nos deste o que nunca podíamos esperar. Eu amava Eloisa, porém, não me havia atrevido a pedi-la a seus pais, porque minha paupérrima fortuna era muito inferior à sua, e estava decidido a suicidar-me tão logo soubesse que ela havia professado. Ela viveria desesperada, e tudo por quê?

– Porque a religião mal compreendida serve de archote incendiário, em vez de ser a imagem da Providência.

Levantou âncoras o navio, e Miguel e eu ficamos na orla do mar durante largo tempo, fitando o barco, que se afastou lentamente, enchendo velas em ventos favoráveis. Eloisa e Jorge, no convés, agitavam lenços em sinal de despedida e, ao desaparecer a embarcação no horizonte, abracei Miguel, dizendo: "Vamos dar graças a Deus, amigo meu, por ter-nos deixado contribuir para a felicidade dessas duas almas enamoradas. Suas bênçãos e a de seus filhos atrairão sobre nós a calma dos justos. Louvado seja Deus, que nos deixou ser Seus mensageiros de justiça, Seus enviados de paz e amor!"

Desde então, trabalhei quanto pude para desenraizar da mulher qualquer fanatismo religioso. Eloisa e Jorge não foram ingratos. Muitos anos depois, estive em perigo de morte e ela, principalmente, foi meu anjo de salvação, educando também seus filhos nos preceitos da religião que eu lhe havia ensinado.

Tenho a profunda satisfação de haver evitado, na última vez em que estive na Terra, mais de quarenta suicídios, por outro nome chamados de votos religiosos.

Sim, salvei muitas vítimas com os meus conselhos, e no que me é possível, hoje sigo meu trabalho inspirando a alguns, comunicando-me com outros, para despertar o verdadeiro sentimento religioso.

Quero que a mulher ame a Deus, engrandecendo-se, instruindo-se, moralizando-se, humanizando-se. Não quero essas virtudes tétricas e frias que não sabem compadecer-se nem perdoar. Quero que a mulher, dentro de uma vida nobre e pura, não desdenhe em mirar a infeliz que, por debilidade, ou por ignorância, tenha caído no lodo do mundo; quero que a levante, que se compadeça dela, que a aconselhe, que a guie.

Quero que a mulher ame, mas as que vivem dentro das comunidades religiosas não se amam, porque não se podem amar, já que vivem sem educar seu sentimento. As religiosas se desprendem do carinho de seus pais, de seus irmãos, renunciam ao amor de um esposo e às carícias dos pequeninos. Nada fazem a propósito para exercitar o sentimento, e este adormece por completo. A mulher sem sentimento, não deve isto ser esquecido nunca, é a víbora venenosa, é o réptil que se arrasta pela terra, é o Espírito carregado de vícios, que não dá um passo na senda do bem, e o Espírito tem obrigação e necessidade de progredir.

Amo muito a mulher e, por isto mesmo, e ainda por considerá-la anjo do homem, tenho estudado todas as fases de sua vida. Crede-me: quanto mais estaciona e quanto mais responsabilidade adquire, aí mais se entrega ao fanatismo religioso, secando nela as fontes da vida. Deixa de ser mãe generosa, filha obediente, esposa apaixonada e, torna-se um

MEMÓRIAS DO PADRE GERMANO

Espírito morto para o amor, e o Espírito que não ama é o Satanás de todos os tempos.

Mulheres, Espíritos que encarnais na Terra para sofrer e progredir, para regenerar-nos por meio do amor e do sacrifício, compreendei que só amando sereis livres. Sede úteis à Humanidade e sereis gratas aos olhos de Deus. Compartilhai com o homem suas penas e tereis momentos de alegria.

Recordai que não ides à Terra para serdes árvore sem fruto. Ides para sentir, para lutar com as vicissitudes da vida e conquistar, com vossa abnegação, outra existência mais proveitosa, em que possais gozar alegrias e prazeres que desconheceis por completo. O fanatismo religioso tem sido, é e será o embrutecimento dos Espíritos rebeldes e o estacionamento das almas mais adiantadas.

Mulheres, adorai a Deus, embalando o berço de vossos filhos, mantendo vossos pais, trabalhando para ajudar vosso marido, consolando o necessitado. Se tendes fanatismo, tende-o para praticar o bem e, de míseras desterradas que sois agora, recobrareis vosso posto nos mundos luminosos que chamais Céu. Crede-me: vivi muito, sou Espírito muito velho e vi a mulher escrava no gineceu, vendida e trocada por alguns bois, porque de igual valor se tinha a mulher e os quadrúpedes, estes, úteis nas tarefas agrícolas. Contemplei-a fundida no vício, ora vestida com o tosco hábito dos penitentes, habitando em covas, ou em tétrico convento, formando parte de comunidades religiosas. Neste estado é onde me inspirou mais compaixão e mais desprezo, porque é onde a vi desprovida de todo sentimento humano. Não é possível explicar a metamorfose que se opera no Espírito com a vida monástica. É uma humilhação constante, uma abdicação tão completa da vontade individual, que uma religiosa vem a ser uma máquina. E o que é a mulher, convertida em coisa? Quase menos que um irracional.

Pobres mulheres! Se pudésseis compreender quanto atrasais a vossa redenção, agiríeis de forma muito, muito diferente! Porém, tende por entendido: se quereis viver, se quereis vos elevar e formar parte da grande família racional, amai a Deus amando vossos pais, e, quando já não os tiverdes, amai os órfãos e os enfermos, que são muitos e estudai quanto vos rodeie. Convencer-vos-eis, então, que o absurdo dos absurdos, o erro dos erros, a loucura das loucuras, é pronunciar votos religiosos, truncando as leis da Natureza em todos os sentidos, seja ela de completa abstinência, seja se entregando a prazeres ilícitos e, de todos os modos, faltando às leis divinas e humanas.

O homem e a mulher foram criados para unir-se, autorizados pelas leis que rezam o formar família e viver moralmente, sem violação de votos, nem ocultação de rebentos, pois tudo quanto se separe da lei natural, produzirá o que até agora tem produzido: densas sombras, fatal obscurantismo, superstição religiosa, negação do progresso e desconhecimento de Deus.

A escola materialista deve sua origem aos abusos das religiões, sendo que, sombras e mais sombras levariam a Humanidade ao caos se algo superior a todos os cálculos humanos não difundisse a luz sobre vós, e se a voz do passado não vos dissesse: "Espíritos encarnados que, agrupados nesse planeta, formais numerosos povos, se até agora não fizestes outra Coisa que amontoar escombros, agora, é hora em que já começais a removê-los, e sobre as ruínas de todas as religiões levantareis a bandeira do racionalismo cristão." Isso vo-lo dizem os seres do além-túmulo, as almas dos mortos que vêm vos demonstrar que o purgatório, o inferno, o limbo e a glória são lugares inventados pela raça sacerdotal e que, para o Espírito, não há mais porvir que o progresso na inabalável eternidade.

Dia chegará em que os Espíritos se comunicarão facilmente com todos vós e, então, estai seguros de que as mulheres não pronunciarão votos religiosos.

No lugar que hoje ocupam os conventos (cemitérios das inteligências), se levantarão edifícios grandiosos que servirão de templos da indústria, pois neles haverá imensas oficinas de trabalho, boas escolas, granjas-modelo, laboratórios químicos, observatórios astronômicos, arsenais, bibliotecas, museus, casas de saúde e verdadeiros asilos para os órfãos e anciãos, porque, hoje, não conheceis, na Terra, senão a amarga irrisão da Caridade.

Adeus, amigos meus, meditai sobre as minhas palavras; não olvideis que vos amo, especialmente as mulheres, porque a elas pertence a menina pálida, aquela de caracóis negros, Espírito de luz, que me espera e ao qual jamais cessarei de amar.

O INVEROSSÍMIL

CREDES, MEUS AMIGOS, QUE UM HOMEM não pode resistir à tentação da carne, que não pode lutar contra seus próprios defeitos, vencendo-os na batalha? Escassos conhecimentos tendes da vida quando negais feitos naturais que se desenvolvem dentro da sã lógica e no terreno firme da razão.

Não sabeis que cada Espírito se enamora de uma virtude, melhor dizendo, de uma boa qualidade, porque a virtude, pode-se dizer, é o conjunto dos bons sentimentos do homem?

Todo ser, entendei, rende culto a um ideal e chega a engrandecer-se no sentido em que sua aspiração, em que seu desejo dominante o conduz. Credes que não é certo que uma alma encarnada na Terra tenha coragem e poder para lutar contra todas as seduções que nos oferece a vaidade? E, que direis, então, dos homens que sacrificam sua vida em altares de um ideal político ou religioso? E recordais que são muitos os mártires que já teve a Humanidade.

Antes de Cristo, na época pré-histórica, quando ainda vossos historiadores não haviam compilado as memórias das gerações, um sem número de homens imolaram sua vida para o bem de sua pátria. Em épocas posteriores, antes da Era Cristã, filósofos e guerreiros morreram crendo firmemente que, com seu sacrifício, criavam uma nova civilização. Cristo, bem conhecida é sua história, morreu com a profunda convicção de que, com a sua morte, faria uma verdadeira revolução na ordem moral e religiosa da sociedade, e, depois de tantos heroísmos, como fizeram os povos do passado, por que pondes em dúvida a firme vontade de um homem empregado no seu progresso e no dos demais?

Sabeis por que duvidais da verdade de meus feitos? Porque vos têm sido referidos singelamente, porque não tenho misturado, em nenhum de meus atos, nem o milagre, nem o privilégio, como se supõe a história dos reformadores da Humanidade, pois que, na maior parte delas, o povo os converteu em enviados de Deus, em profetas inspirados pelo Espírito Santo, chegando a tanto a aberração humana que deificou Cristo, quando a vida deste esteve dentro de todas as leis naturais, muitas delas desconhecidas então, combatidas agora, mas que, não por isto, nem a ignorância de ontem, nem a incredulidade e a petulância de hoje, tiram-lhe, nem um pouco, a eterna verdade da natureza que, invariavelmente harmônica, desenvolve a vida dos Espíritos dentro dos limites prescritos por seu adiantamento moral e intelectual.

Lede a história de todos os reformadores e, ao lê-la, descartai dela todo o fabuloso, milagroso e maravilhoso que, com apêndice necessário, aumentaram-lhe a tradição e a lenda, e, despojados dos acessórios que lhes deram a ignorância dos povos, os profetas, os Messias e os redentores de todas as épocas ficarão como simples revolucionários, como homens mais ou menos perfeitos, mais ou menos fortes, porém, sempre homens não perfeitos, e, sim, perfectíveis.

Partis de um princípio falso, muito falso; divinizastes um reduzido número de homens e difamastes o resto da Humanidade, negando-lhe virtudes, as quais, quiçá, a maioria possui, que está em forma de germe e espera o momento propício para deixar a estreita célula em que vive e as larvas informes se converterem em coloridas mariposas.

Entre os grandes prejuízos que as religiões têm causado, sem negar-lhes, por isso, os benefícios que têm feito às civilizações, o maior, sem dúvida, tem sido dar um tom milagroso aos efeitos materiais das causas motoras da vida, pois o fato de substituir os deuses do Paganismo pelos santos do catolicismo, tem sido a perdição da Humanidade, porque o justo e o razoável têm perdido a sua veracidade, e o absurdo, o errôneo, o que está desprovido de sentido comum, tem tomado fatos de veracidade em uma sociedade que se crê inferior à sua divina origem.

Eu vos tenho dito muitas vezes e vos repetirei sempre que tenha ocasião. Quando a mediunidade estiver mais desenvolvida, cairão todos os castelos de naipes que tenham levantado a superstição e o fanatismo e ver-se-ão os santos tal como são. Por santo, eu fui aclamado em minha última encarnação, ainda há altares na Terra com a minha estátua, a "Fonte da Saúde" ainda verte entre ruínas, e humildes pastores que conduzem seu gado se sentam nas pedras que, segundo a tradição, serviram-me de assento e, ao sentar-se, fazem o sinal da cruz, invocando a minha ajuda para que seu rebanho, bebendo a água milagrosa, se salve de toda enfermidade.

Eu, no entanto, aproveitando a combinação de múltiplas circunstâncias, tenho podido vos falar sobre o erro em que se vive a grei romana, crendo em santidade; e o mesmo que tenho conseguido, con-

MEMÓRIAS DO PADRE GERMANO

seguirão amanhã outros Espíritos, e o céu católico, com suas seráficas legiões, ficará reduzido a nada, e muitos de seus santos vos inspirarão profunda compaixão, porque os vereis desprovidos, não só de suas celestiais vestes, como os vereis errantes, frenéticos, sem bússola, sem estrela polar que os guie ao porto da vida, e, em compensação, muitos seres que passaram despercebidos no mundo, vivendo na maior miséria, morrendo num completo abandono, virão vos dar lições de moral, de resignação, de esperança, de fé cristã e serão os vossos mentores, vossos amigos, vossos guias ou Espíritos protetores que, com seus paternais conselhos, ajudarvos-ão a sustentar o peso de vossa cruz, como hoje, felizmente, sucedeme com respeito a vós. Não fui santo, estive muito longe da santidade, mas tive anseio de progredir, e a moral que vedes em minhas ações não é inventada por mim; é a moral universal, é a lei do progresso.

Por que encontrais inverossimilhança em meus atos, quando entre vós há espíritos capazes de fazer muito mais do que fiz, e não precisamente por virtude mas, sim, por egoísmo, como na maior parte das vezes eu o fiz, mas egoísmo nobre, não o egoísmo mesquinho da Terra, de entesourar riquezas ou alcançar honras, não. Egoísmo de maior progresso, de melhor vida, em mundos regenerados? Viver, amar, sentir, compreender, penetrar nos santuários da criança... Tudo isto e muito mais, ambiciona o Espírito quando se propõe a dar início à sua regeneração. Em tais circunstâncias, encontrava-me. Havia vivido muitos séculos rodando pelas bibliotecas, havia passado muitas noites nos observatórios astronômicos, pedindo, aos astros, notícias de Deus, havia perguntado às camadas geológicas como se fez habitável este planeta, havia pedido aos fósseis a árvore genealógica de meus ancestrais; cheguei a ser sábio, como se diz na Terra e, quanto mais sabia, mais ignorante me encontrava, chegando a compreender que deveria empregar a minha sabedoria, não em enriquecer museus, nem fazer prosélitos para esta ou aquela escola filosófica, pronunciando eloquentes discursos em Academias científicas, mas que deveria me empenhar em educar-me, em moralizar-me, em refrear as minhas paixões e saber quais eram os meus deveres e meus direitos, pois que, como era idoso, cria-me com direito para julgar sem impor, a mim mesmo, o dever de julgar-me. Eis, aqui, todo o segredo de minha última existência.

Que faz o homem quando, depois de longa jornada, fatigado, com uma sede devoradora, chega diante de um manancial cristalino? Bebe, bebe, sem medida; parece-lhe mentira que haja encontrado água, pois, do mesmo modo, o Espírito, quando tem sede de progresso, a primeira existência que consagra à sua reabilitação, não perdoa meio algum para evoluir, afinal, a questão é resgatar séculos perdidos, para penetrar nos mundos da luz.

Nessa situação, encontrei-me e, como vitória sem luta não é vitória, encontrei-me isolado, sem família, sem amigos, sem ninguém que me quisesse. No mundo, aos cinco anos, contemplei o oceano que gemia aos meus pés e, ao ver-me sozinho, encontrei-me satisfeito, porque estava no terreno de que eu necessitava, sem amparo de ninguém, e somente a minha vontade de fazer o bem, foi o que me deu uma família de aflitos, um nome ante o mundo, criando-me recordações na posteridade.

Desenganai-vos; o que o homem necessita é amar o bem, não amar-se a si mesmo. Interessar-se no progresso universal; eis, aí, tudo. Amar, porém, amor sem egoísmo, respeitar todas as leis, medir a profundidade do abismo da culpa, considerar todas as consequências que resultam de nossos extravios e somar as quantidades de benefícios que podemos alcançar com nossas virtudes e não, precisamente, a nós mesmos, mas, sim, à massa social, e tereis perfeitamente explicado o meu modo de viver.

Quando o homem não pensa mais que em si mesmo e se dá conta de que um dia de vida é vida, como diz um de vossos adágios, goza alguns momentos. É inegável, porém, como os ditos terrenos são flores de um dia, logo vê-se rodeado de flores secas, aquele que somente pensa em satisfazer seus apetites, mas em contrapartida, aquele que se ocupa do amanhã, aquele que quer cimentar sua felicidade sobre base sólida sem faltar com nenhum de seus deveres, sem permitir que faltem aos seus que lhe pedem conselho, aquele que sabe esperar, não duvideis; é o que obtém melhor colheita. Eu soube esperar; essa foi toda a minha ciência; pela não compreensão das coisas, por minha orfandade, por diversas circunstâncias, consagrei-me à Igreja e, ainda não havia terminado de pronunciar meus votos, quando compreendi, claramente, que minha vida ia ser um inferno, porém, falei comigo mesmo: "Ministro do Senhor, quiseste ser e ministro serás, mas não esperes ser feliz, agora; outra vez, o serás". E não creiais que fosse um ascético em meus costumes, não. Fui um homem amantíssimo da família e da boa vida, sempre olhei com horror os cilícios e as austeridades de algumas ordens religiosas; fui parco em meus alimentos por questão de higiene e de pobreza, às vezes; amante da limpeza e do bom gosto, desde pequeno, sempre tratei de rodear-me de objetos agradáveis; tive um medo inexplicável da morte violenta; somente uma vez, no uso de meu sagrado ministério, assisti um réu condenado à morte, inclusive acompanhando-o ao patíbulo e, quando o vi morrer, senti, em todo o meu ser, uma dor tão aguda, minhas têmporas pulsaram com tal violência que, fugindo de mim mesmo, lancei-me em vertiginosa carreira, correndo por mais de duas horas até cair desfalecido, acreditando, quantos me rodeavam, que havia ficado louco.

MEMÓRIAS DO PADRE GERMANO 271

Eu amava a vida e amava a morte, porém, queria morrer tranquilo, em meu leito, rodeado de seres amigos, depois de haver trabalhado para o bem da Humanidade, depois de haver consagrado longos anos ao progresso de meu Espírito. Se, com minha morte voluntária, tivesse de conseguir minha salvação, ou o engrandecimento, ou criação de uma escola filosófica ou religiosa, não sei quantos séculos teriam sido necessários para persuadir-me de que era um benefício e até necessário entregar meu corpo à justiça humana. A decisão de Sócrates, a abnegação de Cristo e a de tantos milhões de mártires que fecundaram com seu sangue a superfície da Terra, sempre admirei e respeitei; porém, nunca senti o mais leve desejo de seguir suas gloriosas pegadas; jamais, nem em minha última encarnação, nem em minhas anteriores existências. Eu vos confesso esta grande fraqueza de meu Espírito para que saibais que não é inverossímil meu modo de ser, que, se tive fortaleza de ânimo para lutar com os reveses da fortuna, em compensação, faltaram-me energia e decisão para outros atos que tão necessários são em certas crises sociais. Às vezes, um homem que sabe morrer salva um mundo.

No altar do sacrifício é onde se levantam os deuses das civilizações, os grandes reformadores que, se não morressem violentamente, não lograriam impressionar a Humanidade. Há certas figuras históricas que, se vivem, morrem e, se morrem, vivem. Com o batismo de sangue é como se moralizam os povos; e, como Deus não tem eleitos, cada um dos Espíritos vai fazendo seu trabalho por distinta senda. Há Espírito que se desprende de seu invólucro, cem e cem vezes na fogueira, em toda classe de patíbulos e de tormentos, nos campos de batalha, com um heroísmo digno de aplauso; e, este mesmo, que também sabe morrer, quiçá não saberia viver vinte anos lutando com a miséria, com a solidão, com a calúnia, o ódio e a ferocidade dos homens.

Eu, em troca, nunca soube morrer por uma ideia, porém, tenho sabido viver consagrado ao bem universal. Tenho amado tudo quanto me rodeia, desde a humilde florzinha silvestre até o astro esplendoroso que com seu calor me dá vida; desde o infeliz criminoso até a criança inocente, desde a infeliz meretriz até a mulher nobre e pura que leva em sua fronte algo inexplicável que nos faz exclamar: "Deus existe!" Para todos, tenho tido amor, graduado, naturalmente, segundo seus merecimentos e as simpatias que cada um inspira.

Tenho sonhado sempre com a harmonia universal e tenho amado uma mulher com verdadeira adoração, porém, meu amor respeitou os laços que pesavam sobre mim e os que, mais tarde, contraiu ela. E, ao vê-la morrer, amei-a com inteira liberdade e, para fazer-me grato a seus olhos (porque eu sempre tenho acreditado na sobrevivência do Espírito), para fazer-me digno dela, fiz todo o bem que pude à Humanidade, e ela, em troca, protegeu-me e atraiu, sobre mim, a atenção de elevados Espíritos, por isso, ainda que na Terra eu tenha vivido sozinho, pobre e perseguido, com meu bom proceder e minha disposição de progresso atraí, para mim, a inspiração de sábios conselheiros, pude lutar contra a diversidade, dominando meus inimigos, porque não contava somente com minhas forças e foram muitos os que lutaram em meu favor.

O homem que sabe amar, não podeis imaginar o bem que possui, é mais rico e mais poderoso que todos os vossos Cresos e os vossos Césares. Eu, em minha última encarnação, soube amar e esperar; nisto consistiram toda a minha sabedoria e minha virtude. Pratiquei a moral universal, a lei de Deus que, um dia, todos os homens compreenderão.

Quando virdes um Espírito forte, ou seres de além-túmulo vos contem histórias de almas boas, não digais: "Tanta bondade é inverossímil." Insensatos, cegos de entendimento, infelizes céticos! Não sabeis que os homens têm sido criados para o progresso indefinido? Por que achais inverossímil o adiantamento de um Espírito?

Sabeis o que parece inverossímil? A crueldade de alguns homens, o estacionamento e a rebeldia de alguns Espíritos que passam séculos e séculos enlameados nos vícios; isto, sim, vos deve inspirar assombro, porque parece impossível que onde tudo é grande, possam existir seres tão pequenos.

Crede, firmemente, que para o bem temos sido criados e, quando um Espírito se põe em boas condições, não faz mais que cumprir a lei primordial da Criação.

Eu comecei a cumpri-la e recomendo-vos que comeceis vós; o homem é mais feliz quando cumpre com todos os seus deveres.

Amor, sorriso da Providência!... Amor, complemento da vida!...

Amor, alma eterna da Natureza!... Quem sente teus eflúvios, crê em Deus.

E ainda há intrusos que creem ser inverossímil a força moral de meu Espírito... Não sabeis que eu amava? Não sabeis que, antes de conhecer a menina dos caracóis negros, eu a via em minha imaginação e esperava a sua chegada? Desde que senti, amei-a; desde que pensei, esperei-a; e quando ela se foi, esperei na eternidade. O que são quarenta ou cinquenta anos para uma vida sem fim?

Adeus, meus filhos; a moral universal será a lei dos mundos; trabalhai em seu planejamento e sereis felizes.

À BEIRA-MAR

ESTAMOS NO LUGAR MAIS A PROPÓSITO para que escutes o que te vou referir. Há narrativas que só se podem fazer em lugares determinados, e a comunicação que te darei esta noite é uma delas.

Escuta: o mar te conta a história das gerações que passaram, e eu vou te contar um fato que decidiu meu futuro.

Em um dos capítulos de minhas memórias, está assinalado o nascimento de um menino, cuja mãe morreu ao dar-lhe à luz em pobre cabana. Algo te falei da juventude de Andrés e de sua mudança de posição, porém, não disse que durante o tempo de sua amamentação, por causa de minha vida nômade e aventureira no período de minha juventude, tive necessidade, quando Andrés ainda não contava um ano, de separá-lo de sua ama de leite para colocá-lo em outro lugar mais perto de mim. Afinal, tudo me fazia crer (como de fato sucedeu) que minha peregrinação me levaria muito longe do lugar onde nasceu o infeliz menino.

Uma vez comigo, levei-o, dirigindo-me a um povoado de pescadores, onde esperava encontrar uma mãe adotiva para Andrés, até que tivesse idade suficiente para não necessitar dos cuidados pródigos de uma mulher.

Era formosa tarde de primavera; o mar estava em calma, e minha alma também. Dominado por emoção dulcíssima, aproveitei o aprazível sono de Andrés para deixá-lo alguns momentos na areia. O menino não despertou. As ondas vinham docemente deixar em seus pés a sua oferenda de espuma, suas líquidas pérolas ficando nas dobras do roupão.

Sentei-me perto de Andrés e, ao vê-lo, tão pequeno, sem mais amparo que o de um sacerdote errante, sem lar nem pátria, desapareceu a calma de meu Espírito. Tristes pressentimentos se apoderaram de minha mente, e murmurei com amarga inflexão: "Pobre órfão! Navezinha sem timão nem bússola, que vens a cruzar o embravecido pélago da vida, que será de ti?... Tua mãe foi uma mendiga, teu pai não sei quem foi... Arbusto sem raízes, tenho querido externá-lo como árvore seca, que a esta tenho me assemelhado neste mundo. Quão triste é seu futuro, e quão rápido se acabariam as nossas penas, se uma dessas ondas, impelida pelo furacão, arrastasse-nos a esse fundo abismo, imensa tumba ou, melhor dito, imenso laboratório onde a vida deve se manifestar de um modo desconhecido para nós!

"Que bom será morrer, quer dizer, desaparecer! A vida na Terra é para os fortes; para os débeis, resta ser como plantas parasitas que se enlaçam às árvores gigantes. Mas, ai! Nem sempre se encontram troncos centenários onde se segurar. Pobre menino. Quão tranquilo é seu sono! Por que não é o último?..."

Ao pronunciar aquela blasfêmia horrível, não sei o que se passou por mim! Perdi de vista as rochas e a praia e me encontrei em meio do mar. De pronto, as ondas, impetuosas como as paixões juvenis, levantaram-se e começaram a combater umas com as outras, transformando-se as líquidas e espumosas montanhas em figuras humanas, que aumentaram tão prodigiosamente, que parecia que todas as gerações da Criação se haviam reunido em torno de mim. Havia homens de todas as raças e de todas as hierarquias; pontífices, príncipes de Estado e da Igreja, revestidos com seus mantos de púrpura, ornados de arminho, apoiando-se alguns em cajados de ouro, sustentando outros o cetro que atestava seu poder, seguidos de multidões esfarrapadas e de exércitos formidáveis que, em dado momento, confundiam-se e trocavam de papéis, porque os povos oprimidos se apoderavam das armas de seus opressores e, em terrível combate, faziam sucumbir os seus tiranos. Vi os areópagos dos sábios, escutei as discussões dos filósofos, assisti à agonia do mundo antigo, que sucumbia em meio de sua grandeza, ferido pelo excesso de seu poder. Quando acreditei chegado o momento terrível em que apareceria o anjo exterminador para estender suas asas mortíferas sobre as multidões, que agonizavam envenenadas pela cicuta de seus horrendos vícios, quando me pareceu escutar o soar da trombeta chamando ao juízo a raça humana, aí, então, não sei se desceu das alturas ou surgiu do abismo, ou veio do oriente ou do ocidente, um clarão luminoso que foi se condensando rapidamente e formou uma figura formosíssima, de beleza tão admirável que não há em nossa Terra nada que se lhe assemelhe. Sua fronte era branca como a límpida açucena. Em seus grandes olhos havia o reflexo dos céus, sua abundante e encaracolada cabeleira parecia uma cascata de

MEMÓRIAS DO PADRE GERMANO

ouro, que arrojava sobre sua cabeça torrentes de dourados resplendores. Estava envolta em túnica mais branca que a neve, que brilhava como a luz da aurora. Em sua destra levava um ramo de oliveira. Deteve-se e passeou seu melancólico olhar pela ampla face da Terra. As multidões, ao verem essa figura, gritaram "Hosana!" e rodearam-na, pressentindo que havia chegado o Salvador do mundo.

Os tiranos convertidos em deuses, tremeram em seu sólio e viram com espanto desprender-se as pedras de seus altares. O choque foi terrível, a comoção, geral. Todos os poderes fizeram um último esforço, e os servos se sentiram mais oprimidos em seus ergástulos. Chegou o momento decisivo: a civilização daqueles tempos havia concluído seu trabalho e o novo messias, o profeta do progresso, apresentou-se a este planeta, dizendo: "Humanidade, segue-me! Eu sou a luz e a vida; eu te levarei à casa de meu Pai, que está nos céus. Eu sou Jesus, o Nazareno, o filho da casa de David, e trago a paz ao mundo!"

E vi Jesus, sim, vi-o. Ele era a belíssima figura que se apresentou ante meus olhos, radiante e majestosa, falando às multidões, levando a luz às consciências.

Diante d'Ele, aumentava a tempestade, porém, atrás, acalmavamse as ondas, servindo de espelho ao rutilante sol.

Jesus foi avançando e chegou perto de mim; Seu dulcíssimo olhar me inundou de luz, e Ele me disse com voz harmoniosa e melancólica: "Que fazes aqui, desterrado?... Ao começar tua jornada, já te faltam as forças para seguir o caminho? Dizes que és árvore seca? Ingrato! Não há planta improdutiva, porque em todas as partes germina a fecundante seiva de Deus; eleva tuas vistas ao céu e segue-me; sede apóstolo da única religião que deve imperar no mundo: a Caridade, que é amor... Ama e serás forte! Ama e serás grande! Ama e serás justo!" E passou Jesus, estendendo sua destra sobre a minha cabeça. Senti o calor da vida em todo o meu ser. Despertei, ainda que não seja essa a palavra descritiva, porque eu estava desperto.

Senti o golpe das ondas, que durante o meu êxtase haviam se embravecido, chocando-se violentamente contra as rochas.

Ouvi gemidos e me lembrei do pobre menino que havia deixado na areia. Voltei-me até ele, peguei-o, ansiosamente, e tratei de fugir do perigo, porque uma súbita tempestade ameaçava com a morte todos os que se expusessem às suas iras.

Andei largo trecho e se apresentou aos meus olhos um quadro

verdadeiramente comovedor; despedaçador, melhor dizendo. Mulheres, crianças e anciãos estendiam sobre o mar seus braços, pedindo ao oceano que acalmasse seu furor.

Os anciãos diziam:

– Não leves nossos filhos, pois morreríamos de fome!

As mulheres soluçavam, os meninos chamavam seus pais e tudo era desolação e espanto.

Uma jovem, em particular, chamou-me vivamente a atenção porque, muda e sombria, sem proferir uma queixa, olhava o céu, e ao ver que o furacão não cessava, movia a cabeça, lançava olhar compassivo aos seus companheiros e dizia com trágico aceno:

– Não há esperança!

Acerquei-me dela e lhe disse:

– Mulher, não duvides, porque os que devem se salvar, salvar-se-ão.

– Ai, Padre! Enganai-vos – replicou a jovem. – Muitos pais de família sucumbirão hoje, e não deveriam morrer, porque são a providência dos seus. Morreu também o homem velho desta comarca, que se lançou ao mar para salvar a seu velho pai. Morreu Adrián; Deus não é justo, porque nos arrebatou o homem mais nobre da Terra! Adrián, Adrián...!

E a jovem fez o gesto de lançar-se às ondas, porém detive-a e, possuído de fé imensa, disse-lhe:

– Mulher, não chores, chama a Jesus como o chamo eu! E chamei-o com essa voz da alma, que encontra eco nos espaços! Estendi a minha destra, convencidíssimo (não sei por que) de que Jesus me escutaria e que estaria comigo para pacificar os mares. E Jesus veio, eu O vi novamente, com seu sorriso melancólico, com seu olhar amorosíssimo, com seu ramo de oliveira, o qual agitava sobre as ondas, pacificando-se estas, como por encanto. Vi-O, sim, vi-O, salvando os náufragos, e eu, dominado por seu olhar magnético, olhar divino, que só Jesus possui, senti-me possuído de fé tão profunda, que, com os braços estendidos para o mar, dizia: "Jesus, salva os bons, que são a Tua imagem na Terra! Salva os maus, para que tenham tempo de arrepender-se e entrar em Teu reino!..."

E a nuvem passou... e todos os pescadores volveram à beira-mar, a receber a carícia de suas famílias.

Como a conclusão da tormenta coincidiu com a minha chegada,

Memórias do Padre Germano 277

muitas vozes disseram: "Este homem é um santo, porque até as ondas lhe obedecem..." A ignorância, em todos os tempos, tem sido a mesma: nunca compreendeu o porquê das coisas.

Eu nada havia feito, tudo havia sido obra do elevado Espírito, que muitos na Terra chamam de Deus, e que, até certo ponto, têm motivos fundamentados para assim crer, já que, em comparação dos homens em relação a Ele, é um "Deus", porém, ante a Causa Suprema, é Espírito purificado pelo progresso e está mais longe de Deus que os homens dele, Jesus.

Quanto se alegra minha alma, ao recordar que vi Jesus! Bem claro O vi, e para convencer-me de que não havia sonhado, quando Adrián volveu à terra, sustentando seu pai, e o deixou em lugar seguro, ele se acercou de mim e disse:

– Padre, que milagre viestes a realizar aqui? Não estais só: vai convosco um homem formosíssimo, que nos olha com carinho e aplaca o furor das ondas, estendendo sobre elas seu manto luminoso, mais branco que a espuma. Quem sois?

– Um proscrito, um desterrado, que consagra sua vida a Jesus.

– Correto é; Jesus mo disse; quando eu cria morrer, escutei Sua voz, que dizia a mim: "Homem de pouca fé, não descreiais, porque há bons trabalhadores na Terra". Acerquei-me de vós, e, então, vi-vos, embaixo do manto do salvador do mundo. Bendito sejas, Jesus!

E Adrián caiu de joelhos, e eu junto com ele. Sua prometida veio unir sua oração à nossa e, ao contemplar aqueles dois jovens que se miravam extasiados, senti em meu coração uma dor agudíssima; sua felicidade, sem saber por que, fazia-me dano.

Permaneci alguns dias naquelas paragens. Adrián me tomou com grande carinho, e sua amada também.

Na noite de minha despedida, fomos os três à borda do mar. Os dois jovens se sentaram um perto do outro; eu me afastei alguns passos, e tive uma visão muito significativa. Vi uma jovem belíssima, vestida de branco, envolta em extenso véu, usando à testa uma coroa de jasmins; sorria tristemente e me apontava uma tumba que havia em segundo plano. Logo, compreendi o significado que tinha aquele quadro e murmurei com resignação: "Graças, Jesus meu! A felicidade na Terra é morta para mim, porém, resta-me teu reino, que conquistarei com o meu heroísmo e a minha resignação."

E desde aquele dia, consagrei-me a Jesus, tratei de imitar suas virtudes, e ainda que não podendo a Ele assemelhar-me, consegui fazer mais progresso naquela encarnação que em cem existências anteriores, nas quais somente me dediquei a querer ser sábio, porém, nunca sabendo unir, à minha sabedoria, o sentimento do amor.

Não pode ser bom sacerdote aquele que não tenha visto Jesus. Compreende bem o que quero te dizer: ver Jesus não é precisamente vê-LO em forma tangível, como O vi eu. Pode o Espírito sentir Sua influência, melhor dizendo, pode atrair Sua inspiração divina todo aquele que queira amar e consagrar-se em corpo e alma ao bem dos semelhantes. Todo aquele que ama seu próximo vê Jesus, porque se identifica com Ele.

Na religião do amor universal, todos os seres amantes do progresso podem ser seus grandes sacerdotes; não são sacerdotes unicamente os que usam distintas vestimentas e levam tonsura na parte superior da cabeça. Sacerdote é aquele que chora com a criança órfã, que acompanha em sua luta a desolada viúva, que toma parte na desesperação da mãe que chora junto a um berço vazio, que lamenta com o encarcerado sua falta de liberdade, que estuda, enfim, todos os meios para melhorar a sorte dos necessitados.

Sacerdote é aquele que, por suas culpas anteriores, tem que vir à Terra para viver completamente só, sem tomar parte nos gozos terrestres. Porém, dotado de um claro entendimento, consagra-se a difundir a luz, vivendo entre as sombras, não entre brumas do erro nem trevas do pecado. Entendei-me bem: vive entre sombras, porque sua alma está sozinha. Quando um desses seres tristes e resignados, que sorriem com doce melancolia, não têm filhos, mas por muitos são chamados de pai ou mãe, já que espalham consolo e sábios conselhos, ainda que esse resignado carregue sobre si farrapos, será um grande sacerdote, que vem iniciar os homens no cumprimento da lei de Deus.

O homem se engrandece quando ama, quando se sente inflamado do puro amor que sentiu Jesus; nada são as cerimônias da Terra, para elevar o Espírito; por mim, o sei. Quando celebrei a primeira missa, vi-me rodeado de todas as más paixões que se agitam no mundo. Li nos olhares, o ódio dos príncipes da Igreja e me estremeci de espanto ao ver o abismo onde minha orfandade me havia feito cair. Quando, à beira-mar, vi Jesus, Seu semblante formosíssimo, Seu melancólico sorriso, Seu olhar magnético, Sua voz dulcíssima, encontraram eco em meu coração. Encontrei n'Ele a personificação de tudo quanto sonhava.

MEMÓRIAS DO PADRE GERMANO

Compreendi a grandeza da missão de Jesus. Vi sua influência moralizadora derrubando os impérios do terror e proclamando a fraternidade universal, e me uni a essa causa, porque é a causa de Deus.

Senti-me dominado por vontade poderosíssima; vi a tumba de minha felicidade terrena e o berço de meu progresso infinito. Desde então, amei o sacerdócio, consagrei-me a Jesus, Espírito protetor da Terra, anjo tutelar desse planeta, grande sacerdote da verdadeira religião.

Eu recebi o batismo da vida à beira-mar, único lugar onde o homem deve dobrar os joelhos para adorar a Deus, porque é nessas paragens que o Criador se apresenta com toda a sua imponente majestade.

Quando te acabrunhem as decepções da vida, quando a dúvida torturar tua mente, vai-te à borda do mar, e se ainda restar em teu Espírito um átomo de sentimento, se ainda se comovem as fibras de teu ser ante um espetáculo maravilhoso, senta-te na areia, contempla as ondas com seu manto de clara espuma, escuta atento e entenderás o que as ondas dizem em seu eterno murmúrio. Verás como, insensivelmente, vai se elevando teu pensamento, buscando, afanoso, a causa de tão grandioso efeito.

Nos templos de pedra, sentirás frio na alma; e à beira-mar, o calor da vida infinita reanimará teu ser. Adeus.

UMA NOITE DE SOL

FAZEIS BEM EM PREFERIR A contemplação da imensidade a tomar parte nas tristes alegrias de vossa Terra, onde não há sorriso que não deixe, por herança, uma lágrima, nem prazer satisfeito que não produza fastio. E se o destino do Espírito não é fastiar-se, não é cair desfalecido no caminho da saciedade, o corpo poderá se saciar, mas o Espírito sempre estará sedento de luz, faminto de justiça e de ciência e ávido de infinito. Felizes, vós, que vindes a este lugar, onde a criação se ostenta com as suas melhores galas, com toda a sua imponente majestade e onde a mentira não arroja sua baba peçonhenta!

Felizes, vós, que não celebrais a festa de um Espírito forte vindo a lugares onde sua memória é manchada, como se a memória de um mártir pudesse se manchar!

Oh! Tu, Espírito da verdade que vieste à Terra para demonstrar aos homens o poder de tua firmíssima vontade: se, nesta noite, acercaste-te do planeta onde perdeste a cabeça por dizer que Deus era a verdade e a vida, quanta compaixão inspirar-te-ão seus moradores que, à sombra de nomes ilustres cometem inumeráveis desacertos!

Que tristes são as festas da Terra! Quantas responsabilidades adquirem os que navegam sem bússola nos mares do prazer!

Quanta degradação! Quanta obcecação!

Pobre Humanidade! Busca flores onde só pode encontrar espinhos! E não creiais que eu abomine os gozos terrenos; não, afinal, já sabeis que nunca fui ascético, mas que, pelo contrário, sempre acreditei que o homem foi criado para desfrutar, mas, para gozar racionalmente, não se embrutecendo, não se afundando no caos da concupiscência, não perdendo nenhum dos direitos que Deus lhe concedeu, nem faltando a nenhum dos deveres que seus mesmos direitos lhe impõem.

Vós, almas enfermas, que esperais a hora suprema de voltar ao mundo dos Espíritos, fixai vossos olhares na imensidade como o vindes fazendo,

MEMÓRIAS DO PADRE GERMANO

281

pois que a sede de infinito somente se acalma na Terra, na orla do mar, onde tudo fala de Deus, onde a catarata da vida arroja seus eternos caudais.

Se descerdes ao fundo dos mares, encontrareis tesouros em pedras preciosas, em uma vegetação admirabilíssima, em inumeráveis espécies que vivem de uma maneira inconcebível para vós, achando-se em tudo a marca da perfeição. A unidade da diversidade: o todo, no átomo isolado e no conjunto dos corpos orgânicos e inorgânicos; a vida germinando no fundo do mar e na elevada cúpula dos céus, no diminuto peixinho que não podeis ver sem a ajuda do microscópio, e no mundo que necessita de vários sóis para que cruzem seu firmamento, franjas luminosas de prismáticas cores.

Almas que suspirais por uma vida melhor e que, arrependidas sinceramente, voltais como o filho pródigo à casa de vosso pai, implorando sua divina clemência, preparai-vos para a eterna viagem com um verdadeiro exame de consciência, não como dizem vossos confessores, não encerrados em vossas choupanas, sem que a Natureza vos fale de Deus, sem que vosso Espírito se impressione, ante a grandeza do Onipotente.

Deixai, deixai vossas casas de pedra e acudi ao grande templo, como fizestes esta noite; perguntai-vos, ante a imensidade: Que virtudes possuís? Que caridade praticais? Que sacrifícios fazeis? A quem amais? Em quem esperais? Que quereis? Que ambicionais? Que juízo formais de vosso modo de ser? E, se bem vos encontrais pequenos, ao mesmo tempo vos encontrareis grandes; porque não há nada pequeno na Criação, posto que em tudo palpita a onipotência divina do infinito Criador.

Se vos sentis emocionados ao contemplar as maravilhas da Natureza, alegrai-vos, regozijai-vos, sorri jubilosos, pois que começais a preparar-vos para habitar melhores moradas; porque o Espírito toma posse de um reino, quando sabe apreciar o lugar onde se encontra; a ninguém se dá mais alimento que o de que estritamente necessita.

Não lanceis pérolas aos porcos, diz a Escritura e tem razão e, razão de sobra. Muitos de vós vos queixais porque viveis na Terra. Insensatos! Não vos riríeis se levassem alguns cegos no campo e lhes ordenassem para copiar aquela paisagem? Pois tão inútil vos seria se, nas vossas condições atuais passásseis para um mundo melhor; sua luz vos deslumbraria; deixar-vos-ia cegos.

Amai, amai a Terra, que encerra inumeráveis belezas; ainda tendes muito que explorar, ainda há bosques virgens onde ressoa a voz de Deus, quando disse às árvores: "Crescei e formai uma tenda hospitaleira para as gerações vindouras."

Ainda há mares, cujas águas não foram sulcadas por naves à vela;

ainda ignorais se a vida se desenvolve em vossos polos. Tendes tanto o que fazer ainda! Trabalhai, trabalhai, fazei esse planeta habitável em todas as suas latitudes; colonizai, rompei a terra endurecida, deixando nela o sulco do arado; lançai a semente produtora que vos é necessária às abundantes colheitas, pois que são muitos os que padecem de fome e são poucos os que estão fartos. Preparai, preparai o reinado da justiça, pois que a Terra tem que presenciar na apoteose; para todos os planetas chega um dia de glória; para a Terra chegará também.

Trabalhai, trabalhai com ardor, pois vossos amigos invisíveis vos ajudam; uni forças, associai-vos, fraternizai-vos, uni-vos, amai-vos, convencei-vos de que de vós depende apressar o dia afortunado, no qual, o mesmo Jesus Cristo voltará à Terra, não com a coroa do martírio, não com as vestes do penitente, seguido de um povo ignorante e fanático, mas, sim, formoso, feliz, transfigurado, rodeado de seus discípulos e de uma multidão sensata que O aclamará, não como rei, não como a um Deus, mas, sim, como a um sacerdote do progresso, que virá a consolidar as bases da fraternidade universal.

A obra a que se propôs Jesus não está concluída; unicamente está iniciada e o período de iniciação terá seu término quando os homens praticarem a lei de Deus.

E a praticarão, não duvideis; já começais, já buscais o apoio dos Espíritos; já quereis relacionar-vos com a vossa família espiritual; já quereis ver e saber de onde vindes e para onde ides; e, a todo aquele que chama, as portas do Céu se abrem de par em par; a todo aquele que pergunta, se lhe responde; a todo aquele que pede, se lhe dá.

Almas enfermas! Sorri jubilosas, pois que recobrareis a saúde e voltareis à Terra para desfrutar de vossa obra, porém, não vireis sozinhas, perdidas e errantes como as folhas secas, arrebatadas pelos úmidos ventos do outono, como vindes agora; não; vosso adiantamento vos permitirá voltar ao seio de amorosa família, criareis afetos derradeiros e vossa vida será uma agradável primavera; e os que hoje vos guiam e vos aconselham, desde o espaço, estarão mais perto de vós, porque serão membros da vossa família, viverão em vossa atmosfera, voltarão à Terra mestres e discípulos, formando uma associação verdadeiramente fraternal.

Trabalhai, obreiros do progresso, trabalhai; os sóis resplandecentes vos rodeiam; as Humanidades regeneradas vos aguardam; avançai, saí ao seu encontro. Os filhos do adiantamento vos perguntarão: "Que quereis?" E vós deveis responder-lhes: "Queremos luz, ciência e verdade!"

Além do mais, amados meus, guardai em vossa mente uma recordação da poética noite de São João.

QUARENTA E CINCO ANOS

TUDO TEM SUA CAUSA E TUA TRISTEZA E abatimento a tem também; envolve-te, com seu denso fluido, um Espírito de sofrimento que, não faz muitos dias, deixou seu envoltório nessa imensa tumba, onde as religiões não têm podido acender seus círios funerários, nem o orgulho humano tem levantado pirâmides, nem mausoléus; o mar é a grande fossa comum onde se confundem o suicida que negou a onipotência do Eterno e o náufrago que chamou por Deus em seus momentos de agonia.

O Espírito que pretende comunicar-se contigo não teve tempo, em sua última existência, de ser crente ou ateu, porquanto, depois de seis horas de seu nascimento, sua mãe, sua infeliz mãe, desesperada, louca, fugindo de si mesma, lançou-o longe de si e, para estar segura de sua morte, ela lançou-o ao mar; e quando as ondas compassivas lhe abriram seus braços e o adormeceram com seus cantos e carícias, aquela mulher respirou melhor, olhou ao seu redor, dizendo: "Ninguém me viu, ninguém!... Porém, eu a vi..." E, então, horrorizada, espantou-se e pediu, delirantemente, às revoltosas ondas, a restituição daquele pobre ser entregue à sua voracidade; elas, porém, semelhantes à calúnia, que não solta sua presa, rugiram com enfado, levantaram uma montanha de espuma e fugiram, apressadas, levando uma vítima das preocupações sociais.

O Espírito dessa criança vaga, continuamente, por estes lugares, aos quais sua mãe acode para rezar seu amargo pranto.

Se visses que histórias tão tristes têm seu epílogo no mar! Cometem-se tantos crimes ante o imenso espelho dos céus!

– Parece impossível – replicamos – porque, mirando o mar, se crê em Deus. E crês, tu, que não há mais cegos que os que têm os olhos cerrados? Esses são os menos; os mais, são os que veem as estrelas, sem compreender que, naqueles mundos longínquos agitam-se outras Humanidades, sentindo, pensando e amando. Os que reduzem a vida ao estreito círculo de suas paixões e para satisfazê-las cometem toda classe de desacertos, esses cegos de entendimento, faz muitos séculos, eles e a categoria dos legisladores, têm escrito uns códigos, em nome da Lei, que truncam as leis naturais que são as leis divinas. Pobre, pobre Humanidade!

O Espírito que agora reclama a nossa atenção tem sido desses cegos que têm tropeçado e caído repetidíssimas vezese e, que, por fim, viu a luz e reconheceu seus erros e, se foi valoroso e pertinaz no mal, não se lhe pode acusar de covarde em sua expiação. Com ânimo sereno, mirou o quadro de sua vida e viu, em primeiro lugar, as multidões que suas vítimas formavam, mais longe, um lago imenso formado com as lágrimas de todos os que, por ele, sofreram perseguição e morte ou desonra e miséria; pesou, uma por uma, todas as dores que a sua ferocidade havia produzido, analisou todo o mal que, por sua causa, havia-se assenhoreado desse mundo, compreendeu as fatais consequências de seu iníquo proceder, buscou no mar, teatro de suas horrendas façanhas, todos os seus atos de barbárie, viu-se senhor dos mares, sendo o terror e o espanto de mar e terra; viu as crianças sacrificadas, as virgens violadas, os anciãos atormentados e, ante tantos horrores, não tremeu, mas, sim, resolutamente, começou a sofrer a sua condenação sem murmurar; muito já pagou, mas resta-lhe muito mais a pagar; uma das existências em que demonstrou um valor a toda prova, foi, indubitavelmente, a que vou te contar.

Nasceu na maior miséria, cresceu no meio de toda classe de privações, mendigou seu pão até ter idade para entregar-se aos trabalhos mais rudes, começando como grumete em uma galera, que foi aprisionada em águas da Índia, no mesmo lugar onde, em outras existências, havia semeado o horror e a morte, o pirata que dizia: "Todo o Universo é meu!"

Toda a tripulação do navio aprisionado foi morta a facadas e somente concederam vida ao jovem grumete, que foi conduzido ao interior da Índia, sendo submetido aos mais horríveis tormentos. QUARENTA E CINCO ANOS viveu, sofrendo, alternadamente, os horrores da água e do fogo, recebendo o dardo de agudíssimas flechas, sendo arrastado por indômitos cavalos e não havia sofrimento que lhe causasse a morte. Sempre se curava de todas as suas feridas; parecia um esqueleto, uma múmia liberta de sua sepultura; ninguém o amou, ninguém o quis, ninguém teve compaixão daquele infortunado; não pôde recordar o beijo de sua mãe, nem a proteção de seu pai; nasceu entre dificuldades, cresceu entre espinhos, morreu em meio a agudíssimas dores...

Que mal é ser mau!...

Que bom é ser bom!

O herói de nossa história, que chamaremos de Wifredo, depois daqueles "quarenta e cinco anos" de irresistíveis tormentos, teve várias encarnações e, em todas elas, foi morto no mar, que foi onde ele cometeu todos os seus crimes, onde adquiriu maiores responsabilidades. Agora, pela lei natural, tem que escolher pais sem coração ou dominados por azaradas circunstâncias que influem, poderosamente, no seu destino adverso, que sempre se propõe a lutar e vencer, mas que nem sempre pôde consegui-lo e esta contrariedade entra em sua expiação porque, o Espírito decidido a sofrer, quase se rejubila no martírio e, esse júbilo, Wifredo não pôde ter em todas as suas existências, por isso, sua vida termina em seus primeiros anos e, ultimamente, nem um dia tem lhe sido dado permanecer na Terra, contratempo que hoje lamenta, porque quer avançar e não avança tudo o que deseja. Lançou ao mar tantas crianças que o estorvavam em suas viagens, que é justo, muito justo, que sucumba entre as ondas quem não escutou os rogos e os lamentos das mães desoladas.

– Pois se é justo que assim suceda – perguntamos –, não terá muita responsabilidade a mulher que o lançou longe de si; se há fatos que, fatalmente, têm que suceder, preciso será que haja seres que os executem.

Não; estás, gravemente, errada; o mal nunca é necessário, porque o mal não é a lei da vida; a lei eterna é o bem e, para que um ser morra, não é indispensável que haja assassinos. O homem morre por si só quando tem necessidade de morrer e, quando tiver que se salvar, ainda que se encontre em meio dos maiores perigos, salva-se, milagrosamente, como dizem alguns, providencialmente, como asseguram outros, casualmente, como creem os demais; e entende que não há milagre, nem Providência, nem casualidade; o que tem havido, há e haverá, eternamente, é justiça, justiça infalível.

Tem uma sentença vulgar que diz que não há folha de árvore que se mova sem a vontade de Deus. E, na verdade, é assim, porém, falta explicar o que é a vontade de Deus, que não é o que, entre os homens, se chama vontade, cujos atos são querer e não querer, a potência de admitir ou recusar alguma coisa, e se Deus quisesse, ou não quisesse, seria fazê-lo suscetível de encontrados sentimentos, haveria luta em suas ideias e, em Deus, somente pode haver imutabilidade, infalibilidade, suprema perfeição. Sua vontade é a lei da gravidade que regulariza o movimento dos seres e das coisas; é a força centrífuga e centrípeta, é o efeito respondendo à causa, é a lógica, é a justiça, é dar a cada um segundo as suas obras. Deus fez as leis imutáveis e eternas e estas funcionam na Criação, sem mudança alguma. Para todas as estações há suas flores e seus frutos, suas chuvas e seus ventos, seus dias de sol e suas noites de borrasca e para todas as espécies, seus idílios de amor.

Amam os leões, nos desertos abrasados pelo sol dos trópicos; amam as rolas e as pombas, nos ninhos caseiros; amam os peixes, em seu leito de cristal, amam as avezinhas, na ramagem da selva sombria; amam as palmeiras e todos os vegetais; ama o homem, nos braços de sua mãe; ama, prostrado, ante o anjo de seus sonhos; amam os planetas, o Sol que os seculariza; amam os sóis, os corpos celestes que giram em torno de si, pedindo-lhes um ósculo de amor.

Tudo ama, tudo se relaciona com a vida; não há efeito isolado, nem homem solitário; tudo forma família, o crime cria sua atmosfera asfixiante; a virtude, seu semblante puríssimo. Deus não quer que o homem sucumba ao peso de seu infortúnio. O homem cai, desce e morre, em meio de agudíssimas dores, em cumprimento estrito da lei. Aquele que se rejubila com a dor alheia, não tinha direito de ser feliz; a felicidade não se usurpa; a felicidade se obtém por direito divino quando são cumpridos todos os deveres humanos. Por isso, Wifredo não pôde ser feliz, porque, sendo homem, não amou a Humanidade; sendo forte, oprimiu os fracos e empregou seu talento no mal, portanto, nada mais justo que sua vida seja uma peregrinação penosíssima e que, quanto encerra a Natureza, para ele, tenha dolorosos espinhos.

Detenho-me nestas digressões, porque é muito necessário que vos convenças de que aquele que comete um crime, não o executa porque, inconscientemente, secunda planos divinos para castigar o culpado, não; isto seria acumular crimes e as leis divinas só acumulam amor.

Quando um homem tem que sucumbir no fogo porque necessita sentir as dores que, na fogueira, causou a outros, sucumbe em um incêndio, sem que ninguém o socorra e, ainda que se empreguem todos os meios para salvá-lo, morre. A lei da vida é lei de progresso, não de destruição, amar todo ser que nasce, desde a florzinha do campo, até uma criança que chora ao nascer, para despertar o sentimento de compaixão, é obedecer ao mandato divino.

Amar é viver, viver é sentir e querer; e todo aquele que mata, ainda que a isso induzam diversas circunstâncias, criminoso é, porque se opõe às leis de Deus.

Wifredo desperdiçou tantos séculos de vida que, agora, tem sede de viver na Terra, porém, truncou ele tantas existências que, irremissivelmente hão de se truncar as suas e o trágico episódio de sua última encarnação tem-no entristecido profundamente.

Contempla sua mãe que odeia e dela se compadece, às vezes, e, se fosse possível, inspiraria cem médiuns, a um mesmo tempo, para contar suas múltiplas histórias. Tem muita pressa de trabalhar, crê que se encontra tarde no caminho da vida e deseja ganhar os séculos perdidos,

MEMÓRIAS DO PADRE GERMANO

porém, como querer nem sempre é poder, ele não pode, ou melhor dizendo, não merece o gozo do descanso, e não o tem; bate em distintas portas e ninguém lhe responde; é um dos muitos anacoretas que há no espaço; acercou-se de ti e, como tua sensibilidade está em completo desenvolvimento, pelo ativo trabalho de teu plano de vida, necessariamente sentiste sua dolorosa influência; e, eu, pelo bem dos dois, dele e de ti, tenho me apressado em desvanecer teus sombrios pressentimentos e a transmitir-te algo do muito que se agita na mente de Wifredo que, semelhante a um rio que transborda o excesso de suas águas, em vez de fertilizar com sua rega, destrói as semeaduras. A água canalizada dá vida às plantas, porém, invadindo os vales em chuva torrencial é a sua morte.

Chuva torrencial é, por agora, a inspiração de Wifredo, e a comunicação dos Espíritos não deve, em sã lógica, prejudicar, nem de leve, o médium, porque seria devolver mal por bem e devemos devolver bem por mal. A comunicação, para ser útil, tem de instruir, tem de moralizar, tem de procurar o Espírito que não faça o médium sofrer nenhuma alteração, senão que, pelo contrário, reanime-o com seu fluido e adquira forças para trabalhar na oficina do progresso. O médium, por seu turno, deve estar sempre alerta, propício ao trabalho, porém, reservando sua própria vontade, sendo dono absoluto de seus atos; e, desta maneira, estabelece-se uma relação entre ti e nós, que nos presta mútuo consolo.

É gratificante para os Espíritos comunicar-se com os terrenos, se na Terra tem seres amados e sagrados deveres a cumprir, e, tu, que vives como os infusórios numa gota d'água, encontras em nós as fontes do infinito, adquires verdadeiras noções da vida e, ainda que não te damos a ciência infusa, animamos-te a buscar, na ciência, o princípio de todas as coisas e, no amor universal, o imenso caudal do sentimento que é o que, verdadeiramente, engrandece o Espírito.

Tenho sido intermediário entre Wifredo e tu, como te disse antes, para o bem dos dois, pois que muitos necessitam de consolo, os anacoretas do espaço e os solitários da Terra. Pobres irmãos meus! Não te desanimes, Wifredo, alma perdida no embravecido mar das paixões, náufrago que, em uma rocha solitária, em um castelo formado pela Natureza, desde seus altos parapeitos, contemplou o abismo, onde tantas vezes sucumbiste e não sabes se abençoas a perpetuidade da vida ou desejas o "não ser" da morte...

Também, para ti, haverá uma família, também chegará um dia em que encontrarás uma mãe amorosa que viverá esperando teus sorrisos e escutando tuas primeiras palavras. Não há inverno que não tenha, por primogênita, a primavera; nem verão que não tenha, por herdeiro, o outono e também a luz da aurora iluminará para ti.

Viveste "quarenta e cinco anos" entre horríveis tormentos e foste tão forte, tão enérgico, tão decidido no sofrer, que pagaste, naquela encarnação, grandes dívidas. A energia é um grande auxiliar para o rápido progresso do Espírito; não desfaleças, não lamentes ter nascido e morrido no breve prazo de seis horas, quando podes viver eternamente.

Não mires o presente, contempla o porvir, não te apresses, demasiadamente, pois que a carreira só produz cansaço e fadiga. Vê, devagar, bem devagar, o homem se despoja de seus vícios lentamente, pois que, não se perde, em um dia, os hábitos de cem séculos. Espera, reflete e confia numa nova época não muito longínqua que encarnarás na Terra e terás uma família que te ame; os quarenta e cinco anos de teu martírio na Índia merecem uma trégua de algumas horas de repouso e as terás.

E, tu, cenobita, envolto no humilde traje de uma mulher, poeta de outros tempos, cantor aventureiro que fugiste do lar doméstico porque não compreendias os direitos e deveres dos grandes sacerdotes do progresso, mendiga hoje um olhar carinhoso, olha, em torno de si, como nascem as gerações, enquanto que tu, planta estéril, não tem podido beijar a fronte de um pequenino, dizendo-lhe: "Meu filho!"

Trabalha em tua profunda solidão e busca, na contemplação da Natureza, o complemento de tua pobre vida, já que não tens um ser íntimo a quem contemplar. Mas o mesmo que dissera Wifredo, digo a ti: não desfaleças; és pobre como as folhas secas, porém, podes trabalhar e chegar a possuir uma riqueza fabulosa; ninguém pode se chamar pobre, tendo o infinito por patrimônio. Tu, que o tens também, avança; Espíritos amantes do progresso te rodeiam, solícitos. Navega no mar da vida sem temor algum; a vitória será, para ti, como para todos os que trabalham na vida da civilização universal.

Lê, com júbilo, o que escrevem as ondas ao deixar suas espumas na praia. Sabes o que dizem? Isto:

"Humanidade, toma-nos como exemplo, pois que trabalhamos, incessantemente, se nos imitas, serás feliz."

Não esqueças o conselho das ondas; no trabalho, está a liberdade; o trabalho é o que diz, em todas as épocas: "Faça-se a luz" e a luz se faz; vive na luz e viverás na verdade.

OS MANTOS DE ESPUMA

DIZES BEM – (DISSE-NOS UM ESPÍRITO); a praia coberta de espuma é de um efeito surpreendente e grandioso sobre toda ponderação.

Não há salão de rico potentado que tenha tapete melhor trabalhado, nem telhado mais esplendoroso.

Ontem, acompanhei-te em teu passeio, associei-me à tua contemplação, orei contigo, e não te deixei nem um segundo, porque desejava te contar um episódio de minha última existência, intimamente, relacionada com os mantos de espuma que tanto te impressionaram, manto que nenhum César ostentou tão formoso, porque o manto de Deus é superior, em beleza, a todas as púrpuras e arminhos da Terra.

Em minha última encarnação, pertenci a teu sexo e, à semelhança de Moisés, arrojaram-me ao mar, em lindo cestinho de vime, em bela manhã de primavera.

Um menino de dez anos que brincava na orla do mar, viu aquele berço e, dominado por infantil curiosidade, lançou-se às águas. Momentos depois, voltou à terra, ébrio de felicidade, porque, sem esforço algum, havia conseguido apanhar o objeto cobiçado: o cestinho de vime cor-de-rosa, que tinha se mantido à flor d'água.

Grande foi a surpresa quando, ao abri-lo, encontrou dentro uma terna criatura, envolta em rendas e peles de arminho. Com tão precioso achado, correu apressado a buscar seus pais, que eram colonos de grande senhor e que, ao me verem, acariciaram-me, e a boa Ernestina se apressou a prestar-me toda classe de solícitos cuidados.

Naquele mesmo dia, caiu sobre minha fronte a água do batismo e decidiram me chamar Maria do Milagre, pois que um milagre foi minha salvação para aquelas boas pessoas, que ignoravam se meu berço havia sido arrojado ao mar deste longínquo lugar, ou se ali, naquela praia, mesmo isso havia sido feito, aquela em que meu salvador me viu.

Quão longe estavam de saber que eu era filha de seu opulento senhor, dele e de uma nobilíssima dama, que fora ocultar sua desonra atrás dos muros do convento!

Meus benfeitores me acolheram como um presente dos Céus. Meu salvador me quis com delírio: cresci nos braços de Augusto, fui completamente feliz; quantos me rodeavam, me queriam bem, porém, sobretudo Augusto, que tomava parte em meus jogos de menina. No dia em que cumpri quinze janeiros, ele mesmo colocou em minha cabeça a simbólica coroa de flor-de-laranjeiras, jurando-me, ao pé do altar, consagrar-me sua vida e seu amor.

Aos dezesseis anos, fui mãe de garoto formosíssimo, que veio completar minha felicidade. Meu pequeno Rafael era meu encanto, tão bom quanto seu pai. Vivia em meus braços, sempre sorrindo e acariciando-me. Forte e robusto, ao completar um ano, corria pela praia brincando com a areia e com a espuma das ondas.

Uma tarde, estava eu à beira-mar, num lugar preferido de meu Rafael, vendo-o brincar e correr. Ainda o vejo com sua batinha cor-de-rosa, pálido, seus cabelos ruivos, seus olhinhos azuis e sua fronte mais branca que a açucena. Recostava-se na areia e gostava que a espuma das ondas o cobrisse. Ao sentir essas carícias, meu menino ria-se alegremente, levantava-se, corria, gritava, beijava-me carinhosamente e tornava a empreender sua correria. Eu corria atrás, e até meu Augusto tomava parte em nossos brinquedos.

Aquela tarde, estava sozinha com meu filho, meu esposo havia ido à cidade. Negras nuvens cobriam o horizonte, porém, eu estava tão acostumada a viver na praia, onde havia brincado quando menina, onde minha alma despertou para o amor, onde havia recebido os primeiros beijos de meu filho, que não me causavam temor nem as nuvens, nem as ondas, por mais altas que elas se elevassem. Mantinha profunda confiança nelas; guardava-lhes imensa gratidão por haverem embalado meu frágil berço. Meu Rafael brincava, como de costume, fugindo e buscando a espuma. Acercou-se à orla, inclinou-se, veio uma onda com grande violência e o arrebatou.

Ao vê-lo desaparecer, arrojei-me atrás sem medir o perigo, e perdi a razão (para não recobrá-la senão dois anos depois). Uns pescadores viram

MEMÓRIAS DO PADRE GERMANO   291

nossa situação e vieram em nosso auxílio, e, com tão boa sorte, salvaram-
nos, porém, eu não murmurei uma queixa.

Quando Augusto voltou, encontrou seus pais completamente desesperados, porque eu parecia uma idiota. Olhava meu filho, sem rir ou
chorar. O menino me chamava, porém, sua voz não me causava nenhuma
emoção.

Daquele estado de idiotismo, passei ao da loucura mais violenta, e
meu adorado Augusto, sem consentir que me tirassem de seu lado, viveu
dois anos morrendo, mesmo assim, sem perder a esperança de minha
cura.

Meu pai contribuiu poderosamente em fazer menos triste a sorte
de minha atribulada família. Ainda que nunca tenha dito a meu esposo
que ele fosse o autor de meus dias, demonstrou interesse por minha cura,
com abnegação paternal, pagando a um notável médico somas altíssimas
para que permanecesse constantemente ao meu lado, ele, que a muitos
dementes havia devolvido a razão.

Dois anos vivi entre dolorosas alternâncias de calma estúpida e furor terrível, até que, numa tarde tempestuosa, dispôs-se o doutor a fazer
a última prova.

Meu esposo foi com meu filho à praia, e o médico, com meu pai
e dois criados, obrigou-me a acompanhá-los. As ondas chegavam a meus
pés, sem me causar nenhuma impressão – então, uma onda mais forte
que as demais nos cobriu de espuma e meu filho se jogou em meus braços, gritando: "Minha mãe, minha mãe...!"

A comoção foi violentíssima, porém, Deus teve piedade de nós.
Lágrimas dulcíssimas afluíram a meus olhos e abracei meu filho com verdadeiro frenesi, enquanto o médico me dizia: "Chora, chora, pobre mãe,
chora de alegria! Um manto de espuma envolveu teu filho e dentro desse
manto tem vivido por dois anos, esperando que tu viesses tirá-lo de sua
nevada prisão; acolhe-o em teus braços, não o soltes."

Não era necessário que mo dissessem: tê-lo-ia apertado contra meu
peito e, até que me visse dentro de casa, não o separei de meus braços.

Desde aquela tarde feliz, minha cura foi rápida; melhor medicina
era ver meu filho mais formoso que os anjos, com seus cabelos dourados,
seu alegre sorriso, correndo em todas as direções, mas sempre vindo a
refugiar-se em meus braços.

Deixei a Terra, mais jovem: era tão ditosa, que minha felicidade truncava as leis desse planeta. Desprendi-me de minha envoltura sorrindo, olhando os mantos de espuma que as ondas deixavam na praia.

Meu esposo completou minha última vontade: deixou meu ataúde três dias à beira-mar. Quis que as ondas acariciassem meu caixão, já que um dia embalaram meu berço.

Meus descendentes, nas largas noites de inverno, contam a seus pequerruchos a história de seus antepassados, figurando em primeiro lugar a lenda de Maria do Milagre, que muitos creem fabulosa e que, sem embargo, é verdadeira.

Meu Augusto e meu Rafael voltaram à Terra, e eu, deste meu lugar no Espaço, sigo-os com olhar amoroso, comprazendo-me ainda em acercar-me da borda do mar, porque me recorda meu último idílio de amor terreno.

Triste é esse mundo em comparação a outros planetas, porém, vivendo como vivi, fui tão amada por meu esposo, meu filho e quantos me rodearam – e assim, considero-o um pequeno paraíso, oásis bendito, porto de bonança, onde a alma vive ditosa, se quer e se vê amada.

Tu admiras, como eu admirava, os mantos de espuma, que estendem, ufanos, seus tapetes de neve sobre a areia. Também para ti têm uma história que hoje não a recordas nem me deixam que a recorde.

Agradeço-te a amabilidade que tiveste, aceitando minha comunicação.

Quando estejas à beira-mar, consagra uma lembrança à Maria do Milagre.

VINDE A MIM OS QUE CHORAM

O DESENVOLVIMENTO DE FORÇAS É A VIDA; a atividade é para o crescimento do homem o que o Sol é para a fecundação da Terra.

Um de vossos sábios contemporâneos disse que aquele que trabalha, ora; e o trabalho constante foi minha oração. Embora muitas vezes me tenha absorvido em profunda meditação ante o túmulo da menina pálida, aquela dos caracóis negros, e igualmente no cume das montanhas, onde elevava meu pensamento a Deus, nunca me sentia mais forte nem mais inspirado do que quando podia enxugar o pranto dos inumeráveis mártires que a miséria possui, ou, quando me era possível evitar uma ação vergonhosa a algum magnata, que, com ouro, queria comprar seu martírio futuro.

Como crescia meu Espírito na luta! Meu organismo, debilitado pelo sofrimento a até pela fome, porque minha excessiva pobreza nunca me permitiu que eu me alimentasse com nutritivos manjares, recobrava uma vida exuberante, encontrava-me tão forte, tão animado, tão convencido de que Deus estava comigo, que cometia empresas superiores aos meus conhecimentos, aos meus meios de ação. Trabalhava verdadeiramente obedecendo a outra vontade, mais potente que a minha.

Compreendia (sem ter a menor dúvida) que em mim havia dois seres que funcionavam de forma conjunta. Se em um momento de crise, meu Espírito vacilava, sobrecarregado, alguém lhe dizia: "Avança; não retrocedas nunca no caminho do bem, não recues diante dos sacrifícios." E, em verdade, não me doíam, porque me alegrava o sacrificar-me.

A solidão, a infelicidade, o abandono em que me deixou minha mãe, tornou-me um profundo filósofo.

Desde minha tenra juventude, considerei o sacerdote católico romano como árvore seca, pois compreendia que todas as cerimônias religiosas eram insuficientes para engrandecer a alma. Admirava e invejava o pai de família que consagrava sua vida ao sustento de seus filhos. Ali, via algo útil, enquanto em minha existência solitária não achava mais que um fundo de egoísmo. Como estava disposto a não ser egoísta, plenamente convencido de que o vício superior a todos os vícios é o viver para si mesmo, decidido estava a engrandecer minha vida, já que meu Espírito estava cansado de não haver feito algo mais útil – e daí a predisposição de tomar parte nos sofrimentos alheios. Tanto que, quando em minha aldeia não ocorria nada de extraordinário, se não ia à caça de aventuras, na verdade, pouco faltava. Bastava-me ouvir o relato de uma calamidade para acudir, solícito, a consolar os que sofriam.

Em uma ocasião, chegou um mascate à minha aldeia. Colocou-se em meio à praça, e depois de vender parte de suas quinquilharias, contou, a quem o quis escutar, que não o haviam deixado entrar em Santa Eugênia, povoado muito distante de minha aldeia, pois que havia peste ali configurada. A maioria dos seus moradores havia fugido em debandada, sendo, entre os primeiros, o cura – e isto havia causado penosíssima impressão em todos os fiéis, que ficaram entregues à perdição, sem ter quem os confessasse em seus últimos momentos.

A narração daquele homem me comoveu profundamente. Ato contínuo, disse a Miguel: "Vai buscar meus melhores amigos e dizei-lhes que deles necessito".

Rapidamente, compareceram Andrés e Antonio, honrados proprietários que, inclusive parte de sua fortuna, empregavam, por conselho meu, em obras de caridade.

Ao vê-los, disse-lhes:

– Necessito de vós para que me acompanheis a um lugar onde choram por faltar-lhes tudo; nem um sacerdote têm que os escute em confissão. Trazei vossos melhores cavalos. A bom passo, amanhã poderemos chegar ao povoado assolado pela peste. Descansareis na Granja que há na estrada, e eu farei meu trabalho. No dia seguinte, regressareis aqui, para que eu fique completamente tranquilo. Segundo disse o mascate, há uma pobre família que conheço bem, e os sete indivíduos que a compõem estão no leito de morte. E um criminoso, um assassino, é o único elemento que as autoridades destinaram para cuidar dos enfermos. Isso é horrível. Isso é desumano. E enquanto puder permanecer em pé, quero dizer com meus atos: Vinde a mim os que choram! Porque se Deus me negou os filhos do amor, foi para dar-me família mais dilatada, composta de todos os infortunados que sucumbem ao peso da dor.

MEMÓRIAS DO PADRE GERMANO 295

Em minha última existência, tive, indiscutivelmente, uma potência magnética de primeira ordem, porque impunha minha vontade sobre todos os que me rodeavam, sem que ninguém se atrevesse a fazer leve objeção.

Montamos a cavalo e meus companheiros apenas podiam me seguir. Corria com a velocidade do raio. Meu corcel saltava valas e precipícios, sem se intimidar ante escarpadas vertentes ou profundos abismos.

O Sol se refugiou detrás dos montes; a Lua, em toda a sua plenitude, estendeu seu manto de prata sobre o mar tranquilo e, com toda felicidade, chegamos ao término de nossa viagem.

Hoje, não existe nem uma pedra daquele lugar atingido pela peste. Guerras e incêndios foram os encarregados de destruir uma povoação agrícola, rica em mananciais, em frutos saborosos e em granjas-modelo.

À longa distância de Santa Eugênia, encontramos posto o cordão sanitário e o burgomestre, que andava de um lado para outro, demonstrando profunda inquietude no semblante.

Quando nos viu chegar, cortou-nos o passo, dizendo com acrimônia:

– Passai, passai ao largo, que o diabo se alberga aqui.

– Pois onde está o diabo é onde há que se levantar a cruz. Deixaime passar, uma vez que venho a consolar os enfermos.

– Quem sois?

– O Padre Germano.

– O Padre Germano!... O bruxo!... O feiticeiro!... O endiabrado!... Fugi, fugi daqui!...

– Serei tudo, tudo o que quiserdes, porém, deixai-me passar. É que aqui há sete indivíduos abandonados pelos homens, e eu venho lhes dizer que não estão abandonados por Deus. Sei que a viúva do moleiro de Torrente é vítima de horrível catástrofe. Deixai que acuda em seu auxílio. E vós, ide à vossa casa que, indiscutivelmente, vossa família necessita de vós.

Esporeando meu cavalo, lancei-o a galope, enquanto o burgomestre (contaram-me os companheiros) fazia o sinal da cruz, dizendo com voz entrecortada:

– Dizem, com razão, que esse homem tem pacto com Satanás.

Sempre me julgou mal a Humanidade, enquanto estive na Terra, creu-me em conivência com o diabo, mas quando deixei esse mundo, chamou-me de santo.

Quão distante o vulgo tem estado da verdade!

Em realidade, não fui mais que um homem ávido de progresso que havia perdido séculos buscando na ciência o que nunca pôde encontrar: essa satisfação íntima, esse prazer imenso, essa alegria inexplicável que a prática do bem nos proporciona.

Que importa que haja ingratos na Terra? Eles, com a sua ingratidão, não nos podem arrebatar essa lembrança puríssima que, como luz misteriosa, nunca se extingue, iluminando a senda que percorremos.

Ditoso é aquele que, ao entregar-se ao descanso, pode dizer: "Hoje, enxuguei uma lágrima."

Não me era desconhecido o povoado de Santa Eugênia. Sabia onde vivia a viúva do moleiro de Torrente, que habitava uma casa meio arruinada, quase fora do povoado. Seu marido havia morrido em meus braços seis anos antes, e suas últimas palavras ainda ressoavam em meus ouvidos; morreu, dizendo: – "Vou-me tranquilo, meus filhos não ficam órfãos." E acompanhou suas palavras com um desses olhares que faz qualquer um crer na existência de Deus.

Há olhares de fogo, olhares luminosos, que descerram as imensidões da eternidade...

Quando cheguei à casa atingida pela peste, um homem alto e robusto, de aspecto repugnante e feroz, cortou-me o passo, dizendo com aspecto iracundo: – Tenho ordem de não deixar passar ninguém; a morte está aqui dentro.

– Pois onde está a morte, devem acudir os vivos. Deixa-me passar, porque venho compartilhar as tuas fadigas. Leva-me onde está Cecília.

E, desmontando, disse a meu interlocutor:

– Guia-me.

Aquele infeliz me olhou com assombro e me disse com mais doçura:

– Padre, não sabeis, sem dúvida, o que há aqui. Há peste!

– Pois, por isso, venho. Porque sei que há vários seres que estão agonizando. Não percamos tempo.

MEMÓRIAS DO PADRE GERMANO 297

E, com passo apressado, penetrei no interior da casa, onde encontrei um quadro dos mais horríveis que vi na vida: em um aposento descomposto, iluminado por archote resinoso, havia seis homens encolhidos uns juntos aos outros, sobre montes de palha, mantas e trapos, ouvia-se o som de respirações fatigadas, impressionando-me dolorosamente.

Olhei por todos os lados, buscando a bondosa Cecília, que era mãe-modelo, e a encontrei em uma parte, sentada no solo, sem movimento algum.

Peguei sua destra, estreitei-a entre minhas mãos, murmurando suavemente:

– "Cecília!".

Esta abriu os olhos, olhou-me como quem desperta de profundo sono, e repeti, com voz acentuada:

– Cecília, levanta-te. Deus ouviu os teus rogos.

– É verdade, posto que viestes.

E fazendo esforço sobre-humano, aquela pobre mártir se levantou e, entre soluços, contou-me que havia vinte e seis dias que lutava com a horrível enfermidade de seus filhos, sem descansar senão brevíssimos momentos na metade do dia, pois à noite se agravavam os doentes, e não os podia abandonar. Naquela tarde, faltaram-lhe as forças por completo, havia pensado em mim e me havia chamado com insistência, estranhando que eu não tivesse acudido antes, posto que em todas as suas orações pedia a Deus que me enviasse.

Eu havia levado comigo minha caixinha de remédios simples na preparação, pois todos eram de origem vegetal – e que me ajudavam mais que todas as minhas faculdades curativas, meu magnetismo, tão poderoso, que me granjeara fama de bruxo, pois que em muitas ocasiões fiz curas maravilhosas, (pelo menos à simples vista), e embora não passassem de feitos naturais, dentro das leis físicas, leis estas desconhecidas para as multidões ignorantes.

Tinha eu a imensa vantagem de saber aproveitar o tempo, e, logo, três horas depois de ter chegado àquele lugar de tormento, os seis enfermos dormiam tranquilamente, uns com mais profundidade que outros, enquanto Cecília e o enfermeiro que lhes haviam concedido, seguindo minhas instruções, preparavam bebidas medicinais e calmantes.

Fui à casa do burgomestre, apelando à sua clemência por aqueles infelizes que careciam do mais indispensável. Ao me ver, compreendi, por seu olhar, que lhe inspirava espanto. Cria ele, firmemente, que eu havia feito pacto com Satanás. E isto porque ele, quando chegou ao lar, após aquele encontro comigo na estrada, e algo preocupado com o que eu lhe dissera, encontrou suas três filhas sofrendo horríveis convulsões, certamente devido a causas simples e naturais; é que, naquela tarde, passando por perto da casa dos adoentados, um dos pestilentos, dominado pela canícula, burlou a vigilância de sua mãe e saiu ao campo, envolto em uma manta, lançando gritos desesperadores. As meninas, ao vê-lo, impressionaram-se profundamente. O terror se apoderou delas, e voltaram ao lar, tremendo convulsivamente.

Eu não sabia nada disto, mas em muitas ocasiões, sem que possa explicar a causa, adivinhava o que ia acontecer.

Sem cuidar-me dos olhares receosos do burgomestre, pedi à sua esposa que me acompanhasse com suas orações, para prestar alívio às suas filhas. Como a oração de uma mãe é a súplica mais fervorosa que faz o Espírito, já que há nela todo o amor que uma alma pode sentir, seus rogos e minha potente vontade de fazer o bem conseguiram cessar as convulsões nas pobres meninas impressionadas.

Seu pai via o milagre que se operava, sem saber quem o fazia. Porém, como amava suas filhas, olhou-me com gratidão, dizendo com certo cuidado:

– Dizem que sois emissário de Satanás, porém vossas obras não manifestam isso, tenho que confessar.

– Tendes razão. Nunca o gênio do mal comprazer-se-ia no bem. Não há em mim mais que um ardente desejo de converter em uma só família, a fracionada Humanidade. Quando todos se amarem, a Terra será o Paraíso bíblico. Deus não criou os homens para que vivessem pior que as feras, mas, sim, para que se amassem. Compreendi sua lei; eis, aí, toda a minha ciência, todas as minhas más artes! Onde vejo uma lágrima, acudo pressuroso. Só o amor universal será a redenção do homem!

Mais de um mês permaneci em Santa Eugênia. Cecília teve a imensa alegria de ver seus seis filhos completamente curados. O júbilo daquela mãe-modelo foi indescritível. Seus olhares e suas demonstrações de carinho me recompensaram amplamente de todos os meus afazeres.

Quando me dispus a voltar à minha aldeia, assaltou-me um pensamento. Cecília e seus filhos eram Espíritos adiantados e, naquele lugar, habitado por seres supersticiosos e egoístas, não estavam eles em seu verdadeiro ambiente. A grande prova estava bem manifesta, pois quando

MEMÓRIAS DO PADRE GERMANO

necessitaram de auxílio, foram abandonados quase por absoluto, negando-se-lhes o mais necessário para a vida.

Acreditavam, os daquele lugar, que as pessoas daquela família, eram malditos de Deus, por haverem adquirido uma enfermidade contagiosa, que viera, segundo se dizia, por um boêmio que pernoitara em Santa Eugênia.

Minha chegada, se bem tenha sido benéfica, com minha ausência poderia lhes servir de novo tormento e, quem sabe, poderiam até ser perseguidos, dizendo-se que estavam enfeitiçados por mim, posto que os havia curado. Conhecia tão a fundo o vulgo ignorante, que não quis deixar expostos meus amigos à ira imbecil e propus a eles que mudassem de residência, vindo à minha aldeia, onde, com seu trabalho, talvez pudessem viver com mais desenvoltura que em Santa Eugênia.

Cecília comentou que pensava mesmo em propor-me isso, pois compreendia, como eu, que, quando me fosse, se desencadearia sobre eles verdadeira perseguição, começando pelo cura da aldeia, que nunca perdoaria a mim o ter lhe posto, em relevo, a sua impiedade.

Quando fui me despedir do burgomestre, ofereci-lhe minha casa, dizendo:

– Levo os doentes e se por acaso a peste retornar a Santa Eugênia, manda-me vossa família, porque as jovens são impressionáveis e o temor é o contágio.

– Acreditais que a peste voltará?

– Quem sabe? Se isto suceder, a primeira vítima será o pastor que abandonou seu rebanho.

Saí de Santa Eugênia com Cecília e seus filhos. Um só homem se despediu, chorando como criança: o pobre criminoso que havia servido de enfermeiro aos doentes. Aquele infeliz se abraçou aos meus joelhos, chamando-me seu Deus! Na realidade, minha voz encontrou eco em sua consciência. Naquela encarnação, começou a ver a luz e hoje está entre vós, sendo apóstolo da verdadeira religião.

Com minha última existência, quiçá não tenha tido momentos mais felizes que os transcorridos durante meu regresso à aldeia, com Cecília e seu filhos. Estes eram Espíritos tão despertos, tão compreensivos, tão amantes do adiantamento, sabiam amar com tal sentimento, que me vi feliz em considerar que levava à minha aldeia seis homens que poderiam ser bons chefes de família. Ao vê-los tão ágeis, tão robustos, tão cheios de vida e de juventude, recordava o modo que os encontrara: tão abatidos, desfigurados, horrendos, com os rostos enegrecidos, cabelos eriçados, olhos sem brilho, os lábios cobertos de espuma sanguinolenta, e a inteligência entorpecida até o ponto de não conhecerem nem a sua mãe, que todos adoravam como uma santa e santa era na realidade, porque foi uma das melhores mães que conheci na Terra.

Entrei em minha aldeia mais satisfeito comigo mesmo do que todos os conquistadores do mundo e, cheio de emoção, disse aos meus fiéis:

– Fui buscar no seio da morte o princípio da vida. Trago-vos uma família-modelo. Imitai suas virtudes e sereis mais ricos que todos os potentados da Terra.

Um mês depois, soube pela família do burgomestre de Santa Eugênia, que veio se refugiar em minha aldeia, fugindo da peste, que, ao regressar o cura a tal lugar, foi o primeiro que sucumbiu, vítima da enfermidade que tanto horror lhe causava, fazendo-o ter esquecido seus deveres nos momentos mais solenes.

Resta-me dizer-te, para terminar este capítulo de minhas Memórias, que os seis filhos de Cecília foram a base de várias famílias amantes do progresso e da verdade. Todos contraíram matrimônio e a maior parte de seus filhos receberam de mim as primeiras instruções.

Inspirai-me compaixão quando vos vejo languescer, suspirando na solidão criada por vosso egoísmo. Dizeis que não tendes família...! Ingratos! Pois os desvalidos e os enfermos não são vossos irmãos menores? Todo ser débil que reclama o vosso amparo é débito vosso, e há tantos infelizes no mundo! É tão numerosa a família dos anacoretas! Há tantos cenobitas que morrem de frio nos desertos deste planeta!

Crede-me; dizei como eu dizia: Vinde a mim os que choram! E tereis família numerosíssima. Há tantos filhos sem pai. Há tantos cegos sem ter quem os guie. Há tantas vítimas das misérias humanas!

Enxugai vossas lágrimas; o pranto que se verte na inatividade é como a água do mar que não fecunda a terra lavrável. Não choreis sozinhos, chorai com os aflitos, e vosso pranto será orvalho benéfico que fará brotar flores entre as pedras.

UM ADEUS

POR REGRA GERAL, O HOMEM AMA OS lugares onde foi feliz e lhe inspiram aversão os lugares onde caiu, oprimido, sob o enorme peso da cruz; e, ainda que a reflexão nos faça considerar que o que tem que se efetuar, efetua-se, o mesmo em lugar que um outro, essa preocupação domina o homem, sem eximir-se de seu influxo, nem o sábio, nem o ignorante.

Nós, confessamo-lo ingenuamente, que recordamos, com horror, de alguns lugares onde sentimos essas dores agudíssimas, esses acessos de profundo desespero, essa agonia que termina com todas as esperanças, deixando-nos submersos no fundo abismo do abatimento.

Quanto se sofre quando a alma se abate! Quando o desalento nos cobre com o seu manto de neve ou sua capa de frio cinza; quando tudo se vê morto... quando o não-ser parece o porvir da Humanidade. Quase, quase não é estranho que se olhem, com certo temor, os lugares onde sofremos e que se recordem, com indizível prazer, onde tivemos repousado de nossas habituais fadigas mesmo que tenha sido por breves momentos.

Poucos dias de sol temos tido nesta existência. Temos percorrido várias cidades e, ao deixá-las, nosso coração não tem que bater com mais violência que de costume, posto que, por todas as partes, tem nos seguido essa sombra muda, esse fantasma fatídico de nossa expiação; que como, indubitavelmente, ontem semeamos ventos, hoje temos colhido tempestades.

Os que vivem em seu naufrágio contínuo, têm poucos instantes de alegria, porém, como ninguém parte da Terra sem ter sorrido, sem ter repousado alguns instantes para seguir; depois, com mais ânimo, sua penosa jornada, nós, em cumprimento dessa lei, também temos tido alguns momentos de repouso e de doce contemplação na orla do mar.

Sim; ali, sozinhos ante a imensidão, ou acompanhados de uma formosa menina de cinco anos, e um pequenino de três primaveras, temos perguntado às ondas:

– Dizei-me: onde está a felicidade? E elas, levantando montanhas de nevada espuma, pareciam nos contestar: "Na luta incessante do trabalho, segue nosso exemplo." E seguíamos, com animado olhar, seu contínuo movimento, admirando sua esplêndida e variada beleza, porque nada muda tanto de forma e de cor como as ondas.

Sempre são belas; sempre falam ao coração sensível, contando-lhe uma história interminável; sempre traçam, na areia, misteriosos hieróglifos, fugindo apressadas, voltando jubilosas, a deixar na praia suas líquidas pérolas. O mar é a fotografia da Criação; nele, tudo é renovação e vida; nele, sempre há duas forças em contínuo trabalho: a força absorvente e a força expelidora; uma e outra se complementam em sua eterna luta; sem uma, seria nulo o trabalho da outra.

O mar nos parece o manto de Deus. Que formoso, que formoso é! Com suas múltiplas cores quando recebe a chuva de ouro que o Sol lhe envia, com seus raios luminosos, quando a Lua lhe cobre com seu manto de prata ou os crepúsculos, com suas nuvens de púrpura.

O mar sempre é grandioso, sempre é admirável, sempre surpreende com um novo encanto e sempre oferece, ao homem pensador, um imenso livro onde estudar as infinitas maravilhas da Criação.

A doce voz de uma menina veio nos tirar de nosso arrebatamento; voltamos à vida real e olhamos para a pequena Rosita, que tem sido, sempre, nossa inseparável companheira na orla do mar.

Também se vê Deus no rosto de uma criança, porque seus olhos irradiam os resplendores do Céu.

Seguimos o nosso passeio, detendo nossos olhares em um jovem casal que brincava com as ondas, rindo, alegremente, quando a branca espuma salpicava suas vestes com nítidas pérolas. Que sorridente é a juventude! Durante alguns momentos, contemplamos os seres que nos rodeavam e observamos que, entre todos, escrevíamos uma página da história humana.

Rosita e seu irmão brincavam na areia, alegres e confiantes; sua boa mãe os olhava com prazer; para ela, seus filhos são os mais formosos da Terra; o jovem casal que brincava com as ondas, Cecília e Enrique, não contavam, somando suas idades, meio século, olhavam-se amorosamente. Para eles, o TUDO está em seu amor e, nós, sem a

MEMÓRIAS DO PADRE GERMANO   303

alegria das crianças, sem a bendita satisfação de mãe, sem a dulcíssima esperança de Cecília e Enrique, mirávamos o mar, vendo, em suas ondas móveis, algo que nos falava de Deus e nos fazia pensar na eternidade.

A dor é o agente do progresso que, a muitos Espíritos, diz: "Levanta-te e anda!". Quanto tempo faz que sua voz ressoa em nosso ouvido!

Antes de deixar aquela tranquila praia, entramos na humilde casinha, onde, tantas vezes, temos escutado o médium falante inspirado pelo Espírito do Padre Germano.

Detivemo-nos na salinha onde temos ouvido frases tão consoladoras e demos graças, em nossa mente, àquelas paredes que nos haviam abrigado, àquelas poltronas que nos haviam servido para repousar. E como não dá-las se, naquela habitação, temos recebido tão instrutivas lições, tão sábios, tão prudentes conselhos, dados a uns e outros com tanto amor, com tanta paciência? Um Espírito amigo nunca se cansa de aconselhar e de instruir. Que imenso é o amor dos Espíritos!

Chegou o instante de partir e abandonamos a casinha, a praia, as rochas, as ondas, tudo ficou ali!...

Quando deixarmos a Terra, indubitavelmente, nosso Espírito irá àquele lugar; deter-se-á naquelas rochas e, sendo certo (como disse Draper) que sempre que se projeta uma sombra sobre uma parede, deixa nela uma marca permanente, ficando provado que as imagens do passado se encontram gravadas nos quadros do Eter, o mesmo que os sons de vozes passadas e até os perfumes das flores murchas há séculos e os aromas das frutas que pendiam das árvores quando o homem não havia ainda ensaiado o voo de seu pensamento, ali nos contemplaremos, ali nos veremos tristes e abatidos, lamentando a eternidade da vida, crendo que era a eternidade da dor. Ali voltaremos para ouvir a voz do Padre Germano que tanto nos impulsiona, hoje, para o progresso, que tanto nos anima, que tanto nos inspira. Oh! Sim; ao deixar este mundo, iremos ao lugar onde estivemos ontem, dando-lhe um adeus; seríamos muito ingratos se olvidássemos o inefável consolo que, naquele lugar, encontrou nosso Espírito.

Quantas vezes temos chegado naquele lugar, lamentando as misérias humanas e, ao deixá-lo, temos sorrido felizes, murmurando, com íntima satisfação:

"Que belo é viver quando se confia em nosso progresso indefinido e se ama a verdade suprema, a eterna luz!"

Adeus, humilde casinha! Praia tranquila! Ondas envoltas em nevada espuma! Rochas cobertas com seu manto de algas! Adeus! Adeus!...

Amalia Domingo Soler

Gracia, 12 de março de 1884.

CONTINUAÇÃO DAS "MEMÓRIAS DO PADRE GERMANO"

(Extraído de La Luz del Porvenir n.16, de 4 de setembro de 1890)

IMPRESSÕES E RECORDAÇÕES

Amalia Domingo Soler

O MASCATE

I

POR QUE SE PASSOU TANTO TEMPO SEM transcrever no papel as inspirações de um Espírito que nos é tão querido?

Por que a interessantíssima narração de uma de suas existências foi bruscamente interrompida? Quem cortou o fio de suas comunicações?

Ele próprio. Por quê? não o sabemos, porém, quase o adivinhamos. Ficar em relação contínua com uma alma tão boa era muito gratificante e muito consolador para nós, posto que aprendíamos e ensinávamos. Por nossa vez; afastados da luta material da vida, nossas horas eram doces e quase tranquilas, e, como a tranquilidade não é nosso patrimônio, agora, como temos que saldar muitas dívidas, necessariamente, temos que estar em contato, tanto por cento, de uma empresa periódica que nos proporciona inumeráveis contrariedades, às vezes, sérios desgostos, amargos desenganos e dolorosas lições, com as quais aprendemos o que não quiséramos aprender. Mas, agora, que, momentaneamente, estamos mais tranquilos, preparando-nos, talvez, para novas lutas, queremos aproveitar os instantes de relativa calma, já que tantas horas temos tido que perder, resolvendo o grande problema de viver sem vida própria.

Sim, sim; ganhemos tempo. Fujamos, por alguns momentos, das imperiosas necessidades de uma existência expiatória, levantemos nosso pensamento a outras esferas luminosas, evoquemos nossos Espíritos mais queridos, aqueles que, por seu carinho e sua inspiração, têm nos ajudado a suportar longos anos de angústias e solidão.

Duas estrelas de primeira magnitude brilham no céu de nossas recordações, dois Espíritos, os quais amamos com toda a efusão de nossa alma; um deles, em sua última existência, carregou-nos em seu seio e lhe demos o doce título de Mãe; o outro, não o conhecemos nesta encarnação, porém, estamos plenamente convencidos de que, se fosse possível vê-lo entre mil sacerdotes, imediatamente, diríamos: aquele é o Padre Germano; o Espírito generoso que, com uma inacabável paciência, durante muitos anos, ouve nossas queixas e nos consola e nos alenta, com uma ternura verdadeiramente paternal. Tudo quanto de bom temos feito, neste mundo, devemo-lo a ele, que com seus doces conselhos, melancólicos, em algumas ocasiões, graves e severos, quanto, quanto bem nos têm feito!... Sempre nos deixou em completa liberdade de ação, porém, as entrelinhas que nos assinalou no caminho de nossa vida, sempre as temos encontrado, em seu devido tempo.

Quanto bem nos tem feito!... e, à semelhança das crianças mimadas que sempre pedem mais, hoje, pedimos-te, nobre Espírito, que prossigas com tuas memórias; faz tanto tempo que não bebemos da água pura de tuas recordações!

Inspira-nos!..., conta-nos algum dos episódios de tua última existência; os peregrinos fatigados se detêm, quando encontram um oásis, onde repousar; e, cansados estamos de cruzar o deserto da Terra. Seja tua palavra, a água da saúde que nos fortifique: sedentos estamos, acalma nossa sede.

II

"Minha filha, (disse-nos o Padre Germano); nunca fui surdo à voz dos pequeninos, e pequeninos são todos aqueles que vivem atormentados sob o peso de seu passado. Queres que, de novo, levante uma ponta do véu que cobre meu passado? Crês útil? Se o sofrimento ensina, eu posso ser um bom mestre; sofri tanto... tanto!... Crês que, quando olho minha última existência, parece-me impossível haver tido forças suficientes para receber tantas feridas? Não no corpo, que, estas, cicatrizam-se, mas na alma, pois, nas feridas da alma, as bordas não se fecham nunca; quer dizer, há um bálsamo maravilhoso, prodigioso, que a todos cura; sabes qual é? A paciência, a tolerância, a compaixão; é muito bom saber se compadecer. Quiçá foi a única virtude que pratiquei na Terra. Compadeci-me dos maus e quanto mais dano me proporcionavam, mais profunda era minha compaixão e veja, que eu não possuía a certeza que tu tens, agora, de que se vive eternamente. As revelações que tive em momentos solenes, acreditava serem alucinações de minha mente febril; compreendia que havia algo superior em tudo que me rodeava. As fórmulas religiosas me inspiravam lástima, esperava em algo desconhecido; o costume que adquiri em ficar tantos anos contemplando uma tumba, familiarizou-me com os mortos; via, claramente, a pálida menina dos caracóis negros, mas eu o atribuía ao delírio de minha imaginação sonhadora e, ao mesmo tempo, necessitava crer que ela me seguia, que ela me inspirava, que ela mesma me falava, que ela guiava meus passos, porque, sem a esperança de reencontrá-la, não teria podido me resignar com a sua perda, teria sido impossível sustentar o peso de minha enorme cruz.

Todos os sacrifícios que fiz em benefício de meus semelhantes (que foram muitos), foram outras tantas oferendas que depositei no altar de sua tumba adorada; quando vencia um obstáculo insuperável, quando dominava minhas paixões (pois não estava isento de sentir aversão e até ódio, em determinadas circunstâncias, para com seres miseráveis e envilecidos), quando me fazia superior a meus maus instintos, quando fazia o bem pelo próprio bem, quando chorava, não sei se de vergonha ou de arrependimento, prosternava-me ante sua tumba e dizia: – Estrela!... Tudo por ti e para ti!... Não me deixes!... Tenho medo de mim mesmo; creio que vou enlouquecer se não te ver diante de mim! Deixa que eu te veja como te via primeira vez! Apresenta-te com tua túnica branca, com teu véu esvoaçante, com teus negros caracóis e tua perfumada coroa de jasmins, e, naquele instante, apoderava-se de meu ser uma doce languidez, ficava em êxtase e, lentamente, acercava-se a sombra de uma mulher. Era ela! Era ela, sorrindo com aquele divino sorriso, que ilumina o semblante dos justos; apoiava seus lábios em minha fronte e dizia-me: Espero-te!... Espero-te com meu traje de noiva, não demores, pois te aguardo. E, então, verificava-se um fenômeno muito estranho: eu a via a curta distância, em pé, orando e um sacerdote ancião, prosternado diante dela, envolta com o branco véu de jovem desposada; a formosa, a formosíssima aparição se inclinava, lentamente, apoiando sua destra sobre a fronte do ministro de Deus; depois, como mãe solícita, deixava cair suavemente sobre a alfombra de musgo que rodeava a tumba, bem comodamente, estendia sobre ele seu branco véu e, como nuvem de fumaça que se desfaz, como ligeira bruma que se evapora, ia se desfazendo a figura de Estrela, somente ficando seu branco véu, cobrindo o corpo do proscrito. Eu via a mim mesmo, sem compreender que era eu aquele homem reclinado sobre a terra e, absorto, atônito, assombrado, olhava para o sacerdote que dormia com um sono magnético, às vezes, por longas horas; e dizia, a mim mesmo: Ditoso, ele!... com que tranquilidade dorme! De repente, o véu da aparição tomava movimento; aquele tule finíssimo, aquela gaze impalpável ondulava ligeiramente e, a cada ondulação, desprendia milhões de átomos luminosos, convertia-se em uma chuva copiosa de pó de ouro, e o sacerdote despertava, sorrindo docemente, levantava-se com surpreendente rapidez, como se mãos invisíveis lhe dessem impulso e, cruzando as mãos, murmurava com arrebatamento: Deus meu! Bendito sejas! Eu a vi!... Vi-a tão formosa como sempre; ainda percebo o suave aroma dos jasmins que coroava sua branca fronte!...

Deixava de ver-me a mim mesmo e voltava à vida real com mil ideias confusas, encontrava-me forte, animado e até contente, em meio das maiores, das mais horríveis privações, porque tantos necessitados me assediavam que, havia momentos em que esgotava todos os recursos e, pedir, para mim, era-me bastante vergonhoso e, ainda que tivesse fiéis amigos, em muitas ocasiões, estes estavam longe de mim, muito longe, às vezes, cumprindo minhas ordens de auxiliar a outros infortunados; e como eu tinha que provar o cálice da amargura até o fim, naturalmente, tudo se arranjava e se combinava de maneira que me atormentasse o desfalecimento da fome que é a dor que não tem nome, mas que é necessário sofrê-la, para saber consolar aos que sofrem e, ao mesmo tempo, apreciar o valor do dinheiro, que não é vil metal, senão, elemento necessário entre os homens civilizados que estabeleceu a relação comercial entre os povos.

Pedes-me que te conte algum episódio de minha última existência e contar-te-ei um, no qual se deu por terminado o ódio entre dois Espíritos, ódio que havia durado longos séculos. Eu, então, não apreciei o desenlace em todo o seu valor. Muito tempo depois de ter deixado a Terra, foi que me convenci, uma vez mais, de que o ódio deixará de existir quando os homens se acostumarem em compadecer-se e, morto o ódio, chegarão os dias profetizados pelos mensageiros do progresso, dias de luz, dias que estão muito longe ainda, porém, chegarão. Para apagar as pegadas do ódio, vêm as comunicações dos espíritos; unindo a grande família de ontem com a de hoje, o porvir será um dia resplandecente, que nunca terá ocaso.

Como todo trabalho tem seus obstáculos, o praticar a caridade os tem em grande número; o primeiro é ter pobres preferidos, quando o que se dá não é de um só, porque, amparar a um ser que se quer, é se proporcionar um prazer com o dinheiro de outro e é uma usurpação que se faz a outros necessitados. O que reparte o que não é seu, deve estudar a neces-

MEMÓRIAS DO PADRE GERMANO

sidade do que pede, fazendo-se uma abstração da personalidade, deixando de lado a simpatia que nos inspira; fazer o bem pelo próprio bem, não é dar a um pobre que nos agrade; é socorrer ao que nos repugne, sabendo que sua miséria é verdadeira; dar e saber que agradecem a dádiva é o prazer dos prazeres, dar e saber que o pobre, a quem se favoreceu, nunca está contente e que, somente deixa de murmurar, enquanto come, essa é a verdadeira caridade; saciar a fome do verdadeiro faminto, acalmar a sede do desesperado sedento, por trás do imenso prazer de dar, querer a satisfação da recompensa, é unir, a um gozo divino, uma sensação que podemos chamar de egoísmo da caridade. Os semeadores do bem não devem se deter em contar os feixes de trigo colhido. Que mais colheita se quer que a continuação da semeadura?!

Em minha vida solitária, estudei muito a ciência de fazer o bem e tive a debilidade de ter meus pobres preferidos, cujos sorrisos de gratidão eram, para mim, raios de luz, porém, estes mesmos, ensinaram-me a ser menos egoísta de carinho, porque alguns se acostumavam a viver sob a minha sombra e me custou grande trabalho fazê-los perder os hábitos da indolência e da conformação de contentar-se com um pedaço de pão, para não ter o trabalho de uma jornada.

Naquela época, a mendicância abundava de tal maneira, e escasseavam tanto os Asilos benéficos, que os mendigos, em grandes caravanas, levavam a vida nômade dos primeiros povoados da Terra e, em minha aldeia, sempre havia um enxame deles, por ser um ponto onde encontravam melhor acolhida, posto que, a prática da caridade foi o tema de todos os meus sermões religiosos, e o povo que me rodeava era verdadeiramente cristão, comprazendo-se em compartilhar com os mendigos o fruto de seu trabalho. Este procedimento era verdadeiramente evangélico, mas, nem por isto, deixava de ter seus gravíssimos inconvenientes, posto que, entre os mendicantes, ocultavam-se malfeitores, com os quais havia que sustentar rude batalha, posto que a santa lei da hospitalidade lhes abria as portas de todos os lugares.

Há épocas, na vida dos povos, que se assemelham à infância dos homens: que fazem as boas mães com seus pequeninos? Por regra geral, quando a criança dá seus primeiros passos, a mãe lhe põe uma moeda em suas mãozinhas e lhe diz: "corre, meu filho, e socorre aquele pobrezinho que vem aqui"! E, sempre que tem oportunidade, inculca em seu filho o nobre sentimento da caridade, conhecendo que o amor ao próximo é a base de todas as virtudes.

Pois bem, igual papel desempenhei em minha aldeia todo o tempo em que permaneci nela, que foram muitos, muitíssimos anos; meu único conselho era que se amassem e se compadecessem. O amor une a família, a compaixão une os povos. Em minha aldeia, formei uma família que fez muito bem aos pobres, porém, advirto que estou me desviando do objetivo principal, que é te confessar uma das debilidades que tive em minha última existência, que, se bem amei muito, também tive antipatias invencíveis a determinados seres, resíduos de ódios não extintos, porque o ódio não se extingue se não cai sobre suas cinzas a água do sacrifício.

III

"Em uma formosa tarde de primavera, em que a Igreja celebrava uma festa à mãe de Jesus, colocou-se à porta do ruinoso templo de minha aldeia, um mascate. Ao vê-lo, senti uma sensação parecida à mordida de um réptil; fixei meus olhos em seu semblante e espantou-me a expressão de seu rosto. Era um homem alto, constituído de formas verdadeiramente hercúleas, vestido pobremente, com o cabelo longo e encrespado, com longa barba, muito emaranhada, cinza pelo pó e pela sujeira, mais que pelas cãs, o mesmo com sua espessa cabeleira; sua tez tinha uma cor acobreada, sua fronte, estreita; seus olhos grandes e salientes mudavam de cor como os da raça felina e com uma expressão tão provocativa que, sem falar, insultava. Ao vê-lo à porta do templo, estendendo suas quinquilharias, entre as quais havia rosários e medalhas de escasso valor, disse-lhe, rudemente:

– A quem haveis pedido permissão para colocar-vos aqui? Eu não permito que se compre nem se venda à porta da igreja! Isto não é casa de comércio.

– É que eu vendo coisas abençoadas pelo próprio Papa.

– E quem é o Papa para abençoar? Não há nenhum homem, na Terra, que possa ter as atribuições de Deus; ide, pois, a outro lugar, pois, aqui, não permito nem permitirei, nunca, que se compre ou se venda.

O mascate recolheu suas cruzes e suas medalhas e as guardou em uma bolsa que, pendente a uma correia, colocou sobre as costas e, ao ir-se, dirigiu-me um desses olhares que dizem, claramente: eu me vingarei.

Naquela tarde, não fiquei tranquilo, e a figura do mascate ficou gravada em minha mente, o sermão que pronunciei compôs-se de frases desconexas, tanto que uns diziam aos outros: "O Padre Germano está en-

MEMÓRIAS DO PADRE GERMANO 313

fermo hoje." – E todos perguntavam-me o que eu tinha. Não soube o que contestar-lhes, nem me atrevi a dizer-lhes que tinha remorsos de haver despedido, bruscamente, o mascate, ainda que, por outro lado, estivesse contente por haver afastado aquela ave de mal agouro.

Pela noite, sozinho em meu quarto, perguntava a mim mesmo: por que te inspira horror a lembrança daquele homem?... e quando mais embebido estava em minhas divagações, entrou Miguel, dizendo-me que um homem queria me ver; meu fiel Sultão, meu leal guarda, grunhiu surdamente ao ver entrar o mascate que eu havia despedido à tarde. Os dois nos miramos fixamente e, ao nos mirarmos, reanimou-se nossa mútua antipatia.

– Que quereis? – perguntei-lhe, com dureza.

– Hospitalidade – contestou com amarga ironia. – Por vossa culpa perdi, esta tarde, a venda de minha mercadoria, não tenho um soldo para dormir na hospedaria e é tarde para ir ao convento próximo. Tenho pensado que ninguém mais que vós tem obrigação de dar-me albergue, posto que me tirastes meus meios de ganhar o pão e eu não somente quero que me deis alimento e leito, como, também, que amanhã, dê-me uma parte de vossos tesouros e isto para que não vos delate como inimigo declarado do Sumo Pontífice, a quem ontem negastes o direito divino de bendizer os homens e as coisas.

– Entendido, entendido. Debaixo de vosso disfarce de mascate, se esconde um espião de meus poderosos inimigos, daqueles que me chamam herege, porque não converti minha velha igreja em templo suntuoso, com imagens milagrosas e mananciais benditos; pois ide e dizei aos que vos enviaram, que vos mandei retirar do átrio da casa de oração, porque não quero que os fiéis gastem seus modestos ganhos em objetos inúteis, como são as medalhas, as cruzes e os rosários, quando há tanto ancião que socorrer e tantos órfãos a quem amparar. Para rezar, fervorosamente, não se necessita contar contas de vidro ou caroços de azeitona com o olhar para as estrelas, há bastante para que a alma conte com assombro as maravilhas que a criação encerra.

Meu interlocutor se ergueu com ar ameaçador, dizendo-me:

– Sempre sois o mesmo e é hora que pagueis com vossa vida vossa deslealdade, vossa heresia. Faz muitos anos, encontramos-nos, e, por vossa causa, por vossas declarações contra mim, expulsaram-me da ordem religiosa à cuja sombra eu exercia minha indústria de usuário e agora me dareis o que possuís, senão de boa vontade, até pela força. E já que sempre me privais de ganhar meu sustento, que me venham, de pronto, esses bens de que os pobres se servem.

– Nada tenho neste momento e, mesmo que o tivesse, mesmo que tivesse imensos tesouros, não vos daria, porque vós mesmo dissestes, são dos pobres essas riquezas que eu possa ter na Terra.

– Mentis como um velhaco e morrereis sem remédio a não ser que me entregueis o que possuís – e, sacando de um punhal, levantou-o sobre minha cabeça com a velocidade do raio, mas antes que o cravasse em meu crânio, Sultão o derrubou ao solo, saltando sobre o mascate com a fúria de um leão faminto, e o teria morto e despedaçado se eu, com voz forte, não tivesse dito: Sultão, deixa esse infeliz.

O nobre animal lançou um rugido de raiva, e tive que prender-lhe a cabeça, gritando imperiosamente: "Solta esse infeliz". Sultão me obedeceu e o mascate se levantou com presteza, olhando-me com assombro, deixando cair o punhal, que eu recolhi e joguei pela janela, dizendo, então, a ele: "Se não tendes onde vos recolher, podeis ficar aqui; Miguel vos dará algum alimento. Eu tenho que ir velar um enfermo." E saí, acompanhado de meu fiel companheiro Sultão.

O criminoso não quis aceitar a hospitalidade. Cambaleando como ébrio, seguiu-me alguns passos, depois retrocedeu e deixei de ouvir suas passadas inseguras.

Passei a noite preparando um moribundo para deixar a Terra, com ânimo sereno, porém, em nenhum instante me esqueci do mascate, sentindo repulsão e lástima.

Quando pela manhã me dirigi à igreja para celebrar a primeira missa, várias mulheres vieram a dizer-me que no despenhadeiro da torrente se ouviam lamentos e maldições. Ao receber tão triste nova, disse: "Filhos meus, a melhor missa que podeis ouvir é correr a ajudar esse desventurado, que os moços mais fortes se preparem para descer ao abismo e para tirar do despenhadeiro o infeliz que caiu no fundo da ravina." Todos correram e, com eles, chegamos ao despenhadeiro e escutamos as blasfêmias mais horríveis e os gritos mais raivosos que podem lançar um homem. Que espetáculo se apresentou aos meus olhos! O infeliz mascate estava sobre um promontório de rochas, suspenso sobre o abismo e tinha o rosto coberto de sangue. Quatro jovens, bastante ágeis e robustos, saltaram de penha em penha até chegar junto ao ferido, e este lhes pediu que o matassem para não sofrer mais.

Tarefa dificílima foi a subida do ferido e, quando pude me acercar

MEMÓRIAS DO PADRE GERMANO 315

a ele, disse-me: "Maldito sejais; por vir em vossa busca, estou sofrendo todos os horrores do inferno! Maldita seja vossa hipócrita generosidade! Todos os condenados do inferno não sofrerão as dores que tenho eu.

Não se queixava em vão, porque havia atingido as duas pernas e, na cabeça, tinha profunda brecha. Sem fazer caso de suas palavras, foi conduzido ao hospital, onde Maria, o anjo da aldeia, servia de irmã de caridade; ali, se lhe foi feita a primeira cura e tivemos que o atar ao leito com fortes ligaduras para que aquela fera ficasse sem movimento.

Que luta manteve meu espírito por mais de seis meses! Quando me acercava de sua cama, sempre me recebia com maldições, seus lamentos me estremeciam e me faziam dizer secamente: "Seu padecimento é justo, este homem é um miserável assassino, toda sua vida a empregou no mal; em sua juventude, em sua idade madura, foi o ladrão que roubou, sem perigo algum, grandes fortunas, que, à sombra da religião, têm aumentado fabulosamente, ou emprestado com usura exorbitante a muitos nobres arruinados. Quando, por seus vícios, por seus escândalos, expulsaram-o da comunidade religiosa a que ambos pertencíamos, converteu-se em espião de seus antigos companheiros, fazendo-lhes todo o dano possível, levando sempre a arma homicida para ferir e matar quando lhe pagavam bem o assassinato. Que este monstro desapareça da Terra, será um benefício para a Humanidade. Romper os elos de uma cadeia de crimes é, pode-se dizer, uma obra da caridade. Se seu destino atingir-lhe as pernas para impedir que continue sua marcha, por que não o deixar abandonado à sua sorte? Por que receber os eflúvios mortíferos de seu ódio? Por que escutar suas insensatas maldições? Quem tal fez, que isso pague." E ia-me perto do leito sentando-me junto a uma janela, pela qual contemplava o enfermo, que mais parecia um irracional, rugindo como um endemoniado.

Quanto mais olhava, mais horroroso me parecia e mais repulsão sentia por ele, porém, ao mesmo tempo, recompunha-me, com a maior dureza, dizendo a mim mesmo: "Quem sois para julgar a outro? Quem sabe as amarguras que terão endurecido o coração deste homem? Quem sabe não foi amado, quem sabe é um desterrado do céu que, vivendo no inferno do crime, inoculou-se em seu próprio sangue o vírus do demônio, ou seja, das baixas paixões.

Se eu não tivesse encontrado a ela, se eu não houvesse escutado a confissão de um anjo, se eu não possuísse a tumba da mulher amada, quem sabe o que haveria sido?... Este infeliz é um criminoso. Que é um criminoso? Um louco, sem camisa de força, abandonado a si mesmo, é uma ovelha desgarrada, e se Jesus percorria o caminho para encontrar a ovelha, não devo seguir seu exemplo? Não devo trabalhar com zelo evangélico para conduzir uma alma extraviada ao rebanho da virtude? Para que jurei consagrar minha vida ao serviço de Deus? Para empurrar pecadores ao abismo? Não. Meu dever é admoestá-los, aconselhá-los, conduzi-los pela mão, fazendo-os entrar na boa senda.

E corria, pressuroso, junto ao leito do enfermo, que me olhava com a raiva do endemoniado e me dizia:

– Ou sois um santo, ou sois o mesmo Satã que se alegra em atormentar-me.

– Nenhum, nem o primeiro, nem o segundo – contestei-o com profunda tristeza –, sou um proscrito como vós, sem família e sem lar, os dois temos vivido sem viver, porque não nos vemos reproduzidos em nossos filhos. Por que aumentar nossa turbação, alimentando ódios insensatos? Por que me hostilizais se sou tão desgraçado como vós? Tirou-vos de seu seio uma comunidade religiosa, a mim também me repudiou; vós padeceis e vos desesperais, eu também sofro e peço a Deus contas de meu sofrimento. Unamos nosso infortúnio; ajudemo-nos a levar o peso de nossa cruz e, ao final da jornada, despeçamo-nos sem rancores, porque quem sabe o que haverá por além-tumba!...

O mascate me olhava e emudecia. Parou de maldizer e, quando suas dores o atormentavam, pedia aos enfermeiros que desse aviso; eu acudia, e ele dizia:

– Não sei o que se passa comigo; confesso que procuro manter o fogo de meu ódio, jogando, na pira de minha aversão, a vingança que me inspirais, e, apesar de todos os meus esforços, meu ódio se extingue. Não sei se deliro, porém, vejo passar ante mim, legiões de soldados, caravanas de peregrinos, comunidades religiosas; entre essas multidões, se encontram dois homens que sempre buscam se ferir com implacável fúria; esses dois homens somos eu e vós; depois, vejo muitos mortos, muitas cruzes e nossos dois esqueletos ameaçando-se ao sair da vala.

Que é isso? Que significado tem? Eu ficarei louco, pois desejo maldizer-vos e, no entanto, desejo que venhais, porque ninguém como vós me cura as feridas. E em nada creio, porém, estas aparições me revelam algo que eu não compreendo e quisera ter uma crença para morrer em paz.

Após muitos meses de padecimento, o mascate pôde se manter em pé e, ao deixar a aldeia, abraçou-me, dizendo: "Devo-vos mais que a vida,

MEMÓRIAS DO PADRE GERMANO

porque vos devo o haver reconhecido a existência de Deus. Quando ele me chamar ao julgamento, tereis notícias minhas."

IV

"Dez anos depois, apresenta-se, na aldeia, um notário, acompanhado de duas testemunhas, que me entregou um testamento, pedindo-me que o abrisse dentro da Igreja, convocando todos os fiéis para que escutassem a leitura.

Surpreso com sua petição, obedeci. Os fiéis acudiram ao meu chamamento e o notário, em meio ao templo, abriu o volumoso documento, que continha as escrituras de várias propriedades, deu leitura a todas e terminou, dizendo:

– Um pecador arrependido lega todos os seus bens aos pobres, nomeando tutor dos desamparados ao Padre Germano; ele, e somente ele, distribuirá minha fortuna; ele, e somente ele, fica autorizado para administrar a herança; ele, e somente ele, poderá vender o que acredite conveniente para maior vantagem dos necessitados; ele, e somente ele, poderá fundar asilos e hospitais, porque ele, e somente ele, arrancou-me dos braços de Satã, porque ele, somente ele, apagou-me a fogueira de ódio na qual queimava o corpo e condenava o meu espírito; porque ele, e somente ele, teve compaixão deste pobre mascate. Morro bendizendo-o, porque somente por ele morro em paz."

V

"O que senti ao escutar a leitura do testamento, necessitarias escrever muitas páginas e apenas daria a compreender, no mais leve, meu sentimento de gratidão a Deus, em primeiro lugar, e depois ao que premiou com preces a mim.

Quando mais tarde, já no Espaço, compreendi tudo o que vale a extinção de um ódio de muitos séculos e só um pesar me atormenta: não haver sabido me compadecer de todos os que me ofenderam, não haver considerado dementes a todos os criminosos, não haver feito muito mais do que fiz, que tempo de sobra houve para isso.

Pelo domínio que exerci sobre mim mesmo, curando as feridas do infeliz assassino que levantou sobre minha cabeça o punhal homicida, usufruí das mais puras alegrias quando pude dispor de muitos bens, destinados aos pobres; cada lágrima que enxugava, cada família que socorria com largueza para proporcionar-lhes honroso trabalho, fazia-me sentir um júbilo indescritível, dizendo com o maior alvoroço: "Senhor! Tu, que tens em Tua destra a balança da justiça, deixa no prato das obras humanas este novo benefício em falvor de um infeliz que pecou, porque não reconhecia Tua existência.

Os gozos mais puros que tive em minha última existência, todos os devi ao trabalho que empreguei em dominar minhas antipatias e minhas aversões: Espírito de larga história, necessariamente na luta da vida obtive amigos e inimigos, e as encarnações sucessivas servem unicamente para apagar antigos ódios, entrelaçando-se, com laços de família, irreconciliáveis adversários.

Muito mais poderia te dizer, porém, o tempo não sobra para continuar a obra empregada. Não temas que um dia te falte a inspiração dos Espíritos, porque nunca se nega água ao que pede para regar, não apenas sua messe, mas também a messe dos demais.

Uns e outros nos necessitamos; se assim não fosse, extinguiriam-se os afetos e a perpetuidade da vida não teria razão de ser. Trabalha sem temor algum, tua família no Espaço vela por ti: Adeus!"

VI

O ensinamento que encerra a comunicação do Padre Germano, se tivéssemos que fazer comentários sobre ela, quantas páginas encheríamos com nossas considerações.

Só temos um desejo neste mundo, e é o de ter a tranquilidade suficiente para nos entregarmos ao trabalho medianímico, receber as comunicações dos espíritos, e, com elas, propagar a verdade do Espiritismo, repetindo o que dizem os seres de além-túmulo: eles asseguram que a família é o alfabeto da eternidade, e a natureza, um arquivo de maravilhas, que o Espiritismo é a unidade do porvir que assoma! E o espírito santo, a ciência de Deus, que o espírito é o discípulo eterno da Natureza, e o sacerdote que se ilumina com a luz do progresso é o que oficia em nome de Deus.

IDE | Conhecimento e educação espírita

No ano de 1963, Francisco Cândido Xavier ofereceu a um grupo de voluntários o entusiasmo e a tarefa de fundarem um periódico para divulgação do Espiritismo. Nascia, então, o Instituto de Difusão Espírita - IDE, cujos nome e sigla foram também sugeridos por ele.

Assim, com a ajuda de muitas pessoas e da espiritualidade, o Instituto de Difusão Espírita se tornou uma entidade de utilidade pública, assistencial e sem fins lucrativos, fiel à sua finalidade de divulgar a Doutrina Espírita, por meio de livros, estudos e auxílio (material e espiritual).

Tendo como foco principal as obras básicas de Allan Kardec, a preços populares, a IDE Editora possui cerca de 300 títulos, muitos psicografados por Chico Xavier, divulgando-os em todo o Brasil e em várias partes do mundo.

Além da editora, o Instituto de Difusão Espírita também se desenvolveu em outras frentes de trabalho, tanto voltadas à assistência e promoção social, como o acolhimento de pessoas em situação de rua (albergue), alimentação às famílias em momento de vulnerabilidade social, quanto aos trabalhos de evangelização infantil, mocidade espírita, artes, cursos doutrinários e assistência espiritual.

Ao adquirir um livro da IDE Editora, além de conhecer a Doutrina Espírita e aplicá-la em seu desenvolvimento espiritual, o leitor também estará colaborando com a divulgação do Evangelho do Cristo e com os trabalhos assistenciais do Instituto de Difusão Espírita.

www.idelivraria.com.br

idelivraria.com.br

Pratique o "Evangelho no Lar"

Aponte a câmera do celular e faça download do roteiro do **Evangelho no lar**

Ide editora é nome fantasia do Instituto de Difusão Espírita, entidade sem fins lucrativos.

ideeditora   ide.editora   ideeditora

◀◀ DISTRIBUIÇÃO EXCLUSIVA ▶▶

Av. Porto Ferreira, 1031 | Parque Iracema
CEP 15809-020 | Catanduva-SP
17 3531.4444   17 99777.7413

- boanovaed
- boanovaeditora
- boanovaed
- www.boanova.net
- boanova@boanova.net

Fale pelo whatsapp

Acesse nossa loja